KB018487

모산 마을

금강

13

우리 무엇이 되어 다시 만나랴

제5부

금강

한만수 대하장편소설

13

글누림

차례

제5부

우리 무엇이 되어
다시 만나랴

누나

본가는 누나의 숨결이 남아 있는 곳이란 말여.
사람이 천년만년 살아도 변하지 않는 데가 본가잖여.
누나가 어릴 때부터 자랐던 그 고향이란 말여.
내가 누나한테 해 줄 수 있는 것이 이런 말밖에 없다는 게
생각할 때마다 가슴이 아프구먼.

승우는 얼른 이동하가 들고 있는 술병을 받아 잔을 채워 주고 나서 마침내 결심했다는 표정으로 말했다.

"인숙이라믄 그 머셔, 방앗간에서 팔을 다친 박태수의 막내 딸내미를 말하는 거여?"

이동하는 너무 기가 막혀서 화도 안 난다는 얼굴로 옥천댁에게 물었다.

"인숙이는 절대 안 되아. 세상에 여자가 읎어서 제우 인숙이한테 장가를 가? 여보, 뭐라고 말 좀 해 봐유. 내가 볼 때 그 머셔, 건설 회사를 한다는 그 집 딸은 얼굴도 이쁘고 학교도 존 데 댕겼던데……."

옥천댁이 새파랗게 질린 얼굴로 손을 내저었다. 승우는 옥천댁이 자

신이 하고자 하는 일에 대해서 새파랗게 질릴 정도로 반대하는 모습을 처음 봤다. 이동하가 반대할 것이라는 점은 어느 정도 예상했지만 옥천댁이 반대할 것이라고는 생각도 안 했다. '평소에 친딸처럼 인숙이를 사랑하는 모습을 보여 준 건 모두 가식이었단 말인가?'

승우는 충격을 받아서 말을 할 수가 없었다.

"인숙이 가도 충남대학교를 나왔잖여?"

"당신, 시방 먼 생각을 하고 있슈?"

"아녀, 영동여고를 졸업하고 충남대에 갈 정도믄 공부를 잘했다는 결론이잖여. 인숙이 오빠도 충남대학교에서 박사 학위를 받은 데다 대전 충일병원 사위잖여."

"그래서 당신은 인숙이가 우리 집 며느리로 괜찮다는 거유? 인숙이가 요새 머하고 다니는지 아셔유? 상규네한테 집에 막내딸은 요새 워디 댕기냐고 물어봉께, 서울 구로구에서 무슨 노동학굔가 그거를 하고 있대유. 같은 학교 선배하고유."

"즈 엄마한테 당당하게 말했단 말여? 노동학교믄, 노동자들 노조 설립 같은 거 도와주고, 빨갱이 교육 시키는 덴 거 같은데?"

"상규네가 워디 취직 안 할라믄 집에서 조신하게 있다가 시집이나 가라고 했대유. 그런데도 대답만 맹꽁이처럼 하고 서울서 안 내려온다고 하데유. 진규한테 좀 말려 보라고 항께, 진규 가도 인숙이 지가 알아서 할 팅께 내비 두라고 말하드래유. 그래서 박사 자식이 내비 두라고 항께 워짜겄슈. 그냥 참을 수밖에……."

"지지바 못쓰겄구먼."

이동하가 실망한 얼굴로 중얼거렸다.

"나도 가를 참하게 봤는데 그기 아니랑께유. 그라고 당신도 한번 생각해 보서유. 인숙이 할아버지가 옛날부터 우리 집 머슴처럼 지냈는데, 그집 손주 딸을 며느리로 들인다는 것이 말이나 된다고 봐유?"

"어머한테 한 가지 물어보고 싶은 것이 있구먼."

승우는 인숙의 흉을 거침없이 내뱉는 옥천댁에게 너무 실망한 나머지화가 났다. 스스로 소주를 한 잔 따라 마시고 나서 침을 삼키고 옥천댁을 노려봤다.

"야, 야 좀 봐. 인숙이는 안 된다고 항께, 날 노려보는 것 좀 봐."

옥천댁은 더럭 겁이 났다. 승우가 평소에는 착하지만 한번 고집을 피우기 시작하면 황소고집이다. 인숙이를 영동으로 끌어 올린 것도 승우의 고집을 꺾지 못한 결과다. 이런 일이 일어날 줄 알았다면 승우가 아무리 고집을 피웠어도 인숙이를 영동으로 끌어 올리지 말았어야 했다는후회가 뼈저리게 밀려왔다. 하지만 더 큰일이 벌어지기 전에 승우의 고집을 꺾어야 된다는 생각에 기가 막힌다는 표정을 지으며 이동하를 바라봤다.

"나는 그래도 어머가 인숙이를 좋아하는 줄 알았는데 이중인격자구먼. 내가 보는 데서는 친딸처럼 사랑하는 척하고, 내가 안 볼 때는 머슴의 딸이라고 멸시하고 업신여기고 있었구먼. 그래서 인숙이 아부지가한쪽 팔이 날아가는 중상을 입었는데도 나한테 말 한마디 안 했구먼."

승우는 처음으로 보는 옥천댁의 이중성격에 치를 떨었다. 비로소 박태수가 중상을 입었는데도 옥천댁이 왜 함구하고 있었는지 이유를 확연하게 알 것 같아서 싸늘하게 노려봤다.

"야, 야가 시방 머라고 하는 거여?"

"내가 이 세상에서 제일 싫어하는 사람이 누군지 알아? 겉 다르고 속 다른 이중인격자여. 난 엄마가 인숙이를 반대할 줄은 손톱만큼도 생각 안 했구먼. 근데 시방 알고 보니까 겉으로는 인숙이한테 착하다 착하다, 머리를 쓰다듬어 주면서도…… 속으로는 머슴의 딸이라고 사람 취급도 안 하고 있었잖아!"

"승우야! 너 시방 어머한테 무슨 말버릇여? 당장 사과혀. 그라고 아부지도 츰부터 인숙이는 안 된다고 생각했구먼."

이동하는 승철이 승우처럼 두 눈을 똑바로 뜨고 옥천댁을 노려봤더라면 말보다 손바닥이 먼저 날아갔을 것이다. 승우는 눈에 넣어도 아프지 않은 자식이라서 차마 때리지는 못하고 삿대질을 하며 노려봤다.

"위자료를 삼백만 원만 줘도 된다고 생각한 것도 어머구먼. 머슴의 자식은 인간도 아니니까, 그까짓 삼백만 원도 많다고 생각했는지 모르지……."

승우는 옥천댁에 대한 배신감이 극에 달해서 울고 싶었다. 금방이라도 울음을 터트릴 것 같은 표정이면서도 착 가라앉은 목소리로 말했다.

"그, 그건 아녀. 난도 난중에 안 사실여. 합의서에 그 양반 지장을 찍은 다음에 아부지가 나한테 말해 줘서 알았구먼. 그래서 그건 인간적으로 너무 짝은 거 아니냐고 항께, 느 아부지가……."

"시방 먼 말을 하고 있는 거여!"

이동하가 더 이상 참을 수 없다는 얼굴로 버럭 고함을 질렀다. 안방에 있던 애자와 말자가 고함 소리에 놀라 달려왔다.

"왜 그러는데?"

애자가 옥천댁 옆에 앉으며 물었다.

"그, 글씨, 스, 승우가 인숙이한테 장가를 가겠다고 저라고 있구먼."

"어머머!"

애자는 옥천댁의 말을 이해할 수가 없어서 말이 나오지 않았다. 팔짱을 끼고 서 있던 말자가 승우 옆에 앉으며 혀를 찼다.

"아부지가 우신건설 회장님 딸하고 사귀라고 하지 않았냐?"

애자는 인숙이 싫지 않았다. 하지만 사정이나 들어 보자는 얼굴로 승우에게 물었다.

"그 여자는 차원이 틀린댜. 승우 저하고……."

이동하가 장성한 딸들 앞에서 큰소리치는 것도 체면 상하는 일이라는 생각에 한풀 꺾인 목소리로 말했다.

"어머머, 차원이 다를 게 뭐가 있어. 중매결혼이라는 게 어차피 처음에는 차원이 달라. 살아가면서 맞추는 게 중매결혼이잖아. 차원이 같은 사람하고 결혼하려면 언니처럼 연애결혼을 해야지."

"중매결혼을 해도 잘 살면 되는 거야. 연애결혼을 해도 이혼하는 커플이 많잖아."

애자는 얼떨결에 고현수와 밤을 보내고 나서 일사천리로 결혼했을 뿐이다. 지금은 타인처럼 살고 있어서 강 건너 불구경하는 표정으로 말했다

"정초부터 왜 이리 시끄럽댜?"

보은댁이 변소에 갔다가 늦게 들어와서 방 안 분위기를 살폈다. 승우의 얼굴이 어둡게 굳어 있다. 승우 옆에 가서 앉아 등을 부드럽게 쓰다듬었다.

"승우가 둥구나무거리 상규네 막내딸하고 결혼하겠다고 저 고집을 피

우잖유."

옥천댁은 평소처럼 말을 돌리지 않았다. 마침 잘 왔다는 얼굴로 보은댁을 바라봤다.

"승우야 느 어머가 시방 머라냐? 내가 나이가 먹기는 했지만 안직 귀 어둡다는 말은 안 듣고 살잖여. 내가 듣기에는 니가 인숙이하고 결혼하겠다고 하는 말 같은디?"

"할머니 귀 안 어둡구면. 승우가 인숙이하고 결혼하고 싶대요."

말자가 일이 재미있어 진다는 얼굴로 웃으며 말했다.

"너는 시방 웃음이 나오냐?"

"우리 집에서 승우 고집 꺾을 사람 아무도 없잖아. 아부지하고 엄마가 승우 인숙이한테 장가 안 보내믄, 승우 저 혼자 살겠다고 고집 피울걸."

"그기 무슨 말여?"

옥천댁이 곤혹스러운 얼굴로 말자에게 물었다.

"자신에게 엄격한 사람은 자신의 의지대로 되지 못하면 자멸하는 수도 있거든요."

"작은누나가 잘 봤구먼. 내가 왜 서울에 있는 고등학교에 간지 알아? 서울대학교에 가려면 아무래도 영동에 있는 고등학교보다 유리하기 때문에 서울에 있는 고등학교를 간 거여. 서울대학교에 왜 가고 싶었냐고? 인숙이 때문에 간 거유. 인숙이를 행복하게 해 주려면 남편이 서울대 정도는 나와야 된다고 생각했단 말여. 대학교에 입학한 그해부터 사법고시 공부에 죽어라 매달린 것도 인숙이하고 결혼하기 위해서여. 내가 하고 싶은 말은 이게 전부유. 남은 것은 아버지하고 어머가 결정해 주세유. 저는 더 이상 할 말이 없으니까요."

"스, 승우야!"

승우가 더 이상 할 말이 없다는 얼굴로 벌떡 일어나는 순간이었다. 옥천댁은 비명 같은 목소리로 승우의 손을 잡으려고 같이 따라서 일어섰다. 갑자기 온 시야가 뿌옇게 변하는가 싶더니 아무 생각도 나지 않았다.

"엄마!"

"엄마! 왜 그래?"

애자와 말자가 놀란 얼굴로 옥천댁에게 달려들었다. 거의 때를 맞춰서 고현수와 성찬이가 마당으로 들어섰다.

"무슨 일이지?"

고현수는 사랑방에서 들려오는 애자와 말자의 다급한 목소리에 구두를 벗는 둥 마는 둥 사랑방으로 뛰어 들어갔다.

"차, 찬물 좀 떠 오게."

이동하도 놀란 얼굴로 기절해서 축 늘어져 있는 옥천댁의 팔을 흔들다가 방 안으로 들어서는 고현수에게 외쳤다.

옥천댁은 대문을 나섰다. 골목에 안개가 자욱하게 껴 있었다. 한 치 앞을 볼 수 없는 안개 속을 천천히 걸어 내려갔다. 안개는 앞으로 한 걸음 나가면, 딱 그만큼만 물러섰다. 뒤를 돌아다보면 어느새 등 뒤에 다가와 있다.

"뉘, 뉘유!"

안개를 한참 헤쳐 나가다 돌부리에 걸려서 넘어지려는 순간이었다. 누군가가 재빠르게 옥천댁을 껴안았다. 고개를 들어 보니 젊은 박태수가 적삼을 걸친 차림으로 웃고 있었다.

"이, 이라믄 안 되는데……."

뒤를 돌아봤다. 안개가 벽처럼 둘러싸여 있을 뿐 아무것도 보이지 않았다. 다시 앞으로 고개를 돌린 순간, 박태수의 뜨거운 입김이 얼굴을 덮었다. 자신도 모르게 눈을 감았다. 얼굴을 덮은 뜨거운 입김이 사라지고 어느 틈에 비가 내리고 있었다. 암소가 새끼를 낳은 그날 밤처럼 소나기가 내리고 있었다.

애자가 찬물을 입에 머금고 혼절해 있는 옥천댁의 얼굴에 뿜었다. 말자는 그 사이에 놀란 피가 빠르게 흐르도록 팔이며 다리를 주물렀다. 승우는 갑작스럽게 벌어진 상황에 놀라서 벌린 입을 다물지 못하고 구경만 하고 있었다.

"나, 난 괜찮아. 스, 승우 어디 갔어?"

눈을 뜬 옥천댁이 애자의 부축을 받고 일어나 앉으면서 승우부터 찾았다. 승우가 파랗게 질린 얼굴로 서 있는 것을 보고 손을 뻗어서 승우의 손을 잡았다. 승우는 힘없이 무릎을 꿇고 앉았다.

"저, 절대로 인숙이는 안 된다, 알겠지?"

승우는 대답할 수가 없었다. 고개를 흔들 수도 없었다. 옥천댁이 잡은 손에 점점 힘이 들어가고 있는 것을 느끼고 있을 뿐이었다.

은행 앞의 노점에서 작은 플라스틱 화분에 심은 꽃을 팔고 있었다. 햇볕이 쨍쨍해서 주인이 대야로 화분에 뿌리는 물이 시원해 보인다. 인숙은 걸음을 걷다 말고 화분들을 향해 섰다. 작은 소나무, 철쭉, 영산홍 등 봄꽃이 빨갛고 하얀 모습으로 물기를 머금고 있는 것이 아름다워 보였다.

"얼마씩이에요?"

"골라서 이천 원씩입니다. 이 꽃 어때요? 철쭉인데 아가씨 얼굴하고 딱 맞구먼."

주인이 연분홍색 철쭉 화분을 들어서 인숙 앞에 내밀었다.

"좀 깎아 줘유."

"아따, 이천 원짜리를 백 원 깎아 줄까? 이백 원 깎아 줄까?"

인숙은 주인의 너스레를 이기지 못하고 돈을 지불했다. 화분을 받아서 꽃향기를 맡아 본다. 물기를 머금어서 향기가 시원했다. 태어나서 처음으로 꽃을 사 본다는 생각이 들어서 저절로 콧노래가 나온다.

"선배, 이 꽃 어때요?"

노동학교는 대로변이기는 하지만 낡은 건물 2층에 있다. 사무실에 책상과 칠판이며 고물상에서 사온 캐비닛과 중고 텔레비전이 전부인 단출한 사무실에 꽃을 들고 들어가니까 갑자기 사무실이 환해지는 기분이다. 책상에 앉아서 뭔가 쓰고 있는 강훈구의 책상 위에 화분을 내려놓았다.

"인숙이만큼은 안 예쁜데."

"그런 거짓말에 속을 나이는 아니라는 거 잘 알죠?"

인숙은 콧노래를 부르며 일회용 쟁반을 찾아서 창가로 갔다. 창문 앞 문턱에 화분을 놓고 뒷걸음치고 있을 때 노크 소리도 없이 문이 거칠게 열렸다.

"강훈구!"

가죽점퍼를 입은 남자와 광대뼈가 튀어나오고 봄 재킷을 입은 남자가 동시에 들어서서 짤막하게 외쳤다.

"당신들 뭐야!"

인숙이 돌아서는 것과 강훈구가 외치는 것은 거의 동시에 이루어졌다. 인숙은 상대방들이 형사들일 것이라는 생각에 강훈구 옆으로 뛰어갔다.

"구로경찰서에서 나왔다. 너, 김해전자 알고 있지?"

봄 재킷은 사무실 안으로 들어오지 않고 문 앞을 지키고 섰다. 가죽점퍼가 바지 뒷주머니에서 수갑을 꺼내 들고 차갑게 물었다.

"김해전자?"

강훈구가 인숙을 바라보며 반문했다.

"김해전자하고 강 선배하고 뭔 상관이 있는데요?"

"네놈이 노조 설립을 부추겼다는 증거가 있어. 부당노동행위로 체포한다. 당신은 묵비권을 행사할 수 있으며 변호사를 선임할 수 있다."

"잠깐! 현행범도 아닌데 수갑을 채우는 건 인권유린 아닌가요?"

가죽점퍼가 수갑을 채우려고 하는데 인숙이 가로막고 나섰다.

"쌍년! 아주 지랄을 떠네. 체포 영장 보여 줄까?"

가죽점퍼가 히죽 웃으며 봄 재킷을 바라봤다.

"당신 지금 나한테 욕했어?"

인숙이 가죽점퍼를 노려보며 화가 난 목소리로 물었다.

"당신들 이래도 되는 거야?"

"내가 어떻게 했는데?"

봄 재킷은 팔짱을 끼고 실실 웃다가 담배를 입에 물었다. 가죽점퍼는 강훈구가 쏘아보는 눈빛을 가소롭게 받아들이며 반문했다.

"지금 욕했잖아!"

"내가 언제?"

가죽점퍼가 강훈구의 손을 잡아당겨서 수갑을 채우며 빈정거렸다.

"내가 증인이라고!"

"네놈은 범죄자라서 증인이 될 자격이 없어. 그리고 너는 괜히 까불다가 아구통 한 대 맞고 뻗어 버리기 전에 얌전히 있는 게 좋아."

"체포 영장 안 보여 주는 거예요?"

인숙은 형사들과 말싸움할 여유가 없었다. 강훈구의 팔짱을 끼면서 가죽점퍼를 노려봤다.

"경찰서에 따라와, 보여 줄 테니까."

봄 재킷이 안으로 들어와서 강훈구의 팔을 잡아당기며 말했다.

"이건 불법 연행이라고 이 수갑 당장 풀어!"

"불법인지 합법인지는 경찰서 가서 따져요, 이 아가씨야!"

가죽점퍼는 인숙의 가슴을 거칠게 뒤로 밀었다.

"당신 지금 어딜 만졌어?"

인숙이 수치심에 부르르 떨며 따졌다.

"어깨 만졌다, 왜?"

가죽점퍼는 인숙의 체취를 맡기라도 하는 것처럼 손가락 냄새를 맡으며 빙글거렸다.

"좋아! 이 옷 지문을 떠 보면 어딜 만졌는지 알겠네."

인숙은 수치심에 눈물이 날 지경이었다. 귓불까지 빨갛게 물드는 것을 느끼며 사무실 구석에 있는 탈의실 안으로 들어갔다. 공장에서 늦게 퇴근하는 공원들이 작업복 차림으로 와서 옷을 갈아입을 때 사용하는 탈의실이다.

"그럼, 지문 감식해서 구로경찰서로 오세요."

가죽점퍼는 두려울 것 없다는 목소리로 말하고 강훈구를 밀며 밖으로 나갔다.

"당신들 대낮에 선량한 시민을 성추행하고도 멀쩡할 줄 알아?"

강훈구가 고함을 질렀다.

"이 새끼, 아직 분위기 파악이 안 됐구면."

가죽점퍼가 계단에서 멈췄다. 주먹으로 강훈구의 아랫배를 힘껏 내질렀다. 강훈구가 짤막한 비명과 함께 숨을 못 쉬며 고통스러워하든 말든 질질 끌듯이 아래층으로 내려갔다.

"점잖게 대해 줄 때 얌전히 있어야 안 맞지."

아래층 건물 앞에는 승용차가 있었다. 봄 재킷이 강훈구를 뒷자리로 쑤셔 넣는 것처럼 밀어 넣고 옆자리에 앉았다. 가죽점퍼는 휘파람을 불면서 운전석에 앉아서 차를 운전하기 시작했다.

인숙은 가죽점퍼의 손자국이 남아 있을 셔츠를 벗어서 쇼핑 봉투에 넣은 후 블라우스를 입고 바쁘게 아래층으로 내려갔다. 강훈구가 흔적도 없이 사라졌다는 것을 알고 시내버스 정류소로 뛰기 시작했다.

"강훈구라는 사람을 데려온 적이 없습니다."

시내버스를 타고 구로경찰서 앞에 도착한 인숙은 곧장 경찰서 안으로 들어갔다. 형사과로 찾아가서 강훈구를 연행해 온 형사를 찾아 달라고 했다. 곱슬머리가 책상 앞에 앉아서 두벌식 타자기를 톡톡 두들기고 있다가 인숙을 슬쩍 쳐다보며 말했다.

"분명히 구로경찰서에서 왔다고 했슈. 한 명은 가죽점퍼를 입었고, 또 한 사람은 연한 갈색 재킷을 입은 사람인데……."

"연한 갈색은 모르겠고, 가죽점퍼를 입은 사람은 오늘 근무자 중에 한 명밖에 없는데. 아! 저기 있구먼. 정 형사! 아까 강훈구라는 사람 엮어 왔나?"

"저분은 아니에요. 그 사람은 좀 뚱뚱한 편이에유."

"우리 서에 뚱뚱한 가죽점퍼는 없는데……."

"그 사람들이 분명히 구로경찰서에서 왔다고 했는데……."

"신분증 봤나?"

"시, 신분증을 안 보여 주던데유?"

"신분증을 안 보여 줬으면……."

형사는 대충 짐작이 간다는 표정을 짓다가 이내 고개를 숙이고 타자 를 치기 시작했다.

"혹시, 안전기획부 같은 데서?"

인숙은 갑자기 감당할 수 없을 정도의 불안이 밀려와서 비틀거리며 책상 모서리를 잡았다.

"이 사람, 왜 여기 있는 거야?"

양복을 입은 50대 초반의 대머리가 거만하게 물었다.

"어떤 놈들이 우리 서에서 왔다면서 강훈구라는 사람을 엮어 갔답니 다."

"강훈구?"

"네, 수사 일지에도 없는 이름입니다. 유치장 안에도 없고요."

"이봐, 내가 과장인데 난 강훈구라는 사람 데려오라고 지시한 적 없으 니까 딴 데 가서 알아봐."

인숙은 대머리가 마치 피의자를 보는 눈길로 자신의 전신을 훑는 것을 느끼며 힘없이 돌아섰다.

만약 거기로 끌려갔으면 어쩐댜!

다리에 힘이 풀려서 걸어갈 수가 없었다. 간신히 바깥으로 나가서 계단에 걸터앉았다. 마당에 서 있는 버드나무에 파란 잎새들이 매달려 있다. 바람이 불 때마다 여인의 긴 머리카락처럼 버드나무 가지들이 흔들리는 광경을 바라보고 있으니까 눈물이 핑 돌았다.

아녀, 내가 시방 이라고 있을 때가 아녀. 근데 누구한테 알아보지? 안전기획부에 끌려갔으면 쥐도 새도 모른다던데…….

터져 나오려는 눈물을 참고 강훈구가 끌려간 곳을 짐작해 봤다. 과장의 표정이나 형사의 표정을 봐도 구로경찰서에는 없는 것이 분명하다. 다른 경찰서에서 끌고 가면서 굳이 소속을 숨기지는 않을 것 같았다. 누군가에게 들은 말인데 안전기획부 요원들은 상황에 따라 거짓말을 한다고도 했다.

그려, 거기로 끌려갔을 거여. 일단 동춘 씨한테 사정을 알아봐야겠구먼.

이동춘은 김해전자에 노동조합을 설립한 공원이다. 공장으로 찾아가서 면회를 신청해도 노동조합 위원장이라서 허락해 주지 않을 것이다. 얼른 학교로 가서 이동춘에게 삐삐를 치는 것이 빠를 것 같았다.

강훈구가 없는 노동학교는 무슨 창고처럼 협소하고 황량해 보였다. 눈물이 저절로 터져 나왔다. 소리 내어 울지 않으려고 손바닥으로 입을 막고 전화기 앞에 앉아서 이동춘의 삐삐번호를 눌렀다.

"골수분자들은 남산으로 끌고 가서 아주 병신을 만들어 논대유."

"남산이라면 꼭대기에 팔각정이 있는 그 산을 말하는 거여?"

"안전기획부가 남산에 있다잖유."

대전에서 야학할 때 학생들과 잡담을 나누던 중에 누군가가 했던 말이 생각났다. 야학할 때 들은 말만 있는 것이 아니다. 모산에 사는 장시훈이라는 사람도 사북에서 탄부로 일하다, 엉뚱하게 데모대로 몰려서 안전기획부와 보안대 요원들에게 초주검이 되도록 맞았다고 한다. 폐인처럼 살다가 모산으로 내려와서 소를 먹였는데, 결국 소 값 폭락으로 자살했다는 말도 들었다.

"박 선생님이세요? 위원장은 그저께 밤에 공금 횡령죄로 경찰서에 끌려갔슈. 그런 사실이 없는데도 사장하고 총무과 직원들이 공금을 횡령했다고 경찰서에 고소했슈. 보나마나 노조를 와해시키려는 작전이죠, 뭐."

기다리고 있던 이동춘에게서 전화가 오지 않았다. 노조 사무국장이 서랍 안에 있는 호출기가 울리는 소리를 들었는지 그에게서 전화가 왔다.

"강 선생님이 형사들한테 끌려갔는데, 어디로 데려갔는지 모르겠어요. 위원장님은 어느 서로 끌려갔어요?"

"저희들도 지금 그게 궁금해유. 구로경찰서에서 왔다고 했는데 경찰서 찾아가 봉께, 자기들은 끌고 온 적이 읎다는 거유."

"분명히 구로경찰서에서 왔다고 했나요?"

"저 혼자만 들은 것이 아니고, 부위원장도 같이 있었슈."

"혹시 거기 온 사람들 중에 가죽점퍼를 입은 사람이 있었어유?"

인숙은 가슴이 철렁 내려앉는 것을 느끼며 침을 삼켰다. 떨리는 가슴을 진정시키려고 가슴을 누르고 물었다.

"한 사람은 넥타이를 매지 않은 채 양복을 입고 왔슈. 또 한 사람은 무슨 잠바를 입었어유."

"혹시 연한 갈색 재킷을 입지 않았나유?"

"맞아유. 그런 옷을 입고 온 것 같았슈. 광대뼈가 튀어나온 거 같았는데……."

"노동학교에 와서 강 선생님을 끌고 간 사람 중에 광대뼈가 튀어나온 형사가 있었어요. 지금 생각해 보니까 형사가 아닌 것 같아요. 당황해서 신분증 확인도 못 했거든유."

"그람, 위원장님 땜시 끌려 가셨단 말유?"

사무국장이 당황한 목소리로 빠르게 물었다.

"그런 것 같아요. 하지만 외부로 발설하지 말아 주세요. 저도 나름대로 알아볼 테니까, 사무국장님도 알아보는 데까지 알아봐 주세유."

인숙은 숨이 막혀서 더 이상 말을 할 수 없었다. 수화기를 내려놓고 무심코 창문을 바라봤다. 태어나서 처음으로 산 꽃이다. 난생 처음 꽃을 산 날 사랑하는 남자가 대낮에 안기부 요원들에게 끌려갔다는 생각이 드는 순간 온몸이 떨렸다. 햇살이 꽃잎의 속살까지 비쳐 주고 있는 철쭉을 노려보다가 힘없이 고개를 숙였다.

나하고 꽃은 인연이 읎는 건가?

문득 어느 해였던가 대학교 다닐 때 강의실 문 앞에 피어 있던 백일홍을 보고 백일홍의 전설이 생각나서 승우를 생각했던 날이 떠올랐다.

아녀, 그냥 우연이여. 우연이었지……

그날 강훈구가 애인이 있는 것 같다는 말에 고개를 돌리는 순간 도서관 앞에 흐드러지게 피어 있는 배롱나무가 보였었다. 그것에 그치지 않고 백일홍의 전설이 생각난 게 너무 꺼림칙하기만 했다. 바우를 사랑하는 몽실이처럼 승우가 없으면 못 살 정도로 사랑한 것은 아니다. 하지만 나이가 들수록 승우가 친구 이상의 감정으로 다가오는 것을 종종 느끼고 있었을 때여서 기분이 묘했었다.

맞아! 승우한테 전화해 보면 알겠구먼.

인숙은 암흑 속에서 탈출구를 만난 기분으로 서둘러 승우의 전화번호를 눌렀다. 승우는 부재중이었다.

"몇 시에 퇴근하는데유?"

"오늘 늦게까지 근무하실 거예요. 메모해 드릴까요?"

"박인숙한테서 전화가 왔었다는 말 좀 전해 주시겠어유?"

인숙은 전화를 끊고 곰곰이 생각해 보니 마냥 앉아서 전화 오기를 기다리는 것보다 직접 찾아가 부탁하는 게 좋을 것 같았다. 핸드백을 챙겨 들고 막 일어서려는데 전화벨이 울린다.

"나, 승우여. 웬일로 나한테 전화를 했댜?"

승우의 목소리였다. 인숙은 반가움이 진득하게 묻어 있는 승우의 목소리를 듣는 순간 얼른 말이 나오지 않았다.

"나는 전화하면 안 되는 사람처럼 들리는데?"

"처, 천만의 말씀. 내가 가장 기다리는 목소리의 주인공인데, 무슨 일로 전화한 거여? 설마 데이트하자는 전화는 아닐 테고"

"미안햐. 부탁이 있어서 전화했구먼. 사람 좀 찾아 줘."

인숙은 미안한 부탁일수록 단번에 말하는 것이 좋다는 생각에 뜸 들이지 않고 말했다.

"사람을 찾아 달라니?"

"나하고 같이 노동학교를 운영하는 선배가 아까 끌려갔거든……."

인숙은 형사를 사칭하고 들어온 가죽점퍼와 봄 재킷이 사무실에 들어와서 강훈구를 연행하기까지의 과정을 빠르게 말해 줬다.

"거기는 내가 개입할 영역이 아닌데……."

"매형한테 부탁을 좀 하면 안 될까?"

"맞아. 매형한테 부탁해 볼게. 하지만 기대는 하지 마. 매형이 곤란한 일에 끼어드는 것을 안 좋아하는 성격이거든."

"강 선배는 못 찾아도 그 형사라는 사람들은 꼭 찾아야 햐."

"그 형사들을 찾으면 강 선배가 어디 있는지 알 수 있다는 것 때문에 그러는 거여?"

"그놈이, 성추행을 했단 말여."

인숙은 수치심보다는 강훈구를 찾아야 한다는 목마름에 자신도 모르게 성추행 사실을 말했다.

"서, 성추행이라니?"

예상했던 것처럼 승우의 목소리가 날카롭게 귓속으로 파고들었다.

"내가 시방 불법 연행을 하는 거 아니냐고, 따져 물으니까 내 가슴을 만지며 확 밀어 버렸구먼. 내가 당장 성추행으로 고소한다고 해도 눈 하나 깜빡하지 않는 이유를 인제 알 거 가텨. 구로경찰서에서 왔다는 말이 그짓말잉께, 성추행으로 고소하라고 막 큰소리친 거 가텨."

"그놈들이 너하고 강 선배를 얼마나 우습게 봤으면 그런 짓을 하겠냐?"

"내가 어쨌는데?"

승우가 버럭 화를 내자 인숙은 기가 막혔다. 그렇지 않아도 수치심과 두려움으로 범벅이 되어 있는 상황에서 승우까지 화를 내니까 금방이라도 울음을 터트릴 것 같은 목소리로 되물었다.

"알았구면. 내가 알아보는 데까지 알아볼 테니까 기다리고 있어 봐."

승우가 힘없는 목소리로 말하며 전화를 끊었다. 인숙은 가죽점퍼에게 당한 수치심과 강훈구가 잘못되면 어떡하나, 하는 두려움이 겹쳐서 눈물이 나기 시작했다.

담장 위에는 덩굴장미가 흐드러지게 피어 있었다. 은행나무로 만든 대문에는 동전 크기의 검은색 무쇠가 단추처럼 띠를 두르고 있어서 육중해 보였다.

진규가 초인종을 누르자 이내 쪽문이 소리 없이 열렸다. 진규는 뒤에 서 있는 이주희를 잠깐 바라보고 안으로 들어갔다. 이내 솔향기가 진득하게 풍겨 온다. 정원에는 수령이 백 년은 넘어 보이는 소나무 10여 그루가 서 있다. 단풍나무며 주목, 목련에 산유화 등의 정원수가 숲을 이루고 있었다.

"어서 오게."

이석균이 마냥 집에서만 기다릴 수 없다는 얼굴로 현관문을 나서서 진규 부부를 반겼다.

"이 아이가 우리 손주 기탠가?"

이석균보다 김정임이 먼저 이주희가 안고 있는 기태를 옮겨 안으며 눈물을 글썽거렸다.

"자, 어서 들어가게."

이석균도 기태를 안고 싶었다. 점잖게 한번 보는 것으로 아쉬움을 눌러 버렸다. 그리고는 진규의 등을 밀면서 집 안으로 들어갔다.

"누굴 닮은 거 같아요? 제 생각에는 아빠를 많이 닮은 거 같은데."

"나도 좀 안아 보자구. 내가 볼 때는 주희를 많이 닮은 거 같은데."

거실로 들어선 이석균은 더 이상 참을 수가 없었다. 김정임으로부터 기태를 옮겨 받아 소파에 앉으면서 싱글벙글 웃었다.

"언제부터 잠을 자고 있는 거니?"

김정임이 담요를 젖혀서 잠든 기태의 뺨을 손가락 끝으로 살짝 눌러 보고 나서 물었다.

"기차에서는 잠을 자지 않아서 계속 안고 서 있었잖아요. 이 녀석이 나를 골탕 먹이려고 작정했는지 택시를 타자마자 금방 잠들지 뭐예요."

"설마 엄마를 골탕 먹이겠냐? 기차를 처음 타 보니까 몸이 편치 않아서 그랬겠지."

김정임은 귀여워서 견딜 수 없다는 얼굴로 기태에게서 시선을 옮기지 않았다.

"장모님, 기차 안에서는 제가 계속 안고 서 있었슈. 이 사람은 잠만 잤구요."

"어머머! 내가 요즘 얼마나 피곤한지 알아? 어젯밤에도 기태가 밤 열 두 시까지 같이 놀자고 하는 통에 얼마나 애를 먹었다고. 자긴 원고 쓴 다고 내다보지도 않았고……."

"너는 내가 힘 안 들이고 키운 줄 알았냐? 엄마들은 다들 그렇게 힘들 게 자식을 키우는 거야. 기태는 내가 재울 테니까 너희는 좀 쉬어, 응?"

김정임은 연신 눈웃음을 짓고 있는 이석균으로부터 기태를 받아서 안 방으로 갔다.

"인사가 늦었구먼. 내려오느라 힘들었지? 나는 오후에 집에서 쉬기로 했으니까 간단하게 한잔할까?"

이석균이 일어나 주방 쪽으로 가면서 말했다.

"아빠, 저도 한잔해도 되죠?"

"너 모유 먹이지 않냐?"

"모유가 좋다잖아요."

"그럼 안 된다. 내 손자한테 간접적으로 술 먹이기 싫으니까."

이석균의 집은 저택이라는 말이 어울릴 만큼 거실에서 주방까지도 거리가 있었다. 대리석으로 된 바닥은 집 안이 아니라 고급 호텔 같은 분위기를 자아냈다.

"그럼 저는 엄마하고 같이 있을래요."

"그게 착한 엄마가 가야 하는 길여. 안 그런가, 박 서방?"

"장인어른 말씀이 옳습니다."

주방에는 상주하는 가정부 강경댁이 술상을 이미 차려 놓았다. 이석균이 의자에 앉자마자 냉장고에서 맥주를 꺼내 놓았다.

"요즘에는 정치권에서 러브콜이 오지 않나?"

진규가 먼저 이석균의 잔에 맥주를 따랐다. 이석균이 따라 주는 맥주를 두 손으로 받아서 앞에 내려놓았다. 이석균이 건배를 하자고 술잔을 들어 보이며 물었다.

"지난 총선 때 공천해 줄 테니까 대전에서 출마하든지, 그게 여의치 않으면 무소속으로 당선이 가능한 번호를 주겠다는 제안을 해 왔슈."

"내 생각에는 자네가 앞으로 큰일을 하려면 국회의원들이 무슨 일을 하는지 경험해 보는 것도 나쁘지 않다고 보는데."

"이 나라 국회의원들이 무슨 일을 하는지 신문에 자주 나오잖아유."

"자네는 그 사람들이 무슨 범법자라도 되는 것처럼 말하고 있군."

이석균이 재미있다는 얼굴로 빙글빙글 웃으며 박진규를 바라봤다.

"지난 십삼 대 총선에서 종로구에 출마한 어떤 민정당 후보는 당원을 일만 명이나 동원했다고 신문에 나오지 않았습니까? 서초구의 어떤 후보도 사천 명을 동원했고, 경북 어디서는 노인잔치를 하는 데 민정당 선거원이 맥주 다섯 박스를 들고 가서 돌리는데, 민주당 선거원은 명함을 돌렸대유. 그러니까 민정당 선거원이 왜 남이 차려 놓은 밥상에 숟가락을 들고 달려드느냐며 대판 싸움이 붙었다잖유."

"선거운동이야 항상 그렇게 난장판 아닌가?"

"장인어른이 일부러 재미 삼아 질문하시는 거 알고 있슈. 재미를 더 붙여 주기 위해서 한 말씀 드리겠습니다. 하나를 보면 열을 알 수 있다는 말이 있습니다. 당원 만 명이 생업을 포기하고 유세장으로 올 때는 일당을 받았을 것 아닙니까? 일억 원이라는 말이 됩니다. 국회의원이 무슨 자리길래 이십 분 연설하는 데 일억 원씩 써야 됩니까? 그걸 보면 해답이 나온다고 봐유."

"내가 사람을 잘 보긴 잘 봤네. 그 국회의원이 자기 집 팔고 땅 팔아서 선거운동을 하지는 않겠지. 하지만 모든 국회의원이 그렇게 부정한 방법으로 돈을 벌고 있다는 것은 난센스 아닌가?"

"저는 큰 욕심이 없습니다. 우리 기태에게 부끄럽지 않은 아빠가 되는 것으로 만족합니다. 그런 뜻에서 볼 때 국회의사당은 제가 있어야 할 자리는 아니라고 봅니다."

"자네의 정신은 훌륭해. 아주 훌륭하고 근본이 되어 있네. 가화만사성이라고 집안이 잘 돼야 나라가 잘되는 것 아닌가. 하지만 세상이 반드시 그렇게만 돌아가는 것은 아니라네. 우선 술부터 한잔 들고 내가 하는 말을 들어 보게."

이석균이 볼 때 진규는 근본이 바르다는 생각이 들었다. 하지만 물이 너무 깨끗하면 물고기가 살지 못한다. 맨손으로 오늘날의 충일병원을 일으키기까지 그 과정을 돌아볼 때 어두운 면도 있었다는 생각에 고개를 끄덕이며 술잔을 들었다.

"한 가지 예를 들어 보겠네. 자네, 새마을운동에 대해서 어떻게 생각하나?"

"긍정적인 면도 있지만 부정적인 면도 있다고 봅니다. 긍정적인 면은 어쨌든 빠른 시일 내에 농촌을 변화시켰다는 점이고, 부정적인 면은 우리의 전통이며 민속을 무조건 미신으로 치부해 버렸다는 점입니다."

진규는 갑자기 새마을운동에 대해 묻는 저의를 알 수 없었지만 평소 생각한 대로 대답했다.

"자네는 학자라서 비판 정신이 있겠지만 말일세, 나는 새마을운동을 잘했다고 보네. 하지만 전경환이라는 사람이 흙탕물을 뿌리지 않았는가. 전경환은 자기 형의 권력이 평생 동안 이어질 것으로 믿고, 우리 같은 사람은 감히 상상을 초월할 정도로 만행을 부리지 않았는가? 하지만 역사는 진실하네. 역사는 거울과 같아서 검은 것은 검은 것대로 기록하고, 흰 것은 흰 것대로 기록하지. 그래서 결국 전경환은 감옥에 가지 않았는가? 내가 볼 때는 말일세. 전경환을 감옥으로 보낸 것은 현 정권이 전두환 정권하고 연결 고리를 끊기 위한 초석이라고 보네. 그렇지 않으면 자기를 대통령으로 만들어 준 은인의 동생을 감옥으로 보내겠는가?"

"장인어른 말씀이 무슨 뜻인지 이해할 것 같구먼유. 결국 지금의 정권도 다음 정권에게 심판을 받겠죠. 현 정권의 잘못을 현 정권에서 시정할 수는 없지만, 최소한도로 역사의 증인이 필요하다는 말씀이 아니십니까?"

"그렇게 이해했다면 비 학점 이상은 줘야겠구먼. 까마귀 노는 곳에 백로야 가지 마라는 시가 있지 않은가. 하지만 까마귀 노는 곳에 백로가 가지 않으면 어느 것이 희고, 어느 것이 검은지 모른다는 말일세."

이석균은 혼자 남하해서 의사 자격증을 따고 오늘의 충일병원을 만들기까지 수없이 감당해야 했던 보이지 않는 권력 때문에 헤아릴 수 없을 만큼 많은 억울한 상황에 직면했었다. 그 보이지 않는 권력으로부터의 간섭은 지금도 계속되고 있다. 소방서부터 시작해서 경찰서, 세무서, 구청 등 관련 공무원들에게 정기적으로 떡값을 지불해야 하고, 그들이 원하는 환자들의 치료비를 할인해 주는 일이 계속 이어지고 있다. 진규가 국회로 들어가면 그들로부터 벗어날 수 있다는 생각에 은근한 목소리로 말했다.

"잘 알겠습니다. 그렇지 않아도 그동안 갈등을 많이 겪고 있었는데 정확한 명분이 정해진 것 같습니다. 한잔 더 하시겠습니까?"

진규는 이석균과 자신의 힘으로 세상을 바꿀 수는 없지만 역사의 증인이 되는 역할을 하는 것도 남자가 할 일이라고 판단했다.

"한 가지 더 남았네."

이석균은 만족한 얼굴로 술잔을 내밀었다.

"장인어른이시기 전에 제 인생의 스승님이 하시는 말씀으로 새겨듣겠습니다."

진규가 이석균의 잔을 채워 주며 진심에서 우러나오는 목소리로 말했다.

"자네하고 주희 말대로 사회복지재단을 설립하기로 했네. 이 병원을 모체로 한 사회복지재단의 이름은 내 가운데 이름자하고, 자네 장모의 가운데 이름을 따서 석정사회복지재단으로 정했네."

"장인어른, 축하드립니다. 쉽지 않은 결심인데, 정말 축하드립니다."

진규가 감격한 얼굴로 벌떡 일어서서 고개를 숙여 인사했다.

"아직 축하하기는 이르네."

"이 병원에 대한 애착이 깊으신 줄 압니다. 그런 용단을 내리신 것만 해도 대단하다고 생각합니다. 그런데 또 축하드릴 일이 있는 겁니까?"

"내가 자네에게 축하해 줘야 할 일이네."

"저한테요?"

진규가 아무리 생각해도 축하 받을 일이 없다는 생각에 어깨를 으쓱거렸다.

"잠깐만요. 박 서방한테 축하해 주는 말은 제가 직접 해 주고 싶네요."

이석균이 무슨 말인가 하려고 할 때였다. 김정임이 이주희와 방에서 나오면서 말을 막았다.

"자네 장모가 해 주는 것이 더 뜻깊을지 모르겠네."

"당신은 무슨 일인지 알고 있어? 난 아무리 생각해 봐도 축하 받을 일이 없는데?"

이주희가 진규 옆에 앉았다. 진규가 이주희의 손을 잡고 속삭이는 말로 물었다.

"글쎄요."

이주희는 김정임으로부터 들은 말이 있었지만 극적 효과를 주기 위해 웃음을 참으며 김정임을 바라봤다.

"석정사회복지재단 이사장은 자네가 맡아 줘야겠네. 아니, 우리는 이미 결정을 했네. 자네 장인어른하고 나하고 둘이서 임명해 줬으니 따라 주겠지. 취임을 축하하며 우선 우리끼리 박수로 환영할까?"

김정임은 진규가 거절할 수 없도록 박수를 쳤다. 기다렸다는 얼굴로 이석균과 이주희도 박수를 치기 시작했다.

"저도 축하드려유."

강경댁도 식탁 옆으로 다가와서 박수를 치기 시작했다.

"지금 뭐라고 말씀하신 거야? 내 귀가 이상이 없다면 나한테 석정사회복지재단 이사장직을 맡아 달라고 하신 것 같은데?"

진규가 박수 소리가 멈추기를 기다렸다가 이주희에게 물었다.

"정확히 들었어요. 아버지는 병원 일만 하셔도 바쁘시잖아요. 당신이 적임자라고 생각해요."

"누가?"

"당신을 제외하고 우리 기태까지 포함한 네 명 모두. 그런 의미에서 다시 한번 박수를 쳐 드릴까요?"

"아, 아녀. 박수는 됐고! 에…… 알겠습니다. 제가 힘은 미약하지만 장인어른하고 장모님의 숭고한 뜻이 바래지지 않도록 열심히 해 보겠습니다."

진규는 나중에 적임자에게 이사장 자리를 양보하는 한이 있더라도 당장은 거부해서는 안 될 상황이라고 판단했다. 이주희가 박수를 치지 못

하도록 손을 잡아 내리고 마음을 진정시키고 나서 말했다.

"자네는 나를 실망시키지 않을 것으로 믿고 있었네."

이석균이 일어서서 손을 내밀었다. 진규도 어렵게 손을 내밀어서 이석균이 내민 손을 힘주어 잡았다.

진규는 이석균의 집에서 혼자 나와 곧장 향숙이 살고 있는 집으로 향했다.

향숙은 마당에서 영순이와 텃밭에 심은 몇 포기 되지 않은 고추에 지지대를 세우고 있었다.

"보살님, 어쩌믄 이릏게 딱 맞아유? 아침부터 오늘 귀한 손님이 오실지 모른다고 하시드니 박사님이 오셨네유."

영순이 고추대 크기의 대나무를 텃밭에 박다 말고 반가운 얼굴로 인사했다.

"두 분이 꼬추를 얼매나 먹는다고 꼬추를 심어. 여름에는 진딧물이 장난이 아닐 텐데……."

진규는 들고 간 복숭아 상자를 대청 위에 내려놓고 텃밭으로 갔다. 향숙의 옆으로 가서 고추를 지지해 줄 플라스틱 끈을 묶어서 길게 늘어뜨렸다. 그 사이에 알맞은 간격으로 대나무로 된 지지대를 박기 시작했다.

"바쁠 텐데 웬일이여? 조카는 잘 커? 백일이 지났지?"

"누나가 걱정하는데 잘 안 클 리가 있남? 시방 대전에 있는 즈 외갓집에 있구먼. 데려와서 누나한테 뵈여 주고 싶었는데, 밤에 영동으로 내려가야 하잖여. 즈 엄마가 걱정할 것 같아서 혼자 왔구먼."

진규가 나서니까 고추대에 지지대를 세우는 일은 금방 끝이 났다. 진규는 내친김에 상추밭의 잡초도 뽑아 주고, 들깨 밭까지 매 준 다음에 텃밭에서 나왔다.

"일전에 인숙이가 한번 왔구먼. 저하고 같이 서울 구로동에서 노동교실을 하는 학교 선배가 츰에는 부당노동행위로 끌려갔는데, 나중에 봉께 국가보안법 위반으로 간첩죄가 추가로 늘어서 무기징역을 받았는데, 워티게 될 것 같냐고 물어보러 왔드만."

진규가 거실 문턱에 걸터앉았다. 향숙이 진규 옆에 앉으며 진규를 바라보며 말했다.

"나도 알고 있구먼. 인숙이 말로는 고문 땜시 허위 자백을 했다능 겨. 그래서 재판할 때 고문을 건디지 못해 허위 자백을 했다고 말하니까, 판사가 인정해 주지 않았다고 하데. 그래서 고법에 상고를 했댜. 고법에서도 무기징역을 선고 받으면 대법에 상고할 생각이여. 내가 볼 때도 고문을 받은 것이 사실인 거 갸텨. 인숙이가 거짓말할 아가 아니라는 걸 떠나서, 나도 그 후배를 대충은 알고 있거든. 노동운동은 하고 있지만 이념 쪽하고는 거리가 먼 후밴데 정말 안됐어. 누나가 볼 때 어떻게 될 거 갸텨?"

진규가 먼 하늘을 바라보며 말을 하다가 걱정스러운 얼굴로 향숙에게 시선을 돌렸다.

"고법에서도 심들겄어. 하지만 몇 년 있다가 나올 거 갸텨. 그라고 건강이 안 좋아질 거 같구먼. 물론 그 안에 들어가 있으면 몸이 축나기는 하지만 말여. 선녀님이 그라시는데 기관지 계통을 조심해야 할 거여. 인숙이가 그 선배를 엄청 좋아하는 거 같드라구."

향숙은 인숙이 내내 울음을 그치지 않았다는 말은 할 수가 없었다. 진규의 표정을 떠보기 위해 지나가는 말처럼 말했다.

"나도 그런 생각은 들어. 그랑께 대전에서 야학을 하다가 서울로 올라왔겠지. 앞으로 몇 년을 기달려야 한다면 대통령이 바뀌어야 나온다는 결론이구먼."

진규는 마음속으로 길게 한숨을 내쉬었다. 구름 한 점 없는 푸른 하늘에 먹구름 한 점이 불쑥 나타나서 강물을 타고 흘러가는 낙엽처럼 유유히 흘러간다.

"그건 잘 모르겠어. 하지만 선녀대신님이 그라시는데 빨라야 앞으로 삼사 년은 더 기다려야 한다네."

"그렇구먼……."

진규는 이번에는 향숙이 들을 정도로 한숨을 길게 내쉬며 일어섰다. 뒷짐을 지고 괜히 향숙의 앞을 오가다가 맥없이 거실 문턱에 걸터앉았다.

"오랜만에 오셔서 지는 하룻밤 주무시고 가실 줄 알았쥬. 하지만 즈녁은 드시고 가실 거쥬?"

영순이 진규가 손을 씻을 수 있도록 대아에 물을 담아 마당에 내놓으며 물었다.

"앞으로는 대전에 자주 올 팅께 너무 서운해하지 마."

진규가 어두운 표정을 지우고 밝은 목소리로 말했다.

"학교에 발령이 난 것은 아닐 테고?"

향숙이 무심코 텃밭을 보니까 중간에 있는 끈으로 연결되어 있는 고추 지지대가 공중에서 덜렁거리고 있다. 천천히 일어나서 밭으로 들어가 지지대를 양손으로 잡고 힘껏 눌러서 박았다. 손바닥을 보니 흙먼지가 묻어 있다. 수돗가에 쪼그려 앉아서 손을 씻으며 물었다.

"장인어른이 충일병원을 사회복지재단에 기증하시기로 하셨구면. 그래서 장인어른 이름자 가운데 글자하고, 장모님 이름자 가운데 글자를 합쳐서 석정사회복지재단을 설립하신댜. 그 사회복지재단 이사장직을 맡아 달라고 부탁하시드만. 자식이라고는 집사람 하나뿐에 읎잖여. 그래서 열심히 한번 해 보겠다고 말씀드렸구면."

"그람, 앞으로 충일병원도 니가 경영하는 거여?"

향숙은 영순이 건네주는 수건을 받아 손의 물기를 닦으며 놀란 얼굴로 물었다.

"아녀, 내가 워티게 병원을 경영햐. 병원은 장인어른께서 계속 경영하셔야지. 앞으로는 돈이 읎어서 병원에 못 오시는 분들이나 고아원에 사는 고아, 큰 병에 걸렸지만 돈이 읎어서 수술을 못 하시는 분들은 사회복지법인을 통해서 무료로 치료를 받게 하는 일을 할 거여. 그러자믄 양로원도 맨들어야 하고, 장애인들을 돌보는 시설 같은 것도 맨들어야 하지. 그런 일을 내가 책임지고 하는 거여."

진규는 거실 문턱에 걸터앉았다. 잠깐 동안 땡볕 밑에서 일을 했는데도 등이 축축하도록 땀이 났다. 영순이 방으로 들어가서 선풍기를 틀어 준다.

"어머, 참말로 잘됐구면. 그런 일은 니가 원래 좋아하는 일이잖여. 암만 생각해 봐도 참말로 훌륭한 일을 하게 됐구면. 우리 이러고 있을 것이 아니라, 축하주라도 한잔 마셔야 하는 거 아녀?"

진규 옆에 앉은 향숙이 자기 일처럼 기뻐하며 엉덩이를 들썩거리도록 진규의 어깨를 문지르며 축하해 줬다.

"아까 장인어른하고 맥주 한잔했거든. 누나하고라면 오늘 모산에 못 내려가는 한이 있드래도 축하주를 마셔야지. 근데 누나는 워티게 된 게 나이가 들수록 더 이뻐지는 거 가텨?"

"박사님도 농담할 줄 아는구먼. 내 나이가 및 살인 줄 알아?"

"내가 왜 누나 나이를 몰라."

"몇 년 안 있으믄 오십여, 오십! 여자 나이 오십이믄 이미 꽃이 아니고 열매여 열매. 사람들이 꽃을 보고 아름답다는 말은 하지만, 열매를 보고 아름답다는 말은 안 하잖여."

"그래도 누나는 밖에 나가믄 누가 사십 대 후반으로 보겄어. 많이 봐야 서른 및 살로 보겠지. 영순아, 내 말이 맞지?"

진규는 아련한 슬픔 같은 것이 안개처럼 피어오르는 것을 느끼면서도 겉으로는 밝게 웃었다.

"박사님 말씀잉께, 당연히 맞는 말씀이쥬. 술은 멀로 할까유?"

영순이 마당으로 내려가서 향숙에게 물었다.

"영순이가 서두르는 것 봉께 한잔하고 싶구먼. 이런 날은 그 샴페인인가 하는 그걸 터트려야 하는 거 아녀?"

"누나, 그냥 션한 맥주나 한잔햐. 난중에 정식으로 이사장에 취임하믄 샴페인을 사 올 팅게."

"그람, 지가 얼른 가서 맥주 사 올게유."

영순이 출랑거리는 걸음으로 대문을 열 때까지 진규와 향숙은 웃음을 머금은 얼굴로 서로의 얼굴을 바라봤다.

"누나, 인제 집에 좀 댕기는 것이 어뗘? 아저씨하고 아줌마도 연세가 많이 드셨잖아."

"니가 걱정해 주는 것은 고맙구먼. 하지만 요새는 아부지하고 엄마가 자주 댕기시잖여."

"물론 아저씨하고 아줌마가 대전에 와서 여기서 주무시고 가시는 것이나 누나가 모산으로 내려가는 것이나 어채피 딸자식 사이에 얼굴을 본다는 뜻에서 같을 수는 있구먼. 하지만 여기는 객지고 모산은 본가잖여. 본가는 누나의 숨결이 남아 있는 곳이란 말여. 사람이 천년만년 살아도 변하지 않는 데가 본가잖여. 누나가 어릴 때부터 자랐던 그 고향이란 말여. 내가 누나한테 해 줄 수 있는 게 이런 말밖에 없다는 걸 생각할 때마다 가슴이 아프구먼."

"그려, 진규의 맘 잘 알았응께 앞으로는 모산에도 자주 댕길께. 앞으로는 나 때문에 가슴 아파하는 일이 읎었으면 좋겠구먼. 나라를 위해서도 큰일을 할 사람이잖여."

"그기 무슨 말여?"

"갑자기 선녀대신이 말씀하시는구먼. 우리 진규가 앞으로는 큰일을 할 사람잉께, 소신을 굽히지 말고 뜻대로 나가라고 말여."

"알겠구먼. 누나가 기대하는 사람처럼 열심히 살 팅께, 누나도 모산에 자주 들러서 며칠씩 쉬다 올라오고 그랴. 그람 아저씨 아줌마가 얼마나 좋아하시겄어."

진규는 국회의원 공천을 주겠다고 몇 번씩이나 찾아왔던 전경구가 떠올랐다. 향숙이도 예지 받은 것이 있어서 해 주는 말일 것이라는 생각이 들었다.

그려, 내게 주어진 길이라믄 피할 이유는 읎지.

그렇다고 새삼스럽게 전경구를 찾아가고 싶지는 않았다. 앞으로 또 기회가 주어진다면 그때는 피해가지 않겠다고 생각했다.

사십억 원

땅을 판다 해도 그 돈은 지 돈이 아뉴.
지가 맨든 돈도 아니고, 장사를 해서 번 돈도 아뉴.
돈을 벌겠다고 사 놓은 땅도 아뉴.
그냥 돈이 있어서 삼천 원씩 주고 사 놓은 땅유.
그 땅이 저 혼자 커서 그 큰돈이 된 거잖유.

6월이지만 아침 바람은 서늘했다.

박태수네 양옥집 거실에는 동네 사람들이 빼곡하게 앉아서 텔레비전을 응시하고 있었다. 일요일이라서 출근하지 않은 상규도 안방 문턱에 앉아서 텔레비전에서 방영되는 <한 지붕 세 가족>을 시청하고 있었다. 상규의 아내 이옥순은 부지런히 주방을 오가며 커피를 타 오랴, 술안주를 가져오랴 심부름을 하기 바빴다.

주인공인 임현식이 능청을 떨거나 순돌이 엄마가 바가지를 긁을 때마다 와하! 웃음을 터트리는 소리가 둥구나무거리까지 퍼져 나갔다.

"진규는 언제부터 나온데유?"

장기팔이 박평래에게 물었다.

"아! 여기는 엠비씨고, 우리 진규가 나오는 데는 케이비에스라잖여."

박평래는 변쌍출이 어느 날 갑자기 저승으로 떠나고 난 후로 부쩍 말수가 줄어들었다. 순배 영감도 나이가 많이 들어서 말하기보다는 듣고만 있을 때가 많았다. 그러다 보니 어느 때는 둘이 너럭바위에 앉아서 한나절 동안이나 목석처럼 앉아 있을 때도 있었다. 장기팔이 끼어들지 않으면 하루 종일 말을 하지 않아서 입에서 군내가 덜 나는 편이다. 하지만 오늘은 새벽부터 누구에겐가 말을 하고 싶어서 입이 근질근질하다. 진규가 텔레비전에, 그것도 대전에 있는 방송국이 아니라 서울 여의도에 있다는 방송국에 30분 동안이나 출연했고, 오늘은 그 방송이 나오는 날이다.

"의원님이 텔레비전에 나와 봤자, 국회의사당에서 잠깐씩 얼굴만 비쳤지, 진규처름 근 반 시간 동안이나 나온 적은 읎었잖유."

"내가 알기루는 영동 군수도 서울에 있는 방송에는 안 나온 걸로 알고 있구먼. 청주 방송에는 자주 나와도 말여."

황인술이 막걸리를 따라 주면서 입에 발린 목소리로 말했다. 박평래는 입에 발린 목소리든 그냥 해 보는 말이든 무조건 좋았다. 어깨를 으쓱거리며 괜히 거실 안을 두리번거렸다. 동네 사람들은 모두 텔레비전에 눈을 박고 있다.

"저거 좀 봐. 일박 이 일로 놀러 간다잖여."

"서울 사는 사람들은 지 집 읎이 셋방을 살면서도 소풍을 가는 모양이지?"

"아! 촌에 사는 사람은 논이 열 마지기 있어도 일 년 내내 괴기집에서 가족찌리 외식 한번 못 하잖여. 근데 서울 사람들은 순돌이네처럼 사글

셋방에 살아도 뽀너스를 타믄 가족찌리 갈비를 뜯는다거나 무슨 해물탕을 사 먹기도 한다잖여."

"요새 젊은이들은 집보다 차부텀 사는 것이 유행이라!"

"썩어 빠진 증신머리를 갖고 있응께 집보다 자가용을 먼저 사지. 자가용이 한두 푼 하는 것도 아니고, 그 돈이 있으면 집 사는 데 보탤 궁리를 해야 하는 것이 정상 아녀?"

"셋방 사는 사람이 일박 이 일로 가족찌리 소풍 가는 거나 개찐또찐 아녀?"

"분명한 것은 서울에서 지게를 지든지, 공사판에서 일을 해도 촌사람보다는 잘산다는 거여."

"진규는 아들 낳았지?"

윤길동이 구석에 앉은 아낙네들이 주고받는 말을 엿듣고 있다가 태수에게 작은 소리로 물었다.

"아들이 머여, 돌이 가차와지는데. 향숙이는 요새 집에 한 번씩 오는 거 가텨?"

"진규가 그랬다잖여. 대전은 암만 오래 살아도 타향이고, 어릴 때 살던 고향잉게, 부모님도 대전에서 향숙이를 보는 것하고는 다르다. 인제엔간히 나이도 먹고 했응께 한 번씩 찾아뵈라. 그 말을 듣고부텀 집에 댕기기 시작하잖여. 하지만 안 올 때가 훨씬 나아. 안 올 때는 그냥 그렇게 사는가 했잖여. 근데 저보다 어린 동생들도 죄다 시집가고 장가가는데, 저것이 무슨 재미로 세상을 사나, 하는 생각이 들믄 가슴이 짠혀."

윤길동은 굳은살이 박인 손바닥을 긁으면서 작은 목소리로 말했다.

"에이, 그래도 안 오는 것보다 오는 거이 낫지."

김춘섭이 커피를 마신 잔에 막걸리를 따라서 윤길동에게 내밀었다.

"그려, 암만하믄 대전에서 얼굴 보는 것보담은 집에서 얼굴을 보는 거이 훨 낫지."

박태수도 김춘섭의 말이 맞다는 표정으로 고개를 끄덕거렸다.

"하여튼 진규가 인물은 인물여. 충일병원이 우리나라에서도 열 손가락 안에 들 정도로 큰 병원이라잖여. 서울 아래서는 부산이며 대구, 광주, 그런 데를 포함해서 젤 큰 병원이라잖여. 저 맘먹기에 따라서 얼매든지 그 병원이 지 병원이 될 수 있었을 거 아녀?"

"왜 아녀. 딸이라고는 지 마누라 하나뻬에 읎는데."

장기팔이 황인술에게 하는 말을 가만히 듣고 있던 박평래가 끼어들었다.

"그런데도 그 병원을 사회복지 법인으로 맨들어서 오늘 텔레비전에 나오는 거 아녀유."

장기팔이 황인술에게 말해 봐야 소용없다는 표정을 지으며 박평래를 향해 돌아앉았다.

"츠, 그거만 있는 줄 알어? 우리 진규는 국회의원을 시켜준 데도 안 하는 아여."

박평래가 콧방귀를 끼며 하는 말에 방 안에 있던 사람들이 모두 놀란 빛으로 서로의 얼굴을 쳐다봤다. 이내 그 말이 맞느냐는 표정으로 박태수와 상규네를 바라봤다. 해룡네는 안방 문턱에 앉아 있는 상규를 바라보며 시방 느 할아부지가 먼 말을 하고 있느냐고 속삭였다.

"아버님도 별말씀을 다 하시네유. 암것도 아닌 걸 갖고……."

상규네가 사람들의 시선을 부끄럽게 받아들이며 혼잣말로 중얼거렸다.

"머가 별것이 아녀. 국회의원이 될라믄 돈도 엄청 벌었다는 말 아녀유?"

황인술이 자기 귀를 믿지 못하겠다는 얼굴로 박평래를 바라봤다.

"츠, 돈이 읎어도 저만 똑똑하믄 서로 국회의원 시켜 줄라고 야단이라드만."

박평래는 김영삼이라는 이름이 입 안에서 빙빙 돌았지만 진규가 다른 분들한테는 말하지 말라고 했던 것이 생각나서 콧방귀만 꼈다.

"그, 그람 머유. 전국구 국회의원을 말씀하시느만. 근데 그것도 십억 이상 돈을 정치헌금으로 디밀어야 한다고 하든데? 당장 우리 동리도 그런 분이 계시잖유."

황인술이 답답하다는 얼굴로 박평래를 보고 있던 시선을 거두고 박태수를 바라봤다. 박태수는 말없이 씩 웃고만 있다.

"참말로 의원님이 십억 원이라는 돈을 주고 국회의원 자격증을 산 겨?"

장기팔이 마른침을 꿀꺽 삼키며 물었다.

"나도 확실한 건 몰라유. 의원님이 성남으로 지역구를 욍기기 전까지 영동 사무실에서 사무장을 하던 여도환이라는 사람 있잖유."

"그 사람 시방 읍내에서 무슨 다방을 한담서?"

오 씨가 아는 척하는 얼굴로 끼어들었다.

"아따, 오 씨 양반은 언지부터 읍내 다방까지 진출했어? 누가 봉께 요새 시간만 나믄 학산 호수다방에 앉아 있다고 하든데?"

아낙네들 중에 누군가 빈정거리는 목소리로 말했다.

"젠장, 다방에서 칠백 원 주고 커피 한 잔 사 먹느니, 오백 원 더 보태서 짜장면 한 그릇 사 먹겠네."

"그람 저 위 의원님이 그 머셔, 돈을 십억씩이나 내놓고…… 아이구, 무시라! 그람, 그 머여! 십억 원이라는 돈을 내고 국회의원직을 샀다는 말여? 그람 누구나 돈이 있으믄 국회의원이 되겠네? 그기 무슨 국회의원여 돈지랄하는 거이지."

해룡네는 오 씨가 다방 출입을 하든 말든 상관없었다. 돈 십억 원이 얼마나 큰돈인지 짐작할 수가 없었다. 무조건 엄청난 돈이라는 생각에 도저히 믿을 수 없다는 얼굴로 중얼거리다가 자신도 모르게 혀가 돌아가는 대로 내뱉었다.

"에이, 돈 주고 사는 국회의원하고 선거로 뽑힌 국회의원하고는 먼 차이가 있어도 차이가 있겠지."

동네 사람들은 이동하의 땅을 부치고 있을 때, 이동하를 욕하는 말을 들었으면 해룡네의 말을 받아 주기는커녕 험악하게 노려봤을 것이다. 하지만 이동하의 땅을 부치고 있지 않은 상황이라서 해룡네의 말이 입에 발린 소리로만 들렸다. 떼보 엄마만 무식하다는 표정으로 해룡네를 노려보며 아는 척했다.

"국회의원이 다 같은 국회의원이지 먼 차이가 있다고 그랴. 똑같이 국회에서 법을 맨들고, 회의를 하는 걸로 알고 있는데. 상규야, 내 말이 맞지?"

황인술이 누구한테 물어볼까 하다가 그중에 명색이 공무원인 상규가 낫다는 생각에 상규를 바라보며 물었다.

"그람유."

상규가 깊게 생각해 볼 필요도 없다는 얼굴로 명쾌하게 대답했다.

"나는 잘 모르지만 말여. 그람 돈 들어서 선거를 뭐하러 햐. 선거할라믄 돈이 여간 들어가? 오죽하믄 선거 때가 되믄 읎던 모임이 막 생기잖여. 멀쩡히 대여섯 명이 앉아서 술을 마시다가도 국회의원 후보 사무실로 즌화해서, 여기 무슨 등산회네, 친목회네, 계 모임이라고 핑계를 대서 술값 뜯어 쓰는 것은 예사잖여."

순배 영감이 모두가 들으라는 얼굴로 말했다. 나름대로 모두가 들으라는 목소리 톤으로 말하기는 했지만 다른 사람들이 듣기에는 바짝 신경을 쓰고 있어야 들릴 만큼 작게 들렸다.

"저도 나름대로는 선거운동을 한다고 하는 사람이잖유. 집에 가만히 앉아 있어도 '은제 한번 나와서 즈녁 좀 먹자. 동리 사람들 데리고 나와서 한잔해라.' 그른 즌화가 많이 걸려 오거든유. 우리 동리처럼 작은 동리 구장한테도 그렇게 즌화가 오는데, 학산 아평 구장 같은 이한테는 돈 다발을 갖다 앵겨 줄 거 아뉴?"

"아따, 그람 구장은 그동안 선거 때마다 그런 즌화가 오믄 동리 사람들한테는 일언반구 안 하구, 혼자만 면사무소에 무슨 회의가 있다는 둥, 구장단 회의가 있다는 둥 핑계를 대고 나가설랑, 꼭지가 돌도록 취해서 '신고산이! 우루르르 함흥차 떠나는 소리에' 노래를 부름서 들어왔구먼."

박평래는 방향이 이상한 쪽으로 흘러가고 있는 것이 못마땅했다. 이러다가는 엉뚱하게 이동만 몰매를 맞게 됐다는 생각에 의식적으로 비아냥거렸다.

"만약 내가 나 혼자 워디 선거하는 데 가서 다믄 쓴 쇠주라도 한 잔 을어먹은 적 있다믄 내가 황가가 아니고 개가유. 일전에 의원님이 영동에서 당선됐을 때도 춘섭이 사둔하고 태수하고 같이 나갔슈. 태수 내 말이 틀렸남?"

"맞는 말유."

황인술이 발끈한 얼굴로 침을 튀기며 하는 말에 박태수가 별일도 아닌 거 갖고 화를 낸다는 표정으로 대답했다.

"아! 국회의원 자리를 돈을 주고 사둔, 선거 때 돈을 뿌려 당선되든, 우리하고 먼 상관여. 당장 비료값이 오르는 것이 중요하지. 신소리들은 그만하고 '한 지붕' 끝났응께, 어여 케이비에스 틀어."

누군가의 말에 박평래가 깜짝 놀란 얼굴로 상규를 바라봤다.

"벌써 시작했구먼! 지, 진규 나왔다."

"요새는 인물이 훤하구먼."

"참말로! 텔레비서 봉께 더 잘생겼네."

상규가 채널을 돌리자마자 대담 프로가 진행되고 있었다. 국장급 아나운서가 진규에게 질문하면, 진규가 대답하는 식의 프로였다. 아낙네들이 <한 지붕 세 가족>을 볼 때와 다르게 자세를 고쳐 잡고 앉아서 한마디씩 했다.

"좀 칭히 해 봐. 우리 진규가 머라고 하는지 쫌 들어 보자."

상규네 옆에 앉아 있던 청산댁은 내가 지금 이러고 있을 때가 아니라는 생각에 일어서서 텔레전 앞으로 바짝 붙어 앉았다.

"어머님, 너무 붙어 있으믄 외려 더 잘 안 뵈여유."

상규네도 목소리는 한가했지만 좀 더 자세하게 보려고 무릎을 꿇고 앉았다.

"그래도 난 이기 좋아. 그래야 우리 손주 얼굴을 가찹게 볼 수 있잖여.”

청산댁의 말이 어이없기는 하지만 누구 하나 웃지를 않았다. 마치 자기 집처럼 편하게 앉아서 아나운서가 하는 말에 거침없이 대답하는 진규의 얼굴만 뚫어져라 바라봤다.

“그러시면 우리나라에서 개인이 세운 사회복지법인으로는 가장 규모가 큰 석정사회복지재단을 설립하게 된 동기가 박사님의 뜻이 아니라, 장인 어르신인 이석균 원장님의 뜻이었다, 이 말씀이십니까?”

사회자가 부드럽게 웃는 얼굴로 질문지에 적혀 있는 내용을 잠깐 바라보고 나서 물었다.

“네, 그렇습니다. 그래서 석정사회복지재단이라는 이름도 장인어른의 함자 가운데 있는 석 자와 장모님의 함자 가운데 있는 정 자를 합해 지은 것입니다.”

진규는 소파의 팔걸이에 양손을 얹고 바른 자세로 부드럽게 웃었다.

“석정이란 복지법인 명칭에 그렇게 깊은 뜻이 숨어 있는지 몰랐습니다. 그래도 유일한 상속자인 박사님의 아내, 이주희 시인이자 교수님의 뜻이 없었다면 불가능했을 것이라는 생각이 드는군요. 물론 박사님도 충일병원 원장님이 역사에 남을 만한 중대한 결정을 하는 데 많은 역할을 하셨을 것이라고 믿습니다.”

“두 가지만 말씀드리겠습니다. 먼저 역사는 흐르고 있습니다. 저는 지금 석정사회복지법인이 개인이 출연한 복지법인 중에는 가장 크다는 점을 인정합니다. 그러나 사회적 여건이 좋아지면 석정보다 더 큰 사회복지법인도 생겨날 것입니다. 다음으로 제 개인적인 경험을 말씀드리겠습니다. 저희 집안은 과수원 농사를 짓고 계십니다. 그렇게 되기까지는 집

안 구성원 모두의 노력이 컸습니다. 과수원을 개간할 당시에 두 번의 실패가 있었습니다. 그중 첫 시도 때 사라호 태풍으로 과수원이 흔적도 없이 사라졌습니다. 다음 번에는 묘종이 모두 얼어 죽었습니다. 웬만한 집에서는 그쯤에서 포기했을지 모릅니다. 하지만 저희 집에서는 다시 나무를 심어야 할지, 말아야 할지를 두고 가족회의를 했습니다."

"박사님 가족은 무슨 일을 할 때 가족회의를 하십니까? 그 시절로서는 보기 드문 일이군요. 박사님이 성장하시던 시대만 해도 가부장 제도가 뿌리 깊게 자리한 시대 아닙니까?"

"저희 집안에서는 할아버님과 할머님, 부모님과 저희 형제들이 한 방에 모여서 자주 회의를 합니다. 그 회의에서 지금도 잊히지 않는 말이 있습니다. 저희 할아버님께서는 '내일 내가 어떻게 되는 한이 있더라도 난 사과나무를 심을란다.'라고 말씀하셨습니다. 저는 그 말을 지금도 생생하게 기억하고 있습니다. 지금도 할아버님은 연세가 많으십니다. 하지만 당신을 위해서가 아니고 손자들을 위해 한겨울에 손이 꽁꽁 어는 추위에도……. 피는 물보다 따뜻합니다. 돌에 찧은 상처에서 피가 나면, 그 따뜻한 피가 추위로 살에 얼어붙습니다. 그래도 할아버님은……."

진규가 말을 하다가 고개를 숙이고 눈물을 닦았다. 카메라가 얼른 방청객을 비췄다. 여자 방청객 몇몇이 손수건을 꺼내 눈물을 닦거나 얼굴 가득히 눈물을 흘리는 모습이 클로즈업됐다. 거실 여기저기서도 아낙네들이 눈물을 흘렸다. 윤길동의 눈에도 눈물이 그렁하게 차올랐다. 박태수는 괜히 헛기침을 하며 천장을 바라봤다.

"자가, 별말을 다 하느만……."

상규네는 더 이상 텔레비전을 볼 수가 없었다. 눈물을 삼키며 잔기침과 함께 일어서서 슬그머니 밖으로 나갔다.

"상규 할아부지 다시 봐야겄구먼."

"그해 겨울에 또랑가에서 일하시는 모습 안 본 사람처름 말하는구먼."

"난 여사로 봤을 뿐여. 그릏게 고생을 심하게 하신 줄은 몰랐구먼."

"아! 고생 끝에 낙이 온다는 말이 그냥 생긴 말이 아닝께, 좀 청히 텔레비 좀 보자."

장기팔은 도랑에서 농약을 먹고 죽은 시훈이 얼굴이 떠올라 벌컥 화를 냈다. 다 같은 사람인데 어떤 사람은 자갈밭에 과수원을 만들고 나서 제 할아버지를 추켜세우며 자랑을 하고 있고, 어떤 사람은 소 값 폭락에 충격을 받아서, 그 자갈밭에서 저승으로 갔다. 세상 참 불공평하다는 생각에 눈물이 났다.

"박사님이 농촌 문제에 관심을 갖고 계신 것도 할아버님의 영향을 받으셔서입니까?"

진규가 진정하기를 기다리며 휴지를 내밀었던 사회자가 물었다. 진규가 잔기침을 하고 다시 입을 열기 시작했다.

"농촌에 가면 이 땅에는 저희 할아버님 같으신 분이 무수히 많습니다. 그분들이 자기 자신의 행복을 위해서 한겨울에 손등이 갈라지고 피가 터지는 고통을 달게 받아들이시며 고생하고 계십니다. 하지만 노력에 비해 결과는 지극히 적은 것이 현실입니다. 도시에서는 노력한 만큼 돈을 벌 수 있습니다. 그러나 모든 일의 근본인 농업을 천직으로 여기는 농부는 아무리 노력해도 결과를 얻지 못하고 그 반대가 될 수도 있습니다. 제가 알고 있는 고향의 형님뻘 되시는 분은 지난 팔십오 년 소 값 파동 때 스스로 목숨을 끊었습니다. 그분이 얼마나 노력하셨는지 저는 제 눈으로 직접 봤습니다. 하지만 농림수산부의 정책 실패로 인해서 소 값이 개 값이 됐고, 결국 그분은 죽음으로 이 세상을 등질 수밖에 없으셨다고 생각합니다."

진규가 내가 언제 박평래를 회상하며 눈물을 흘렸냐는 듯 굳은 목소리로 말했다.

"지, 진규야! 니가 우리 시훈이 한을 풀어 줬구나. 진규야! 참말로 고맙구면. 인제 구천을 떠돌던 시훈이도 진규 너 땜시 맘 편하게 잠들게 될 거여. 진규야! 난 니가 박사라고 해서 우리 시훈이 같은 것은 인간 취급도 안 할 줄 알았드니, 니가 맘속으로 우리 시훈이를 끔찍하게 생각하고 있었을 줄은 참말로 몰랐구면. 동네 사람들! 내가 오늘 한마디 해야 겄슈. 우리 시훈이가 갑자기 그릏게 되고 나서 내가 의원님을 몇 번이나 찾아갔슈. 농림수산부 같은 데 즌화해서 죽은 우리 시훈이 원한이나 풀게 해 달라고 말여유. 죽은 시훈이의 한을 풀어 주는 방법이 뭐가 있겄슈. 형님, 죽은 사람이 말하는 거 봤슈? 술 마시는 거 봤슈? 등구나무거리에 앉아 있는 거 봤슈? 하지만 저는 육신은 죽어도 귀신은 살아 있을 거라는 생각에 제발 보상이라도 해 달라고 했슈. 하지만 국회의원 선거 때마다 표를 찍어 줬던 이동하란 놈은 본척만척하드라구유. 하지만 저 텔레비에 나오는 진규 좀 보세유. 진규가 우리 시훈이 한을 풀어 주고 있잖유……."

장기팔은 그렇지 않아도 해장할 때부터 얼큰하게 취해 있었다. 진규가 시훈을 암시하는 발언을 하자 눈물이 걷잡을 수 없이 쏟아지기 시작했다. 벌떡 일어나서 방 안에 있는 사람들을 돌아다보며 입에 거품을 물었다.

"아여, 기팔이! 다 끝나 강게. 텔레비 좀 보세. 내가 술 한잔 살 모양잉게, 그때 하고 싶은 말 맘대로 하란 말여."

감격의 눈물을 연신 흘리고 있던 박평래가 젖은 목소리로 장기팔의 손을 잡아당겼다.

"그려유. 시훈이 아부지, 제가 이따 새마을회관으로 모실 모양잉게, 마이크에 대고 하실 말씀 죄다 하셔유. 그래야 시훈이 어머도 옛날처럼 동리에 놀러 나오시기도 하고 그러실 거잖유."

황인술이 보다 못해 일어섰다. 장기팔 옆으로 가서 그를 억지로 자리에 앉히며 달랬다.

"지난 이월 십삼일에도 전국 아흔아홉 개 군 농민 만 오천 명이 시위를 했습니다. 농민들이 원하는 것은 지극히 단순합니다. 물세를 폐지하고 고추를 전량 수매해 달라는 부탁밖에 없었습니다. 농산물은 제값을 받게 해 주고, 농민들을 봉으로 아는 물세는 폐지해 달라는 부탁을 들어주지 않으니까 집단행동을 보인 것에 불과합니다. 하지만 모든 신문과 방송은 농민들을 폭도로 묘사하지 않았습니까?"

"정치적으로 민감한 부분은 다음에 사적으로 질문하기로 하겠습니다. 앞으로 석정사회복지재단을 어떠한 방향으로 발전시켜 나가실 계획입니까?"

"우선 음지에서 고생하시는 도시의 노인분들을 위한 요양원을 만들 생각입니다. 그리고 순회 진료차를 구입해서 보건소하고 거리가 먼 농촌으로 다니면서, 몸이 불편해 병원에 다니시기 불편한 농촌 어르신들을 무료로 진료해 드릴 생각입니다. 그다음으로 아직 구체적인 계획을 세워 놓지는 않았지만 이천 년도까지 미국이나 영국처럼 노인 전문 요양병원을 설립할 계획을 가지고 있습니다."

"병원을 전문화하신다는 말씀입니까? 원래 충일병원 같은 종합병원은 산부인과부터 시작해서 노인들까지 모두 진료해 주지 않습니까? 그런데 어느 특정 연령층을 위한 전문 병원을 설립한다면 과연 타산이 맞을까요?"

사회자가 의아한 표정으로 물었다.

"선진국으로 갈수록 노인들의 수명이 늘어납니다. 우리나라도 이천년도에 진입하면 노인 수명이 현재보다 훨씬 늘어납니다. 또한 노인들의 병은 젊은 층들이 겪는 병과 여러 가지 다른 점이 많기 때문에 선진국에서는 이미 오래전부터 노인 전문 요양병원을 운영하고 있습니다. 그리고 앞으로 설립을 하게 될 노인 전문 요양병원은 저희 석정사회복지재단이 운영하기 때문에 수익성하고는 관계가 없습니다."

"박사님께서는 배달민족연구소도 운영하고 계신다고 들었습니다. 우리는 흔히 한민족이라고 자부합니다. 배달민족연구소가 지향하고 있는 목적에 대해서 말씀해 주실 수 있습니까?"

"우리는 흔히 한민족이라는 뜻을 고유 민족이라는 의미로 알고 있습니다. 그러나 저는 이것이 과거 일제가 한민족을 비하하기 위해서 만든 이론이라고 믿습니다. 원래 한민족은 터키족이나 몽고족과 달리 중국 동북부의 민족입니다. 숙신(肅愼), 조선(朝鮮), 한(韓), 예(濊), 맥(貊), 동이(東夷)라는 말이 주나라 초기부터 중국 문헌에 나타나고 있는데 바로 우리 민족을 가리키는 말입니다. 이 가운데 숙신과 조선은 중국의 고대 음으로 같은 말입니다. 한(韓)이라는 말은 칸(Khan)이라는 말에서 파생된 것으로 한(han)은 '크다' 또는 '높다'라는 뜻을 가진 알타이어입니다."

"박사님의 말씀은 한민족이라는 뜻이 고유 민족이라는 뜻이 아니고 큰 민족이라는 말씀이십니까?"

"저는 그렇게 주장하고 있습니다. 그런데도 제가 배달민족연구소라고 이름을 붙인 것은 우리 민족의 정체성을 연구하려는 뜻에서입니다. 배달(倍達)이라는 말은 환인(桓因)과 환웅(桓雄)이 하늘에서 내려와 지상에 세운 나라의 이름입니다. 연구 문헌에 의하면 배달의 수도는 신들의 도시인 신시(神市)라고 불렸는데, 백두산과 중국의 흑룡강 중간 지역에 있는 것으로 연구되고 있습니다."

"그러니까 박사님 말씀은 배달민족에 대한 정체성을 연구하고 싶다는 말씀이시군요."

"네, 그렇습니다. 정체성을 다른 말로 하면 본질이라고 볼 수 있습니다. 정치인은 정치인으로서의 정체성을, 기업가는 기업인으로서의 정체성을, 교육자는 교육자로서의 정체성을 확립하고 있을 때 이 나라는 발전하고 행복한 나라가 될 것으로 믿습니다. 그러나 정치인이 정치인도 아니고, 기업가도 아니면 곤란하지 않습니까? 기업가는 기업만 하고, 정치인은 정치만 해야 나라가 바로 선다는 것입니다."

"네, 배달민족연구소에 좋은 성과가 있기를 기대합니다. 그리고 박사님 말씀대로 하시면 석정사회복지재단은 앞으로도 우리나라 최고의 복지법인으로 거듭나게 될 것이라 믿습니다. 지금까지 대전에 본부를 둔 석정사회복지재단 이사장 겸 배달민족연구소 소장인 박진규 씨와 대담을 나누었습니다. 저는 케이비에스 논설위원 김한국이었습니다. 감사합니다."

"감사합니다."

사회자의 인사말에 이어서 진규도 정중하게 고개를 숙여 인사했다. 거의 동시에 방 안에서 텔레비전을 시청하고 있던 사람들도 손바닥이 아프도록 박수를 치기 시작했다.

"내가 이런 말을 하믄 자네는 듣기 서운하겠지만 말여. 자네는 당장 이 자리에서 죽는다고 해도 여한이 읎겠구먼."

순배 영감의 눈썹에도 이슬이 맺혔다. 눈썹을 깜박거리니까 쭈글쭈글한 얼굴 위로 눈물이 또르르 굴러 내린다.

"참말유. 난 인제 죽어도 소원이 읎슈."

아낙네들이 청산댁을 에워싸고 너도나도 장한 손자를 두었다고 한마디씩 던졌다. 아낙네들의 말에 한층 고조됐던 청산댁이 박평래를 노려보며 입술을 삐죽거렸다.

"나도 오늘 죽어도 여한이 읎구먼유. 진규 은제나 한번 내려온대유?"

아낙네들이 우르르 빠져나가고 남정네들만 남았다. 장기팔이 눈물을 흘리면서 박평래의 손을 잡았다.

"진규야 할애비가 보고 싶다고 하믄, 크게 바쁜 일이 없으믄 날이라도 내려올 껴. 근데 왜?"

"우리 시훈이 한을 풀어 줬는데 지가 가만히 있으믄 안 되잖유. 은공을 갚을라믄 하다못해 빚을 내서라도 양복이라도 한 벌 맞춰 줄라고 그래유."

"아녀, 말만 들어도 고맙구먼. 맘도 안 좋을 텐데 해룡네 집에 가서 한잔햐."

"술은 여기 있슈. 짝으믄 말씀만 하셔유. 아주 닷 되 갖다 놓았응께……."

박평래의 말이 끝나기도 전에 마당에서 서성거리고 있던 상규네가 술상을 들고 들어왔다.

"우리는 해룡네 집으로 가서 한잔할 테니 찬찬히 드셔유."

박태수가 김춘섭의 손을 잡고 따라 일어서며 말했다.

"술은 태수가 사는 거여?"

황인술이 싱글벙글 웃는 얼굴로 박태수를 바라봤다.

"아따, 바로 요 자리에서 나한테 한잔 산다고 했던 사람이 그새 맘이 변한 겨? 내 이름 달고 마셔. 오늘은 내가 한잔 살 모양잉게."

장기팔이 황인술을 빈정거리면서도 기분 좋은 얼굴로 말했다.

"술은 태수가 사게 놔둬유. 그것보다 시훈이 아부지는 술 자실 때가 아닌 거 가튜. 어여 집으로 가셔서 아줌마한테 텔레비서 나왔던 야기를 해 주는 것이 순서인 거 같은데?"

윤길동이 뒤늦게 일어서면서 말하고는 오 씨에게 내 말이 틀렸냐는 표정을 지어 보였다.

"이런, 내 정신 좀 보라지. 길동이 말대로 내가 시방 이라고 있을 때가 아니구먼. 형님들, 우선 자시고 계셔. 내가 예핀네를 일루 데리고 올 팅께."

장기팔이 순배 영감에 이어서 박평래의 잔을 채워 주고 바쁘게 일어섰다.

"그려, 그려. 인제 날망집도 장날에는 학산장에 가서 맛있는 거 좀 사 먹고, 꽁치라도 사 다가 밥상에 올리라고 햐. 은제까지 죽은 시훈이를 껴안고 살 겨."

자식이 먼저 죽으면 평생 가슴에 안고 사는 법이다. 순배 영감은 이병호가 죽은 이후로 자식들에 대한 안타까움이 사라져 버릴 줄 알았다. 그러나 한 해 한 해 나이가 들수록 '나도 인제 느덜 곁으로 갈 때가 됐구먼.' 하는 생각이 자주 들면서 그리움이 가슴만 적시는 게 아니고 온몸을 적실 때가 많았다. 순배 영감은 당신 심정은 내가 다 알고 있다는 표정으로 장기팔을 바라보면서 젖은 목소리로 말했다.

"참말로 진규를 국회의원 시켜 준다는 당이 나타났단 말여?"

황인술이 둥구나무거리로 들어서서 일부러 박태수 옆으로 가 속삭였다.

"언지 아부지가 없는 말 하시는 거 봤슈?"

태수가 기분 좋은 얼굴로 반문했다.

"누가? 노태우?"

"에이, 아까 방송에서 진규가 농림수산부 정책이 잘못돼서 시훈이가 죽었다고 한 말 못 들어 봤슈?"

태수가 담배를 피우기 위해 멈췄다. 김춘섭이 눈치를 알아차리고 담배를 꺼내 태수 입에 물려주고 불을 붙였다.

"그람 민주당 총재 김영삼이 사람을 보냈남?"

"글씨유."

"알았다. 평민당의 김대중이 보냈구먼."

"왜 그기 그렇게 궁금하데유?"

"그람, 신민주공화당의 김종필이 사람을 보냈단 말여? 그려, 김종필이 충남 부여 사람이잖여. 같은 충청도 당잉께 김종필이 사람을 보냈구먼."

"구장님, 중요한 거는 말유. 누가 사람을 보냈는가가 중요한 것이 아뉴. 진규가 국회의원 같은 거는 안 하겠다고 거절했다는 거유. 만약 그 사람들이 원하는 대로 말을 들었다믄 지금쯤 국회의원이 됐을 거 아뉴."

박태수가 해룡네 집 앞에서 걸음을 멈추고 웃는 얼굴로 황인술을 바라봤다.

"태수 말이 맞구먼."

"그기 아녀. 국회의원이 됐다믄 내가 달밤에 정짓간으로 목욕하러 들어가는 과부 뒷모습을 본 것은 아무것도 아닐 정도로 뒷야기가 궁금하지는 않을 겨. 아! 이동하 의원님은 십억 원 이상 돈을 써서 국회의원을 하고 있는데, 진규는 그런 걸 마다항께 내가 안 궁금하겄어? 내가 볼 때 진규는 국회의원보담 대통령이 되고 싶은개벼. 그랑께 국회의원 빼찌를 흔신짝처름 여기지. 내 말 틀려?"

윤길동의 말에 황인술이 정색을 한 얼굴로 일장 연설을 했다.

"그런가?"

황인술의 말이 끝나자마자 술청 안으로 들어섰던 사람들은 일제히 태수를 바라봤다. 그 얼굴에 하나같이 긴장의 빛이 짙게 서려 있었다.

"에이, 싱겁기는. 해룡네 뭐햐. 빨리 여기 션한 막걸리 좀 내놔 봐."

박태수는 어쩌면 황인술의 말이 맞을지 모른다는 생각에 가슴이 덜컹 내려앉았다. 그러나 이내 아직 진규는 젊다는 생각에 싱겁게 웃는 얼굴로 해룡네를 바라보며 너스레를 떨었다.

옥천댁은 아침 일찍부터 서울 갈 준비를 하기 시작했다. 보은댁은 그런 옥천댁을 못마땅한 표정으로 바라봤다. 요즘 들어서 옥천댁의 서울 나들이는 한 달이 멀다 하고 이어졌다. 옥천댁이 서울에 올라가지 않으면 승우가 내려올 것이다. 하지만 옥천댁이 올라가는 통에 승우의 얼굴을 보려면 명절 때밖에 기회가 없었다.

옥천댁이 서울에 올라간다고 참기름이며 참깨, 고춧가루, 고사리 말린 것과 작년 가을에 잘게 썰어 햇볕에 말려 놓은 무말랭이 등을 바라바리 싼 커다란 보따리를 대청에 내놓았다. 보은댁이 방 안에 앉아서 방문을 열고 보따리를 바라보며 구시렁거렸다.

"그동안 자식 얼굴이 한 달이 멀다 하고 눈에 밟혀서 워티게 살았댜?"

"어머님도 같이 올라가셔유. 놀기 삼아 서울 귀경도 하고 좋잖유. 애자한테 가서 증손자 얼굴도 보고 하룻밤 자고 와유."

"느 시아부지가 저승에서 하마 오늘 올라나, 낼 올라나 기다리고 있는데 먼 놈의 서울 귀경."

"기차 타기 심드시믄 재오한테 말해서 자가용으로 서울까지 모시고 가자고 할께유."

"기차 타는 것이 겁나서 그라는 기 아니고, 당최 꿈쩍거리기가 싫구면. 승우 그놈은 지가 검사믄 도둑놈이나 사기꾼 앞에서 검사지, 즈 어머나 할머 앞에서도 검산가. 즈 어머를 그 먼 서울까지 오라 가라 하게."

보은댁은 날도 좋은데 서울 구경이나 갈까 하고 생각하다가, 서울 가봐야 몸만 피곤하지 특별하게 구경할 것도 없을 것 같아서 이내 포기했다. 옥천댁은 서울에 가면 사흘은 묵고 올 것이다. 그동안 직접 밥을 챙겨 먹는 것이 귀찮아서 투정을 부렸다.

"애비도 서울에 있잖유."

"애비도 국회의원질을 그만큼 했으믄 인제 집에서 쉴 때 아녀. 춘임이가 아무리 밥을 잘 해 준다고 해도 남의 식구잖여. 나이가 들수록 건강을 챙겨야 하는데, 그 나이가 되도록 객짓밥을 먹는다는 것이 말이나 되능 겨? 돈이나 짝아, 십억 원이믄 대체 얼매나 큰돈여? 난 평생 내 손으로 돈 백만 원도 만져 본 적이 읎는데……."

"요새 땅값이 천정부지로 치솟아서 강남에 있는 빌딩 두 채를 당장 팔면 천억 원이 넘는대유. 죽을 때 돈을 싸 가지고 가는 것도 아니고, 국회의원을 마지막으로 한 번 더 해 보는 것이 소원이라고 항께, 그 정도 돈은 써도 괜찮아유."

옥천댁은 재오가 올 시간이 됐다는 생각에 대문을 열어 놓을 생각으로 일어섰다.

"애자 말로는 십억 원이믄 아파트가 몇 채라고 하든데, 그 돈으로 아파트를 사 놓으믄……."

보은댁은 말해 봐야 이미 끝나 버린 일이라는 생각에 방문을 닫아 버렸다. 자신도 모르게 윗목 벽에 걸려 있는 이병호의 사진으로 시선이 간다.

좌우지간 영감이 더도 말고 우리 승우 사법고시 합격 때까지만 살았으면 저승에서도 큰소리치며 살 것인디. 에휴! 죽어 봐야 저승이 있는지 지옥이 있는지 알지, 내가 워티게 알겄어…….

이병호도 곰곰이 생각해 보면 난사람은 난사람이다. 이복만은 운이 좋은 편이라면, 이병호는 재산을 불리고 자식을 국회의원으로 만들어서 가문을 빛냈다. 하지만 죽으면 모두가 허사다. 지금쯤은 비봉산에 뼈만 묻혀 있을 것이다. 증손자가 검사가 되었는지도 모르고 있고, 손녀사위는 청와대에서 근무를 하다가 날아가는 새도 떨어트린다는 안기부에 근무하고, 이동하가 서울에 빌딩이며 땅이며 천억이 넘는 재산을 가지고 있는지도 모를 것이다. 죽으면 모든 것이 끝장이라는 생각에 저절로 한숨이 나온다.

"워딜 가실라고유?"

"서, 서울에 좀."

옥천댁은 대문을 활짝 열고 재오가 오는지 언덕을 바라보려고 하다가 박태수가 불쑥 나타나서 자신도 모르게 뒷걸음쳤다.

"의원님한테 가시는개비쥬?"

박태수가 지팡이를 짚은 손으로 들고 있던 상추를 내밀며 물었다.

"예, 승우 얼굴도 좀 보고……."

옥천댁은 박태수의 얼굴을 똑바로 바라볼 수가 없었다. 정미소에서 팔을 잃어버렸다는 소식을 들었을 때부터 자신 때문에 죄를 받았을지도 모른다는 생각을 버릴 수가 없었다. 고개를 숙이고 박태수가 내미는 상추가 든 비닐봉지를 받았다.

"아부지가 큰마님 입맛 읎으실깨비 상추 좀 갖다 드리라고 해서유."

"어머님이 상추를 워낙 좋아해서 우리도 작약 밭에 상추를 심었거든유. 하지만 늦게 심어서 인제 새끼손가락만 해유. 그래서 어머님이, 상규네 상추 씨 뿌렸으믄 상추 좀 은어오라는 말씀을 하시든데……."

"상규 어머가 갖다 드린다고 했는데, 먹고 노는 제가 운동 삼아 갖다 드린다고 해서 왔슈. 상추는 많응께, 며칠 있다 또 뜯어다 드릴게유."

"상규 아부지가 직접 뜯으셨슈?"

옥천댁이 자신도 모르게 박태수의 한쪽밖에 없는 팔을 바라봤다.

"소쿠리에 뜯어 담는 거야, 한 손으로도 얼매든지 할 수 있슈. 그람, 잘 댕겨오서유."

박태수는 몸이 성할 때 같았으면 무슨 핑계를 대서라도 좀 더 이야기를 했을 것이다. 그러나 팔 한쪽이 없는 데다 허리까지 마음대로 움직일 수 없는 몸으로 옥천댁과 마주 바라보기가 싫어서 돌아섰다.

"커, 커피라도 한잔 하고 가시지……."

옥천댁은 박태수가 돌아서지 않을 것이라는 점을 잘 알고 있으면서도 작은 목소리로 말했다.

"괜찮아유."

박태수는 걸음을 멈추고 고개를 꾸벅 숙여 보이며 억지로 웃음을 보였다.

"고마워유……."

옥천댁은 지팡이를 짚고 내려가는 박태수의 뒷모습을 바라보며 서 있고 싶지 않았다. 마음과 다르게 몸이 움직여 주지 않았다. 가슴에 슬픔 같은 것이 안개처럼 퍼졌다가 차곡차곡 쌓이는 것을 느끼며 계속 바라봤다. 박태수 앞으로 재오가 운전하는 승용차가 천천히 올라오고 있었다.

서울역에 도착한 옥천댁은 택시를 타고 곧장 명지대학교 앞에 있는 승철의 집으로 갔다. 승철은 출판사에 만화 원고를 갖다 주러 갔고 김수애가 반갑게 옥천댁을 맞이했다.

"보람이는 워디 간 겨?"

"학교 갔다가 와서 피아노 학원에 갔어요. 다섯 시쯤 올 거예요."

김수애는 옥천댁이 들고 온 보따리를 받아서 가겟방 안으로 들어갔다.

"만홧가게는 잘되는 거여?"

옥천댁은 힘들게 가지고 온 보따리를 풀었다. 참기름이며 고사리며 고춧가루 등을 모두 김수애에게 내밀었다. 빈 보를 탈탈 털어서 사각으로 작게 접으며 김수애를 바라봤다.

"아직까지는 그런대로 되는 편이에요. 그런데다 요즘은 보람이 아빠가 돈을 벌잖아유."

"내가 머라고 그랬냐? 승철이는 진작에 만화가로 나섰어야 하능 겨. 그람 시방쯤은 이름을 날리는 만화가가 됐을 거인데, 느 시아부지가 만화가는 절대로 안 된다면서 애써 그린 만화를 찢어 버리면서 반대했잖여."

"보람이 아빠 말로는 지금이 더 좋대요. 열심히 그리면 인정받게 될 것이고, 지금이 행복하대요."

"갸가 원래 어릴 때부터 욕심이 읎는 아 아녀. 즈 아부지 승질을 모르는 것도 아닌데 막말로 재산에 욕심이 있었으믄 집을 나왔겄냐?"

"어머님 말씀이 맞는 것 같아요. 보람이 아빠는 만화가로 성공하면 더 이상 원하는 것이 없대요. 커피 한잔 끓여 드릴까요?"

"아녀. 난 찬물 한 그릇만 있으면 된다. 누가 그라는데 서울 수돗물에는 소독약을 타서 냄새가 나 못 마신다고 그라는데?"

"저희도 머는 물은 보리차를 끓여서 냉장고에 넣어 뒀다 먹이요."

김수애는 옥천댁에게 보리차를 권하고 나서 모산에서 가지고 온 것들을 찬장이며 냉장고에 넣기 시작했다.

"느덜은 보람이 동생 안 볼 생각이여? 명색이 장남인데, 아들은 있어야 하잖여."

"저도 딸 하나만 있는 것보다는 아들 한 명 더 낳고 싶어요. 하지만 보람이 아빠가 우리 보람이만 훌륭하게 키우면 된다면서……."

김수애는 얼굴을 붉히면서 말꼬리를 흐렸다.

"그래도 그기 아닝 겨. 니가 잘 설득해서 아들 하나만 더 낳아야지. 승우도 빨리 장개를 보내야 하는데 통 갈 생각을 안 하는구면."

"도련님이야 검사님에다, 서울대 출신에다, 아버님이 국회의원이시잖아요. 매형은 청와대에 다니시고, 누나들 두 분은 박사님이니까 있는 집안 규수들이 줄을 설 거잖아요."

"그래도 난 승철이가 젤 낫다고 본다. 승철이는 순전히 지가 노력해서 만화가가 됐잖여. 그라고 느 시아부지한테 야기를 해서 재산 좀 물려주게 할 생각이구면. 강남 쪽에 이십 층짜리 빌딩이 두 개나 있잖여. 땅도 꽤 있는 모양이드라. 땅은 딸내미들한테 물려주더라도, 빌딩 한 채는 승철이에게 넘겨주라고 내가 야기할 모양잉께. 너무 기죽지 마라. 그래도 우리 집안 맏며느리는 보람이 에미니께."

옥천댁은 김수애가 승우나 딸들에게 위축될지도 모른다는 생각에 손을 끌어당겨서 잡았다. 김수애의 손은 따뜻했다. 손을 두들겨 주면서 친정어머니처럼 속 깊은 목소리로 말했다.

"강남에 있는 이십 층짜리 빌딩이믄 엄청나게 비싸겠네요?"

김수애는 이동하가 슈퍼 집 딸하고 결혼을 한 승철에게는 재산을 물려주지 않을 것이라고 믿었다. 옥천댁의 말도 그림의 떡이나 뜬구름처럼 와 닿는데도 자신도 모르게 놀란 목소리로 물었다.

"비싸겄지. 느 시아부지 말로는 몇백억씩 한다고 하드라. 느 시아부지가 설령 반대할지 몰라도 승우는 즈 형한테 주라고 할 껴. 승철이도 그렇지만 승우 가도 어릴 때부터 욕심이라고는 없는 아여. 그랑께, 돈 걱정은 말고 승철이한테 잘 말해서 보람이 동생이나 볼 생각햐. 그란데 즈 녁에는 종로 큰집에 가야 하는데, 애비는 몇 시에 온다냐?"

옥천댁은 벽시계를 봤다. 3시가 넘은 시간이다. 종로에 있는 이동하의 집에 가서 저녁을 지어 놓고 승우를 기다리려면 서둘러야 된다는 생각에 김수애를 바라봤다.

"오늘 어머님이 오신다는 거 알고 나갔으니까 일찍 들어올 거예요"

"만화 한 권 그려다 주믄 돈을 얼매씩 받는 거여?"

"보람이 아빠 말이 대기업 과장보다는 많이 받는대요 하지만 만화 한 권을 그리려면 보통 어려운 것이 아니에요 거의 매일 밤을 새워서 그리고, 낮에는 잠을 자야 하는데 보람이하고 놀아 주느라고 잠도 제대로 못 자서……"

김수애는 승철이 자신을 만나지 않았다면 부잣집에서 편하게 살고 있을 것이라는 생각이 들어서 눈물을 떨어트렸다.

"니가 말을 안 해도 니 맘 나도 알고 있구먼. 그랑께, 그만 울고 내 말 좀 들어 봐. 그룽다고 만화를 그만둘 수는 읎잖여. 만화 그리겠다고 집까지 나온 아가 만화 안 그리면 할 것이 뭐가 있댜? 생각난 김에 한 가지만 물어보자. 인제 만화가로 이름을 냈으니께, 집에 들어와야 할 거아녀. 원래 혼나는 거는 잠깐여. 느 시아부지도 나이가 많이 들어서 옛날처름 불같이 승질을 내는 편은 아녀. 아까도 말했지만 혼나는 거는 잠깐이고, 걱정만 하고 있으면 밤잠도 못 자고 고민만 하다 세월 보내잖여. 내 생각에는 인제 집에 들어올 때가 됐다고 보는데, 니 생각은 어떠?"

"저도 어머님하고 생각이 같아요 평생 안 보고 사실 분도 아니시잖아요. 건강하실 때 찾아뵙고 용서를 비는 것이 도리라고 생각해요. 하지만 보람이 아빠 생각은 더 유명한 만화가가 된 다음에 찾아뵙는다고……. 죄송해요."

"아녀. 니가 미안한 것이 뭐가 있다고 난 오히려 니가 승철이하고 잘 살아줘서 고맙기만 한데……."

옥천댁은 승철이 방문을 열고 들어오는 모습을 보고 입을 다물었다.

"언지 오셨슈?"

"아까 왔다. 그렇지 않아도 니가 늦게 오믄 날 다시 들릴라고 했는데 마치맞게 왔구먼. 에미 말 들어 봉께 출판사 갔다고 하든데?"

"오늘 원고료 받았는데, 맛있는 거 사 드릴 테니 나가시죠."

"참말로 돈을 벌기는 버는 모양이구먼. 나는 됐다. 이따 종로 아부지 집에 가 봐야 항께, 보람이 오믄 워디 괴깃집 같은 데 가서 니 식구 비싼 괴기 좀 사 줘라. 그기 내가 먹는 거하고 마찬가징께. 그라고 아까 니 식구한테도 말했지만 새로 한번 말을 해야겄다. 인제 니 소원대로 만화가도 됐응께 집에 들어와라. 난도 평생 그짓말이라고는 한 번도 안 해 보다가 요새 들어서 너한테 올라고 느 아부지집에 가랴, 애자한테 가랴, 바빠 죽겄다. 밖에 나갔다 왔응께 뭐 좀 마셔야 하는 거 아니냐?"

옥천댁이 승철 옆에 바짝 붙어 앉아서 말하다가 김수애에게 시선을 돌렸다.

"커피 한잔 타 드릴까요?"

"블랙으로 줘. 엄마, 좀 더 유명해지면 제 발로 찾아가서 아버지한테 큰절을 하며 용서를 빌게요. 그동안 좀 불편하시지만 참아 줘유."

승철이 김수애가 일어나서 주방 앞으로 가는 뒷모습을 바라보다 작은 목소리로 간곡하게 말했다.

"언제까지 만홧가게를 할 수는 읎는 일이잖여. 가정주부가 남편 뒷바라지하고 자식들 잘 키우는 일이 할 일이지, 만홧가게에 앉아서 동전이나 세고 있다는 것이 말이나 되는 거냐?"

"지금은 만홧가게 그만둬도 먹고살 수는 있어요"

"너한테 하는 말인데 말여, 느 아부지가 원래 혈압이 높으시잖여. 그런데다 몸에 안 좋다는 술이며 괴기는 노상 들고 계시잖여. 내가 몸 생각해서 술 좀 그만드시라고 해도, 정치하고 술은 바늘과 실이나 마찬가지래서 정치를 그만두지 않는 이상 술을 끊을 수는 읎다고 하시드라. 그래서 하는 말인데 말여, 갑자기 쓰러지기라도 하신다믄 그땐 워짜겄냐?"

"그릏게 심각하세요?"

승철이 놀란 얼굴로 옥천댁의 손을 잡으며 물었다.

"보람이 아빠, 어머님 말씀대로 하루라도 빨리 집에 들어가는 것이 좋겠어요. 건강하실 때 용서를 받아야지, 몸도 성치 않을 때……"

김수애가 커피를 승철이 앞에 내밀며 옆에 앉아서 말을 잇지 못했다.

"아까, 며느리한테는 말을 했지만 말여. 느 아부지가 강남에 이십 층짜리 빌딩을 두 채 갖고 있잖여. 내 생각에는 그중 한 채는 니 앞으로 해 주고 싶구먼. 시방이라도 아부지한테 가서, 정말로 만화가로 성공하고 싶어서 집을 나왔다. 시방은 보란 듯이 만화가로 자리를 잡았다, 그릏게 용서를 빌믄 남도 아니고 자식인데 워짜겄냐? 츰에야 승질을 낼지 모르겄지만 금방 승질을 가라앉힐 거여. 또 이 엄마가 옆에 앉아서 느 아부지를 잘 다독거려 줄 모양잉께, 하루라도 빨리 집으로 들어와라……"

"아부지가 건강이 나빠지기 전에 용서를 빌어야 한다는 점은 나도 이해하는구면. 또, 그래야 된다고 생각하고 있어. 하지만 아버지가 힘들여 지은 빌딩을 내가 자식이라고 물려받는 것은 별로 내키지 않네. 난 참말로 큰 재산이 필요 없어. 나하고 이 사람하고 보람이하고 행복하게 살아가는데 빌딩이 먼 필요햐. 여기 이렇게 이층집도 한 채 있겠다. 보람이 예쁘게 잘 커 가고 있겠다. 뭔 돈이 그렇게 필요하겄어. 안 그려?"

승철이 옥천댁을 바라보며 말을 하다가 김수애에게 시선을 돌리고 물었다.

"전 지금도 행복해요."

김수애가 옥천댁의 눈치를 살피면서 어두운 표정으로 대답했다.

"야가, 나를 닮아서 이렇게 속이 없당께. 시방은 돈이 필요 읎는 줄 몰라도, 나중에 보람이 대학도 보내고 유학도 보낼라믄 돈이 있어야 하능 겨. 그랑께 딴소리 말고 조만간 집으로 들어 와. 내가 느 아부지 영동에 있는 날 잡아서 너한테 즌화할 팅게. 알았지?"

"일단 생각해 볼게요. 보람이 엄마하고 상의도 해 보고……."

승철은 옥천댁이 자신을 닮았다는 말에 들례의 얼굴이 떠올랐다. 언제부터인지 들례의 얼굴이 안타까운 모습으로만 떠올랐다. 학교에 갔다가 오면 철따라 과일이며 간식거리를 내밀었다. 그때마다 고맙다는 말 한마디 없이 주인이 하인을 바라보는 심정으로 받아들였던 것이 후회될 때도 있었다. 하지만 옥천댁의 말을 부정하면 인간의 도리가 아니라는 생각에 이내 들례의 얼굴을 마음속에서 지워 버렸다.

"저도 친정에 가고 싶어요……."

김수애가 차마 승철을 바라보지 못하고 고개를 숙이며 중얼거렸다.

"내 정신 좀 봐라. 내 자식 귀한 줄만 알았지. 넘 자식 귀한 줄은 모르고 있었구먼. 첨 너를 만났을 때 친정에서 모르고 있었다는 말을 들었으면서도 내가 깜박하고 있었구먼. 엄마가 알고 있응께 승철이 너라도 처갓집에는 알리지 그랬냐?"

"그걸 말이라고 하능 겨? 처갓집에 가믄 당장 상견례하자고 하실 건데, 워티게 찾아가겄어."

"그래도 그기 아녀. 보람이 어미, 니가 무슨 죄가 있다고 지척에 친정을 두고 숨어 살았다냐? 그동안 맘고생이 얼매나 심했냐? 불쌍한 것……. 아녀! 내가 첨에는 제정신이 아니라서 세월을 보냈지만 더 이상은 이라고 있으믄 안 되겄구먼. 일단 낼이라도 내가 안사둔 어른을 찾아뵙고, 용서를 빌어야겠다. 그라고 나이가 한 살이라도 어릴 때 예식을 올려야 할 거 아녀. 무슨 천하의 역적죄를 졌다고 신랑 신부 사진 한 장도 걸어 놓지 않고 살겄냐?"

옥천댁이 눈물을 떨구면서 김수애의 손을 잡았다. 불쌍해서 마주 바라볼 수 없다는 얼굴로 손등을 쓰다듬으며 말을 하다가 스스로에게 다짐을 하는 얼굴로 말했다.

"엄마가 장모님 만나서 말씀을 드리면, 장모님도 이해해 주실 것 같아. 그 대신 아부지 만나는 것은 시간을 좀 줘."

승철도 그동안 겉으로 드러내지는 않았지만 김수애가 가족들을 몹시 그리워하고 있다는 점은 알고 있었다. 옥천댁이 앞장서서 서둘러 준다면 잘된 일이라는 생각에 찬성했다.

"어, 어머님 죄송하지만 그건 안 된다고 생각해요. 부모님을 찾아뵐라믄 시아버님부터 찾아뵙는 것이 도리라고 생각해요."

"어이구, 이쁜 것. 어디서 누가 요롷게 이쁜 며느리를 우리 집에 보내 주셨댜. 그렇게 생각 안 해도 되는구면. 우리 집에서는 나를 봤잖여. 그랑게 시댁 걱정하지 말고, 나하고 날 친정 동리로 가자, 집으로 불쑥 찾아 들어가는 것도 큰 실례가 되는 겅게, 동리 어디 다방 같은 데서 즌화해서 만나자. 내가 그간의 사정에 대해서 잘 말씀드리고 용서를 빌 팅게. 넌 걱정 안 해도 된다. 그렇게 알고 나하고 시방 좀 나가자."

"어딜 가시는데요?"

"며느리가 친정에 가는데 시어머니가 옷이라도 한 벌 사 줘야 하잖여. 요 근방에 대학교가 있응게 니가 입을 만한 옷을 파는 데는 있겠지?"

옥천댁은 갑자기 마음이 바빠졌다. 빨리 서둘러야 된다는 생각에 눈썹에 눈물이 맺혀 있는 김수애의 손을 잡고 일어섰다.

"엄마, 나 오늘 원고료 탄 돈 있구면. 내가 사 줄 테니 엄마는 종로 승우한테 가 봐요."

"아녀, 니가 사 주는 거하고 내가 사 주는 것은 경우가 다른 법여. 그랑게 어여 같이 나가자. 보람이 오기 전에 들어와야 하잖여."

"난 보람이가 혹시 올지 모르니까 집에 있을 테니 다녀와."

옥천댁이 재촉하는 말에 김수애가 승철을 바라봤다. 승철은 가슴속에서 묵직한 슬픔 같은 게 치밀어 오르는 것을 느끼며 말없이 고개를 끄덕거리며 김수애의 등을 떠밀었다.

점심 장사가 끝나고 개수대에 수북하게 쌓였던 빈 그릇까지 설거지를 끝낸 전주식당에는 한가한 정적이 흐르고 있었다. 해가 갈수록 현금 대신 신용카드로 결제하는 손님들이 늘어갔다. 민초예에게는 요즘 점심 장사가 끝나고 나면 신용카드로 결제한 청구서를 은행에 갖다 줄 수 있도록 정리하는 것도 일과 중 하나가 되어 버렸다.

영수증 뭉치를 고무줄로 묶어서 손금고 안에 집어넣고 있는데 선화부동산 김 사장이 불쑥 들어섰다. 혼자가 아니다. 작업복 비슷한 옷을 입기는 했지만 어딘지 모르게 얼굴에 권위가 있어 보이는 느낌을 주는 50대 중반의 남자다.

"민 사장, 중요한 일 땜시 왔는데 말여. 이 층으로 올라가서 잠깐 야기 좀 할까?"

"뭔 여긴데 이 층으로 올라가유. 여기도 손님이 읎어서 한갓진데……."

민초예는 땅을 살 때마다 거의 김 사장의 소개를 받고 있는 사이기 때문에 그와는 말을 트고 지내는 사이였다. 자신도 모르게 동행한 중년에게 경계의 눈빛을 보내며 말꼬리를 흐렸다.

"그람, 쓴 커피라도 한잔 내 봐. 점심은 여기 옆에 계신 태양건설의 육 사장님이 쇠갈비를 사 주셔서 배부르게 먹었구먼. 사장님 저쪽으로 가서 앉을까유?"

김 사장이 육 사장을 바라보며 민초예에게 인사를 하라고 눈짓을 보냈다.

"육춘호라고 합니다."

"워쩌쥬? 지는 명함이 읎는데유."

민초예는 육춘호가 내미는 명함을 받았다. 태양건설 대표이사 육춘호라고만 쓰여 있다. 밑에는 작은 글씨로 주소와 전화번호만 박혀 있다. 글씨를 읽고 쓰기 전에는 흰 건 종이요, 검은 건 글씨였다. 요즘은 상대방이 명함을 내밀면 꼼꼼히 읽는 습관이 생겼다. 명함을 읽고 나서 어색하게 웃었다.

"인제, 민 사장도 명함 좀 파고 다녀. 땅만 해도 수백억 부자가 명함한 장 읎이, 안직도 식당 카운터에 앉아 있다는 것이 말이나 되능 겨? 재산이 수십억만 돼도 자가용 운전사 두고 사는 세상에, 민 사장은 참말로 별종여."

"어이구, 하여튼 김 사장님은 사람 비행기 태우는 데는 머 있당께. 나 같은 사람이 수백억 부자라믄, 해장국 한 그릇에 돈 십만 원씩은 해야 할 껴."

민초예는 주방 앞으로 가서 순길이 엄마에게 커피를 타 오라고 지시하고 김 사장이 앉아 있는 테이블 앞으로 갔다. 순길이 엄마는 민초예의 예상대로 보름도 견디지 못하고 되돌아왔다. 민초예는 이미 파주댁을 채용했기 때문에 순길이 엄마를 받아 줄 수가 없었다. 하지만 울며불며 조선시대 종처럼 치맛자락을 붙잡고 사정하는 통에 다시 받아들였다.

"김 사장님한테 말씀 많이 들었습니다. 착한 일도 많이 하시고, 직원들하고도 가족처럼 지내고 있다는 말을 들었습니다."

육춘호가 커피를 한 모금 마시고 나서 입을 열었다.

"별말씀을 다 하셨구먼. 착한 일을 한 것은 읎슈. 직원들은 저를 도와서 지가 돈을 벌게 해 주시는 분들잉께 가족보다 더 위할 수벢에 읎잖유."

"겸손의 말씀을 다 하십니다."

육춘호는 김 사장에게 본론을 끄집어내라고 잔기침을 하며 바라봤다.

"민 사장님, 예수제일교회 옆에 있는 천삼백 평짜리 땅 있잖유."

"선화동에 있는 걸 말하는 거유?"

"예수제일교회가 대전에서 선화동 빼놓고 또 있습니까?"

"그 땅을 왜?"

"좌우지간 민 사장 눈은 알아줘야 햐. 그 땅이 요새 얼마씩 가는지 압니까?"

"을매나 가는데유?"

민초예는 관심 없다는 얼굴로 커피 한 모금을 마셨다.

"한 평에 이백만 원씩 가니까……. 천삼백 평이면 이십육억 원 아뉴? 우리 같은 사람은 평생 가 봐야 귀경도 못 할 돈을 땅에 묻어 두고 있는 셈이구먼."

김 사장은 본인이 말하고서도 놀랐다. 민초예가 땅을 살 때만 해도 산비탈 밭이었던 그 땅을 평당 삼천 원씩 받고 사 줬다. 복덕방으로 시작해서 부동산 중개업소로 이어지기까지 30년 동안 소개료를 받아서 가족을 꾸려 왔지만 민초예만큼 멀리 바라보고 투자한 사람은 본 적이 없었다.

"이십육억 원이 있으믄 뭐해유?"

민초예는 이십육억 원이 얼마나 큰 금액인지 가늠할 수가 없었다. 또 알고 싶지도 않아서 퉁명스럽게 물었다.

"아따! 대전에서 부동산중개업소 하면서 민 사장이 갑부라는 거 모르고 있으면 간첩이라는 거 다 알고 있구먼. 그 땅 파슈. 내가 평당 이백십만 원에 받아 줄 모양이니까."

김 사장은 육춘호로부터 평당 이백오십만 원 이하로 받아 주면, 차액의 절반을 소개료로 받기로 약속했었다. 천삼백 평에 사십만 원씩 깎으면 오억 이천만 원이다. 오억 이천만 원의 절반이면 이억 육천만 원이라는 생각에 손이 떨려서 커피잔을 들 수가 없었다. 손바닥에 땀이 나서 바지에 문지르며 민초예를 응시했다.

"김 사장은 참말로 이상하네. 나를 한두 해 겪어 본 사람도 아님서 괜한 야기를 하고 있구먼."

민초예는 땅을 팔고 싶은 생각이 없었다. 그렇다고 더 오르기를 기다리고 있는 것도 아니다. 26억 원이라는 돈이 들어오면 또 땅을 사야 한다. 그것이 귀찮아서 관심 없다는 표정으로 커피잔을 들었다.

"민 사장, 내 말대로 하면 시방보다 훨씬 재산을 늘릴 수가 있구먼. 대전역 근처에 오 층짜리 건물이 하나 나와 있구먼. 현찰 이십억 원으로 끊어 줄게. 일 층에는 상가가 들어서 있고, 이 층에는 커피숍이 들어서 있어. 삼 층부터 오 층까지는 사무실여. 임대료만 해도 평당 보증금이 평균 육만 오천 원에 월세가 이만 원여. 건평이 한 층에 팔십 평씩 해서 총 사백 평여. 월세만 해도 팔백만 원씩 나오는 삘딩여. 남은 돈은 가수원 쪽에 땅을 사 둬. 앞으로 그쪽도 발전 가능성이 크니까."

"내가 무슨 땅으로 돈을 벌라고 사 놓은 줄 아나벼. 김 사장도 잘 알고 있는 것처럼 난 돈이 있길래 마땅하게 쓸 데가 읎어서 사 놨잖여. 지금 있는 땅도 많은데 그 먼 데까지 가서 또 땅을 사란 말여?"

"그럼 얼마를 주시면 파시겠습니까?"

육춘호가 김 사장에게 가격을 좀 더 올리라고 눈짓을 보내고 나서 점잖게 물었다.

"팔 생각 읎슈. 난중에 내가 죽을 때가 되믄 워디 고아원이나 양로원 같은 데 기부할 생각유."

"민 사장! 시방 제정신여? 내가 알기루는 민 사장 땅이 선화동에 있는 것만 해도 이만 평이 넘잖여. 몇백만 원씩 가는 땅도 있지만 짝게 잡아서 평당 백만 원씩만 쳐도 이백억 원여. 그 돈을 죄다 내놓겠다는 거여?"

김 사장은 혀를 차며 상식적으로 말도 안 된다는 얼굴로 육춘호를 바라봤다. 민초예는 그렇지 않아도 가끔 땅을 사회에 내놓겠다는 말을 했었다. 하지만 진실로 받아들인 적은 단 한 번도 없었다. 그러나 제삼자 앞에서 공언하는 말을 듣고 보니, 진실이라는 생각이 들면서 놀라지 않을 수가 없었다.

"민 사장님의 꿈이 그러하시다면 꼭 땅만 내놓는 것보다 건물을 내놓는 것이 더 효과적일 겁니다."

"근데 사장님은 대관절 그 땅을 왜 살라고 하는 거유?"

"그것에다 십오 층짜리 아파트를 지을 생각이시라는 거여."

"워매, 십오 층이라믄 대관절 을매나 높은 거여. 우리 집이 이 층이잖유. 그 열시 배나 높은 데서 사는 사람도 있대유?"

민초예가 대단하다는 표정으로 육춘호에게 물었다.

"삼부건설에서 문화동하고, 태평동 같은 데 십오 층을 완공해서 분양했습니다. 높은 곳이 시원하고 사방이 확 트이는 전망도 있고 해서 인기가 아주 좋습니다."

"그런 아파트는 얼매씩이나 한대유?"

"우리 회사에서 공급할 아파트는 열아홉 평짜리는 평당 이백만 원이고, 스물세 평짜리는 이백이십만 원, 서른 평짜리는 이백오십만 원으로 계획하고 있습니다."

"민 사장님도 아파트로 이사를 가유. 아파트가 겉으로 보기에는 뻔때도 읎고 답답해 보일지 모르지만 사람 살기는 아주 편해유. 집 안에서 빨래도 하고 화장실도 있는 데다 외출할 때도 그냥 문만 잠그고 나가면 되니까 얼매나 편햐."

"난 그런 데는 돈 주고 살라고 해도 못 살아. 서른 평짜리는 육천만 원이라는 야기구먼. 사장님, 돈 참말로 많이 벌겠구먼유. 그냥 일 층만 짓는 것이 아니고, 그 위로 십사 층이 더 올라가믄 쉽게 말해서 땅 한 평짜리가 열다섯 평이 되는 셈 아뉴. 평당 이백만 원씩만 잡아도 삼천만 원이 되는 셈이네……"

"민 사장님은 언제부터 그렇게 셈이 밝아졌댜? 건축비는 안 들어가남? 아파트는 주택보다 더 고급으로 짓기 때문에 건축비가 많이 들어가. 그것도 감안해야지."

김 사장은 민초예가 돈을 초월하고 사는 과부인 줄 알았다. 현 시세대로 가격을 제시해도 땅을 팔지 않고 움켜쥐고 있을 것이라는 생각에 그녀 모르게 육춘호를 바라보며 고개를 흔들었다. 작전 실패라는 신호다.

"민 사장님, 솔직히 툭 까놓고 말씀드리겠습니다. 민 사장님 땅 뒤에 있는 이천 평짜리 야산을 제가 샀습니다. 그거하고 민 사장님 땅을 합쳐서 아파트 세 동을 세울 생각입니다. 민 사장님이 땅을 내놓지 않으시면 거기다 아파트를 지을 수 없습니다. 그러니 정 팔기 싫으시면 도로를 낼 정도만 양보해 주십시오."

"그런 속뜻이 있었구먼유……"

민초예는 그 정도는 양보해 줄 수 있다는 생각에 고개를 끄덕이고 나서 식은 커피를 마저 마셔 버렸다.

"그렇게만 해 주신다면 아까 김 사장이 제시한 금액보다 오십만 원씩 더 쳐 드리겠습니다."

"돈이야 시세대로 주시믄 되는 겅게 맘대로 해유. 하지만 밭 가운데로는 안 돼유. 한짝 가에로 짤라야 땅덩어리가 이상하지 않을 거잖유."

"아이구, 여부가 있겠습니까?"

김 사장은 민초예가 너무 쉽게 허락하는 것을 보고 혼란스러웠다. 만약에 자신 같으면 길을 절대로 내놓지 않을 것이다. 길을 내놓게 되더라도 땅 가격을 최소한 서너 배는 비싸게 받는 것이 정상이다. 길이 없으면 죽은 땅이나 마찬가지라서 울며 겨자 먹기로 땅을 매입하지 않을 수 없기 때문이다. 마음속으로는 고개를 갸우뚱거리면서도 겉으로는 황송하다는 표정으로 말했다.

이튿날 민초예는 새벽 첫차를 타고 원통사가 있는 월암리로 향했다. 월암리에 도착하니까 새벽안개가 막 걷히고 있을 무렵이다.

"워매! 우리 보살님이 이 새벽부터 웬일이댜."

정 보살은 나이가 80이 넘어도 정정하다. 부엌에서 행자 스님인 소연(笑蓮)이 웃는 연꽃이란 법명에 어울리게 활짝 웃는 얼굴로 정 보살을 따라 나왔다.

"그냥 오고 싶어서 왔슈."

민초예는 정 보살과 소연 앞에서 합장을 해 보이고 나서 곧장 대웅전으로 갔다. 촛불을 밝히고 향을 사리고 삼배를 한 다음에 밖으로 나갔다.

"인사드려유, 이분이 대전 민 보살님이란 분유."

소연이 70대 중반으로 보이는 노파를 부축하고 요사로 들어가다가 멈추고 민초예를 향해 섰다.

"아이구! 보살님 참말로 고맙구만유. 저는 보살님이 우리 자식들보다 백 배 이상 고마워유. 우리 자식들은 지 어머한테 일 원짜리 동전 하나 보태 주는 일이 읎는데, 보살님 덕분에 이릏게 아침마다 변소에 댕길 정도로 잘 먹고 잘 살고 있슈."

노파가 주름살이 거미줄처럼 엉겨 있는 얼굴에 눈물을 흘리며 민초예의 손을 덥석 잡았다.

"별말씀을 다 하시느만유. 지는 그냥……."

민초예는 노파가 눈물을 흘리는 모습을 보니까 얼굴도, 이름도, 살았던 곳도 모르는 어머니란 존재가 떠올랐다. 손을 마주 잡으며 눈물을 흘렸다.

"할머니, 인제 그만 아침 공양하러 가셔야쥬."

소연은 괜히 아침부터 마음 착한 민초예의 얼굴에 눈물을 흘리게 했다는 생각이 들어서 노파를 부축하고 돌아섰다.

"아침 공양 반찬은 뭐유?"

민초예는 일도 스님 방으로 곧장 들어가지 않고 정지로 들어갔다. 정보살이 시금치에 참기름을 조심스럽게 떨어트리고 있었다. 옆으로 가서 조용히 물었다.

"요새는 나물이 많응께 반찬 걱정은 안 해유. 배추김치랑 시방 묻히고 있는 시금치하고, 콩자반에, 된장찌개하고 지난 장날 가지가 하도 싸길래 한 박스 사 온 거하고 그릏게 차릴 생각유."

"언지 차 보낼 팅게 식당으로 와유. 괴기 좀 대접해 드릴 텡께유. 시금치를 참 맛있게 무치는구먼유."

민초예는 시금치를 손으로 집어서 맛을 봤다. 고소한 참기름 냄새에 적당하게 소금기가 밴 시금치가 맛있어서 다시 집어 먹으며 말했다.

"아이구, 아녀유. 보살님 덕분에 노인 양반들이 천국에 사는 것 같다고 얼매나 좋아하는데."

"자꾸 그렇게 말씀하시믄 제가 무슨 죄를 진 기분이 들잖유. 지는 그저 얼굴도 모르는 어머니 생각을 하고 쪼끔이라도 잘해 드리고 싶다는 생각밖에 읎는데. 그랑께 요번 일요일이나 언지 택시를 보낼 모양잉께 보살님이 한번 뫼시고 오셔유. 목욕탕에 가셔서 묵은 때 좀 밀고, 워디 존 데 귀경 좀 하고 해서 하루 보내믄 좋잖유."

"아이구, 워티게 된 심판이, 보살님이 더 좋아하시네. 그려유, 이따 아침 공양함서 말씀드릴께유. 노인 양반들이 엄청 좋아하시겠네."

정 보살은 생각만 해도 즐겁다는 얼굴로 말하며 민초예를 정지 밖으로 밀어냈다.

"시방은 몇 분이나 계셔유?"

민초예가 노인들이 기거하는 컨테이너 박스를 바라보며 속삭였다. 방처럼 도배를 하고 장판을 깐 것은 물론이고, 전기가 들어가고 주방까지 있는 컨테이너 박스 세 개가 나란히 늘어서 있다.

"의정부 보살님이 돌아가셨을 때 오셨잖여."

정 보살이 참기름 냄새 나는 손의 냄새를 맡으며 속삭였다.

"돌아가셨다는 즌화를 받고 금방 달려왔었잖유. 그때 열세 분이 계셨는데 다들 건강하시쥬?"

"두 분이 더 오셨어. 한 분은 수원에서 아들이 무슨 슈퍼를 한다는데,

옛날 황지 보살님처름 며느리가 자식을 시켜서 대전역에 버리고 갔다는 거여! 참으로 세상이 말세긴 말세여. 늙은이가 밥을 먹으면 얼마나 먹겄슈? 인제 크는 아들처름 옷을 사 달라고 하겄어. 용돈을 달라고 하겄어. 더구나 슈퍼를 한다고 항께, 가끔 가다 빵이나 과자를 심심풀이 삼아 드시라고 내주면 그 늙은 양반이 얼마나 좋아하겄어. 그래도 귀찮다고 내보내려는 며느리나 며느리한테 쥐어 사느라 지 어머를 평생 한 번도 와 보지 못한 대전역에 내다 버리고 가는 자식이나 천벌을 받아야 햐."

정 보살이 컨테이너 반대 방향으로 돌아서서 민초예만 들으라는 목소리로 속삭였다.

"옛말에 도둑질을 한 사람은 순경한테 잡혀갈깨비 웅크리고 자고, 도둑질을 당한 사람은 발 뻗고 잔다는 말이 있잖유. 내다 버린 자식인들 맘 편하게 살겄슈? 인간의 탈을 쓰고 있으면 비가 오나 눈이 오나, 바람만 크게 불어도 즈 어머가 생각날 낀데……."

"보살님은 어짜믄 꼭 스님 같은 말씀만 하셔유?"

민초예가 하는 말을 가만히 듣고 있던 소연이 감동 받았다는 표정으로 말했다.

"스님이 항상 말씀하시잖여. 대전 보살님은 살아 있는 지장보살님이라고 말여."

"지장보살님이라시믄, 지옥으로 빠진 중생들을 구원해 주시는 분 아니셔유?"

"왜 아녀. 스님이 그라시는데 석가모니한테 열심히 기도를 하셔서 살아 있을 때 사악하기로 소문난 어머니도 지옥에서 끄내 주셨다잖여."

소연이 묻는 말에 정 보살이 당연하다는 표정으로 말했다.

"별말씀을 다 하시네유. 저는 지장보살님의 머리카락 한 오라기만큼도 못 되는 사람유."

민초예는 이동하며 이필수 등의 얼굴이 순식간에 떠올랐다가 사라지는 것을 느끼며 돌아섰다.

마당의 아침 이슬이 마르고 땡볕이 내리쬐기 시작했다. 고즈넉한 절 마당에는 요사의 그림자가 짙게 깔려 있다.

민초예는 일도의 방으로 들어갔다. 일도는 민초예가 들어오기를 기다리며 차를 끓이고 있었다.

"장사는 잘되시나?"

일도가 민초예 앞으로 찻잔을 내밀며 부드럽게 물었다.

"장사야 잘되는 날이 있으면 안 되는 날도 있고 그래유. 스님은 더 건강해 뵈이시네유."

"보살님이 그렇게 정성껏 할머니들을 위해서 기도하고 있으니까 내 마음이 편해지고, 마음이 편하면 근심 걱정이 없어지고, 근심 걱정이 없어지면 오장육부가 잘 돌아가게 되고, 오장육부가 잘 돌아가면 얼굴이 밝아지는 것은 당연한 거 아닌가?"

"오늘은 이상한 말만 듣네유. 아까 아침 공양을 하기 전에는 정 보살님이 저한테 지장보살님을 닮았다고 하시드니. 인제 시님이 건강하신 것이 제 탓이라는 말씀을 듣고 낭께, 당최 얼굴을 들 수가 읎구만유."

"정 보살님이 틀린 말씀을 하신 것은 아니구먼. 나도 대전 보살을 볼 때마다 만약 지장보살님이 우리나라에서 환생하셨다믄 필히 대전 보살의 얼굴을 하고 있을 것이라는 생각이 드는걸."

"스님까지 자꾸 절 놀리시믄 앞으로는 절에 안 올 참유. 그랑께 자꾸 부끄럽게 놀리지 마셔유."

"허어! 그람 나보고 거짓말을 하란 말인가?"

"그, 그런 말씀은 절대 아뉴. 저는 다만……."

"오른손이 하는 일을 왼손이 모르게 하라는 성경 말씀대로 하시겠다?"

"그, 그려유. 그 말이 저한테는 꼭 맞는 말인 것 같구면유."

민초예는 민망한 얼굴로 웃으며 두 손으로 얌전하게 찻잔을 들었다. 일도에게 배운 대로 왼손으로 찻잔을 가볍게 감싸 쥐고 오른손으로 손잡이를 잡고 차향을 음미했다.

"국화차에서 작년 가실 냄새가 물씬 풍기네유."

"우리 대전 보살님도 그런 말을 다 할 줄 아는구면. 맞아요. 작년 가을에 정 보살님이 절 아래에서 딴 들국화찬데 맛이 괜찮지?"

일도는 민초예가 새벽같이 올라왔을 때는 그만한 이유가 있을 것이라고 믿었다. 민초예가 본론을 말하기를 기다리며 부드럽게 웃었다.

"참말로 좋구면유……."

민초예는 차를 한 모금 마시고 나서 절 마당을 바라봤다. 치매기가 있는 부산 보살이 마당을 혼자 맴돌고 있다. 소연은 나무 그늘 밑에 쪼그리고 앉아서 손으로 턱을 괴고 싱글벙글 웃으며 부산 보살을 구경하고 있다. 그늘 밑에 쪼그리고 앉아 있어도 소연의 파르스름한 머리가 번들번들 빛나고 있다.

"대전에서 대학교 댕기던 안데, 즈 친구가 데모를 하다 정보부에 끌려갔다 오드니, 대인공포증에 걸려서 정신병원에 입원했다는 거여. 그 친구를 지켜 주지 못한 죄책감에 시달리다가 중이 되기로 했다."

스물세 살의 소연을 처음 보던 날 정 보살이 말해 주던 것이 생각났다. 나이 이제 겨우 스물세 살이다. 세상을 알면 얼마나 안다고, 슬픔을 겪었으면 얼마나 큰 슬픔을 겪었다고 부모의 만류를 무릅쓰고 그 꽃봉오리 같은 머릿속에 가득한 번뇌를 털어 낼 길이 없어서 입산을 했을까, 하는 생각이 들어서 산을 내려가면서 내내 울었던 기억이 떠올랐다.

"유정이는 어느 대학을 간댜?"

민초예는 그림자처럼 앉아서 조용히 차를 마시며 마당을 응시하고 있다. 일도가 다 마신 찻잔에 다시 뜨거운 물을 부으며 지나가는 말처럼 물었다.

"대전에 있는 대학에 간대유. 지가 서울에 있는 명문 대학이 더 좋지 않겠냐고 물었더니 어머니하고 같이 살면서 공부하는 것이 좋대유."

민초에는 유정이만 언급하면 저절로 힘이 났다. 자신도 모르게 터져 나오는 웃음을 참으며 일도를 바라봤다.

"서울에 있는 대학에 갈 실력이 모자란 것은 아니고?"

"아이구, 우리 유정이 공부 잘하는 거 잘 아시잖유. 장학금을 받아서 가난하게 사는 지 친구에게 주고 있다믄 더 이상 말이 필요 읎잖유. 충남대학교 의과대학에 들어갈 자신이 있대유. 의사가 돼서 워디 섬에 가서 보건소 같은 데 근무하고 싶대유."

"엄마를 닮아서 요즘 아이들처럼 영악하지 않고 순수하구면. 유정이가 의사가 되믄 우리 절의 할머니들 걱정은 안 해도 되겠구면."

"스님, 그릏지 않아도 그 문제 땜시 올라왔구먼유. 딴 기 아니라 선화동에 천삼백 평 정도 되는 땅이 한 개 있슈. 근데 아파트를 짓는 사람이 그 땅을 평당 삼백만 원씩 사겠다고 왔구먼유. 츰에는 부동산 하는 이가 이백십만 원씩 준다고 그랬거든유. 그란데 땅 팔 생각이 읎다고 항께, 그람 질이라도 낼 땅만 팔라고 하지 뭐유. 가만히 생각해 봉께, 질을 낸다고 하는데도 안 판다고 버티믄 야박한 사람이라는 소리를 듣겄다라구유. 내가 앞으로 세상을 살믄 얼매나 산다고 인제 와서 야박하다는 소리를 들으면서 살 필요는 읎다고 봐유."

"내가 대전 보살을 지장보살처럼 생각하는 게 바로 그 점 때문일세. 원래 돈이라는 것이 가난한 사람 앞에서는 종노릇을 하지만, 부자 앞에서는 주인을 종처럼 부려 먹으려는 습성이 있다네. 그래서 부자는 더 부자가 되려고 평생 동안 돈의 노예로 살 수밖에 없는 걸세. 가난한 사람은 꼭 필요한 돈만 있으니까 생기는 대로 써 버리기 때문에, 돈한테 시달림을 당하지 않지."

"저는 지장보살님을 평생 따라갈 수는 읎지만유, 돈한테 시달림을 당하고 살지 않을 자신은 있슈. 돈이라는 것이 있다가도 읎는 거고, 읎다가도 있는 거이지. 돈에 매달려 산다고 항상 있는 것은 아니잖유. 하여튼 그 땅을 삼천 원인가 얼매를 주고 샀는데 엄청 오른 셈이쥬."

"호! 삼백만 원씩 천삼백 평이면 대관절 얼마라는 건가?"

"우리 유정이가 그라는데 사십억 원에서 일억 원이 빠지는 돈이래유."

"나는 대전 보살님이 부자라는 건 잘 알고 있었지만 돈이 얼마나 많은지는 몰랐는데 인제야 실감이 나는구먼. 그래서 그 땅을 팔기로 했나?"

일도는 민초예에게 뜨거운 물을 따라 주고 나서 그윽한 시선으로 바라본다. 사십억 원이라는 돈은 결코 적은 돈이 아니다. 그런데도 민초예의 표정은 변화가 없다.

"그 문제 땜시 스님하고 상의 좀 드릴라고 왔슈. 츰에는 돈이 필요 읎어서 길만 낼 만한 땅만 팔라고 했슈. 그랬드니 삼백 평이나 되잖유. 그래서 아싸리 삼백만 원씩 쳐서 죄다 인수하라고 했슈. 그랬드니 및 번이나 고맙다고 인사하면서 다른 땅도 즈덜이 최고 가격으로 살 모양잉게 절대로 딴 업자한테는 팔지 말라고 통사정을 하드라구유. 문제는 그 많은 돈으로 또 땅을 사든지, 뭔가를 해야 하잖유. 그래서 가만히 생각해 봉께 스님 얼굴이 떠오르잖유."

민초예가 차를 다 마시고 나서 절에 올 때마다 들고 올라오는 백팔 염주를 양쪽 무릎 위에 길게 늘어뜨려 놓고 한 알씩 굴리며 조용한 목소리로 말했다. 귀하다는 벼락 맞은 대추나무로 만든 염주는 일도로부터 선물을 받은 것으로 절에 올 때마다 가지고 온다.

"왜 내 얼굴이 떠올랐을까?"

일도가 감을 잡을 수 없다는 얼굴로 물었다.

"부동산을 하는 김 사장 말이 역전에 있는 오 층짜리 건물을 이십억 원에 사믄 월세가 한 달에 팔백만 원씩 나온대유. 나머지 이십억 원 가지고는 월암리에서 여기까지 차가 올라올 수 있도록 도로를 닦고, 대웅전도 크게 불사를 하고, 할머니들이 계시는 숙소도 현대식으로 지면 더 많은 할머니들을 뫼실 수 있잖아유."

"다 존데 절에 올라오는 길은 원래 험해야 되는 법일세. 절로 가는 길이 수도의 길이 아닌가?"

"스님 말씀이 백번 옳아유. 하지만 거동을 못 하시는 할머니들은 차로 뫼시고 와야 하잖유. 그랄라믄 봉고차도 한 대 있어야 할 거잖유. 스님이 직접 운전할 수 없응게, 사무도 보고 잡일도 하고 운전도 할 만한 직원을 뽑아야 하잖유. 정짓간도 정 보살님이 은제까지 하실 수는 읎고 월급쟁이 젊은 보살 한 명을 뽑아도 한 달에 팔백만 원씩 나오는 돈이 있응께 충분할 거유."

"대전 보살님이 소승한테 너무 어려운 짐을 지게 하시려는구먼……"

일도는 40억 원이나 되는 거금을 한 치의 망설임도 없이 불사하려는 민초예의 얼굴을 가만히 응시한다. 전생에 지장보살이 환생하지 않았으면 40억 원이라는 거금을 쉽게 내놓지 않을 것이라는 생각이 들면서 마음이 무거웠다.

"죄송해유. 하지만 스님은 충분히 해내실 것이라고 믿어유. 말이 나온 김에 목포에 아는 영감이 한 분 계셔유. 그분도 전생에 무슨 업을 안고 태어났는지는 모르지만 재산을 자식들한테 죄다 몰려주고 낭께, 흔신짝 취급을 받고 있는 모양유……"

"혹시 우리 양로원 준공식 할 때 오신 이필수 처사님을 말씀하시려는 건가?"

"맞아유. 그분이 안 계셨으믄 전주식당도 읎었을 거유. 그분 양부가 여길 오시고 싶어 하신대유. 그랄라믄 할아부지들도 받아 주셔야 된다는 야기가 되잖유……"

"지금 노인분들을 더 받아들이고 하는 것이 중요한 게 아니네. 지금도 적잖은 도움을 받아 왔는데 또 사십억 원이라는 거금을 받는다는 것이 쉬운 문제는 아닌 거 같네. 나도 나이가 차면 흙으로 갈 몸, 보살님 역시 같은 신세가 되는 것은 시간 문제가 아닌가…… 그렇다면 우리가 이 세상에 없어도 우리와 같은 뜻을 저버리지 않는 그 누군가가 이 절을 지켜야 한다는 건데, 그게 그렇게 쉽지 않다는 걸세. 아까 말한 것처럼 돈이 많으면 사람이 돈의 노예가 된다는 거지…… 그렇다고 국가에 기부할 수도 없는 노릇 아닌가? 그래서 하는 말인데, 내가 좋은 생각이 날 때까지 그 돈은 우선 은행에 넣어 두시게."

"땅을 판다 해도 그 돈은 지 돈이 아뉴. 지가 맨든 돈도 아니고, 장사를 해서 번 돈도 아뉴. 돈을 벌겠다고 사 놓은 땅도 아뉴. 그냥 돈이 있어서 삼천 원씩 주고 사 놓은 땅유. 그 땅이 저 혼자 커서 그 큰돈이 된 거잖유. 하지만 스님 말씀을 듣고 시방 생각해 봉께, 좋은 일을 하자고 내놨는데, 그 돈이 문제가 돼서 사람을 나쁜 사람으로 맨드는 일이 벌어진다믄 안 된다고 봐유."

"내 말이 바로 그 말일세. 당장 급한 것은 아니니까, 좀 더 깊게 생각해 보고 대전 보살의 뜻이 자자손손으로 이어질 수 있는 방법을 찾아보세."

"지는 스님만 믿어유."

민초예는 마음이 놓인다는 얼굴로 일어섰다. 염주를 목에 걸고 나서 일도에게 합장을 해 보인 다음에 조심스럽게 방문을 열었다.

미친개

그러게, 처신을 잘해야지.
어디 떼먹을 돈이 없어서 공천헌금을 중간에서 꿀꺽하는 거여.
내가 아무리 개처럼 세상을 살아왔어도
쥐약을 안 먹었응께 새파랗게 살아 있잖여.
미친개처럼 눈에 보이는 대로 핥아 먹지는 않았단 말여.

점심 먹을 무렵이다. 춘임은 마당에서 수도꼭지와 연결되어 있는 호스를 통해 화단에 물을 주고 있었다. 삐죽이 열려 있는 대문 안으로 누군가 말없이 들어서는 인기척에 호스를 든 채 몸을 돌렸다.

"어메. 이기 뉘, 뉘여!"

대문 앞에는 놀랍게도 승철이 서 있었다. 대학 다닐 때의 아직은 풋풋한 피부의 승철이 아니다. 어디서 무엇을 하며 살았는지 길거리에서 우연히 지나치면 얼굴을 알아보지 못할 정도로 몰라보게 변한 승철이다. 너무 놀라서 몸이 땅에 굳어 버린 것 같은 얼굴로 잠시 동안 바라봤다. 그동안 호스에서 뻗어 나간 거센 물줄기가 노랗고 흰 국화꽃을 짓이겨서 꽃잎이며 잎이 다 떨어져 나가는 것도 알지 못했다. 승철이 평소의

그답지 않게 손을 슬쩍 들어 보이고 인사를 하는 순간 호스를 던져 버리고 돌아섰다.

"아, 안녕하세요."

김수애가 두려움이 섞인 표정으로 보람이 손을 잡고 엉거주춤 들어섰다. 화단 옆에 서 있는 춘임을 보고 고개를 숙였다.

"누, 누구…… 설마?"

춘임이 승철과 김수애를 번갈아 보며 말을 잇지 못했다.

"결혼했어요. 근데 어머니는?"

"즌화가 왔었구먼. 열한 시 반까지 도착한다고 말여. 근데 안직 안 오시네. 차가 밀리나벼. 어여 들어가. 야는, 딸내미여?"

춘임은 승철이 집을 나갔다는 말은 들었지만 결혼했다는 말은 듣지 못했다. 3명이 같이 들어서는 것을 보니 자신이 모르는 사이에 결혼했을 것이라고 믿으며 조심스럽게 물었다.

"우리 딸 보람이여. 아부지는?"

"의원님은 오늘 내내 집에 계셨구먼. 근데 아까 한 삼십 분 됐나? 아녀, 케이비에스에서 뽀빠이 이상용이 사회를 보는 <우정의 무대>가 열한 시 십 분부텀 하잖여. 그거 시작하기 전에 나가셨응께 한 열 시쯤 나가셨나벼. 급하게 나가시길래 내가 사무님 오시기로 하셨잖유라고 말씀을 드링께, 시방 그기 문제가 아니라고 말씀하심서 바쁘게 나가셨구먼. 근데 집에는 은제 들어온 겨?"

"지금 왔잖아……."

승철은 새삼스러운 얼굴로 마당을 돌아본다. 담 밑의 나무들이 제법 무성해서 마당의 그늘이 짙다. 화단에는 국화를 비롯해서 금봉초며 천

일홍 등이 피어 있다. 거실 안에는 보이지 않던 고급 응접 소파세트가 차지하고 있다. 컬러텔레비전도 20인치 일제 소니로 바뀌었다.

"엄마, 여기가 할아버지 집이야?"

김수애의 손을 잡고 있던 보람이가 물었다.

"으, 응."

매도 일찍 맞는 것이 낫다는 말이 있다. 김수애는 약속이나 한 것처럼 이동하와 옥천댁이 모습을 보이지 않는 점이 근원을 알 수 없는 불안감으로 밀려와서 승철의 눈치를 살폈다.

"내 증신 좀 봐. 내가 이라고 있을 때가 아니지. 어여 안으로 들어가. 사모님 금방 오실 모양잉게, 즘심은 그때 먹기로 하고 뭣 좀 마셔야지."

춘임은 뒤늦게 제정신이 돌아온 얼굴로 서둘러 수도꼭지부터 잠갔다. 보람이의 등을 떠밀며 거실 쪽으로 안내했다.

"할아부지 집에 오니게 좋아?"

승철은 김수애가 두려워한다는 걸 느꼈다. 애써 웃는 얼굴로 손을 잡고 안으로 들어갔다. 의식적으로 소파에 편하게 앉아서 보람이를 바라봤다.

"근데 할아버지는 언제 와?"

보람이는 김수애의 얼굴이 굳어 있으니까 덩달아서 긴장이 됐다. 김수애 옆에 바짝 붙어 앉으며 검고 맑은 눈으로 승철을 바라봤다.

"할아부지 금방 오실 껴. 그동안 이것 좀 마셔 볼 텨? 집에 오렌지 주스하고 우유뿐에 읎네. 의원님이 원체 집에서 뭘 드시는 때가 드무셔서 말여……."

"누나는 여태 혼자 살아?"

"누, 누나?"

춘임은 승철의 입에서 누나라는 말이 튀어나오는 순간 설움 같은 것이 가슴을 꽉 메우는 것을 느끼며 눈물을 글썽거렸다.

"내가 오랜만에 누나라고 부르니까 어색햐?"

승철은 대학에 다닐 때까지도 춘임을 부를 때 어이라고 아니면, 호칭을 쓰지 않고 일루 와 봐, 밥 좀 줘, 라는 식으로 용건만 말했다. 막상 누나라고 부르고 나니까 그동안 너무 잘못했다는 생각이 들어서 자신도 모르게 일어섰다. 춘임의 손을 잡고 얼굴을 바라봤다. 예전의 곱고 팽팽하던 피부가 어느새 중년으로 접어들고 있었다.

"아, 아녀. 너무 오랜만에 갑자기 얼굴을 봉게. 난 시방 머가 먼지 모르겄구먼. 사모님 금방 오실 팅게 내가 얼른 즘심 준비할게."

춘임은 눈물이 자꾸 나와서 승철을 바라볼 수가 없었다. 눈물을 훔치며 바쁜 몸짓으로 부엌으로 들어갔다.

"아버님은 우리가 오는 걸 모르시고 계시는 거 아니에요?"

"아녀, 엄마가 말씀드렸다는데?"

"그럼, 왜 우리가 올 시간이 돼서 외출을 하셨을까?"

보람은 고급스러운 크리스털 유리컵에 담긴 차가운 오렌지 주스가 맛있었다. 두 손으로 잡고 천천히 맛을 음미하며 속삭이는 목소리로 말하는 김수애와 승철의 눈치를 살폈다.

"무슨 급한 일이 생기셨는 모양이지…… 근데, 승우는 왜 안 뵈이는 거여?"

"검사님은 어제 안 들어오셨구먼. 즘심때 맞춰서 도착하신다고 하셨응께……"

춘임이 안방에 밥상을 차렸다. 승철이 김수애가 묻는 말에 대답하다가 반찬을 들고 들어오는 춘임을 보고 물었다.

"아이구, 우리 보람이 왔구면."

대문 밖에서 바쁘게 누군가 오고 있는 인기척이 들렸다. 김수애는 긴장한 얼굴로 자신도 모르게 일어섰다. 옥천댁과 웬 낯선 여자가 동시에 들어섰다. 얼른 밖으로 내려서서 신발을 신으며 인사를 했다.

"인사햐. 느 큰시누여. 여기가 승철이 식구여. 참하고 이쁘게 생겼지?"

옥천댁이 거실 앞에서 멈춰 바쁘게 김수애를 애자에게 소개시켰다.

"엄마 말대로 참하게 생겼네. 우리 처음 보니까 악수라도 해야지. 나 승철이 큰누나 이애자라고 해."

애자가 승철을 보는 둥 마는 둥 김수애 앞에 손을 내밀었다.

"앞으로 잘 부탁드려요. 김수애라고 합니다."

"우리 승철이 땜시 고생 많이 하면서 산다는 말 들었어. 하지만 이제 걱정 안 해도 돼. 우리 서로 싸우지 말고 친하게 지내자. 알았지?"

김수애는 미인은 아니다. 붙임성이 있어 보이는 눈매와 도톰한 입술에 예쁜 얼굴이다. 파마를 하지 않고 대학생들처럼 쇼트커트를 한 모습에 이동하를 만나는 자리를 의식하고 새로 사 입은 듯한 검정색 투피스 차림이 가정주부보다는 공무원처럼 보인다. 김수애가 어렵게 잡은 손에 적당히 힘을 주고 흔들면서 말했다.

"벼, 별말씀을 다 하십니다. 앞으로 잘 모시겠습니다."

"에이, 우린 그런 구식 말은 싫거든."

애자는 김수애가 어려워하지 않도록 일부러 장난스럽게 말을 하며 구두를 벗고 거실로 올라섰다.

"많이 기다렸지? 애자가 논현동에 있는 아파트로 이사했잖여. 거기서 오니까 차가 여간 밀려야지. 논현동에서 출발은 일찍 했는데 차가 밀려서 늦게 왔구먼. 느 아부지는?"

"아버지는 아까 급하게 나가셨다. 애자 누나 미안하구먼……."

"에구, 시방이라도 철들었으니 됐구먼. 너 만화가로 데뷔했다면서?"

"그렇지 않아도 이번에 새로 나온 신간 가져왔구먼."

승철이 얼른 가방에서 며칠 전에 나온 『이중계약』이라는 만화책 3권을 꺼내서 내밀었다.

"어머머! 애 좀 봐. 참말이네? 이거 진짜로 니가 그렸단 말여?"

애자는 만화책 하단에 적혀 있는 이승철이라는 이름에 놀랐다는 얼굴로 호들갑을 떨었다.

"시방까지 한 삼십 권 냈구먼."

"우리 승철이 참말로 대단하네. 좋아, 승철이가 시방까지 이 누나 속 썩인 거 이 순간부터 백 프로 면죄한다. 참말로 대단해. 부럽다. 어쩌면 이렇게 만화가로 성공했니? 난 네가 참말로 부러워."

애자는 농담스럽게 말을 하다가 자신도 모르는 사이에 승철은 제가 좋아하는 만화가가 됐는데, 나는 무엇을 하며 살았나 하는 생각이 들면서 눈물이 났다.

"누나, 고마워."

승철은 애자가 감격해서 우는 줄 알았다. 덩달아서 눈물이 날 것 같아서 울먹이는 목소리로 말했다.

"봤지, 걱정할 거 하나도 없다. 즈 동생이나 누나들이 승철이를 얼매나 애끼는지 몰라. 즈 큰누나도 너무 반가웅께 눈물을 흘리고 있잖어.

성찬이 에미야, 인제 승철이가 집에 왔응께 아무 걱정 없다. 눈물 닦고 어여 밥이나 먹자."

"니가 보람이여?"

애자가 옥천댁의 말에 눈물을 닦고 나서 낯설어 하는 얼굴로 앉아 있는 보람이의 얼굴을 양손으로 감싸고 물었다.

"예, 이보람……."

"몇 학년여?"

"연가국민학교 삼학년 삼반이에요."

"그래. 참말로 이쁘구먼. 내가 니 고모여. 강남에서 운전해 오느라 정신이 없어서 선물을 못 사 왔구먼. 그 대신 이 고모가 처음 만난 기념으로 용돈 좀 줄 테니까 니가 사고 싶은 거 사. 게임기든 뭐든, 아빠한테 물어보지 말고 니가 사고 싶은 걸로 사야 한다. 그래야 내가 선물을 준 셈 칠 수 있으니까."

애자는 코맹맹이 소리로 말하며 핸드백을 열었다. 손지갑 안에 있는 십만 원짜리 수표를 꺼냈다. 그것을 반으로 접어서 보람의 손에 쥐어 준다.

"너, 너무 큰돈이에요. 아직 돈도 모르는 앤데……."

"올케, 고모가 처음 만난 조카에게 주는 돈이니까 그냥 받아 둬. 그리고 필요한 것이 있으면 말해. 나중에 내가 올케 집에 놀러 갈 때, 냉장고든 세탁기든, 뭐든 해 주고 싶으니까."

"어, 어머님께서 해 주셨는데……."

"아니지. 엄마가 해 주는 거하고, 내가 해 주는 거하고 다르잖아."

애자가 김수애의 손을 잡고 안방으로 들어가면서 친언니 같은 목소리로 속삭였다.

"당장 필요한 것은 없어요. 나중에⋯⋯."

"좋을 대로 해. 엄마가 그러시는데 만홧가게에 딸린 가겟방에서 살고 있다며? 만화가 선생님이 그런 데 살면 되겠어? 어디 조용한 아파트나 성북동처럼 공기가 좋은 곳으로 이사를 가야 하잖아. 그때 내가 사 줄게 ⋯⋯."

애자는 김수애가 어려워하지 않도록 손을 잡고 밥상 앞에 앉았다. 막 수저를 드는데 "형 왔어?" 하는 목소리와 함께 승우가 마당 안으로 들어섰다.

"논현동 사모님도 오셨슈."

쇠갈비 접시를 들고 막 거실로 올라서려던 춘임이 제 가족이 와 있는 것처럼 들뜬 목소리로 말했다.

"형수님은?"

"조카도 와 있슈. 보람이. 이름이 보람이래유."

"에이, 누나는 반말하라니까 자꾸 존댓말을 써서 사람 무안하게 만들어. 또 한 번 존댓말 쓰면 그때는 집에 안 들어올 줄 알아."

승우는 춘임에게 농담 섞인 진담을 던지며 바쁘게 거실로 올라섰다.

"승우야 축하한다!"

"형, 고맙구먼. 형이 얼매나 보고 싶었는지 몰라."

승우는 눈물을 글썽이며 승철을 포옹했다. 등 뒤에 조용히 다가와서 서 있는 김수애를 보고, 옥천댁이 말해 준 승철의 아내라고 짐작했다.

"형수님, 제가 승웁니다. 엄마한테 어제 형이 결혼했다는 말을 듣고 형수님도 많이 보고 싶었습니다. 근데 갑자기 큰 사건이 터지는 통에 퇴근할 수가 없었습니다. 이 시동생한테 인사를 받으셔야죠."

승우는 승철과의 포옹을 풀고 김수애의 손을 잡았다. 안방으로 들어서 밥상을 피해 윗목으로 갔다.

"아, 아니에요. 그냥 앉아 계세요."

김수애가 황망한 얼굴로 손을 내저으며 뒤로 물러섰다.

"아니다. 오늘 츰 봤으니께 서로 맞절을 햐. 성찬이 에미야 출가외인이지만, 너는 한집안 사람이잖여."

"맞습니다. 우리 같이 인사해요."

승우가 웃으며 하는 말에 김수애는 얼굴을 붉히며 앞에 섰다. 승우를 따라서 얌전하게 절을 했다.

"승우야, 너 승철이 만화가로 데뷔한 거 모르지? 지금까지 삼십 권이나 나왔대. 대단하지 않냐?"

"형, 정말 축하해. 그렇지 않아도 나는 형이 어디선가 만화를 그리고 있을 거라고 생각했었어. 그래서 만화를 볼 기회가 있을 때마다 은근히 형의 이름이 있는지 기대하고 저자 이름을 살펴봤었거든. 만화책 어디 있어?"

애자가 묻는 말에 승철이 당장 만화책을 봐야겠다는 얼굴로 물었다.

"거실 소파에 있으니까 밥 먹고 봐. 실망하지 않을 거야."

"난 형을 믿어. 형은 모르지만 모산 집에 가면 아직도 형이 그린 만화가 많이 남아 있거든. 스케치북이나 노트에 그린 만화를 보면 정말 대단하다는 생각을 많이 했었구먼."

승우가 들뜬 표정으로 하는 말에 김수애가 자랑스러운 표정으로 승철을 바라보며 말했다.

"제가 볼 때도 보람이 아빠는 정말 대단해요. 원래 보람이 아빠 정도의 만화를 그릴 실력에 도달하려면 유명한 만화가 밑에 들어가서 문하생을 최소한 오 년 이상은 해야 한대요. 그런데 보람이 아빠는 순전히 집에서 독학으로 만화를 그렸잖아요. 정말 존경스러워요."

김수애는 애자며 승우가 예전부터 한가족이었던 것처럼 대해 주니까 어느새 두려움이 사라졌다. 모두가 승철을 칭찬하니까 보람이도 신이 나는지 웃으며 갈비를 뜯고 있다.

"맨날 이렇게 바쁜 거여?"

"일요일에도 근무할 때가 많아. 오늘도 중요한 사건이 터져서 퇴근을 하면 안 되는 때여. 점심 먹고 늦어도 두 시쯤에 출발해서 검찰청에 들어가 봐야 햐. 그 대신 다음 주 토요일에는 별일 없으면 형이 사는 데 놀러 갈게. 어차피 이번 사건은 장기전으로 들어가야 될 거 같아. 화요일까지는 수사 상황을 발표해야 하니까 매일 밤을 새울 수밖에 없어."

"무슨 사건인데, 오랜만에 만나서 제우 점심만 먹고 가겠다는 거여?"

승철이 잡채를 빈 그릇에 덜어서 보람이 앞으로 옮겨 주며 물었다.

"형, 수사 상황은 누설하는 것이 아녀. 하지만 형이 물어보면 어떤 사건인지만 알려 줄게. 국회의원들 독직 사건이야."

"독직 사건이라면? 국회의원들이 뇌물을 먹었다는 말이잖아. 그런 사건이 어제오늘 일어나는 게 아니잖아."

승우의 말이 끝나자마자 애자가 특별한 사건도 아니라는 표정으로 끼어들었다.

"한두 명이 개입된 사건이 아니고 열 명 정도가 개입된 사건이라서 내일 신문에 좀 떠들썩할 거여."

"혹시 느이 아부지도 그 일 땜시 나가신 거 아녀?"

옥천댁은 승우의 말이 불안하게 와 닿았다. 어제 애자네 집에서 이동하에게 오늘 승철이와 김수애 그리고 보람이가 집으로 올 것이라는 전화를 했었다. 그때 이동하가 버럭 화를 내기는 했지만 나중에는 좀 가라앉았다. 그랬던 이동하가 갑자기 나가 버린 것이 불안해서 긴장한 얼굴로 물었다.

"아버지 이름은 없으니까 안심하세요. 우리 보람이 잡채 좋아하는구나. 삼촌이 더 덜어 줄게."

승우는 대수롭지 않다는 표정으로 대꾸를 하고 보람이에게 시선을 돌렸다. 보람이 앞에 있는 잡채 그릇에 잡채를 덜어 주고 보람이를 바라봤다. 승철이 쪽보다는 김수애를 닮아서 착해 보인다.

"삼춘 고맙습니다, 해야지."

김수애가 웃는 얼굴로 보람이를 바라보며 말했다.

"삼춘이 검사님이야?"

"우리 보람이는 검사가 안 무서워?"

보람이의 예상치 못한 질문에 승우가 재미있다는 표정으로 반문했다.

"아빠가 그러는데 검사님들은 무섭지만 삼촌 검사는 너무 착해서 하나도 안 무섭다고 했는데……."

보람이 빈 숟가락을 빨면서 내 말이 틀리냐는 표정으로 김수애를 바라봤다.

"맞아, 삼촌은 착한 검사여. 우리 보람이는 공부 잘하지?"

"우리 반 박광수가 일 등이고, 나는 이 등. 근데 이학년 때는 박광수는 십 등 안에 못 들었거든. 삼학년 올라와서 박광수는 고려대학교에 다니는 오빠한테서 과외를 받아서 일 등으로 올라갔어."

"보람이도 아빠한테 과외 시켜 달라고 해. 요새는 과외가 불법이 아니고 합법이잖어. 삼촌이 과외공부 시켜 줄까?"

올해부터 8년 만에 대학생들의 과외 금지 조치가 해제됐다. 승우가 보람의 말을 이해한다는 표정으로 물었다.

"아빠하고 엄마가 과외 받아서 일 등 하는 거는 필요 없다고 했어. 그건 달리기에서 대학생 손을 잡고 달리는 거하고 똑같대. 그래서 진짜로 일 등 한 거는 아니라고 했거든. 보람이는 혼자 달려서 일 등 했으니까 사실은 박광수보다 더 잘한 거야. 그리고 우리 학교에서 내가 피아노를 제일 잘 쳐. 엄마, 내 말 맞지?"

"어이구, 우리 보람이 참말로 대단하구면. 그려, 이 할미가 볼 때도 보람이가 진짜로 일 등 한 것이나 가텨. 에미가 보람이를 잘 키우고 있구면. 삼학년짜리가 피아노로 학교에서 일 등 한다고 하는 걸 보면 대단하네. 참말로 대단햐."

옥천댁은 승철이야 원래 어릴 때부터 공부하고는 담을 쌓고 살았으니까, 라는 말은 하지 않고 김수애를 바라보며 말했다.

"나도 올케 생각하고 같아. 정부에서는 가난한 대학생들에게 경제적으로 도움을 주겠다는 뜻으로 과외 금지를 해제했지만 진짜로 잘못된 정책인 거 같아. 솔직히 과외를 금지하고 있었을 때도 암암리에 있는 집에서는 과외를 시키고 있었잖아. 근데 과외 금지를 해제하고 나니까 어떤 현상이 일어나고 있는지 알아? 그전에는 아무 대학이나 공부만 잘하고 입이 무거우면 과외 자리가 돌아왔잖아. 하지만 요즘은 진짜로 돈이 필요한 학생들에게는 과외 자리가 안 돌아오는 거야. 오히려 어릴 때부터 부잣집에서 자라서 일류 대학교에 들어간 학생들에게만 과외가 들어 온대. 학비 걱정 없이 학교에 다니는 대학생들은 일주일에 두 번 정도 해 주고 많이 받는 학생들은 오십만 원에서 칠십만 원까지 받는다고 하 잖아. 그런 학생은 돈을 주체하지 못해 자동차까지 사는데, 진짜로 과외 를 하고 싶지만 학교가 시원치 않는 학생들은 자리를 얻지 못해서 학교 도서관이나 커피숍 같은 곳에서 아르바이트를 하면서 시간당 천삼백오 십 원씩……."

애자는 스스로 화가 나서 과외 해제 반대를 성토하다가 전화벨이 울 리는 소리에 말을 끊었다.

"보람이 아빠, 즌화 받아. 의원님이셔."

이동하에게 전화가 왔다는 춘임의 말에 방 안은 한순간에 긴장이 감 돌았다. 가시방석에 앉아 있는 기분이 조금씩 녹아들고 있는 승철은 긴 장한 얼굴로 옥천댁을 바라봤다.

"집에 못 들어오신다는 즌환가?"

옥천댁이 숟가락을 내려놓으며 일어섰다.

"나유. 시방 워디셔유?"

옥천댁이 수화기를 들고 긴장한 얼굴로 물었다.

"승철이 바꿔."

"아, 알았슈."

옥천댁은 이동하가 목소리는 작지만 화가 잔뜩 난 목소리로 꾸짖듯 내뱉는 말에, 옆에 와 서 있던 승철에게 수화기를 내밀었다.

"아버지, 접니다."

"긴 야기할 시간 읎응께 용건만 야기하겠다. 너, 그 슈퍼를 한다는 그

집 딸하고 결혼했다며?"

"결혼식은 안직 올리지 않고……"

"하긴, 결혼이라는 것이 너 혼자 하는 것이 아니고 양가 집안에서 합의를 봐야 하는 거지. 긴 말은 필요 읎다. 너는 우리 집안에 들어와도 되지만 그 여자는 못 받는다. 그리 알고 처신 똑바로 햐."

"아버지 무슨 말씀이세요?"

승철이 자신도 모르게 김수애의 반대 방향으로 돌아서며 이동하의 말을 도저히 믿을 수 없다는 목소리로 속삭였다.

"그 여자를 며느리로 인정하지 못하겠다는 말이지, 먼 말여. 그렇게 알고 끝녀. 애기를 낳았다고 함께 위자료 쪼로 돈은 얼매든지 줄 수 있지만 며느리로는 안 된다는 말여. 오늘 바쁜 일이 읎었으면 내가 직접 야기할라고 했지만, 시방 국회에 중요한 일이 있어서 집에 들어갈 수가 읎다. 대관절 뭔 생각을 하고 살길래, 지 동생 보고 부끄러운 줄도 모르고 산다는 것이 말이나 되는 거여. 그렇게 알고 즌화 끊는다."

"아, 아버지!"

이동하가 더 이상 말할 가치도 없다는 듯한 목소리로 말하고 전화를 끊었다. 승철이 빠르게 불렀지만 이동하의 목소리는 더 이상 들려오지 않았다.

"오늘 못 들어오신대요?"

김수애가 승철이 옆으로 와서 속삭였다.

"국회에서 시방 큰일이 있어서 오늘 못 들어오신다네……."

"얼마나 큰일이 있어서 집에까지 못 들어오신다는 거여?"

승철의 말에 옥천댁이 승우를 바라보며 물었다.

"엄마는 신문이나 뉴스를 안 들으셔서 모르겠지만 요새 나라가 시끄러워. 임수경이라는 한국외국어대 불어과 대학생이 지난 유월 이십일일 이북으로 들어갔다가 팔월 십오일날 왔잖아요. 그 문제 때문에 이런저런 사고가 많이 터졌어요."

"어매, 대학생이 워티게 빨갱이들이 사는 이북에 들어갔댜? 그 머셔. 삼팔선은 군인들이 지키잖여."

애자는 승우의 말에 관심 없다는 얼굴로 밥을 먹기 시작했다. 옥천댁은 밥맛을 잃었다는 얼굴로 소파에 앉아서 승우를 바라봤다.

"나올 때는 판문점을 통해 나왔지만 들어갈 때는 서울에서 일본으로 갔다가 일본에서 다시 비행기를 타고 독일로 가서 평양으로 들어갔댜. 그 학생만 들어간 것이 아니고, 그 학생을 데리러 문규현 신부가 칠월 이십육일에 들어갔잖아요. 하여튼 요새 대학생들은 문제여. 하라는 공부는 안 하고 남북통일이 돼야 한다고 설쳐대는 꼴을 보자면 기도 안 막힌다니까. 좌우지간 나라가 안정되려면 대학생들부터 정신을 차려야 되는 거여."

"승우 너도 그런 말 할 줄 아냐?"

애자가 별일도 다 있다는 표정으로 물었다.

"누나도 검사실에서 근무해 봐. 허구한 날 도둑놈이나 강도나 사기꾼들만 상대하잖여. 데모한 놈이나 살인범들하고 아침부터 밤늦게까지 마주 앉아 있어 봐. 나라를 위한 길이 뭔지 알게 될 팅게. 성찬이는 데모 안 하지?"

승우가 한심하다는 표정으로 말하고 나서 말을 돌렸다.

"아까 내가 말하다가 아부지 전화 때문에 못 한 말이 바로 그거여. 성찬이 고등학교 다닐 때 내내 과외 공부 했잖아. 그 덕분에 서울대 의대에 들어갔고 일주일에 한 번씩 과외해 주는 데 칠십만 원씩 받는다고 하더라. 칠십만 원이믄 대학 졸업하고 은행에 들어간 은행원보담 십만 원 돈이 많잖아. 내가 알고 있는 사람이 은행 지점장이거든. 그 지점장이 그라는데, 은행 지점장 대리 초봉이 칠십일만 원 정도 된다고 하드만. 그런데 한 달에 열 시간 정도 과외를 한 대학생 과외비가 칠십만 원이라는 것이 말이나 된다고 생각하냐?"

"큰누나는 왜 그걸 나한테 따져?"

"니가 보람이 과외 시켜 준다고 항께 하는 말이지."

"성찬이 에미는 그런 소리 하는 거 아녀. 그야 성찬이가 공부를 잘해서 서울대학교 의대에 댕기니께 그만큼 대우를 받는 거잖여."

"어머님 말씀이 옳으세요."

김수애가 괜히 불똥이 자신한테 튈지도 모른다는 생각에 조심스럽게 말했다.

"승우야, 근데 그 임수경이라는 학생이 빨갱이 나라에 들어갔다 온 거하고, 국회의원들하고 먼 상관이 있다는 거여?"

"서경원이라는 통일민주당 국회의원이 작년 팔월 십구일날 이북에 들어갔다가 나왔잖유. 거기 갔다가 나온 것이 지난 유월 이십오일 안기부 요원들 안테나에 걸렸대. 그 국회의원만 이북에 들어갔다가 나온 것이 아니고 국회의원 몇 명이 더 있는 것 같아. 그런 걸 조사하다 보니 이런 저런 사건이 터진 거지."

"안기부라믄 고 서방이 댕기는 데 아녀?"

"왜 아니겠수."

고현수는 노태우가 대통령이 되고 나서 원래 있던 자리의 부장급으로 복귀했다. 애자는 빈정거리는 목소리로 대답하고 숟가락을 내려놓았다. 고현수 얼굴이 떠오르면서 갑자기 밥맛이 싹 달아나 버렸다.

"그람, 느이 아부지는 걱정 안 해도 되겠구먼. 그 양반은 원래 빨갱이라면 자다가도 벌떡 일어나서 이를 갈 만큼 싫어하시는 분이잖여. 더구나 고 서방이 안기부에 있으니까, 빨갱이하고 워티게 연결이 됐다고 해도 괜찮겠지 머. 그란데, 승철이는 먼 통화를 그렇게 한 겨?"

옥천댁이 안심했다는 얼굴로 한숨을 내쉬다가 깜박 잊고 있었다는 표정을 지으며 승철을 바라봤다.

"별다른 말씀 없으셨어요. 한가할 때 전화 주신다고 하더군요"

승철은 더 이상 이동하의 얼굴을 보지 않기로 결심하고 나니까 옥천댁에 대한 연민의 정이 솟아올라 왔다. 옥천댁의 얼굴을 바라보고 있으면 눈물이 날 것 같아서 승우 쪽으로 시선을 옮기며 지나가는 말처럼 말했다.

"내가 볼 때는 그런 즌화만 한 것이 아닌 거 같든데?"

옥천댁은 승철의 얼굴에 절망이 서려 있는 것을 보고 작은 목소리로 물었다.

"엄마두 참, 아! 몇 년 만에 부자지간에 전화를 하면서 간단하게 안부 전화만 했겄어요?"

"애자 말이 맞는 말이구먼, 근데 언지 들어오신다는 겨?"

"그런 말씀은 없으셨어. 바쁜 일이 있어서 며칠 들어오시지 못할지도 모른다고 하셨어요. 보람이도 밥 다 먹었으면 슬슬 갈 준비하자."

승철은 옥천댁에게는 이동하가 한 말을 해 줘야 할 것 같다는 생각이 들면서 가슴이 저려 왔다. 하지만 내색하지 않고 편하게 소파에 앉았다.

"가게 땜시 그러는 거여? 오늘은 문 닫고 온다고 하지 않았냐?"

옥천댁이 아무래도 이상하다는 표정으로 조용히 물었다.

"형, 미안햐. 내가 빠른 시일 내에 전화할게. 내가 바쁘니까 형한테 기다리고 있으라는 말은 못 하겠네."

승우는 아쉬움이 담긴 얼굴로 승철이 옆에 앉았다.

"앞으로는 잠수 타는 일 없응께 자주 만나자. 너도 빨리 결혼해야지. 매일 이렇게 바쁘게 사느라 여자 만날 시간도 없는 것 같구나."

"승우 여자 있구먼. 빠르믄 올게, 늦어도 내년 봄에는 식을 올려야지."

옥천댁은 승우가 인숙이와 결혼하겠다고 선포하고 나서 그날 저녁에 인숙을 찾아갔었다. 둥구나무거리로 불러내서 승우를 어떻게 생각하느냐고 묻자, 친구 이상으로는 생각하지 않는다는 말에 안도의 한숨을 내쉬었다. 인숙이 거부하면 결국 우미선과 결혼하게 될 것이라는 생각에 승우의 눈치를 살폈다.

"형, 그럼 다음에 봐. 너무 바빠서 그만 들어가 봐야겠네."

"나도 같이 나가자. 오후에 작업할 것이 있어서 빨리 가 봐야 하거든. 보람아, 우리도 가자."

승철은 웃는 얼굴로 승우를 따라 일어섰다. 자신이 살던 때와 변화가 많은 거실을 한 바퀴 둘러본다. 두 번 다시 이 거실에 올라서는 일이 없을 것이라는 생각이 들면서도 슬프거나 화가 나지 않았다. 어느 정도 각오하고 와서 그런지 오히려 속이 후련하기만 했다.

"승우는 바쁭게 먼저 나가고, 승철이는 나 좀 보자."

옥천댁은 아무래도 승철의 표정이 이상했다. 승우를 따라나서려는 승철의 손을 잡고 승우의 방으로 들어갔다.

"아부지가 머라서?"

"아까 말했잖아……"

승철은 옥천댁이 손을 잡고 방바닥에 앉으라는 대로 앉았다. 어차피 옥천댁도 알고 있어야 된다는 생각에 말을 하려니까 슬픔이 밀려왔다.

"니 맘대로 결혼했다고 머라고 하시데?"

"아버지 돈을 맘대로 훔쳐서 도망간 것은 잘못여. 맘대로 동거 생활을 하면서 보람이를 낳은 것도 내 잘못이라는 거 알아. 하지만 나는 지금이 행복해. 내가 어릴 때부터 하고 싶었던 만화가가 됐잖아. 사랑하는 여자하고 살면서 보람이도 낳았고……"

승철은 밖에서 가슴 졸이고 있을 김수애를 생각해서 뜸을 들이지 않았다. 곧장 자신의 생각을 털어놓기 시작했다.

"그려, 어머가 볼 때도 니가 영동에 있을 때보다는 훨씬 좋아 뵈더라. 헌데, 느 아부지가 머라고 하데?"

"내 말은 들어 볼 필요도 없으시댜. 보람이 엄마한테는 위자료를 얼마든지 줄 테니까, 헤어져서 나 혼자만 집으로 들어오라시고……"

"그, 그런 법이 워딨댜? 애비라는 사람이 자식이 잘못된 길로 가고 있으면 잘 타일러서 옳은 길로 가라고 하는 것이 애비의 도리 아녀. 하물며 니가 뭘 잘못했냐? 어릴 때부터 만화를 못 그리게 해서 맘고생만 하다, 인제 맘잡고 열심히 사는 자식의 천륜을 끊어 놓겠다는 것이 애비가 할 짓여? 그건 절대로 안 된다. 절대로 안 됭께, 아부지 말은 한 귀로 흘려보냐. 알았지?"

"엄마 맘은 내가 잘 알아. 하지만 아버지는 도저히 이해할 수가 없네.

더 이상은 이 집에 들어오는 일이 없을 거 같아. 미안해요."

승철은 터져 나오려는 울음을 참으며 일어섰다.

"스, 승철아. 느 아부지 승질이 원래 그렇잖여. 시, 시방은 나도 할 말
이 읎지만, 내가 모르는 딴 데로 이사가겄다는 생각은 절대 하지 마. 알
았지? 이 엄마가 간절히 부탁햐."

옥천댁이 금방이라도 울음을 터트릴 것 같은 얼굴로 승철의 손을 잡
고 애원했다.

"이 집에는 들어오지 않겠지만 도망 다닐 이유는 없잖아. 언제든지 보
람이가 보고 싶으면 와도 괜찮아."

승철은 이동하가 자신을 영원히 내치게 되면 옥천댁하고는 피 한 방
울 섞이지 않은 남이 되고 말 것이라는 생각이 들었다. 그런데도 절망하
는 얼굴로 자신에게 애원하는 옥천댁을 바라보고 있을 수가 없었다. 옥
천댁의 양손을 잡고 스스로에게 속삭이는 목소리로 말을 하고 일어섰다.

세월을 이기는 장사 없다고 했던가. 아니면 권력의 갓끈이 떨어지면
천하장사도 한낱 길거리의 노인에 불과하다는 말이 맞는 것일까. 테이
블 건너편에 앉아 있는 원갑룡의 몰골은 파고다 공원에 앉아서 장기 훈
수를 두는 노인과 흡사했다. 얼굴 살이 빠져서 광대뼈가 불거지도록 튀
어나왔고, 검찰에 출두하라는 통지를 받고 급하게 면도를 하고 나와서
그런지 오른쪽 입술 밑에는 흰 수염 몇 오라기가 초라하게 붙어 있다.
옷은 현역 의원일 때 선물을 받았는지, 사 입었는지 모르지만 꽤 비싼
메이커이다. 옷의 주인이 초라해 보여서 옷도 덩달아 남대문시장이나
평화시장 난전에서 사 입은 구제 옷처럼 보인다.

"이 의원님, 그래도 의원님의 채널이 가장 정확하잖습니까. 그러니까 사위분한테 전화 한 통만 넣어 보세요. 그럼 왜 내가 검찰의 소환장을 받았는지 그 이유를 알게 될 것 아닙니까. 이유를 알고 검찰에 들어가든지 말든지 해야지. 아무 이유도 모른 채 들어갔다가 까닥하면 못 나올 수도 있습니다."

"사람 환장하겠구먼. 사위는 일본에 출장 갔다고 및 번이나 말해야겠슈. 나야말로 똥줄 타기는 마찬가지유. 원 의원님 말대로 우신건설 건 때문이라면 나도 내 코가 석 자라 이거유. 그런 내가 사위한테 즌화를 안 해 봤겠슈?"

"그럼, 아드님한테 전화 좀 해 보세요. 아드님은 서울지검에 있으니까 상황이 어떻게 돌아가고 있다는 걸 알 것 아닙니까?"

원갑룡은 은혜를 원수로 갚는 놈이 있다 하더라도 이동하보다는 약할 것 같았다. 지난 총선 때 배달 사고를 낸 삼 억 때문에 동대문에 있는 이스턴호텔에 납치되어 곤욕을 치른 걸 생각하면 이동하라는 놈은 꿈속에서도 만나기 싫다. 하지만 검찰에서 소환장을 받고 나니까 자존심이며 체면을 차릴 때가 아니라는 생각이 들었다. 전화를 수십 통이나 날려도 전화조차 받아 주지 않았다. 궁리하다 못해 이스턴호텔에서 사람을 잡아먹는 야차처럼 굴었던 하중태 놈에게 전화를 걸었다. 만약 검찰에 끌려가게 되면 우신건설 우신국에게서 받은 개포동 아파트 건을 불겠다고 겁을 준 끝에 만났다. 어떡하든 검찰이 부르는 이유를 알아내야, 대책을 세울 수가 있고, 대책을 세울 수 있어야 국회 부의장 출신이 검은 돈을 먹고 구속됐다는 수모를 면할 수 있다는 생각에 간절하게 물었다.

이동하는 원갑룡이 아파트를 처분하고 서대문에 있는 주택을 담보로 대출을 얻어 마련한 돈으로 삼억 원을 받아 내기는 했지만 더 이상 정치적 스승은 아니었다. 오히려 환멸의 대상에 불과했다. 내가 이런 놈하고 어떻게 평생 정치적 동지로 가겠다는 생각으로 살아왔는지를 생각하면 스스로가 한심할 지경이다. 차마 쌍욕은 하지 못하고 죽여 버릴 것처럼 노려보며 말했다.

"당신 미쳤어? 세상에 자식 놈한테 즌화할 것이 따로 있지. 자식 놈이 수사 기밀을 누설했다는 것이 나중에 밝혀져서 옷이라도 벗게 되면 당신이 책임져 줄 수 있어?"

"다, 당신이라니? 이 의원, 내가 아무리 끈 떨어진 갓이라지만 너무하는 거 아냐?"

원갑룡은 너무 수치스럽고 치욕스러워서 재떨이로 이동하의 얼굴을 묵사발로 만들고 싶은 충동을 참느라 부르르 떨었다.

"사기꾼 주제에 체면은 아는개비구먼. 그러게 처신을 잘해야지. 어디 떼먹을 돈이 없어서 공천헌금을 중간에서 꿀꺽하는 거여. 내가 아무리 개처럼 세상을 살아왔어도 쥐약을 안 먹었응께 새파랗게 살아 있잖여. 미친개처럼 눈에 보이는 대로 핥아 먹지는 않았단 말여."

"사, 사기꾼?"

원갑룡은 사기꾼이라는 말을 들어도 할 말이 없었다. 하지만 몇 십 년 동안이나 호구로 삼아 왔던 이동하의 면전에서 사기꾼이라는 말을 듣고 나니까 너무 분해서 눈물이 핑 돌았다.

"이 늙은이가 노망이 들었나? 워디 감히 눈을 똑바로 뜨고 쳐다보는 거여. 야, 이 새꺄! 당장 이 자리에서 우리 아들한테 즌화해서 엮어 가라고 할까? 아니믄 사위한테 즌화해서 검찰 수사관을 이리로 보내라고 해야 눈깔에 힘을 빼겄어?"

원갑룡이 사기꾼이라고 노골적으로 비난해도 부르르 떨기만 할 뿐 반격을 못 하는 것을 본 이동하는 회심의 미소를 지었다. 상대방이 고개를 숙이면 사정없이 몰아쳐야 두 번 다시 헛생각을 안 하는 법이다. 원갑룡이 완전히 전의를 상실했다고 판단하며 야멸차게 쏘아붙였다.

"뭐, 뭔가 오해를 하고 있는 모양인데. 내가 오죽했으면 그 돈에 손을 댔겠나. 내가 공천만 받았으면 국회 의장 자리는 차려 놓은 밥상이나 마찬가지라는 생각에 눈이 멀었었다고 몇 번이나 말했지 않은가?"

"추하게 늙는 놈은 개똥이 약여. 너 이 새끼! 개 같은 소리는 그만 지껄여. 또 한 번 하 보좌관한테 즌화해서 헛소리 지껄일 텨?"

이동하의 말이 끝나기도 전에 원갑룡이 벌떡 일어서서 딱 소리가 나도록 이동하의 귀빰을 갈겨 버렸다.

"이동하! 너 이 새끼, 나하고 같이 한번 감옥살이 좀 해 볼래? 만약 내가 유치장에 갇히게 되면 나 혼자만 당할 줄 알아? 이번엔 운이 없어서 떨어졌지만 내가 이래 봬도 정치 구 단이야. 너 같은 놈, 열 놈이 달려들어도 눈 하나 꿈쩍 안 할 사람이야. 이 새끼 이거, 낫 놓고 기역 자도 모르는 놈에게 국회의원 뺏지를 달아 줬더니 눈에 뵈는 것도 없는 모양이지?"

원갑룡이 이동하의 귀빰을 느닷없이 올려붙이는 소리에 호텔 커피숍이 일순간 조용해졌다. 구석에서 피아노로 쇼팽의 야상곡을 연주하고 있던 개미허리의 피아니스트도 음악을 멈추고 소리 나는 쪽으로 고개를 돌렸다. 머리가 허연 70대 노인이 또래로 보이는 남자의 뺨을 올려붙이고 나서도 아직 분이 풀리지 않았다는 표정으로 삿대질을 하고 있었다.

이동하는 태어나서 이병호는 물론이고 그 누구에게도 맞아 본 적이 없었다. 극도로 화가 난 원갑룡이 뺨을 올려붙이는 통에 처음에는 '내가 지금 이놈에게 맞았나?' 하는 생각이 들 정도로 현실 감각이 없었다. 눈을 꼭 감았다 뜨며 고개를 흔들고 옆 사람들을 바라봤다.

"저기 머리 허연 사람, 어디서 많이 본 거 같지 않아?"

"글쎄, 신문이나 텔레비서 좀 본 거 같은데?"

"뚱뚱한 놈은 국회의원이라고 하잖아."

"국회의원 뺨따귀를 때릴 정도라면 머리 허연 놈도 국회의원이라는 말 아녀?"

"가만있어 보자. 혹시, 저 머리 허연 사람이 국회 부의장을 했던 원갑룡이란 인간 아녀?"

"그라고 봉께 맞는 거 같은데?"

"이 늙은이가 참말로 노망이 들었나? 워디서 감히 귀싸대기를 올려붙이는 거여! 이걸 그냥 확!"

이동하는 근처에 앉은 중년 남자들이 주고받는 말을 듣는 순간 화가 머리 꼭대기까지 치밀어 올랐다. 그렇다고 난장의 장사꾼들처럼 멱살을 붙잡고 뒤집이통을 할 수는 없었다. 눈앞에 보이는 커피잔을 들어서 원갑룡의 얼굴에 뿌려 버렸다.

"어! 어!"

잠깐의 승리감에 도취되어 있던 원갑룡은 이동하가 무식하게 커피를 뿌릴 줄은 상상도 못 했다. 두 눈 번쩍 뜨고 있다가 날아오는 커피를 막지 못해 얼굴이며 흰색 와이셔츠며 양복 옷깃에서 커피가 주르르 흘러내리는 것을 내려다보다 고개를 번쩍 들었다. 이동하가 싸늘하게 웃고

서 있는 모습이 보이는 순간 와락 달려들었다. 하지만 앞에 테이블이 있었다. 이동하가 히죽 웃으며 옆으로 비켜나는 모습이 사라지면서 테이블 위에 맥없이 엎어져 버리고 말았다.

"소, 손님들. 여기서 이러시면 안 됩니다."

"진정하십시오."

"손님, 자리에 앉으세요."

"혹시 부의장님 아니십니까? 다른 손님들이 보고 계십니다. 체면을 차리셔야죠."

남자 종업원 두 명이 달려왔다. 이동하는 상관도 안 하고 테이블 위에 엎어져 있는 원갑룡을 양쪽으로 부축해서 의자에 앉혔다.

"일단 나가자구."

원갑룡은 자신을 알아보는 종업원이 있다는 말에 깜짝 놀랐다. 개망신은 이왕 당했다. 그동안 모르고 있었던 이동하는 무식한 걸로 치자면 조폭 똘마니가 형님, 형님하고도 남을 놈이다. 일단 자리를 피하는 것이 상책이라는 생각에 도망을 가듯 커피숍을 나갔다.

"또 할 말이 있나?"

이동하가 커피 값을 지불하고 나서 승자의 여유로운 표정으로 차갑게 물었다.

"네놈이 인간의 탈을 썼다면 어디 가서 딱 소주 한 잔만 하자."

"인간의 탈?"

이동하는 커피로 얼룩져 있는 원갑룡을 밖에서 보니까 짜릿한 쾌감 같은 것이 밀려왔다. 한때는 국회 부의장으로 의장이 공석 시에는 의사봉을 들고 있던 작자다. 그런 작자를 커피숍 안에서 개망신을 시켰다고 생각하니까 은근히 즐거워서 피식 웃으며 반문했다.

"따라와. 만약 안 따라오면 오늘 한강 다리에서 빠져 죽을 각오로 내가 뭔 짓을 할지 모르니까."

원갑룡은 무식한 놈 앞에서 공자 왈 맹자 왈 해 봤자 우이독경이라는 생각이 들었다. 또 커피숍을 드나드는 사람들이 비 오는 날 머리카락에 진달래를 꽂고 춤추는 여자를 쳐다보는 눈빛으로 자신을 흘끔거리는 모습도 싫었다. 이동하를 짧게 노려보고 앞장서서 걸었다.

"아줌마, 요 근처에 세탁소 있어?"

무조건 들어간 족발집 안에는 다행히 손님들이 없었다. 중년의 여자 종업원 두 명이 한가롭게 무슨 이야기를 하고 있었다. 원갑룡이 주문을 받으러 온 파마머리에게 물었다.

"세탁소 없는데유."

"그람, 이 와이셔츠하고 양복 좀 빨아 줘."

원갑룡이 양복 상의를 벗었다. 와이셔츠도 벗고 반소매 러닝셔츠 차림으로 양복 주머니를 뒤져 담배와 라이터를 꺼냈다.

"이것이 무슨 자국유?"

"아! 커피 자국도 몰라?"

"영천댁, 세탁기에 안 집어넣고도 커피 자국이 지워지나?"

파마머리가 주방에 들어가 있는 여자를 보고 큰 소리로 물었다.

"젠장, 여자가 그것도 모르나?"

원갑룡은 벌건 대낮에 반소매 러닝셔츠 차림으로 족발집 구석에 앉아 있으려니까 화가 나서 견딜 수가 없었다. 아랫사람 꾸짖는 표정으로 파마머리를 노려봤다.

"어머머! 이 손님 좀 봐. 날 언제 봤다고 대뜸 반말지거리야?"

파마머리가 들고 있던 와이셔츠와 양복 상의를 금방이라도 내팽개쳐 버릴 기세로 노려봤다.

"너, 이분이 뉘신지 알고, 함부로 주둥이를 놀리는 거여?"

이동하가 담배를 입에 물고 한 손에는 라이터를 들고 파마머리를 윽박질렀다.

"너, 너라니?"

파마머리는 40대 중반이다. 술꾼을 상대로 장사하느라 나름대로 입이 거친 편이라고 자부하는 편이다. 뚱뚱한 남자가 다짜고짜 험악하게 내뱉는 말에 기가 질려서 말이 나오지 않았다.

"어여, 이리 가져와. 누가 그라든데 사이다로 빨면 금방 지워진다고 하드라."

주방 안에서 밖을 지켜보던 종업원이 밖으로 나왔다. 상황이 안 좋아지고 있다는 생각에 파마머리를 불렀다.

"족발 가져오기 전에 우선, 쇠주 두 병 가지고 와."

원갑룡도 이동하에게 질렀다. 조폭 똘마니가 아니라, 고등학교 중퇴하고 막살기로 작정한 놈도 이동하보다는 입이 얌전할 것 같았다. 일단 이동하를 달래는 것이 중요하다고 생각하며, 이동하의 담뱃불부터 붙여 줬다.

그려, 이 자식이 물귀신 작전으로 나오면 나만 개 피 보능 겨. 저야, 더 이상 국회의원 나설 여력도 없는 놈이잖여. 하지만 나는 이 자식이 물귀신 작전으로 나오면 금빼찌 떼고 감옥 갈 수도 있잖여. 우선 이 자식이 헛소리 지껄이지 않도록 옭아매 놓는 것이 중요하구먼. 자고로 미친개는 쇠사슬로 묶어 놓거나 쇠창살 안에 가둬 둘 때가 얌전한 법여. 송미향 그 배은망덕한 년도 쇠창살 안에 가둬 둥게 얌전히 있잖여.

이동하는 한여름의 부동산 소개소에서 고스톱을 치다 가진 돈을 모두 잃어버리고 망연자실한 얼굴로 앉아 있는 늙은이처럼 보이는 원갑룡을 일부러 바라보지 않았다. 거리 쪽으로 비스듬히 앉아서 허와 실을 따져 봤다. 결론은 원갑룡을 완전히 묶어 두기 전에는 휴전을 하는 것이 좋다는 판단이 들었다.

"서로 모르는 사이도 아니고 하니까, 일단 목이나 축입시다."

파마머리가 이동하를 두려운 눈빛으로 바라보며 소주 두 병을 들고 왔다. 원갑룡은 오늘 커피숍에서 당한 수모를 되돌려 주지 않으면 눈 뜨고 이 세상을 하직하지 못할 것 같았다. 하지만 이동하의 배경은 막강하다. 안기부에 부장으로 있는 사위 놈이며, 서울지청 과장급으로 있는 자식 놈이라는 양쪽 날개를 펴지 못할 만큼 결정적인 함정을 파기 전까지는 자존심이고, 체면이고 필요 없다는 생각에 소주병을 들었다.

"막말로 의원님이 감옥에 가게 되믄 나라고 무사하겠슈? 의원님이 나한테 부탁하지 않아도, 사방팔방으로 알아보고 있는 중 아뉴. 그런 사람한테 자꾸 안기부로 즌화해 봐라, 자식 놈한테 즌화해 봐라 하니까 나도 모르게 욱하는 승질이 나왔구먼유."

"아! 이 의원님도 막상 검찰 소환장 받아 봐요. 발등에 불 떨어진 상황이니 한시가 급해서 나도 모르게 조급증을 떨었던 거 같으니 이해해 줘요."

원갑룡은 이동하가 백팔십도 변한 목소리로 술을 받는 모습을 보고 마음속으로 깜짝 놀랐다. 원래 사형을 시킬 때는 사형수를 데리고 나가면서 면회 왔다는 말을 한다고 한다. 이동하, 이놈이 무슨 꼼수를 가지고 있길래 갑자기 백팔십도 변했냐고 생각하면서도 웃는 얼굴에 침을 뱉을 수가 없어서 부드럽게 대했다.

"요새 전라도니 경상도니 지역을 가지고 서로 못 잡아먹어서 으르렁거리고 있잖유. 하지만 나는 충청도유. 의원님도 경상도 사람처럼 전라도를 안 좋게 보지 않고, 왜 우리만 가지고 못살게 구느냐고 대드는 전라도 사람도 아닌 서울 사람이잖유. 한마디로 우리찌리 서로 죽이니 살리니 싸울 필요가 뭐 있슈. 그런 의미에서 건배하쥬."

"그렇게 생각해 주신다면 나는 고맙기 짝이 없습니다. 의원님께서는 나한테 소환장이 왜 날아왔는지 전혀 감이 안 옵니까?"

"그렇게 묻지만 마시고, 검찰한테 소환당할 만한 건이 뭔지 털어나 봐유. 그래야 내가 수를 써도 쓸 거 아뉴. 검찰도 소소한 걸 가지고 흔들지는 않을 거유. 최소한 몇억 이상 되는 건이믄 불러들여서 몇천만 원짜리로 깎아서 형을 때릴 거 아뉴. 혹시 몇십억짜리라도 있는 거유?"

이동하가 원갑룡의 빈 잔에 술을 채워 주면서 낚싯줄을 늘어뜨렸다. 빈속에 옥수수튀김을 안주 삼아 소주를 마셨더니 핑 돈다.

"내가 몇십억짜리를 땡겼으믄 이 의원 돈을 건드렸겠소? 내 생각에는 요즘 청와대하고 안기부에서 김대중하고 김영삼을 길들이려고 야당 놈들을 흔들고 있지 않소 그 틈에 우리 쪽 몇 명을 양념으로 끼워 넣었는데, 거기 내 이름이 들어가 있는 게 아닌가 하는 생각이 듭니다."

"의원님도 참 답답해유. 아, 양념도 무슨 맛이 있어야 뿌릴 거 아뉴. 이 맛 저 맛도 없는 물을 양념으로 써먹을 수는 없잖유. 내 말은 뭔가 냄새가 낭께 소환장을 보냈을 거라 이거유."

"맹세코 말하지만 내가 먹은 건 중에 제일 큰 건은 이 의원님이 소개해 준 우신건설 건밖에 없어요 나머지 소소한 거 몇천만 원, 몇백만 원짜리는 수두룩하지만, 이 나라에서 국회의원 빼찌를 달고 그 정도도 돈을 먹지 않으면 미쳤다고 국회의원 합니까?"

족발이 왔다. 원갑룡은 먹음직스러워 보이는 족발을 건들지도 않고 술만 마셨다. 빈 잔을 이동하에게 내밀며 답답하다는 얼굴로 말했다.

"잠깐만유. 보좌관한테 삐삐가 왔구먼유……."

이동하는 술잔만 받아 놓고 일어섰다. 파마머리를 불러서 카운터로 가며 전화 한 통 쓰자고 말했다.

"시외전화는 안 돼요."

"저기 계산이 얼매여?"

이동하가 전화기 앞에 멈춰서 물었다.

"소주 두 병 이천 원하고, 족발 오천 원 해서 칠천 원유."

"사백오십 원짜리를 천 원씩 받으면 쓰나. 너무 비싸게 받는 거 아녀? 잔돈은 즌화 요금여."

이동하가 말과 다르게 만 원짜리 한 장을 내밀었다.

"참말로, 전화 요금을 삼천 원씩이나 주는 거예요?"

파마머리가 만 원짜리를 펼쳐 보이며 횡재했다는 얼굴로 물었다.

"아줌마가 이쁘니까 주는 거여."

이동하는 파마머리가 제법 예쁘장하게 보였다. 엉덩이를 힘껏 쥐었다가 놓으며 싱긋 웃었다. 파마머리의 얼굴이 빨갛게 물드는 것을 지켜보며 수화기를 들었다.

원갑룡은 얼굴이 시뻘겋게 달아오르는 것을 느끼며 주방에 있던 여자가 가지고 온 와이셔츠를 껴입었다. 축축하기는 하지만 커피 자국이 없어서 좋았다. 양복을 껴입고 넥타이를 매며 전화를 걸고 있는 이동하를 지켜봤다.

세상 더럽게 불공평하네. 저런 놈이 어떻게 지금까지 국회의원질을 해 먹을 수 있지? 재산만 해도 몇천억 가까이 된다고 큰소리치는 꼴을 보고 언제까지 살아야 할지 모르겠구먼. 하지만 지금은 저놈을 물고 늘어지는 수밖에 없겠지……

점심을 먹지 않는데도 족발이 눈에 보이지 않았다. 소금에 절인 무를 안주 삼아 자작으로 술을 따라 마신다. 술은 술술 들어가는데 이동하에게 커피 세례 받은 것을 생각하면 너무 분해서 명이 십 년은 줄어든 것 같았다. 하지만 지금은 쓸개 빠진 놈처럼 실실 웃을 수밖에 없다고 생각하며 잔을 홀짝 비웠다.

"시방 보좌관하고 통화했슈. 검찰청에 소스를 준 쪽이 안기부라고 하대유. 정확하게 어떤 건 땜시 소환장을 보냈는지는 안직 알 수 읎어서 이런저런 채널을 총동원해서 알아보고 있는 중이래유."

이동하가 의자에 앉으면서 원갑룡이 들으라는 목소리로 말했다.

"아니, 그럼 이 의원님이 벌써 나에 대해서 손을 쓰고 있다는 말입니까?"

"의원님, 내가 누구유? 나 이동하, 한번 인연을 맺은 사람은 머리가 두 쪽 나는 한이 있드래도 의리를 지키는 사람유. 아까 의원님 만나기 전부터 보좌관한테 최대한 빠르게 알아보라고 지시했슈."

이동하는 자신에게 불똥이 튈까 봐 하중태에게 지시해서 원갑룡에 대해 알아보라고 했다는 말은 할 수 없었다. 안기부에서 소스를 줬다면 고현수는 무엇 때문에 원갑룡에게 소환장을 보냈는지 알 수 있을 것이라는 생각에 큰소리를 치며 술잔을 들었다.

제35장

1
9
9
0
년

애증의 강

> 난 너하고 이런 말이나 하려고 여기 나온 게 아녀.
> 니가 이라고 다니는 모습이 너무 안타까워서 나온 거란 말여.
> 그랑께 우리하고 상관없는 말은 그만하고
> 딴 이야기를 하자.
> 우리 사이에는 할 말이 너무 많잖여.

승우는 전화가 왔다는 김 계장의 말에 컴퓨터로 서류를 작성하다 말고 수화기를 들었다. 수화기 저편에서 이승우 검사님이세요, 라는 우미선의 자신만만한 목소리가 귓속을 파고들었다.

"웬일유?"

"어머, 제 전화 기다리지 않았다는 목소리네요."

"솔직히 기다리지 않았습니다만……."

승우는 김 계장의 얼굴에 미소가 번지는 것을 보고 뒤로 돌아앉았다. 벌써 사월이다. 세월 참 빠르다는 생각이 든다.

"저를 점점 검사님 품 안으로 빠져들게 만드시는군요. 솔직히 지금까지 남자한테서 검사님처럼 저를 기다리지 않았다는 말을 들어 본 적이

단 한 번도 없었거든요. 자존심이 상하기는 하지만 기분은 최고네요. 오늘은 일찍 끝난다고 들었어요."

"어디서 전해 들은 정보인지 모르지만 오늘은 빨라야 열두 시 전에는 못 들어갑니다."

승우는 씁쓰레하게 웃으며 창문턱을 손가락으로 무심코 문질렀다. 손끝에 먼지가 묻어났다. 아침에 청소를 안 했나, 라고 생각하며 귀를 기울였다.

"여기 남부지청이 있는 문래동에서 택시를 타시면 십 분이면 도착하는 곳이에요. 영등포 우체국 뒤편에 있는 이스탄불이라는 카페거든요. 지금 시간이 다섯 시니까 늦어도 일곱 시까지는 오실 거라고 믿어요. 더 늦어도 오실 때까지 기다릴게요. 그럼 이따 봐요."

우미선은 일방적으로 전화를 끊었다. 승우는 싱거운 전화치고는 뼈가 있는 것 같아서 고개를 갸웃거리며 돌아서 앉았다.

술을 마셨나?

남부지청으로 발령을 받고 나서 서울지검에 있을 때보다 한가해진 것은 사실이다. 하지만 오늘은 일찍 끝나도 여덟 시는 되어야 할 것이다. 그래서 배속 수사관인 김 계장과 여섯 시쯤에 지청 근처에 있는 칼국수 집에서 간단하게 저녁을 먹자는 약속까지 해 놨다. 그런데도 일방적으로 약속을 해 버리는 것이 정상으로 보이지 않았다.

"검사님 애인이십니까?"

김 계장이 의미 있는 웃음을 지으며 승우를 바라봤다.

"애인이 있으면 벌써 장가를 갔을 겁니다……."

승우는 관심 없다는 얼굴로 컴퓨터 모니터를 바라봤다.

"검사님은 너무 잘생기셔서 애인이 없으신 거 아니세요?"

출입문 쪽에 앉아 있는 여직원 이상미가 김 계장을 바라보며 물었다.

"우리나라 미인들은 눈이 뼜어. 검사님 정도의 최고 신랑감이 애인도 없이 매일 야근만 하시게 만들고 말야……."

승우는 김 계장의 말을 흘려들으며 키폰 전화기에서 부장과 직접 연결되는 램프가 붉은 색으로 깜박거리는 것을 보고 수화기를 들었다. 키폰 전화기는 전화기 한 대로 여섯 회선까지 검찰청 내의 내부 회선과 자유자재로 연결할 수 있다. 외부로 전화를 걸 때는 9번을 누르고 외부 전화번호를 누르면 교환이 필요 없이 연결된다.

"오늘 급하게 결재 올려야 할 건이 있나?"

"당장 급한 것은 없습니다만……."

승우는 부장이 회식을 하자는 전화인지도 모른다는 생각에 여운을 줬다.

"그럼, 오늘은 정시에 퇴근하게. 나도 여섯 시에 퇴근할 테니까."

"감사합니다. 저는 잔무 좀 처리하고 여덟 시쯤 퇴근할 생각입니다."

"여섯 시에 퇴근해. 내가 내일 확인해 볼 테니까 반드시 여섯 시에 퇴근하라고."

승우는 부장이 전화를 끊었지만 금방 수화기를 놓을 수가 없었다. 오늘은 일찍 끝난다고 들었어요, 라는 우미선의 말이 생각났다.

부장님하고 잘 아는 사인가?

부장이 전화를 한 뜻은 반드시 우미선을 만나라는 말과 같다는 생각이 들었다. 우미선과 특별한 관계이거나, 우신건설과 관계가 있을지 모른다는 생각에 쓴웃음을 지었다.

"부장님 호출이십니까?"

김 계장도 키폰을 보고 승우가 부장검사하고 통화했다는 사실을 알고 있었다. 승우가 쓴웃음을 짓는 표정을 살피며 물었다.

"오늘 야근은 없습니다. 슬슬 퇴근 준비 합시다."

"회식이 있군요."

"글쎄요……"

승우가 묘한 웃음을 짓고 있는데 키폰이 울렸다. 외부에서 걸려 온 전화는 승우가 직접 받지 않는다. 김 계장이 외부에서 걸려 온 전화라는 것을 확인하고 얼른 수화기를 들었다.

"검사님, 또 여자분 전화예요."

김 계장보다 먼저 수화기를 든 이상미가 밝은 목소리로 말했다.

타이밍이 기가 막히군.

승우는 우미선에게서 온 전화일 것이라는 생각에 수화기를 들자마자 맥없이 웃으며 돌아앉았다. 뜻밖에도 인숙의 목소리가 들려왔다.

"여기 청사에서 영등포 쪽으로 이백 미터쯤 올라오면 길가에 있는 원두막이라는 커피숍이야. 잠깐 만나 줄 수 있어?"

"오늘 인숙이를 만나려고 일찍 퇴근할라고 생각했구먼. 알았어. 지금 다섯 시 사십 분이니까, 퇴근 후에 곧바로 가면 여섯 시 십 분까지는 도착할 수 있을 거여."

승우는 맥없이 웃으며 의자를 돌릴 때와 다르게 밝은 표정으로 책상 앞으로 돌아서 수화기를 내려놓았다.

"우리 검사님, 요즘 연애하시나 봐."

이상미가 부러운 표정으로 승우를 바라봤다.

"글쎄요. 어서 퇴근 준비들 하세요. 저는 여섯 시 땡 하면 퇴근할 테 니까."

승우는 인숙이 청사까지 찾아왔을 때는 뭔가 부탁할 것이 있어서일 거라고 믿었다. 부탁을 들어주고 안 들어주고를 떠나서 인숙을 만난다 는 자체가 좋아서 콧노래가 나올 지경이었다.

"여기!"

원두막 커피숍 출입문에는 초가지붕 흉내를 낸 지붕이 붙어 있었다. 문도 송판으로 만들어서 광처럼 동그란 무쇠 손잡이가 매달려 있다. 문 을 밀고 들어가니까 플라스틱으로 만든 참외며 수박 덩굴이 칸막이에 장식되어 있다. 창문 옆 구석에 앉아 있는 인숙이 손을 들어 보인다.

"이게 얼마만이야?"

승우가 인숙이 건너편에 앉으며 반갑게 물었다.

"늘 바쁜 것 같아서 전화도 자주 못 했어. 오늘은 어떻게 일찍 퇴근했 네?"

"조금만 늦게 전화했어도 나 못 만났을걸. 이래 봬도 이승우, 요즘 잘 나간다고. 근데 얼굴이 왜 그렇게 힘들어 보여? 그 선배 때문에 그래?"

승우는 몹시 지쳐 보이는 인숙의 얼굴을 살피는 순간 강훈구의 얼굴 이 떠올랐다. 불같은 질투심이 피어올랐지만 애써 참으며 눈치를 살폈 다.

"그렇지 않아도 그 문제 때문에 왔어. 지금 대법에 상고 중이거든. 어 떻게 재판을 좀 빨리 받게 할 수 있는 방법은 없을까?"

"알아보면 방법이 있겠지. 하지만 워낙 민감한 사항이잖아."

종업원이 가까이 다가왔다. 승우는 커피를 주문하고 나서 의자에 등을 기댔다. 인숙의 얼굴에서 서늘하고 깊은 눈매는 보이지 않는다. 어딘지 모르게 맥이 없어 보이기도 하고, 광기가 서려 보이기도 해서 몹시 마음이 아팠다.

"다른 사람은 몰라도 승우는 내 말 믿는다고 했잖아. 처음에는 부당노동행위로 끌려갔거든. 근데 안기부에서 갑자기 보안법 위반으로 죄가 늘어난 거야. 순전히 고문을 당해서 허위 자백한 거라고."

"그러게 왜 선배하고 상관도 없는 회사 노동조합을 만들라고 부추겨……"

"노동문제 때문이라면 벌써 풀려나왔어야 되는 거 아녀? 그라고 선배하고 내가 노동운동으로 무슨 이익을 볼라고 하는 것은 아니잖여. 노동자들이 권리를 찾아야 경제가 발전하게 되고, 경제가 발전하면 노동자들도 잘살게 되는 나라가 되기 때문에……"

"요즘 기업체들마다 경기가 안 좋다고 야단이잖여. 정부에서도 기업의 위기라고 걱정하고 있는데 노동자들이 월급을 올려 달라고 데모나 하니까, 기업이 좋아질 리가 없지."

종업원이 커피를 가져왔다. 승우는 먼저 인숙에게 커피를 타 주었다. 자신의 커피를 타면서 한심하다는 표정으로 말했다.

"무슨 말을 하는 거여, 시방?"

인숙이 어이없다는 표정으로 물었다.

"내가 틀린 말을 한 것은 아니잖아. 노동자들이 설치니까 사업주는 미래가 불안할 수밖에 없잖아. 자연스럽게 설비투자를 꺼리게 되고, 설비투자를 줄이니까 새로운 상품을 만들지 못해서 국제 경쟁력이 약해지니께, 수출이 줄어드는 악순환을 겪게 되는 거잖아. 그래서 하는 말인데,

너도 이제 그 바닥에서 나와. 난 솔직히 왜 너 같은 애가 그 바닥에서 목숨을 걸고 있는지 모르겠어."

승우는 안타까운 얼굴로 인숙을 바라보았다.

"이상한 논리를 갖고 있구면. 설비투자가 줄어든 것도 노동자들 때문이고, 국제 경쟁력이 약해진 것도 노동자들 때문이라는 거여?"

인숙은 승우가 변해도 너무 변했다는 생각에 실망스러운 표정으로 물었다.

"내가 틀린 말을 한 것은 아니잖아."

"그럼, 이거 하나만 물어볼게. 지난 수십 년간 세계 사람들이 깜짝 놀랄 정도로 우리나라는 고도성장을 했잖여. 그 이유가 사업주들이 경영기법을 혁신하거나 새로운 기술을 개발한 덕분이라고 생각하는 거여?"

"난 너하고 이런 말이나 할라고 여기 나온 것이 아녀. 니가 이라고 다니는 모습이 너무 안타까워서 나온 거란 말여. 그랑께 우리하고 상관없는 말은 그만하고 딴 이야기를 하자. 우리 사이에는 할 말이 너무 많잖여."

승우는 인숙이 노동계에 깊숙이 발을 들여놓고 있다는 점을 모르고 있는 게 아니다. 하지만 마치 혼자 노동계 전체를 걱정하고 있는 사람처럼 보일 정도로 광적인 모습을 더 이상 보고 싶지 않았다. 인숙의 말에 대답하지 않겠다는 표정을 지으며 물을 한 모금 마셨다.

"승우야. 딴 사람은 몰라도 너는 정확히 알고 있어야 하는 거여. 그랑께 내 말을 쪼금만 더 들어 줘."

"내가 왜 너처럼 노동계를 걱정하고 있어야 하는데?"

승우가 화를 낼 수는 없고 답답하다는 표정으로 반문했다.

"너는 법을 집행하는 검사잖아. 검사니까 옳고 그름을 알고 있어야 한다는 말여. 우리나라가 과거 몇십 년 동안 빠른 성장을 한 것은 기업가들이 기술을 혁신했거나 신기술을 개발해서가 아니고, 경영 기법을 혁신해서도 아녀. 하루 열 몇 시간씩 일하고도 최저 수준의 생계비만 받은 노동자들의 피와 땀으로 이루어진 거야. 하지만 아무리 노동시간을 늘려도 스물네 시간 이상은 늘릴 수가 없는 법이잖아. 무슨 말이냐 하면 저임금과 장시간 노동으로 기업들이 이익을 얻어 자본을 축적하는 데는 한계가 있다는 거여. 기술혁신이나 신기술 개발은 하지 않고 노동력 착취로만 성장하기에는 한계가 있다는 거지. 노동계는 현재의 경제 위기가 노동자들의 노동운동 때문이 아니고, 기업을 경영하는 양반들이 게으름을 피웠기 때문이라고 아우성치는 거란 말이지."

"너는 노동자 편만 드는데 자본주의에서는 기업가와 노동자는 처음부터 평등한 관계로 출발하는 것이 아녀. 노동자는 생존하기 위해서 기업가 밑에서 일할 수밖에 없고, 기업가는 이익을 얻기 위해서 노동자들이 주장하는 근로조건 개선이나 임금 인상에 인색할 수밖에 없는 것이 자본주의 생리잖아. 그런 측면에서 보면 기업가들이 잘못만 하고 있다는 시선은 바꿔야 한다는 거여."

승우는 인숙이와 쓸데없는 논쟁을 하고 싶지 않아서 답답하다는 표정으로 토를 달았다.

"맞는 말여. 기업가는 이익을 더 높이기 위해서 노동자를 착취하고, 노동자는 자기 권리를 찾기 위해서 투쟁할 수밖에 없응께. 우리나라는 선진국과 다르게 여전히 구시대적으로 노동자를 쥐어짜고만 있응께 노동자들이 들고일어나는 것이란 말여. 너도 알고 있겠지만 자본주의 역사를 더듬어 봐. 노동운동은 자본주의를 발달시키는 촉매제 역할을 해왔어."

"허! 노동자가 자본주의를 발전시켰다고?"

"그려, 노동자들이 임금 인하와 노동시간 연장에 반대했기 때문에 사업가들은 기술혁신을 통한 경영합리화를 추구할 수밖에 없었잖아. 그리고 노동운동은 기업 이익을 기업에 재투자할 것을 요구하기 때문에 기업 이익이 부동산 투기나 증권 투기 뇌물 같이 비생산적으로 낭비되는 것을 막고 단단한 재무구조를 만들어서 더 큰 발전을 유도하고 있잖아. 하지만 우리나라는 그렇지가 않잖아. 언젠가 신문에서 보니까 우리나라 십 대 재벌이 소유하고 있는 부동산이 팔천만 평이라고 하드라. 그 숫자가 의미하는 게 뭔지 알아? 감사원의 이문옥 감사관이 스물세 개 재벌기업의 비업무용 부동산 취득에 관한 감사를 해 보니까, 은행감독원에서는 일 점 이 프로라고 발표했는데 실상은 그 서른여섯 배인 사십삼 점 삼 프로라고 한겨레신문에 제보했잖아. 그런데도 이 감사관이 지난 오월 십오일 공무상 비밀 누설 혐의로 검찰에 구속됐잖여. 거짓말을 한 금융감독원은 건들지도 않고, 재벌 기업들의 건전한 투자를 유도한 이문옥 감사관은 구속된다는 게 말이나 된다고 생각해?"

인숙은 눈물을 글썽이면서 자신도 모르게 깍지 낀 손에 힘을 주고 빠르게 쏘아붙였다.

"인숙아, 내 말 들어 봐."

인숙이 아직도 할 말이 많은 얼굴로, 기업들이 노동자들로부터 얻은 이익을 기업에 재투자하지 않는다. 이문옥 감사관이 지적한 것처럼 부동산 투기에 눈을 돌려 서민들이 점점 집을 사기 어려워지는 것이 아니냐는 말을 하려고 할 때였다. 승우가 간절한 눈빛으로 인숙을 바라봤다.

"무슨 말이 하고 싶은데?"

인숙은 쉬지 않고 말했더니 목이 말랐다. 물컵을 들어 보니 물이 없다. 손을 들어서 종업원을 불러 물을 채워 달라고 한 후에 승우를 바라봤다.

"난 인숙이가 노동자들 걱정보다는 니 앞에 앉아 있는 이승우라는 남자를 걱정해 줬으면 좋겠어……"

"별말을 다 하는구먼. 대한민국 검사 이승우를 구로동에서 노동자 교실을 운영하는 박인숙이 워티게 걱정해 준댜?"

인숙은 승우의 말을 농담으로 받아들이면서 기운 없는 눈빛으로 창문 밖을 바라봤다. 어둠이 내려앉고 있는 거리에 불빛이 살아나기 시작한다.

"농담이 아냐. 난 기다릴 준비가 됐어. 얼마든지 기다릴 수 있어."

"승우야, 니가 결혼을 안 하고 있으니까 사모님도 걱정을 많이 하고 있어. 그러니 하루라도 빨리 짝을 찾아. 그게 부모님께 효도하는 길이라는 거 몰라?"

"그걸 니가 어떻게 알아? 혹시 엄마가 널 찾아가신 것은 아니겠지."

"날 왜 찾아와? 이 세상에 장가갈 아들을 둔 어머니치고 걱정 안 하시는 분이 워디 있겠어?"

인숙은 옥천댁이 언젠가 찾아왔었다는 말을 하면 승우가 충격 받을 것이라는 생각에 웃으며 말했다.

"아버지하고 어머니 앞에서 선언했구먼. 인숙이랑 결혼하겠다고 너랑 결혼하려고, 서울대학교에도 갔던 거고, 사법고시에도 합격한 거라고 말씀드렸어. 어머니도 그렇게 알고 계실 거야.”

　“승우야, 나는 기다리는 사람이 있어. 그랗게 날 놔주고…….”

　인숙은 승우의 마음을 돌리려면 사실을 말해 주는 수밖에 없다는 생각에 슬픈 목소리로 말했다.

　“그만……. 그 말은 안 들은 걸로 하겠어. 그라고 오늘은 중요한 약속이 있어서 가 봐야 하니까 그만 일어서자.”

　승우는 인숙이하고 계속 앉아 있으면 가슴이 찢어져 버릴 것 같아서 굳은 얼굴로 일어섰다. 거의 동시에 허리에 차고 있는 삐삐가 울렸다. 우미선의 전화번호가 찍혀 있다. 이대로는 집에 들어갈 수 없을 것 같았다. 우미선을 만나 술이나 마셔야겠다고 생각하며 인숙이 자리에서 일어나기를 기다렸다.

　채소 장사는 각종 채소가 풍성해지는 여름에 더 잘된다. 특히 피서철을 맞이해서 상추며 쑥갓이며 오이 등 야외에서 먹을 수 있는 품목들이 잘 나간다. 상대적으로 비가 오거나 날씨가 좋지 않으면 쉽게 짓물러 버리는 품목이라서 신중을 기해 들여놔야 밑지지 않는다.

　연일 날씨가 땡볕이라서 한낮에는 파리가 날릴 만큼 조용하지만 오후가 되면 하루 매상을 거의 차지할 만큼 손님이 붐볐다.

　저녁 여덟 시쯤 되자 손님이 많이 줄어들었다. 비지땀을 흘리며 일하던 직원들도 선풍기 앞에서 땀을 식히거나 박스 찢어진 것으로 부채질을 하며 여유를 부리고 있었다. 손기문은 팔고 남은 가지와 오이 중에 상태가 안 좋은 것들을 내일 싸게 팔 생각으로 선별 작업을 하고 있었다.

"형님, 오늘 상인회가 있는 날 아뉴?"

배가 출출한 종갑이가 오이를 뚝 분질러서 껍질도 깎지 않고 우적우적 씹어 먹으며 지나가는 말처럼 물었다.

"그런가?"

손기문은 어제 시장 경비로부터 오늘 저녁 여덟 시에 회의가 있다는 말을 들었다. 하지만 회비만 제때 내면 되지, 회의에 참석할 필요가 있느냐는 생각에 까마득하게 잊고 있었다. 종갑이 말을 건성으로 흘려버리며 계속 선별 작업을 했다.

"맨날 빠지지 말고 오늘은 참석해 봐유. 어제 경비가 그라는데 오늘은 일 년에 한 번씩 하는 총회라서 회장도 새로 뽑고 그러는 날이라고 하데유."

"회장이야 능력 있는 사람이 되는 거고, 나 같은 사람이야 그냥 음료수나 마시고 앉아 있다 올 건데 뭐하러 참석햐. 그 시간에 편하게 앉아 쉬는 것이 날 장사하는 데 보약인 거여."

"형님, 맨날 빠지지 말고 오늘은 참석해 봐유. 그래야 서로 얼굴도 익히고 그럴 거 아뉴."

"삼촌 말이 맞는 말이네유. 총회라니까 회원들이 전부 모일 거 아뉴. 그런 데서 서로 인사도 하고 낯을 익혀 둬서 나쁠 거 없는 것 같네요."

종갑이가 하는 말을 가만히 듣고 있던 강순녀가 거들었다. 그녀는 저녁을 지어 놓고, 장사를 마무리하는 것을 도와주러 나와 있었다.

"그럼 한번 나가 볼까?"

손기문도 가만히 생각해 보니까 회의에 참석해 보는 것도 장사하는 데 도움이 될 것 같았다. 일어나서 실장갑을 벗어 옷의 먼지를 대충 털었다.

"생각 잘했어요. 회비만 제때 착착 내는 것이 회원의 의무가 아니고, 이 기회에 회비를 어떻게 사용하고 있는지 그런 것도 알아보세요. 회비가 적은 것도 아니고, 무조건 가게 평수로 계산해서 장사가 잘되든 말든 평당 오천 원씩 받아 가잖아요."

"알았구먼. 저녁은 먼저 먹어. 난 나중에 먹을 테니께."

손기문은 강순녀의 말을 한 귀로 흘려보내고 회의를 개최하기로 한 상인회 사무실로 슬슬 걸어가기 시작했다. 상인회 사무실은 시장통 뒷골목 안에 있는 공중변소 옆의 가건물이다.

'봉천시장 상인회'라고 붓으로 쓰고 니스를 칠한 간판이 붙어 있는 사무실 문은 활짝 열려 있었다. 사무실 안에는 별다른 비품은 없고 캐비닛과 책상, 선풍기가 각각 두 대씩 돌아가고 있을 뿐이었다. '회장 도하수'라는 명패가 있는 책상은 나무로 된 고급 책상인데, 총무가 사용하는 책상은 철재 책상이다. 사무실 가운데 테이블과 소파가 있었지만 상인들이 앉기에는 턱없이 부족했다. 나이 든 몇 명이 소파에 앉아서 땀을 닦고 있었다.

통성명을 하지 않아서 이름은 모르지만 얼굴만 알고 지내는 몇몇이 오늘 손 사장이 웬일로 회의에 참석하느냐고 의외라는 목소리로 반겼다.

"날도 덥고, 장사도 안 되고 이참 저참 나왔슈."

"에이, 봉천시장에서 손 사장네가 장사 안 된다면 우리 같은 이들은 죄다 굶어 죽으라고?"

"그러게 말여, 봉천시장 안에서 직원 몇 명씩 두고 장사하는 데는 손 사장네 채소 가게밖에 읎잖여."

"그라고 봉께, 서로 말을 섞으며 얼굴 알고 지낸 지가 한참 됐는데 통성명을 안 했구먼. 나 장두식여. 객지에서 나이는 알 필요 읎고 이름만 알고 지내도 친하게 지내는 거지, 머."

시장 안에서 그릇 가게를 하는 뚱뚱한 장두식이 사람 좋게 웃으며 손기문 앞에 손을 내밀었다.

"난 손기문이라고 하는데……."

손기문이 뒷머리를 긁적이며 민망한 얼굴로 장두식이 내민 손과 악수를 했다.

"나는 손 형을 잘 알고 있어. 옛날에 봉천동 재건대장으로 이름을 날렸잖여. 나는 허문태라고 합니다."

장두식 옆에서 실실 웃고 있던 여성 옷 장수 허문태도 손을 내밀었다.

"손 사장, 봉사 활동 많이 하고 있던데 나도 같이 해 봅시다. 손 사장처럼 크게 도와주지는 못할망정, 두루마리 휴지 몇십 개는 기부할 수 있응께. 나 남진명이라고 하는 사람입니다."

시장 입구에서 슈퍼를 하는 까닭에 남진명은 손기문과 객쩍은 농담도 주고받는 사이였다. 이름을 모르고 지냈던 것이 민망해서 어색하게 웃으며 손을 내밀었다.

"젠장, 은행에 갔더니 신용카드를 만들라고 하도 사정하는 통에 마누라 거하고 내 거하고 두 개를 만들었잖아. 그랬더니 그게 순 빚덩어리드라고 신용카드가 없을 때는 돈 없으면 안 썼잖아. 근데, 이 요물덩어리가 자꾸 돈을 쓰라고 꼬시는 통에 이만저만 낭비가 아녀."

"옛날부터 외상이면 소도 잡아먹는다는 말이 있잖아. 나도 신용카드로 현금 서비스를 받아서 어디다 썼는지는 기억이 안 나는데 말여. 매월

일일이면 현금 서비스 받아서, 지난달 서비스 받은 거 갚느라고 귀찮아 죽겠어. 승질 같아서는 신용카드를 분질러 버리고 싶지만, 다음 달에 또 서비스 받아서 갚아야 하니까 분질러 버릴 수도 없잖아."

"신문을 보니까 신용카드 만든 사람이 천만 명이 넘는다고 하데. 우리나라 국민 다섯 명 중에 한 명은 신용카드를 가지고 있는 셈여. 신용카드 사용액은 일조 원이 넘는댜."

"그 말은 다섯 명 중에 한 명은 은행에 빚을 지고 있다는 말하고 같구먼."

"우리 같은 서민들에게는 신용카드가 애물단지여. 애물단지……."

신용카드 문제로 화를 내고 있던 몇몇은 상인회 회장인 도하수가 들어오자 입을 다물었다. 도하수의 뒤로 건장한 20대 중·후반쯤으로 보이는 사내 세 명이 따라왔다. 대머리가 반들거리는 도하수는 양복바지를 배꼽까지 끌어 올린 데다 검은색 와이셔츠를 입은 차림이다. 시장 안에서 아내가 순댓국집을 운영하고 있지만 도하수의 얼굴은 거의 보기가 힘들다. 손님이 뜸한 시간에 가끔 자가용을 끌고 나타나서 한두 시간 앉아 있다 훌쩍 사라지기 일쑤다.

"장사는 잘되지?"

"오 사장은 술 좀 작작 마셔, 코가 딸기코가 됐구먼. 그러다 제 명에 못 살아."

"아이구, 이게 누구여. 김 사장 오랜만이네. 우리 언제 뼁뼁이 한번 돌리러 가자구. 영등포시장 안에 있는 황제카바레 요즘 물 좋아. 토요일 밤에는 김흥국도 나와. 김흥국 알지? 호랑나비 한 마리가, 이렇게 춤추는 가수 말여."

도하수는 악수하는 사람마다 반말로 인사했다. 그와 악수하는 상인들은 겉으로는 웃고 있지만 이내 돌아서서 입을 다물었다. 어색하게 호랑나비 춤을 춰 보여도 짤막하게 웃다가 이내 입을 다물었다.

"아이구, 이게 누군가. 봉천동을 주름잡던 재건대장님도 나오셨구먼. 우리 인사나 하지. 나 도하수여. 올해로 상인회 회장을 십삼 년째 하고 있지. 봉천시장은 나 없으면 완전 개판 오 분 전여. 내가 턱 버티고 있으니까 장사꾼들이 맘 편하게 장사를 하고 있잖아. 옛날에는 재건대도 시장 많이 돌아다녔지? 하지만 요새는 돈 뜯어내려고 얼쩡거리는 놈은 한 놈도 없어. 다 내 덕인 줄 알라고 우리 악수나 하지."

도하수는 손기문이 보통내기가 아니라는 점을 알고 있었다. 처음부터 기선을 잡아 놓아야 한다는 생각에 차갑게 웃으면서 손을 내밀었다.

"나는 손기문여!"

손기문은 자신이 재건대장을 할 때 부하들이 시장 상인들을 괴롭힌 기억이 없었다. 그런데도 많은 사람들 앞에서 재건대 운운하는 것은 자신을 망신 주려는 의도로 받아들여졌다. 도하수가 내민 손을 잡고 지그시 힘을 주었다.

"소, 손 사장."

도하수는 손기문의 손을 건성으로 잡았다. 손기문도 처음에는 건성으로 잡았다. 손바닥이 밀착되는 순간 은근히 힘이 들어가는가 했더니 손가락뼈가 서로 짓눌려서 부러질 것처럼 아팠다. 하지만 상인들이 보고 있다는 생각에 얼굴을 찡그리지도 못하고 벌겋게 달아오른 얼굴로 웃었다.

"우리 친하게 지내자고."

손기문이 어린 나이에 엉겅퀴 밭 같은 세상에 던져지면서 배운 철학은 강자 앞에서는 한없이 강해져야 한다는 것이다. 강자 앞에서 약해진다는 것은 패배를 의미하고, 그것은 인간처럼 살기를 포기한다는 뜻과 같다. 도하수의 얼굴이 벌겋게 달아오르든 말든 손가락뼈가 서로 엇갈려서 손 전체가 바르르 떨리는 것을 느낄 때서야 힘을 빼고 웃었다.

"그, 그러자고."

도하수는 악수한 손을 들 수가 없었다. 흔들거리는 대로 내버려 두고 다른 상인들이 눈치챌까 봐 억지로 웃으며 뒤로 물러섰다.

허! 하룻강아지 범 무서운 줄 모른다고 하더니. 요즘도 재건대 양아치 기질이 통하는 줄 알고 있는 모양이구먼. 오늘 밤에 이 도하수가 어떤 놈이라는 것을 확실하게 보여 주지.

손이 너무 아파서 회의를 바로 시작할 수가 없었다. 일단 밖에 나가서 아픈 손을 바람에 식히든지, 찬물에 담그든지 해야겠다고 생각하면서 이를 바득바득 갈며 밖으로 나갔다.

"회장님, 어디 가십니까? 곧바로 회의 시작해야 하는데."

도하수의 오른팔 역할을 하는 총무 왕기춘이 도하수의 뒤를 따라가서 물었다.

"나, 변소 갔다 올 테니까 우선 회의 시작해서 오늘 안건부터 알려 줘."

"알겠습니다. 그럼 제가 일단 회의를 시작할 테니까 천천히 볼일 보고 오십시오."

왕기춘은 상인회 총무를 보고 있지만 요즘에는 시장 안에서 장사를 하지 않았다. 아내가 신림동에 있는 대형 마트 안의 생선 가게 코너에서 장사를 하고 있고, 여기서 총무 일만 하고 있다.

"자, 얼추 다 참석한 것 같응게 슬슬 회의를 시작합시다."

왕기춘이 중앙으로 나가서 손뼉을 쳤다. 상인들이 게으른 몸짓으로 천천히 왕기춘을 향해 시선을 돌렸다.

"손 사장 대단하던데. 도하수 얼굴이 똥색으로 변하더군. 손가락을 부러뜨렸나? 왜 시뻘겋게 달아오른 얼굴로 뻴뻴거리며 밖으로 나가는 겨?"

장두식이 고소하다는 표정으로 도하수의 뒷모습을 흘겨보고 나서 손기문에게 속삭였다.

"아뉴, 난 악수만 했는데."

손기문은 시치미를 뚝 떼고 총무를 바라봤다.

"오늘 안건은 두 가집니다. 그중 첫째는 회장 임기 사 년이 지났으니까 신임 투표를 하는 것이고, 둘째는 회비 인상 문제입니다."

"회비를 이 년 전에 이십 프로 인상했는데 또 인상한다는 겨?"

"회비는 이 년마다 단골로 인상하면서 사용 내역은 왜 공개를 안 하나?"

"회장을 갈아 치워야 혀. 이건 독재야, 완전 독재라고……."

"에, 불만이 있으신 분은 뒤에서 수군거리지 말고 앞으로 나와서 손을 들고 직접 말씀하시기 바랍니다."

여기저기서 불만이 터져 나오자 왕기춘이 점잖게 한마디 했다. 그 말을 끝으로 서로 눈치만 살필 뿐 불만을 털어놓는 상인들은 없었다.

"회장 선거는 무기명 투표로 하는 거유?"

손기문은 상인들이 모두 도하수에게 불만을 갖고 있다는 것을 느꼈다. 의협심이 발동하는 것을 느끼며 왕기춘에게 물었다.

"에이, 눈만 뜨면 하루에도 몇 번씩 보는 사이에 무슨 무기명 투표여. 그냥 찬성, 반대로 하면 되는 거지."

도하수가 굳은 얼굴로 들어왔다. 왕기춘이 얼른 회장 자리의 의자를 뒤로 뺐다. 도하수는 당연하다는 얼굴로 의자에 앉았다. 그의 뒤에 사내 세 명이 호위병처럼 도열했다.

"그럼 회장 후보는 어떻게 선출하는 거유?"

"선출은 없슈. 누구든 회장이 되고 싶은 사람에게는 후보 자격이 주어집니다. 근데, 첨 보는 얼굴인데 누구여?"

왕기춘이 꼬치꼬치 캐묻는 손기문을 보며 기분 나쁘다는 얼굴로 물었다.

"그러는 댁은 뉘슈? 보아하니 나이는 나보다 더 먹은 것 같지만, 객지 벗 나이가 뭔 필요가 있슈? 나이가 필요 없다고 해서 아무나 보고 말을 까면 안 되지."

"허, 시장 군번은 나보다 한참 어린 양반이 어디서 배운 말솜씨인지 모르겠지만 더럽게 싸가지 없구먼."

왕기춘은 믿는 구석이 있었다. 누군지 모르지만 오늘 초주검을 당할 것이라고 생각하며 가소롭다는 표정으로 웃었다.

"나이를 거꾸로 처먹었나, 젊은 놈한테 한 대 맞을라고 작정을 했나. 싸가지라니? 내가 니 자식이냐?"

손기문이 거침없이 대항하는 것을 본 상인들은 숨죽이고 도하수의 표정을 살폈다. 이쯤에서 도하수가 나설 만하나 그는 멀뚱멀뚱 천장만 바라보고 있었다. 그 뒤에 서 있는 보디가드들은 재미있다는 얼굴로 서로를 바라보며 소리 없이 히죽히죽 웃고 있다.

"마, 맞다니. 회장님, 저 새끼 말하는 거 들으셨습니까?"

"젊은 사람한테 말을 함부로 하니까, 그런 말을 듣게 되는 거지. 빨리 회의나 진행해."

도하수는 오늘 회장 선거를 하는 날만 아니었다면, 회의고 나발이고 다 필요 없이 손기문을 작살냈을 것이다. 일단 연임이 중요하다는 생각에 왕기춘의 말을 무시해 버렸다.

"좋습니다. 그럼 회의를 진행하겠습니다. 아까 말씀드린 대로 회장 신임부터 묻겠습니다."

"잠깐! 내가 배운 것이 읎어서 한 가지만 묻겠슈. 신임을 묻는다는 말이 뭔 말유?"

손기문이 묻는 말에 상인들은 침을 꼴깍꼴깍 살피며 도하수의 눈치를 살폈다. 오늘따라 도하수가 표정 관리를 하고 있어서 무슨 생각을 하고 있는지 알 수가 없다. 도하수의 오른팔 역할을 하는 왕기춘만 진땀을 빼고 있다.

"그게 무슨 말이냐면……."

왕기춘이 진땀을 빼며 도하수에게 구원의 눈빛을 보냈다. 도하수의 얼굴에 분노가 얼룩지고 있었지만 오늘은 웬일인지 응원해 주지 않는다.

"총무님도 나처럼 무식해서 모르는 모양이구먼. 장 사장님, 신임이라는 뜻이 뭐유?"

"그, 글쎄. 내가 알기로는 새, 새로 임명되었다는 뜻으로 알고 있는데……."

손기문이 느닷없이 묻는 말에 장두식이 도하수의 눈치를 살피며 더듬거렸다.

"회장이 이미 결정되었다믄 뭐하러 투표를 하는 거유. 내가 세상 오래 안 살아 봐도 빨갱이들 집단도 아니고 이런 개판은 첨이구먼. 그동안 쭉 이런 식으로 회장을 뽑아 왔단 말유?"

손기문이 왕기춘을 바라보던 시선을 도하수에게 옮기고 노골적으로 따져 물었다.

"총무, 시방 손 사장이 머라고 하잖여. 빨갱이 나라가 아니니까 정식으로 회장 후보를 선출해서 선거를 해야 하는 거 아녀?"

도하수가 차갑게 웃으며 손기문에게서 시선을 옮기지 않고 말했다.

"좋습니다. 그럼 회장이 되고 싶은 분은 손을 들어서 입후보하시기 바랍니다."

왕기춘이 갈 때까지 가 보자는 얼굴로 회심의 미소를 지으며 상인들을 쭉 둘러보았다.

상인들은 숨죽이고 일제히 손기문을 바라봤다. 도하수도 차갑게 웃는 얼굴로 손기문을 노려봤다. 도하수 뒤에 서 있는 세 명의 사내들은 서로를 바라보며 일이 재미있게 풀려 간다는 얼굴로 뱅글뱅글 웃었다.

"소, 손기문 씨를 후보로 추천합니다."

장두식이 떨리는 목소리로 말을 하며 도하수의 눈치를 살폈다.

"저는 도하수 현 회장님을 추천합니다. 더 이상 후보를 추천하실 분이 없는 것 같으니까 투표를 시작하겠습니다. 먼저, 추천을 받은 순서로 손기문 후보가 회장이 되었으면 좋겠다는 분은 손을 들어……"

장두식의 말이 떨어지길 기다렸던 왕기춘이 말했다.

"잠깐, 시방 골목대장을 뽑는 것도 아니고 앞으로 사 년 동안 상인회를 이끌어 갈 회장을 뽑는 거잖유. 최소한 후보들이 앞으로 회장이 되믄 이렇고 저렇게 상인회를 이끌어 가겠다는 발표 정도는 해야 하는 거 아뉴? 그리고 회장님 뒤에 서 있는 세 명은 뭐 하는 사람들인데 상인회에 참석했슈? 시장 안에서 장사하는 사람들유?"

손기문이 도하수 뒤에 서 있는 세 명의 사내들을 손가락으로 가리키며 장두식에게 물었다.

"장사하는 사람들이 아닌 걸로 알고 있는데……."

"그럼 왜 거기 서 있는 겨? 여기는 상인들이 모여서 회의하는 자링께 거기 서 있으면 안 되는 걸로 알고 있는데?"

"손 사장이 직접 내보내 보시지……."

도하수가 어깨가 들썩거리도록 웃고 나서 순간적으로 웃음을 지우며 손기문을 노려봤다.

"사람 환장하겠구먼. 데리고 온 사람이 내보내야지. 내가 당신 똘마니여? 여러분 내 말이 틀렸습니까?"

손기문이 도하수를 노려보고 나서 상인들에게 물었다.

"좋아, 너희는 밖에 나가서 기다려. 총무, 계속 회의를 진행시켜."

도하수는 할 말이 없었다. 회의가 끝난 다음에 손을 봐 줄 생각으로 턱짓으로 부하들을 내보냈다.

"형씨, 이따 봅시다."

"아따, 대단하신 분이 회장님 되시겠네."

"축하해유."

부하들은 그냥 나가지 않았다. 일부러 손기문 앞으로 와서 이죽거리는 목소리로 한마디씩 하고 슬슬 걸어서 밖으로 나갔다.

"그럼 손기문 사장님의 발언대로 후보자들의 연설을 듣기로 하겠습니다. 발언을 하신 손 사장님부터 한 말씀 하시죠."

"좋아유. 솔직히 나는 회장이 되고 싶은 생각은 읎슈. 내 장사하기도 바쁜 몸이라서 오늘 회의도 집사람이 한 번쯤 참석해 보는 것도 좋다고 떠미는 통에 나왔슈. 하지만 여길 나와 봉께, 집사람 말 듣기를 잘했다는 생각이 드느만유. 내가 회장이 되든 회비를 시방처럼 평당 오천 원씩이 아니고, 무조건 가게마다 오천 원씩 내는 걸로 통일하겠슈. 그라고 총회 때마다 회비를 워티게 사용했는지 내용을 적어서 집집마다 통지하겠슈. 또 봄가을로 한 번씩 시장 상인들 전체가 단체로 관광버스를 대절해서 워디 관광지 같은 데로 야유회를 가겠슈. 마지막으로 한 달에 한 번씩 대청소하는 날을 정해서 시장 전체를 깨끗하게 만들겠슈. 그람 손님들이 시방보다 더 많이 올 것으로 예상합니다."

상인들은 그렇지 않아도 회비가 너무 많다는 점 때문에 불만을 품고 있었다. 하지만 도하수의 폭력이 무서워 내색하지 못하고 벙어리 냉가슴 앓듯 내색을 못 하고 있는 중이다. 손기문의 말이 끝나자마자 상인들은 도하수의 눈치를 살필 겨를도 없이 자신들도 모르게 박수를 치기 시작했다.

"내가 회장이 되면 딴 거는 몰라도 깡패들이 가게마다 돌아다니면서 깽판 치는 것은 백 프로 막아 줄 수 있습니다. 식당에서 아침부터 찾아가 하루 종일 죽치고, 과일 가게에서 썩은 과일 판다면서, 토마토며 수박 다 깨트려 놓는 그런 깡패 있잖수. 장 사장 당신네 가게도 깡패가 가지 말라는 법은 읎을 것 같은데……."

"잠깐만유. 깡패라믄 내가 전문으로 손보는 사람유."

손기문은 도하수의 말을 막아 버리고 사무실 밖으로 나갔다. 도하수의 부하 세 명이 담배를 피우고 있다가 몸이 근질근질하다는 표정으로 다가왔다.

"느덜, 영등포 역전 태웅이라고 아나?"

부하들 중에 가죽 장갑을 끼고 있던 사내가 다짜고짜 주먹질을 하려는 순간이었다. 손기문이 눈썹 하나 까딱하지 않고 물었다.

"태, 태웅이?"

손기문에게 주먹을 날리려던 사내가 어디서 들은 이름이라는 표정으로 동료를 바라봤다.

"곰보 태웅이라고 하면 알아듣겠냐?"

"고, 곰보 태웅이 형님을 네놈이 어떻게 알지?"

"네놈이 그 형님을 어떻게?"

"태웅이한테 가서 물어봐라. 아, 거기 엄기남이라는 놈도 있을 거다. 봉천동 재건대장 날치 형님이 어느 분인지……."

"형님, 잘못했습니다. 야, 임마. 뭐해? 빨리 꿇어."

가죽 장갑이 새파랗게 질린 얼굴로 손기문 앞에 무릎을 착 꿇고 앉아서 동료들에게 손짓했다.

"무릎 꿇고 앉아 있을 필요 읎어. 젊은 놈들이 열심히 일해서 살아갈 생각은 안 하고……. 따라 들어와."

손기문은 세 명을 번갈아 노려보고 사무실 안으로 들어갔다.

"변소 갔다 오시나?"

도하수가 책상을 손가락 끝으로 톡톡 치면서 빈정거렸다. 그러나 그 뒤에 따라 들어오는 부하들이 하나같이 새파랗게 질린 얼굴로 고개를 늘어뜨리고 있는 모습을 보고 벌떡 일어섰다.

"사장님들께 어여 사과드려. 앞으로는 시장 안에서 절대로 행패 안 부리고, 착하게 살아가겠다고 말여."

손기문이 옆으로 비켜서서 사내들에게 손짓했다.

"죄송합니다."

"자, 잘못했습니다."

"다시는 시장 안에서 얼쩡거리지 않겠습니다."

사내들은 도하수에게 용돈이나 받는 처지였다. 태웅이에게 걸렸다가는 뼈도 추리지 못한다는 생각에 앞다투어 고개를 조아렸다.

감옥으로부터의 해방

또한 잘나가던 남편의 갑작스러운 죽음으로 충격을 받아
대인기피증에 걸려 외출도 못 하고
마음의 감옥에서 살고 있는 어머니를,
감옥으로부터 해방시키는 일이라고 생각했다.
그래야 얼마 남지 않은 생을 편하게 사실 것이다.

애자는 소파에 앉아서 연속극을 보다가 살포시 잠이 들었다. 눈을 떠보니 열한 시다. 고현수는 퇴근하지 않을 것이라고 생각하며 성찬의 방 앞으로 갔다. 노크를 살짝 하고 조용히 방문을 열었다. 컴퓨터 앞에 앉아서 무언가를 열심히 하고 있었다.

"공부하는 거여?"

"테트리스 게임 하고 있는 중여."

성찬은 방으로 들어오는 애자를 쳐다보지도 않았다. 컴퓨터 자판의 오른쪽에 있는 화살표 키를 통해 열심히 게임을 하고 있었다.

"그기 그렇게 재미있어?"

컴퓨터 모니터 안에서 블록이 니은 자 혹은 기역 자, 정사각형 모양으로 블록 위로 떨어지고 있었다. 성찬이 손가락으로 키보드를 눌러서 블록을 좌로 혹은 우로, 어느 때는 90도 회전시켜서 블록 사이의 공간을 채워 나가는 비교적 간단해 보이는 게임이다. 성찬의 오른손은 리드미컬하게 자판을 두들기며 블록을 제자리에 집어넣었다.

"에이!"

어느 순간 블록이 제 구멍을 찾아 들어가지 못해 빈 공간을 막았다. 그런데도 블록은 계속 내려온다. 블록이 더 이상 내려올 공간이 없어지자 '게임 오버'라는 영문자가 나왔다. 성찬은 안타깝다는 표정으로 책상을 주먹으로 내려치고 나서 다시 게임을 하기 시작했다.

"의과 대학생이 허구한 날 컴퓨터 게임만 하고 있어도 되는지 모르겠구먼."

"엄마는 아무것도 모르고 그런 말 하면 안 되지……. 학교에 가서 테트리스 이야기 빼놓으면 할 이야기가 없을 지경으로 인기란 말여."

"아빠는 오늘도 안 들어오시려나 보다."

애자는 성찬이 어렸을 때부터 공부하라는 말을 해 본 적이 없었다. 스스로 알아서 할 것이라고 생각하며 성찬의 방을 나갔다.

술이나 한잔 할까?

소파에서 잠깐 졸았더니 방에 들어가면 잠이 오지 않을 것 같았다. 억지로 잠을 청하면 새벽 서너 시쯤에 잠이 깬다. 하루 중에 가장 외롭고 견디기 어려운 시간이 바로 그 시간이다. 아무리 잠을 청해도 잠은 오지 않는다. 책하고는 원래 거리가 멀고 텔레비전도 끝나 버린 시간이라서, 적당히 시간 보낼 것이 없었다. 가장 효과적인 방법은 소주를 반 병 정도 마시거나 독한 양주를 한 잔 마시는 것이다. 하지만 그 시간에 술을 마시고 다시 잠들면 아침에 컨디션이 최악이 되어 버릴 때가 많았다. 그럴 바에는 이 시간에 마시고 잠을 푹 자는 것이 좋다.

"아빠가 오셨나?"

애자는 주방으로 가려다 초인종이 울리는 소리에 다시 시간을 봤다. 11시 10분이다. 이 시간에 올 사람은 고현수밖에 없다고 생각하며 현관 앞으로 갔다.

"성찬아, 아빠 오셨다."

인터폰 모니터 안으로 고현수가 얼마나 술을 마셨는지 고개를 숙이고 상체를 흔들며 서 있는 모습이 보였다. 애자는 건조한 목소리로 성찬이를 부르고 나서 현관문을 열어 주었다.

"퇴근하는 남편한테 고생 많았다고 인사도 안 하나?"

고현수가 술 냄새를 물씬 풍기면서 애자 앞에서 비틀거렸다.

"술을 어디서 이렇게 많이 마셨어요?"

애자는 고현수의 말에는 대꾸하지 않고 팔을 부축했다.

"아빠 오셨어요?"

"어, 우리 성찬이. 성찬아, 너 이 아빠가 얼마나 부자인 줄 모르지. 아빠, 강남에 있는 땅을 모두 팔면 오백억 원은 될 것이다. 너, 오백억 원이 얼마나 큰 줄 아냐? 오백억 원이 얼마나 크냐면 말야. 일억 원짜리 오백 개가 있어야 되는 돈여. 너 월급쟁이가 평생 일억 원 모을 수 있는 줄 아냐? 어림도 없다. 평생 동안 한 푼도 안 쓰면 모을 수 있지만, 먹고 살다 보면 일억 원은 모을 수가 없어. 구월 일일부터 팔기 시작한 엑스포 복권에 당첨되어 봤자, 오백만 원밖에 안 된단 말야. 체육 복권은 이천만 원, 주택 복권은 천만 원밖에 안 되잖아……"

애자의 말에는 대꾸도 하지 않던 고현수가 성찬의 말에 고개를 번쩍 들고 횡설수설하는 목소리로 말했다.

"성찬아, 어여 들어가서 자라."

애자는 눈짓으로 고현수가 취했다는 표정으로 지어 보였다.

"당신이 뭔데, 아들하고 대화를 단절시키는 거야? 성찬아! 우리 성찬이도 대학생이니까 아빠하고 술 한잔 하자. 여보, 술 가져와. 나 오늘 우리 아들하고 술 한잔 해야겠어."

"아빠, 저 리포트 써야 하거든요. 그러니 어서 주무세요."

"리포트? 그래. 아빠가 자식 공부하는 데 방해하면 안 되지. 그럼 우리 둘이 한잔할까? 모처럼 말야. 이동하 국회의원 따님하고 시바스 리갈 딱 한 잔씩만 할까?"

"좋아요. 한 잔씩 해요."

애자는 이동하 국회의원 따님이라는 말이 조롱으로 들려와서 부축하던 고현수의 팔을 풀었다. 거실 구석에 있는 장식장 앞으로 가서 뚜껑을 따지 않은 시바스 리갈을 들고 주방 앞으로 갔다.

"장인어른, 정말 대단하신 분이야. 영동에서 성남으로, 성남에서 전국구 의원님으로 신출귀물하신 줄만 알았지. 빽도 대단하신 분이더라고 정말 존경스러워……."

"아버지하고 무슨 일이 있었군요."

고현수는 비틀거리며 의자에 앉았다. 애자가 맥주잔에 양주를 삼분의 일 정도 따라서 고현수 앞으로 내밀었다. 자신의 잔에는 삼분의 이 정도 따랐다. 화를 가라앉힐 수가 없어서 한꺼번에 서너 모금을 마셨다. 고현수와 비슷한 분량으로 만들어서 컵을 식탁에 내려놓았다.

"존경스러운 장인어른하고 나 사이에 무슨 일이 생길 수가 있나. 내가 장인어른 덕분에 부자도 되고, 얼마나 신세를 지고 있는데……."

고현수가 자조적인 미소를 지으면서 컵을 들어서 두어 모금 마신 후에 식탁에 내려놓았다. 입술에 묻은 술을 손등으로 닦고 나서 거슴츠레하게 뜬 눈으로 애자를 바라봤다.

"오늘은 취하신 것 같으니 내일 말씀하세요."

애자는 고현수가 자신을 바라보는 눈빛이 경멸의 눈빛으로 보여서 화가 났다. 취중언골이라는 말이 생각났다. 취중에 하는 말 속에 뼈가 있다는 뜻이다. 이동하와 무슨 일이 있어서 계속 비웃고 있을 것이라고 생각하며 술잔을 들었다.

"나, 오늘 직장에 사표 냈어. 앞으로는 밤새워 일할 필요가 없다고 내가 왜 사표를 냈는지 알아?"

"오백억대 부동산 부자가 직장에 다닐 필요가 없겠죠"

애자는 고현수가 강남에 오백억 원대 땅을 가지고 있다는 것을 믿지 않았다. 취해서 하는 말일 것이라고 생각하면서도 비아냥거리는 목소리로 말하고 술잔을 들었다.

"물론 돈도 있지. 하지만 그 돈은 내가 목표한 금액의 오십 프로밖에 되지 않아. 내가 직장에 사표를 낸 것은 내 한계를 느꼈기 때문이라고 난 솔직히 청와대에서 인정받았어. 하지만 결국 안기부로 되돌려 보내더군. 거기서도 마찬가지야. 아무리 일을 열심히 해도 한계가 있어. 난 절대로 차장이나 원장이 될 수 없다는 걸 알았단 말이지. 원장은 전문성과 관계없이 정치적인 목적에 부합할 수 있는 사람만 가능한 거야. 내 말 듣고 있어?"

"아무튼 직장을 그만둔다니 저로서는 축하해야 할 일이군요. 그럼 앞으로 무엇을 하실 생각이에요?"

애자는 문득 박순자가 생각났다. 박순자는 말자와 술을 마시고 난 후에 이혼을 심각하게 고민하고 있다. 그녀는 이혼하려면 남편이 은행에 다닐 때 해야 위자료를 챙길 수 있지만 아직 용기가 나지 않는다며 고민 중이다. 애자는 자기가 이혼한다면 고현수가 직장을 그만두더라도 위자료를 받아 낼 수 있을 것이라는 생각이 들어서 쓰게 웃었다.

"놀라지 마."

고현수는 잔을 천천히 비웠다. 안주도 먹지 않고 얼음물도 먹지 않았다. 술병을 끌어당겨서 스스로 잔을 채워 놓고 다시 입을 열었다.

"난 국회의원이 될 생각이야. 국회의원으로 당선돼서 법무부 장관을 해 볼 생각이라고. 나하고 같이 사법고시를 친 놈들은 지금 무얼 하고 있는지 알아? 빠른 놈은 검사장을 하고 있어. 최소한 부장검사를 하고 있지. 물론 나도 부장이야. 끗발로 치자면 내가 검사 부장보다 막강한 권력을 쥐고 있지만, 동기들 앞에서는 큰소리를 칠 수 없지. 왜 그런 줄 아나? 난 음지에 있는 부장이기 때문이라고. 동기들은 양지에 있는 부장인데…… 난 음지에 있는 부장이야. 음지……. 음지가 뭔지 알아?"

"당신은 국회의원 선거에 나가면 충분히 당선될 것이라고 믿어요. 지역구는 정했어요?"

애자가 비웃는 목소리로 물으며 자신의 잔에 술을 채웠다. 한꺼번에 마신 취기가 정신없이 얼굴을 화끈거리게 만들어서 얼음물을 마셨다.

"이 천하의 고현수가 지역구도 안 정해 놓고 국회의원이 되겠다고 큰소리치는 줄 알아? 내 고향 영동에서 국회의원이 될 생각이야. 그전에는 건설회사를 할 생각이지. 아버지가 못 다 이룬 꿈을 실현하기 위해 관광 호텔을 지을 생각이라고. 관광호텔 사장에다 건설회사 사장 그리고 국회의원이 되면 내 인생은 어느 정도 성공했다고 자부할 수 있지……. 두고 보라고. 난 절대 말만 앞세우는 놈이 아냐. 절대로 아니라는 걸 이애자한테 보여 주지. 암, 보여 주고말고……."

고현수는 걷잡을 수 없이 취기가 밀려와서 앉아 있을 수가 없었다. 비틀거리는 몸짓으로 일어났다. 흥 하고 비웃는 얼굴로 애자를 한번 바라보고 나서 비틀비틀 안방을 향해 걸었다.

애자는 고현수를 부축하지 않았다. 자리에서 미동도 하지 않고 술잔을 들었다. 고현수와 이동하 사이에 무언가 안 좋은 일이 벌어진 것 같았다. 하지만 굳이 알고 싶지 않았다. 고현수 성격에 말해 주지도 않을 것이다. 장인과 사위 사이에 원수질 일이 뭐가 있겠냐는 생각이 들었다. 고현수가 무언가 오해하고 있을 것이고 세월이 지나면 오해는 풀어질 것이라 믿었다.

"직장, 정말 사표 내신 거예요?"

고현수는 이튿날 평소와 같이 일어났다. 애자는 고현수의 속이 풀어지도록 무와 파를 썰어 넣고 북어를 곰국처럼 끓여서 식탁에 내놓았다. 밥을 퍼서 고현수 앞에 내놓으며 지나가는 말처럼 물었다.

"오늘 영동 집에 내려갈 생각이야."

고현수는 애자가 묻는 말에는 대답하지 않고 북엇국을 한 수저 먹었다. 어제 직원들이 3차까지 가자고 한 것을 뿌리치고 집으로 온 것은 기억났다. 그다음부터 애자하고 많은 말을 한 것 같기는 한데, 기억이 북엇국처럼 뿌옇게 떠 있었다.

"거긴 왜요?"

애자는 밥맛이 없었다. 고현수가 사표를 낸 것이 진짜라고 생각하며 후춧가루를 북엇국에 살짝 탔다.

"영동 내려갔다 와서 말해 줄게. 성찬이는 요즘 공부 열심히 하고 있지?"

"예."

성찬은 어제 테트리스 게임을 하느라 거의 날밤을 새웠다. 북엇국이 좀 얼큰했으면 좋겠다는 생각이 들었다. 그러나 몇 수저 먹어 보니까 개운한 맛이 있었다. 밥을 말면서 짤막하게 대답했다.

"정말로 영동에서 국회의원으로 출마하실 생각인가 보죠?"

"당신이 그걸 어떻게 알았어?"

고현수가 젓가락으로 김치를 집으려다 말고 놀란 얼굴로 물었다.

"어제 많이 취하셨나 보네요. 하긴 엉망으로 취해 들어오셔서 시바스 리갈을 두 잔씩이나 드셨으니까 취할 만도 하겠네요."

성찬은 애자와 고현수의 대화가 마른 가죽처럼 딱딱하고, 향기가 없는 조화처럼 진실성이 없다는 것을 중학교 때부터 느껴왔다. 나는 얼른 밥이나 먹고 학교에 가면 된다는 생각에 밥 먹는 데만 집중했다.

"어제 좀 무리할 정도로 마신 것 같아. 내가 또 무슨 말을 했지?"

고현수가 아무리 생각해도 기억이 나지 않아서 고개를 갸웃거리며 애자를 바라봤다.

"영동에서 국회의원에 출마하신다는……."

"아빠, 강남에 구입해 둔 땅 가격이 오백억 원이라는 말씀도 하셨잖아요. 아빠, 공무원이시면서 부동산 투기를 하셨어요? 하긴 요즘 부동산

157

투기를 안 하면 돈을 벌 수 있나……."

애자의 말이 끝나기도 전에 성찬이 끼어들어서 농담처럼 말했다.

"그 땅은 내가 투기하려고 사 둔 땅이 아냐. 예전에 외할아버지가 땅을 사실 때 같이 사 둔 땅이 올랐을 뿐야. 하지만 이런 말은 밖에 나가서 하면 안 된다."

"아빠, 정말 오백억대 부자세요?"

성찬이 도저히 믿을 수 없다는 얼굴로 물었다.

"요즘 오백억대는 부자 축에 들지도 못해. 최소한 몇천억 원은 돼야 부자 소리를 듣지. 그리고 아빠는 부자가 되고 싶어서 땅을 산 게 아냐. 우연히 땅을 살 기회가 있어서 사 놓았는데 그렇게 된 것뿐이지."

"난 공부 안 해도 되겠네."

성찬은 숟가락을 내려놓으면서 어깨를 으쓱거렸다. 고현수를 존경스럽다는 얼굴로 바라보고 나서 자기 방으로 들어갔다.

"당신은 내가 그만한 땅덩어리를 갖고 있다는 사실을 알아도 놀라지 않는군. 하긴 장인어른 재산은 몇천억 원이 넘으니까 놀랄 놀 자는 아니겠지."

"돈이야 있다가도 없는 것이고, 남편이라는 사람이 직장에 사표를 내면서 아내에게 말 한마디도 상의 하지 않았잖아요. 저는 이미 당신 말에 놀라는 데 익숙해 있어서 별로 놀랍지도 않네요."

애자는 밥 한 숟가락을 먹었다. 밥을 입 안에 넣는 순간 이내 후회했다. 모래알을 씹는 것 같아서 도저히 삼킬 수가 없었다. 컵에 물을 따라서 마치 쓴 약을 먹는 것처럼 물과 대충 씹어서 그냥 삼키고 말았다.

"학교 다녀오겠습니다."

"용돈 안 필요하냐?"

고현수가 부드러운 목소리로 성찬에게 물었다.

"저 과외하잖아요. 용돈 충분해요."

"대학생이 과외로 돈을 벌어서 자가용 타고 다니는 거 안 좋다. 아빠 체면도 있고 하니까 과외는 그만두도록 해."

"그것도 능력 아닌가요? 다른 학생들은 과외하고 싶어도 자리가 없다고 하는데……."

애자는 고현수의 말에 찬성하려고 했다. 그러나 입 밖으로 나오는 말은 고현수를 비웃는 말이었다.

"학생은 학생답게 생활하는 것이 좋아. 아빠 말 새겨듣고 자동차는 처분하도록 해."

"아빠, 재산이 오백억 원이면 자식이 자가용 정도 타고 다닐 수 있는 것 아닌가요?"

고현수가 하는 말을 건성으로 듣고 있던 성찬이 현관문을 열다 말고 돌아서서 물었다.

"아빠가 앞으로 국회의원도 되고, 크게 되려면 너도 행동거지를 잘해야 하는 거야. 그런 뜻으로 하는 말이니까 과외하는 것까지 말릴 수는 없지만 자동차는 팔아라……."

고현수는 더 이상 할 말이 없다는 얼굴로 북엇국을 두 손으로 들었다. 더부룩하고 쓰렸던 속이 가라앉는 것을 느끼며 수저를 들었다. 무 조각까지 말끔히 먹고 나서 물컵을 애자 앞으로 내밀었다.

"당신한테 물어봤자 대답해 주지 않을 것 같아서 말씀드리지 않으려고 했는데……. 어제 아버지하고 무슨 일이 있었어요?"

애자가 고현수가 내민 컵에 물을 따라 주면서 조용하게 물었다.

"내가 어제 장인어른 말도 했었나?"

"어제 무슨 일이 있었는지는 모르지만, 장인어른이 대단하다, 존경스럽다, 신세를 많이 졌다는 등 횡설수설하셨잖아요."

"듣는 그대로겠지. 장인어른이 유능하다는 거 세상 사람 중에 모르는 이 없고, 내가 장인어른 빽으로 옛날 중앙정보부에 근무하다 청와대까지 갔다 온 것은 사실이잖아."

"평소에는 그런 말씀을 단 한 번도 하지 않으셨기 때문에 묻는 거잖아요……."

애자는 그때 그 말이 이동하를 온통 비웃는 것으로만 들렸다고 차마 말할 수 없었다. 숟가락으로 북엇국 위에 떠 있는 파리를 건져 내는 것처럼 살짝 떠먹고 고현수를 바라봤다.

"당신이 놀랄 것 같아서 말을 안 했는데, 작년에 장인어른을 검찰에서 내사했었어."

"뭐라고요?"

검찰에서 내사했다면 부정한 일을 저질렀다는 징후다. 애자는 가물가물 졸다가 불티를 맞은 사람처럼 깜짝 놀랐다.

"내가 지금부터 하는 말은 당신 혼자만 알고 있어야 돼. 장인어른한테는 내가 이미 말씀드린 건이라서, 당신까지 알고 있는 것을 장인어른이 아신다면 안 좋을 테니까. 내 말 무슨 뜻인지 알겠어?"

"무슨 일이길래 그렇게 겁을 주시는 거예요?"

애자는 검찰이라는 단어가 머리를 짓누르는 것 같아서 가만히 있을 수가 없었다. 일어나서 의자 뒤로 갔다. 의자 등받이를 잡고 물었다.

"원갑룡 의원이라고 알지?"

"할아버지가 돌아가셨을 때하고, 송덕비 제막식 할 때 그리고 우리 결혼식에도 오신 분 말씀하시는 거예요?"

애자가 놀라움이 가시지 않은 표정으로 도로 의자에 앉으며 물었다.

"어떤 건설 회사 사장한테 뇌물을 먹은 모양이지. 고급 여관에 관광호텔 허가를 내주는 조건으로 개포동에 있는 서른다섯 평짜리 아파트를 한 채씩 받은 것이 검찰에 포착된 모양이더라고"

고현수는 아직 그 회사가 우신건설이라고 밝힐 단계가 아니라는 생각에 회사 이름은 말하지 않았다.

"그래서요?"

꼬리가 길면 잡힌다는 말이 있다. 애자는 이동하가 검은돈을 받는 광경을 직접 목격하기도 했다. 이동하가 정치하는 것을 탐탁하게 생각하지 않는 이유도 그런 점 때문이다. 하지만 아버지다. 이동하가 구속되면 승우에게까지 영향이 미칠 것이라는 생각에 긴장한 얼굴로 반문했다.

"난 두 분이 구속될 줄 알았는데 정치적 협상을 하셨는지, 검찰에서 무혐의로 판단하고 내사가 종결됐거든. 다른 의원들 같았으면 정치 생명이 끝나고도 남을 만한 사건이라고 요즘 개포동에 아파트 한 채 값이 얼마씩인지 알지? 평당 삼백만 원씩 주고도 못 사. 서른다섯 평짜리면 일억이 넘는 돈이라고 그런데도 무사하신 걸 보면 대단하시잖아. 안 그래?"

이동하와 원갑룡이 우신건설 회장 우신국에게 뇌물을 받았다는 점을 포착한 것은 이동하를 옭아 넣으려는 작전에서 시작된 것이다. 이동하와 원갑룡의 재산 증식 사항을 체크해 나가던 중, 비슷한 시기에 같은 단지에 있는 아파트를 분양 받은 사실을 알아냈다. 그 사실을 검찰에 있는 친구에게 제보해서 수사하도록 했더니 윗선에서 없는 것으로 처리해 버리라는 지시가 떨어져서 유야무야되어 버렸다.

"저는 도무지 무슨 말씀을 하시는지 이해할 수가 없어요. 아버지가 돈이 없으신 분도 아니고, 뇌물을 먹었다면 어느 건설회사에서 먹은 건지 혼란스럽기만 하네요."

"난 혼란스러운 정도가 아냐. 장인어른한테 그 건에 대한 전화를 받고 충격 받았다고. 보통 충격을 받은 게 아냐. 내가 세상에서 태어나 그렇게 충격 받은 적은 없어. 단 한 번도 없었다고……"

고현수는 스스로에게 속삭이는 목소리로 말하면서 송미향의 얼굴을 떠올렸다. 이동하와 윤석중 때문에 18개월 동안 실형을 살았다는 송미향이 찾아온 것은 작년 늦여름이다.

영동에 계신 어머니를 찾아온 송미향에게서 중요한 드릴 말씀이 있으니 꼭 좀 만나자는 전화가 왔다. 그녀가 일부러 서울까지 찾아 올라와서 서울역 근처에서 만났다. 수년간 이동하의 성적 노리개로 살아왔다는 그녀는 윤석중과 이동하의 농간에 빠져 억울한 옥살이를 했다며 눈물 섞인 목소리로 가슴속에 응어리로 간직하고 있던 아버지에 대한 죽음의 원인에 불을 지폈다.

"이동하, 그 쓰레기 같은 놈이 자유당 위원장 자리를 차지하려고, 그당시 도당 위원장이었던 최형근이라는 작자에게 돈을 썼습니다. 최형근은 이동하에게 위원장 자리를 주기 위해서 고병호 사장님이 거래하시던 거래 은행을 압박해서 고의로 부도 처리를 하도록 음모를 꾸몄습니다. 그 사실을 알아챈 고병호 씨가 너무 억울해서 스스로 자진하신 겁니다."

"내가 알기로 최형근이라는 사람은 이 세상 사람이 아닙니다. 은행 측도 서류를 법적으로 보관하는 기간이 십 년이라서 고의로 부도를 냈다는 사실을 알아낼 수 없습니다. 그리고 이제 와서 수십 년이나 지난 일을 터트려서 무엇을 얻을 수 있습니까? 설령 살인을 했다고 하더라도 공소시효가 지나서 법으로 해결할 수도 없는 일입니다. 말씀은 고맙지만 안 들은 것으로 하겠습니다."

송미향의 말을 듣고 나니까 갑자기 아버지가 왜 스스로 생을 마감해야 했는지 이유를 알 것 같았다. 송미향이 한 말에 대한 진실 여부도 확인할 필요는 없었다. 군대를 가기 전에 아버지로터 최형근이라는 이름을 자주 들었었다. 송미향이 그 이름을 알고 있다는 사실 자체가 진실이라는 증거로 볼 수 있었다. 하지만 송미향은 이동하를 배신하고 윤석중에게 붙었다가 두 정치인의 이해관계에 얽혀 팽을 당한 인물이다. 그런 인물과 말을 섞어서 좋을 것이 없다는 생각에 정보만 받아들이고 속내를 밝히지는 않았다. 웃는 얼굴로 이왕 서울까지 올라왔으니 서울 구경이나 하고 가라며 차비로 오만 원을 주는 것으로 인연을 끊었다.

"그렇군요. 아버지는 정치를 벌써 그만두셨어야 했는데 너무 오랫동안 해 오셨어요. 당신도 정치를 하면 아버지처럼 되지 말라는 법 없잖아요. 재산도 오백억씩이나 되는데 여생을 편하게 사시지, 왜 국회의원이 되고 싶다고 하는지 모르겠네요……."

애자는 아침부터 술 생각이 났다. 하지만 고현수 앞에서 술을 마실 수가 없었다. 밥상을 그대로 둔 채 술 대신 커피를 타기 시작했다.

"돈은 많을수록 좋은 거 아냐?"

고현수가 쓴웃음을 지으며 반문했다. 한편으로는 언젠가 애자에게 밝히게 될 재산이기에 잘됐다는 생각이 들기도 했다.

"전 놀라지도 않았어요. 승우가 지금 몇 살인 줄 아세요? 올해 이 학기 끝나고 휴학한대요. 군대에 가려고요. 자식이 군대를 갈 나이가 되어서야 남편 재산이 오백억 원이 넘는다는 걸 알게 된 사람이 누군지 아세요? 이애자라는 여자라고요."

애자는 고현수의 허락을 구하지 않고 커피를 두 잔 탔다. 부부 사이에는 비밀이 없어야 한다. 이혼당할 것 같으니까 재산을 숨기고 있을지도 모른다는 생각이 들었다. 박순자처럼 심각하게 이혼을 생각해 볼 필요가 있다고 생각하며 고현수 앞으로 커피잔을 내밀고 의자에 앉았다. 감정 없는 목소리로 말하고 나서 뜨거운 커피 향을 천천히 음미했다.

"내가 다른 여자와 바람을 피우거나 도박을 한 건 아니잖아. 순전히 우리 가족을 위해 열심히 돈을 모으고 일했을 뿐이야. 물론 말을 안 해 준 게 잘했다는 건 아냐. 하지만 당신을 깜짝 놀라게 해 줄 작전이 실패로 돌아간 것은 사실이군. 영동에 내려가서 며칠 걸릴 거야."

고현수는 이동하를 그냥 죽게 내버려 두지 않을 생각이었다. 그 첫 번째 단계로 영동에서 국회의원이 되어 이동하의 숨통을 서서히 조여 나갈 계획이었다. 그것만이 관광호텔 완공을 앞두고 스스로 생을 마감한 아버지에 대한 원수를 갚는 길이다. 또한 잘나가던 남편의 갑작스러운 죽음으로 충격을 받아 대인기피증에 걸려 외출도 못 하고 마음의 감옥에서 살고 있는 어머니를 감옥으로부터 해방시키는 일이라고 생각했다. 그래야 얼마 남지 않은 생을 편하게 사실 것이다.

광배는 저녁을 먹고 자기 방으로 가지 않았다. 안방에 앉아서 아랫목에 비스듬히 누워 텔레비전을 봤다. 황인술은 어디서 술타령을 하고 있는지 아직 들어오지 않았다. 광일네는 광배의 발끝에 앉아서 가을에 수확한 콩을 가리는 틈틈이 텔레비전 화면으로 시선을 옮겼다. 관심을 끄는 장면이 나오면 왼 손바닥에는 가려야 할 콩을 한 줌 쥐고, 오른 손가락은 집게 모양으로 공중에 띄운 채 눈을 껌벅거렸다. 텔레비전에서는 지난 10월 20일에 처음 방영되고부터 도시는 물론 시골 시청자들까지 화면 앞으로 끌어모으고 있는 주말 드라마 <야망의 세월>이 방영되고 있었다.

"한 배 속에서 나온 형제가 어짜믄 저리도 다를까. 형은 똑소리 나는데, 동생 놈은 완전 개망나니가 따로 읎구먼······."

"어머, 시방 나 들으라고 하는 말여?"

광일네가 혼잣말로 중얼거리는 말에 광배가 일어나 앉으며 건성으로 물었다.

"그라믄, 느 형이 대핵교를 나왔단 말여? 그것도 수재로 졸업을 했능감?"

광일네는 고개를 숙이고 손바닥 안에 있는 콩 중에서 썩은 것이나 조각난 것을 빠르게 가려냈다. 황신혜가 눈물을 글썽이는 장면이 나오자 다시 화면을 응시했다. 멀쩡한 콩을 썩은 콩 소쿠리에다 넣고, 썩은 콩에다 넣어야 할 콩은 멀쩡한 콩 소쿠리에 넣으려는데 광배가 어머, 라고 불렀다.

"왜?"

"시방 콩을 워디다 능 겨?"

"이런, 내 정신 좀 봐. <야망의 세월> 보다가 말짱 헛일했구먼. 오늘은 안 나가냐?"

광일네는 썩은 콩 소쿠리에서 부지런하게 멀쩡한 콩을 가려내느라 고개를 들지 않고 물었다.

"그렇지 않아도 나갈 생각여."

광배는 철재도 이 시간에 <야망의 세월>을 시청하고 있을 것이라고 생각했다. <야망의 세월>이 끝나는 시간은 아홉 시 십 분 전이다. 드라마가 끝나면 같이 오토바이를 타고 학산에 있는 초원다방에 커피를 마시러 가기로 약속이 되어 있었다.

철재는 <야망의 세월>이 끝나자마자 일어섰다. 철용네는 이불도 깔지 않고 팔베개를 하고 가볍게 코를 골며 자고 있다. 장롱에서 이불과 베개를 꺼냈다. 김춘섭은 해룡네 집이나 박태수네 집에 있을 것이다. 밤이 늦어야 들어올 것이라고 생각하며 철용네의 머리에 베개를 베 주고 이불로 덮어 줬다.

하늘에는 별이 총총하게 떠 있다. 바람이 불었다. 둥구나무가 몸을 비틀면서 낙엽을 눈송이처럼 떨어낸다. 벌어진 가지 사이로 별빛이 흘러내린다. 바람이 멈추고 가지 사이로 앙상하게 내려앉은 별빛이 너럭바위에 거미줄을 그려 놓고 있다.

오늘도 콧바람 좀 쐬어 보자.

철재는 사랑방 옆에 세워 놓았던 오토바이에 올라탔다. 50CC짜리 대림오토바이는 요즘 가격이 올라서 신형을 사려면 48만 원을 줘야 한다. 가을에 추수가 끝나고 20만 원 주고 중고를 샀는데 성능은 아무런 하자가 없었다. 지금까지 학산에 있는 학산오토바이센터에 신세를 진 일이 없다는 게 기특하기만 하다. 너럭바위 앞에 오토바이를 세워 놓고 내렸다. 바위에 걸터앉았다. 엉덩이로 전해지는 감촉이 차가웠지만 한겨울이 아니라서 견딜 만했다. 광배가 털레털레 내려오고 있는 모습이 보였다.

"야, 유인촌이 현대건설의 이명박이라면서?"

"나도 그런 말 들은 적 있구먼. 이명박도 현대건설 들어가기 전에는 데모도 하고 그랬다능 겨. 드라마에 나오는 유인촌하고 똑같잖여."

"근데 황신혜 너무 이쁘지 않냐? 진짜 선녀 가텨."

철재는 담배를 끄고 오토바이에 올라탔다. 광배가 뒷자리에 앉으면서 말했다.

"선녀 봤냐?"

"선녀를 안 봤응게 선녀 같다고 했지."

"너는 황신혜가 이쁘냐, 아니면 초원다방의 미스 강이 이쁘냐?"

철재가 시동을 걸고 천천히 앞으로 나가면서 물었다.

"황신혜가 아무리 이쁘면 뭐 하냐? 그림의 떡에 불과하잖여. 하지만 미스 강은……."

오토바이가 금방 방천 둑 위로 올라섰다. 철재는 헬멧을 써서 끄떡없지만 광배는 맞바람을 피하려 철재 등 뒤에 얼굴을 숨기느라 입을 다물었다.

미스 강은 그림의 떡이 아니고, 손을 뻗으면 만질 수 있는 여자지…….

대구 어디가 고향이라는 미스 강은 27살이다. 하얗고 둥그런 얼굴에 긴 생머리를 한 그녀는 팔자가 사나워 다방에서 커피 배달을 하고 있지, 황신혜처럼 배우가 되었으면 그림의 떡 같은 존재가 되었을 것이다.

"오빠야, 혼자만 알고 있어야 한다. 내 본명은 이진숙이데이."

며칠 전이다. 광배가 철재와 함께 늦은 시간까지 다방에서 시간을 보내고 있을 때였다. 철재가 잠깐 화장실에 간 사이에 미스 강의 뜨거운 입김이 귀를 간질이는가 했더니 놀랍게도 그녀가 자기 본명을 알려 줬다.

"왜 나한테만 살짝 이름을 알려 주는데?"

다방이나 술집 여자가 본명을 숨기고 부르기 쉬운 유라라고 하든지, 미혜, 다솜이 같은 가명을 쓰고 있다는 것을 모르는 촌놈은 아니다. 광배는 철재 모르게 살짝, 그것도 금방이라도 입을 맞출 것처럼 뜨겁게 속삭이는 말을 듣고 나니까 얼굴이 시뻘겋게 달아올랐다. 그는 텔레비전이 갑자기 저 혼자 떠드는 것을 느끼며 은근하게 물었다.

"오빠야는 내가 왜 오빠야한테만 호적에 나와 있는 본명을 말해 주는지 모르나?"

미스 강이 마치 애인이나 되는 것처럼 살갑게 물었다.

"모, 모르긴 왜 몰라."

"알면 됐다."

미스 강은 철재가 바지를 추스르며 화장실에서 나오는 모습을 보고 얼른 떨어져서 텔레비전을 보는 척했다.

언제 철재 모르게 티켓 한번 끊어 봐.

학산에는 초원다방과 여로다방, 고향다방이 있다. 세 곳은 모두 아가씨들이 세 명씩 있다. 면 소재지에 다방이 두 개도 아니고 세 개씩 있는 것도 많지만, 아가씨가 세 명씩 있는 것은 커피 장사보다 티켓을 팔아 버는 돈이 많기 때문이라고 한다. 티켓은 삼십 분당 오천 원씩이다. 식당에서 술을 마실 때 한 시간짜리를 끊으면 다방 아가씨와 한 시간 동안 술을 마실 수 있다. 여관 같은 데서는 석 장을 끊으면 한번 품을 수 있다고도 한다. 미스 강, 아니 이진숙은 살결만 흰 것이 아니라 몸매가 잘빠졌다. 벗겨 놓으면 인어처럼 푸드득거릴 것이다.

젠장, 이왕 티켓을 끊으려면 삼만 원짜리는 끊어야지…….

삼만 원짜리 티켓은 영업이 끝난 다음에 아침까지 데리고 있을 수 있다. 이왕 티켓을 끊을 바에는 화끈하게 삼만 원짜리를 끊어야 이진숙의 마음을 사로잡을 수 있을 것 같았다. 하지만 돈이 없다. 봄부터 품삯 일을 하고, 농약값이니 비룻값이니 뭐니 해서 지불하고 남은 우수리를 모아 놓은 것이 삼십만 원 정도 있기는 하지만 다방 아가씨에게 투자하기는 아까운 돈이다.

"야, 너 미쓰 서 어떠냐?"

철재는 초원다방 앞에서 오토바이를 세웠다. 헬멧을 벗어서 바닥에 떨어지지 않도록 뒷자리에 끈으로 묶으며 물었다.

"미쓰 서? 이쁘지……."

광배가 볼 때 미스 서는 미스 강보다 예쁘고 귀여운 면이 있기는 하지만 몸매가 통통하다. 여자는 자고로 몸매가 아름다워야 한다는 생각에 관심 없는 목소리로 대답했다.

"너 돈 얼마나 있냐?"

"왜?"

"우리 오늘 티켓 한번 끊어 볼까? 나한테 삼만 원 정도 있거든."

철재가 주변에 아무도 없는데도 은근한 목소리로 속삭이고 나서 하얗게 웃었다.

"티켓?"

광배는 자신도 모르게 주머니에 손을 넣었다. 커피 한 잔 값이 칠백 원씩이다. 철재와 단둘이 마실 수는 없고, 미스 서, 미스 강과 함께 네 명이 마시려면 이천팔백 원이다. 그렇다고 백 원짜리를 섞어서 달랑 이천팔백 원만 내밀 수는 없다. 만 원짜리를 척 내야 돈푼깨나 있는 남자라고 생각할 것이다. 미스 강에게 돈이 있는 척해 보이려고 이만 원을 주머니에 넣고 왔다. 철재의 제안이 구미가 당기기는 하지만 돈이 아깝다는 생각에 선뜻 대답이 나오지 않았다.

"니가 미쓰 강 좋아하는 거 다 알고 있구먼. 손목만 만지지 말고 화끈하게 한번 만져 보는 것이 어뗘? 성주옥으로 불러내면 되잖아."

한때는 기생을 두고 아가씨 장사를 하던 성주옥은 다방 아가씨들에게 밀려서 지금은 숙박업만 하고 있다. 철재는 성주옥 쪽을 등지고 서 있었다. 철재가 엄지손가락으로 어깨 뒤를 가리키며 소리 없이 웃었다.

"일단 들어가 보자."

광배는 철재의 제안이 마음에 들기는 했지만 돈이 아까워서 대답을 미룬 채 다방 안으로 들어갔다.

"어메야, 오빠들 왔나?"

다방 안에는 학산 소재지에 사는 청년 네 명이 멍하니 앉아서 텔레비전을 보고 있었다. 그들 틈에 앉아 있던 미스 강이 학산 사는 청년들이 들으라는 듯 큰 목소리로 웃으며 반겼다.

"광배는 요새 출근 도장 찍고 있구먼."

광배와 중학교 동창인 김영돈이 오른손을 들어 보이며 말을 걸었다.

"사둔 남 말하고 앉아 있네. 너는 워째 내가 올 때마다 여기 죽치고 앉아 있냐?"

광배가 청년들을 자세히 보니까 모두 중학교 동창들이다. 철재를 따라서 구석 자리로 가면서 말했다.

"요새, 모산 아들 잘나가네. 우리한테도 커피 한 잔씩 돌려."

"그랴, 나도 포도나무 심고 나면 맨날 커피 사 줄게. 포도 농사 져서한 해도 돈 천만 원 이상 만진다는 느덜이 한잔 사 봐."

광배는 의자에 앉아서 동창생들을 바라봤다. 네 명 중 두 명은 중학교를 졸업하고 곧바로 농사를 짓기 시작했다. 나머지 두 명은 인천에서 무슨 공장에 다니다가 요즘 포도 농사가 괜찮다는 말을 듣고 귀향했다. 모두들 얼굴이 불그죽죽한 것을 보니 어디서 한잔하고 시간을 보내기 위해 다방에 온 것처럼 보인다.

"미쓰 서는?"

철재가 자리에 앉자마자 엽차 잔을 들고 온 미스 강에게 속삭였다.

"와? 내 보고 싶어서 온 기 아니고, 미스 서 보고 싶어서 왔나? 조 양하고 술도가에 배달 안 갔나. 금방 올 끼다. 차 머로 마실 낀데?"

미스 강은 쟁반을 들고 광배 옆에 바짝 붙어 앉았다. 한 손으로는 쟁반을 안고, 다른 손으로 광배의 넓적다리를 슬슬 쓰다듬으며 연인처럼 속삭였다.

"뭐 마실래?"

광배가 철재가 아닌 미스 강에게 물었다.

"오빠야 커피 마시면 나도 커피 마셔야지."

"오늘 하루 종일 커피 마셨을 거잖여. 우리는 커피 주고, 미스 강은 요구르트 마셔. 아니면 칡차를 마시든지……"

요구르트는 가게에서 사면 한 개에 팔십 원씩이다. 그러나 다방에서는 커피 가격과 같은 칠백 원씩 받는다. 인공 칡향미를 가미한 칡차는 천 원씩이다. 광배는 야들야들한 미스 강의 손길이 뜨겁게 아랫도리를 적시는 것을 느끼며 혀가 돌아가는 대로 주문했다.

"우리 먼저 갈 테니까 재미 많이 봐라."

"언제 술 한잔 사."

"우리 먼저 간다."

광배는 중학교 동창들이 나가면서 하는 말에 대꾸할 겨를이 없었다. 대답하는 듯한 어정쩡한 표정으로 배웅을 하며 미스 강의 허리를 슬쩍 당겨 본다. 온몸이 짜릿해질 정도로 몸이 뜨겁다.

이 여자가 참말로 나를 좋아하고 있구먼.

순식간에 입 안에 가득 고여 오는 침을 꿀꺽 삼켰다. 미스 강이 쟁반을 들고 일어서면서 철재 모르게 살짝 윙크를 하고 주방 앞으로 간다. 순간 이루 말할 수 없는 허무함에 가슴이 타 버리는 것 같았다.

"어머, 오늘도 오셨네."

활발한 미스 서와 조용한 성격의 미스 조가 배달 보따리를 들고 들어왔다. 미스 조는 철재와 광배에게 고개만 까닥 숙여 보이고 주방 안으로 들어간다. 미스 서가 커피포트가 들어 있는 보따리를 카운터 위에 올려 놓고 철재 옆으로 가서 앉았다.

"미스 서도 야구르트 먹어?"

주방 안에서 미스 강이 고개만 내밀고 큰 소리로 물었다.

"오빠, 나도 야구르트 먹어도 되지?"

미스 서가 철재 옆에 바짝 붙어 앉아서 허벅지를 붙이고 물었다.

"그럼, 그럼. 딴 사람도 아니고 미스 서가 사 달라고 하는데 안 사 줄 수가 있남?"

철재는 슬그머니 미스 서의 손을 끌어당겼다.

어짜믄 요렇게 이쁠 수가 있노?

미스 서의 길고 가느다란 손가락은 힘을 주면 그대로 부러질 것처럼 약했다. 옥에 티라면 빨간색으로 칠한 매니큐어다. 빨간색 매니큐어만 칠하지 않았다면 어느 누가 봐도 다방 아가씨처럼 보이지 않을 것이다.

"오빠들 오늘도 커피만 마시고 그냥 갈 거야?"

서울이 고향이라는 미스 서가 철재에게 허벅다리를 더 찰싹 붙이며 응석을 부리는 목소리로 속삭였다.

"오늘은 티켓 석 장씩만 끊지 머. 커피 마시고 성주옥에 가 있을 테니 그리로 와."

철재가 광배의 눈치를 살폈다. 광배가 어깨를 반듯하게 펴고 미스 강을 찾아 주방 쪽을 바라보며 말했다.

"어머! 정말?"

"참말여. 성주옥에서 한잔씩 햐. 소주 마실래, 맥주 마실래?"

"오빠는?"

"우린 맥주는 당최 싱거워서 술 마시는 거 같지가 않어."

"나도 소주가 화끈해서 좋아. 그럼 오빠들 먼저 가서 술 마시고 있어. 미스 강하고 나하고 가능하면 빨리 문 닫고 성주옥으로 갈 테니까."

"늦게 오든 빨리 오든 티켓 석 장씩 끊으면 한 시간 반은 채워야 하는 거 아녀?"

광배가 새삼스럽게 내가 괜한 짓을 하고 있나, 하고 생각했다.

"에이, 우리끼리 시간 갖고 쩨쩨하게……."

미스 서가 광배는 상대할 가치도 없다는 얼굴로 철재의 허벅지를 문지르며 그윽하게 바라봤다.

"그려, 나하고 이 친구는 술 마시고 있을 팅께, 영업 끝나고 찬찬히 와."

철재가 느글느글하게 웃으며 미스 서의 허리를 껴안는다. 손끝으로 전해지는 풍만한 젖가슴의 감촉이 짜릿하게 온몸을 흔들어 놓는 것을 느꼈다.

"내 빼놓고 먼 작당을 하는데?"

미스 강이 커피를 들고 와서 광배 옆에 앉으며 물었다.

"티켓 끊기로 했구먼. 석 장씩."

"오빠야, 그기 참말이가?"

광배의 커피잔에 설탕과 프림을 듬뿍 넣고 티스푼으로 젓고 있던 미스 강이 눈을 빛내며 물었다.

"내가 언지 헛소리하는 거 봤나?"

"내가 그걸 와 모르겠노?"

미스 강은 하마터면 '내가 물장사 일이 년이가?'라는 말을 할 뻔했다. 그것이 우스워서 손바닥으로 입을 가리고 웃었다.

"어서 오이소."

요구르트에 빨대를 꽂아서 쪽쪽 빨아 먹고 있던 미스 강이 벌떡 일어서며 말했다. 광배는 얼른 고개를 들고 출입문 쪽을 바라본다. 낯익은 농협 직원이 술에 취한 얼굴로 들어온다.

"나가자."

"그려. 티켓 비는 내가 계산할게."

광배가 빠르게 속삭이는 말에 철재가 알았다는 얼굴로 얼른 주머니에서 삼만 원을 꺼내 미스 서에게 내밀었다.

대문이 비스듬하게 열려 있는 성주옥의 마당에는 어둠이 고여 있었다. 안방에서 빠져나오는 희미한 불빛이 20년 전만 해도 뜨거운 향락이 꿈틀거리던 마당을 음산하게 비추고 있었다. 인기척을 느끼고 마당으로 나온 모서댁은 나이가 환갑에 가까워도 고운 태를 유지하고 있다.

소주와 안주를 사 든 철재와 광배가 아무 말도 안 하고 그림자처럼 서 있었다. 그녀는 웃는 듯 마는 듯한 표정으로 철재와 광배를 쓱 쳐다보고 나서 빈 방으로 들어갔다. 담요 밑에 들어 있는 전기장판의 스위치를 넣는다.

"자고 가는 데는 오천 원이고, 쉬었다 가는 데는 이천 원입니더."

"한두 시간 있다 갈 거유. 방은 두 개 줘유."

"그카모, 바로 옆방에 불을 넣어 두겠심더."

광배는 방 값을 계산하고 방으로 들어갔다. 방바닥은 전기장판을 깔아 놓아서 따뜻했지만 오래된 벽지에서 습한 곰팡이 냄새가 풍겼다.

"우선 한 잔씩 하자."

광배가 가게에서 사 가지고 온 소주병과 오징어며 새우깡, 오징어 땅콩 등을 꺼냈다.

"우리도 내년에는 포도나무를 심어야 햐. 이러다가는 오 씨 아저씨처럼 홀아비로 늙어 죽지 말라는 보장 읎을 거 가텨."

광배는 종이컵에 가득 따른 술을 단숨에 비워 버렸다. 오징어 땅콩 한 줌을 쥐고 한 알씩 입에 털어 넣었다.

"포도나무를 심을라믄 논에다 심어야 하잖여. 삼 년 있어야 지대로 수확을 하는데 그동안 머 먹고 산다냐?"

철재가 광배의 빈 잔을 채워 주고 오징어를 쭉 찢었다. 말로만 듣던 성주옥이다. 어른들 말로는 성주옥이 잘될 때는 기생이 다섯 명까지 있었다고 한다. 안채를 빼놓고 일렬로 늘어 선 방이 다섯 칸이나 되는 걸 보면 그 정도는 있었을 것 같았다. 하지만 세월이 흐른 지금은 절간이 따로 없이 조용했다.

"그건 니가 몰라서 하는 야기여. 하긴 나도 모르고 있었지만 말여. 아까 다방에서 봤던 김영돈이라는 아 봤잖여. 우리가 다방에 들어갔을 때 나한테 젤 먼저 말을 건 놈 말여. 갸가 영곡리에 살 거든. 근데 거기는 산골짝이라 변변한 논도 읎는 동네여. 그 동리 살면서 오 년 전에 비탈밭에 포도나무 오백 주를 심었댜. 시방은 탁탁하댜. 돈 천만 원은 우습게 번다고 하드라. 집도 양옥집으로 새로 고치고, 가전제품도 새 걸로 다 들여놨댜. 요새는 아주 부자처럼 떵떵거리며 산다드라. 우리라고 그릏게 못 살라는 법 읎잖여."

"내 말은 포도를 딸 동안 멀 먹고 사냐 이거여."

철재가 답답하다는 얼굴로 다시 물었다.

"야, 산 입에 거미줄 치는 거 봤냐? 어채피 논농사는 비룟값이며 농약대며 차 띠고 포 띠고 나믄 인건비 따먹기야. 김영돈이 그라는데 포도를 수확할 동안 봄에는 꼬추를 심고, 가을에는 배추나 무 같은 김장거리를 심어도 나락 심을 폭은 된다는 거여. 그라고 시간 날 때마다 공사판에서 노가다를 하믄 먹고살 쌀값은 번다고 하드라."

"요새 노가다 나가믄 일당이 얼매씩이냐?"

철재가 광배의 말에 관심이 간다는 표정으로 물었다.

"요새 하루 나가면 만 오천 원씩은 받잖여. 팔십 킬로짜리 쌀 한 가마니에 육만 원 정도 항께, 사흘만 일하면 한 달 먹을 양식은 구할 수 있다는 말이잖여."

"야, 역시 사람은 머리를 써야 햐. 우리처럼 몸으로 일만 하는 놈들은 백날 가도 똑가텨. 니 말 들어 봉께, 진작 포도밭을 꾸몄어야 했구먼."

"그놈의 소 값 파동만 없었어도 지금쯤 김영돈 안 부럽게 살고 있을 껴."

"늦었다고 생각할 때가 가장 빠른 법이잖여. 내년 농사짓고 나서는 가을에 만사 제쳐 두고 포도밭을 꾸미자고 근데 야들은 왜 안 와. 술 다 떨어져 가는데."

"술 모자랄 거 같은데? 갸들 두 명 오면 최소한 한 병씩은 마실 거 아녀?"

광배는 네 명이 마실 것을 염두에 두고 소주 네 병을 사 왔다. 철재와 주거니 받거니 하다 보니 소주가 한 병밖에 남지 않았다. 그녀들이 오면 최소 한두 병은 더 있어야 된다고 생각하며 철재를 바라봤다.

"아싸리 세 병 더 사 올까?"

철재가 일어서면서 광배에게 물었다.

"그러는 것이 낫겠지?"

광배는 얼큰하게 취기가 오르는 것을 느끼며 방 안에 벌렁 누웠다. 이불 위가 뜨끈뜨끈했다. 광배가 문을 여니까 찬바람이 몰려들어 왔다. 하지만 시원했다. 천장을 물끄러미 바라보고 있으니까 이런 데서 미스 강하고 하룻밤을 자면 좋겠다는 생각이 들면서 온몸이 자지러들었다.

177

"야, 이, 이것들이 대, 대관절 왜 안 오는 거여?"

철재가 소주 세 병을 더 사 왔다. 둘은 여자를 품을 수 있다는 생각에 주거니 받거니 하다 보니 혀가 잘 안 돌아갈 정도로 취했다. 광배가 화가 난 얼굴로 빈 술병을 번쩍 들었다 내려놓으며 벌렁 누워서 코를 골기 시작했다.

"서, 설마 돈을 받았는데…… 아, 안 오겠냐……."

광배는 오징어 다리를 질겅질겅 씹으며 벽에 기댔다. 다리를 쭉 뻗으니까 눕고 싶었다. 따뜻한 전기장판이 깔린 담요 위에 편하게 누우니까 눈꺼풀의 무게가 천근만근이나 되는 것처럼 무거워졌다.

제36장

1
9
9
1
년

뜨는 자와 떠는 자

박상태는 울고 있었다. 충분히 이해할 수 있었다.
박상태는 너무 억울해서 울고 있을 것이다.
그렇다고 해서 박상태 편에 서 줄 수는 없었다.
박상태는 권력의 우산에서 벗어난 불쌍한 정치인일 뿐이기 때문이다.
자신 또한 언제 박상태 꼴이 되지 말라는 보장은 없다고 생각했다.

　해가 바뀌고 한 해를 시작하는 1월 22일, 집권 여당인 민주정의당은 제2야당인 민주당과 제3야당인 공화당의 합당을 통해 민주자유당을 출범시켰다. 3당을 합당시킨 노태우 대통령, 김영삼 총재, 김종필 총재는 구국의 결단이라고 자평했다. 재야 세력에서는 거대 여당을 출범시켰다는 점에서 '민주 진영의 분열과 불신을 초래시켰다'고 비판했다.

　지난해 8월 8일 정부와 민자당은 '광주민주화운동 관련자 보상 등에 관한 법률 시행령안'을 확정했다. 올해 들어서 정부는 광주민주화운동 보상금의 일부를 성금으로 충당하기로 결정하고, 내무부가 시·도별로 성금 액수를 할당했다. 경북과 전북이 관내 공무원 1월분 봉급 중에 강제로 1%씩 징수해 말단 공무원들이 위로와 격려는 해 주지 못할망정 걸

핏하면 부담을 주려 한다고 노골적으로 불평을 드러냈다.

2월 초의 정국은 '수서택지분양 특혜 사건'의 회오리 열풍에 휩싸였다. 사건의 뇌관에 불을 붙인 신문사는 세계일보사다. 세계일보사는 2월 3일 특종 보도를 통해 수서(水西)지구 택지가 불법으로 특별 공급되었다고 밝혔다.

수서지구는 서울의 아파트 가운데서 가장 인기가 있는 강남의 마지막 자투리 땅 40만 평이다. 서울시는 2년 전인 1989년 3월, 이 땅을 택지개발예정지구로 지정해서 공급 개발을 통해 불특정 다수(주택청약예금 가입자)들에게 공급하기로 했다.

문제가 불거진 것은 불특정 다수에게 공급되어야 할 택지 중에서 특정 다수가 결선한 26개의 주택조합이 들어앉아서, 일반청약예금 가입자들이 밀리게 되어 버렸다는 것이다. 이른바 특정한 소수의 이익을 위해 정상적으로 공급받을 수 있는 일반청약예금 가입자들이 피해를 입게 된 것이다.

세계일보는 이처럼 공익이 사익에 잠식되는 과정에서 청와대 행정비서실이 압력을 행사한 사실이 부분적으로 드러났고 국회건설위원회 소속 여야 의원들이 합의해서 '주택조합을 존중해서 땅을 주라'고 청원했다고 밝혔다.

국회에 제출된 청원은 민자당 의원의 소개로 접수됐다. 평민당도 작년 8월 공문을 통해서 '민원인(주택조합)의 뜻을 수용해 달라'고 서울시와 건설부에 협조 요청을 한 것으로 드러났다. 여기에다 주택조합들이 감정원, 경제기획원, 서울시지방국세청, 강남경찰서, 경제신문, 농림수산수, 국군제 8248부대 등이 배후에서 실력을 행사한 것이 아니냐는 의심을 사고 있다.

그 의혹에 대한 구체적인 문제점은 여섯 가지다. 그 첫머리에 한보 그룹이 있다. 한보 그룹은 서울시가 택지개발지정을 하기 전 해인 1988년 4월부터 상식적으로 도저히 택지가 될 수 없는 수서 자연녹지 3만 5천 평을 임직원 명의로 사들였다. 이어서 주택조합을 모집하기 시작했다. 야당 의원들은 이것이 일반 아파트를 지을 경우 분양가 상한선 제한을 받게 되는 점을 피하기 위한 꼼수라고 주장했다.

정부에서 뚜렷하게 해명하지 않자 평민당, 민주당, 민중당 등 야당과 경실련, 전민련, 전노협 및 재야 단체 인사들은 19일 수서택지 특별분양 사건에 대한 검찰의 축소 은폐로 나날이 증폭되고 있는 청와대 핵심부의 개입 의혹을 밝히기 위하여 노태우 대통령의 직접 해명·국정조사권 발동·특별검사 임명·범국민 진상조사기구 구성을 요구하며 정국은 범야권의 전면전 총공세 국면으로 접어들었다.

평민당은 총재단 회의를 열어서 "노 대통령은 날로 의혹이 더해 가고 있는 사건에 대해 특혜분양 결정 이전 보고를 받았는지 한보 비자금 3백억 원이 어디로 흘러들어 갔는지 명확히 밝히라"고 주장했다.

"검찰 수사 결과는 수사라는 이름을 빌린 범죄 은폐 행위이다. 노 정권의 부패와 범죄를 옹호하는 통치 조작극이다. 노 대통령은 책임지고 물러나라!"

재야인사인 문익환, 계훈제, 백기완 씨 등 원로 인사 19명과 함께 서울 정동 세실레스토랑에서 기자회견을 가졌다.

"삼백오십억 원이면 집 없는 서민들에게 오백만 원짜리 서민주택 칠백 호를 지어 줄 수 있는 돈이다. 삼보건설은 삼백오십억 원이라는 비자금만 쓴 것이 아니다. 주택을 마련하기 위하여 알뜰하게 살고 있는 수만 명의 꿈도 무참하게 짓밟아 버렸다. 정부는 반드시 비자금의 배후를 밝혀야 할 것이다! 수만 명의 선량한 청약예금 가입자들이 잃어버린 꿈을 찾아 주기 위해서는 정관계를 막론해서 음모에 가담한 자들을 이 땅에서 추방해야 한다!"

진규도 배달민족연구소장 자격으로 전국청년단체대표자 협의회에 소속되어서 연일 시위에 참여했다. 그들 앞에 나가서 기존의 정치권이나 재야인사들과 다른 각도에서 수서택지분양 사건을 규탄했다.

재야 단체는 물론 대학생들까지 거리로 쏟아져 나오자 노태우 대통령이 나섰다.

노태우 대통령은 19일 저녁 텔레비전과 라디오를 통해 전국에 생중계된 '국민 여러분에게 드리는 말씀'이라는 제목의 담화를 통해서 "최근 잇따라 발생한 의원 뇌물 외유 사건과 수서사건으로 정치인과 정치권에 대한 불신이 깊어지고 있는 것은 심각한 일이다. 여야가 돈을 쓰는 정치 풍토를 과감하게 개혁하는 제도적 개선을 단기간에 이루어야 한다."고 말했다.

노태우 대통령의 담화는 국면을 진정시킨 것이 아니고 활활 타오르는 불길에 기름을 끼얹은 꼴이 되고 말았다.

"저는 수서특혜분양 사건을 단순히 택지 분양에 특혜를 준 사건으로 보지 않습니다. 이 사건은 이 나라의 정치인들과 정부가 얼마나 부패했는지를 단적으로 보여 주고 있는 사건이라고 생각합니다. 신뢰받는 정부, 존경받는 정치인으로서의 위상을 보여 주려면 정부와 관련 정치인들은 뼈를 깎는 반성이 필요하다고 생각합니다. 그렇지 않으면 상처가 곪아서 언젠가 터지고 말 것입니다. 상처가 곪아 터진다면 더 이상 수습이 안 되는 안타까운 상황에 직면하게 될 것으로 믿습니다."

진규가 파고다 공원에서 시위대들과 시위 도중에 방송국 기자와 인터뷰한 장면이 저녁 9시 뉴스에 나왔다.

"기태 아빠도 서울 사람 다 됐네. 사투리를 한마디도 안 쓰니까, 서울 사람들보다 더 표준말을 쓰는 거 같아."

이주희는 기태 동생을 임신 중이다. 사과 껍질을 깎다 텔레비전에 나오는 진규를 보고 나서 자랑스럽게 웃었다.

"사투리를 일부러 안 쓸라고 해서 안 쓴 기 아녀. 강의할 때는 사투리를 안 쓸라고 노력을 항께, 인터뷰할 때도 저절로 사투리를 자제한 거 가텨……."

진규는 방바닥에 앉아서 소파에 등을 기대고 사과를 먹다가 민망한 표정으로 웃었다. 전화벨 소리에 일어나 앉아 소파에 걸터앉으며 수화기를 들었다.

"저, 민자당의 전경구입니다. 대표님께서 지금 텔레비전을 보시고 전화를 드려 보라고 하셔서 연락드렸습니다."

"아! 안녕하셔유?"

전화를 건 사람은 민자당 김영삼 대표의 비서였다. 진규는 방송의 힘이 새삼 엄청나다고 생각하며 인사를 했다.

"내년에 총선이 있는 거 알고 계시죠?"

"그렇습니까? 저는 원래 정치 쪽하고 거리가 멀어서유……."

진규는 총선이라는 말을 듣고 3당 합당이라는 말이 생각나서 탐탁지 않다는 목소리로 말했다.

"대표님께서는 내년 대선에서 반드시 승리하실 것이라 믿고 있습니다. 물론 우리 당원들 전체가 총재님하고 같은 마음입니다. 총재님께서는 박사님의 능력을 높이 사고 계십니다. 그 문제로 내일 한번 만나 뵙고 싶습니다. 지금도 광화문 쪽에 연구소가 있죠?"

"죄송하지만 전화 끊겠슈. 총재님의 뜻은 고맙지만 저는 민자당에 입당하고 싶은 생각은 없습니다. 수고하세유."

진규는 민자당에 입당할 의사가 없는데 전경구와 계속 말을 섞을 필요가 없다는 생각에 전화를 끊었다.

"아까 통화하고 싶지 않다고 말씀드리지 않았슈?"

전화를 끊고 3분 정도 경과할 무렵 다시 전화벨이 울렸다. 진규는 전경구의 전화일 것이라는 생각에 굳은 목소리로 말했다.

"죄송하지만 여기는 평민당 사무국의 이연택이라고 합니다."

"평민당유?"

진규는 민자당에 이어서 평민당에서 금방 전화가 오니까 조금 혼란스러웠다. 혼란스럽다는 표정으로 이주희를 바라봤다.

"저희 김대중 총재님께서는 박사님이 나라를 위해 큰일을 하실 분이라고 믿고 계십니다."

"총재님의 뜻은 고맙게 받아들이겠습니다. 하지만 아직 시간이 많으니까 만나는 것은 좀 더 시간을 두고 고민해 봐야 할 거 같구먼유."

"네, 잘 알겠습니다. 연락 기다리겠습니다."

이연택은 정중하게 전화를 끊었다. 진규는 수화기를 달라고 손을 뻗는 기태를 가까이 끌어당겼다.

"우리 기태가 전화 걸고 싶응 겨? 워디 할아부지한테 즌화 좀 해 볼 껴?"

진규는 벽시계를 바라봤다. 9시 20분이다. 이석균이 아직 잠들지 않았을 것이라고 생각하며 이석균의 집 전화번호를 눌렀다.

"무슨 전환데 두 번씩이나 오는 거야?"

"첫 번째 전화는 민주당의 김영삼 총재 비서였던 전경구 씨한테서 걸려 온 거야. 시방은 민자당이지만 말여, 그 사람 전화였어. 두 번째 전화는 평민당 사무국의 이연택이라는 사람한테서 왔구먼."

"두 분 모두 국회의원에 나서라는 전화야?"

진규는 이주희가 묻는 말에 고개를 끄덕이며 기태를 끌어당겼다. 기태와 얼굴을 붙이고 신호음이 떨어지길 기다렸다.

"여기, 서울 박 서방입니다. 기태가 할아부지 목소리 듣고 싶다고 해서 전화 드렸슈."

"기태야! 어서 할아버지 안녕하세요, 라고 인사드려."

이주희가 사과를 깎다 말고 기태 옆으로 붙었다. 수화기를 기태 귀에 대 주고 귀여워서 못 견디겠다는 표정으로 말했다.

"할아부지, 안녕하세요. 나, 기태…… 박기태."

기태가 눈을 말똥거리며 이석균이 말하기를 기다렸다.

"어이구, 우리 기태 잘 있었어? 할아버지 보러 언제 올 테야?"

"할아부지, 장난감 사 줘. 기태 좋아하는 장난감 슈퍼에 팔아."

"기태야, 할아버지한테 그런 말 하면 안 되는 거야. 할머니 바꿔 달라고 해. 할머니하고도 통화해야지."

"할아부지, 할머니 바꿔 줘요. 기태, 할머니하고도 전화해야 하는 거예요."

"그려, 그려. 할머니 옆에 있다. 할머니 바꿔 줄 테니까 통화하고 다시 할아버지하고 통화하자, 응? 우리 기태, 할아버지가 사랑한다."

기태는 김정임하고 통화하고 나서 수화기를 이주희에게 내밀었다.

"아버지, 오늘 아홉 시 뉴스에서 박 서방 나오는 거 보셨어요?"

이주희가 수화기를 받아서 물었다.

"나는 못 봤는데 엄마는 봤다고 하더라. 자세히는 못 보고 채널을 돌리다가 언뜻 봐서 긴가민가했는데 박 서방이 진짜로 텔레비전에 나왔구먼. 박 서방 좀 바꿔 줘라. 내가 직접 축하한다는 말을 해야겠다."

"아버지가 텔레비전에 나온 거 직접 축하해 드린대."

"별것도 아닌 걸 갖고……."

진규는 이주희에게 수화기를 받아서 전화기 앞으로 당겨 앉았다. 이석균으로부터 축하한다는 말을 듣고 난 후에, 전경구와 이연택으로부터 연이어 전화가 왔었다는 말을 했다.

"자네가 결정할 일이지만, 나는 석정복지재단을 위해서라도 자네가 국회로 진출했으면 좋겠네. 국회 밖에서 법을 바꾸는 것은 어렵지만 국회 안에서 선진국형으로 복지법을 바꾸는 일은 쉬울 것 아닌가."

"그 문제는 직접 찾아뵙고 말씀드릴라고 했구먼유. 쉽게 결정할 문제가 아니라서유."

"자네 말도 일리가 있네. 하지만 쉽게 결정할 수 없는 이유가 뭔가?"

"요새 벌어지고 있는 수서사건에도 국회의원들이 말썽이지 않습니까? 제가 앞장서서 부패한 국회의원은 국회를 떠나라고 데모를 하고 있는 입장이라서……."

"이 나라의 국회의원들이 전부 썩은 것은 아니지 않는가. 만약 국회의원 전체가 썩었다면 이 나라는 벌써 옛날처럼 다른 나라에 넘어갔을 것이네."

"장인어른 말씀 명심하겠습니다. 아직 시간이 있으니까 조용한 시간에 찾아뵙고 자문하겠습니다."

진규는 이석균의 말이 틀리지 않다고 생각했다. 그러나 만약 국회로 나간다면 전국구 의원이 되고 싶지는 않았다. 영동이나 대전에 지역구를 정해서 유권자들로부터 심판을 받고 싶었다. 그러려면 좀 더 시간이 필요하다는 생각에 여운을 남기고 전화를 끊었다.

"아버지는 국회로 가시라고 하지?"

"지난번에도 국회의원이 되라고 하셨잖여. 출마해 보는 것도 나쁘지 않겠다는 생각이 드는구먼."

"내 생각도 자기하고 같아. 국회 바깥에서 아웃사이더로서 민중을 개혁시키는 것도 좋지만, 인사이드인 국회 안에서 정책을 만들어 가는 것도 효과가 있잖아……"

이주희는 말을 하다가 전화벨이 울리는 소리에 수화기를 들었다.

"여기 모산인데, 거기 박진규 집 아뉴?"

"할아버님이세요? 저예요."

모산 상규의 집에는 올해 1월에 전화를 놨다. 이주희는 박평래의 목소리가 들려오는 순간 자세를 바로잡고 활짝 웃으며 받았다.

"어이구, 손자며느리구먼. 시방 텔레비서 진규 나오는 거 봤구먼. 아까부텀 즌화했는데 계속 통화 중이어서 말여. 느 할머하고, 상규 처하고 상규하고 죄다 텔레비 봤구먼……"

"할아버님은 건강하시죠? 할머님도요. 아주버님하고 형님도 잘 계시죠?"

"그려, 여기야 별일 있겠남? 기태도 잘 있지?"

"네, 기태 바꿔 줄까요?"

"시외즌화 요금 많이 나온다. 기태는 난중에 보기로 하고 텔레비 나온 진규는 워디 갔냐?"

"제 옆에 있는데 바꿔 드릴게요. 그리고 다음 주쯤에 한번 내려가 뵐 게요."

"아녀, 아녀. 홀몸이 아닌데 편하게 있는 거이 최고여. 얼른 진규 좀 바꿔 봐라."

"할아버지, 저 진규유. 할아버지도 텔레비 보셨구먼유."

"그려, 느 어머하고 아부지도 봤을 껴. 하지만 그 집에는 즌화가 읎잖여. 날 내가 만나면 야기 해 줄 껴. 우리 진규가 텔레비 나와서 했던 말 하나도 안 빼트리고 죄다 해 줄 껴. 그렇게 알고 시외즌화비 많이 나옹께 즌화 끝는다."

"예, 안녕히 계세요. 언제 한번 내려가겠습니다."

진규의 말이 끝나기도 전에 전화가 끊어졌다. 진규는 박평래가 전화 요금이 아까워서 끊었을 것이라는 생각에 빙긋이 웃으며 이주희를 바라 봤다.

"우리 오랜만에 기분 좀 내 볼까? 소주 있남?"

"안주가 없는데, 켄터키 프라이드치킨 한 마리 시켜서 맥주 마시면 어때?"

진규가 묻는 말에 이주희가 입맛을 다시며 반문했다.

"좋지. 전화번호 워딨어?"

"가만있어 봐. 냉장곤가 어디에 스티커를 붙여 놓은 거 같은데……."

"엄마, 치킨 먹는 거야? 기태가 좋아하는 치킨?"

기태가 일어서서 팔짝팔짝 뛰며 만세를 불렀다. 진규가 얼른 손을 잡으며 아파트에서는 그렇게 뛰는 것이 아니라고 주의를 줬다.

"국회의원으로 나설 생각이면 전국구를 받을 생각이야?"

이주희가 켄터키 프라이드치킨과 맥주를 배달시키고 나서 진규에게 물었다.

"이왕 하려면 지역구로 나서야지."

"오호! 우리 소장님께서 선거운동을 하시겠다? 내 생각에는 쉽지 않을 거 같은데. 어느 지역구 공천을 받고 싶은데?"

이주희는 말과 다르게 진규는 지명도가 있어서 지역구로 출마해도 충분히 당선될 것이라고 믿었다.

"지금 우물가에서 숭늉을 찾는 거여?"

"물론 출마하겠다는 결심이 먼저지만, 지역구를 정해 놓고 결심하는 것도 중요하다고 생각하는데?"

"만약 출마한다믄 영동하고 대전 두 곳 중에 한 군데서 출마하게 될 거여."

진규는 기태의 양손을 잡고 흔들면서 이동하의 얼굴을 떠올렸다. 이동하도 모산 사람이다. 이동하가 영동의 농업인들을 위해 무슨 사업을 했다는 말은 들어 본 적이 없다. 하지만 내가 출마해서 당선되면 영동이 뭐가 달라져도 달라지게 노력할 것이라고 생각하니까 은근히 어깨에 힘이 들어갔다.

"내년 삼월이 총선이라고 하지 않았어? 출마할 생각이면 서둘러야 될 거야. 정당의 공천을 받을 것도 아니고, 야당 공천을 받으면 선거운동을 하기도 쉽지는 않을 거 같은데……."

"진실! 진실이 통하는 선거를 할 거여. 농사꾼의 아들 박진규만 농촌을 살릴 수 있는 정책을 펼 수 있다고 말여."

진규가 선거운동을 하는 것처럼 주먹을 불끈 쥐고 흔들어 보였다.

"결국 영동에서 출마하겠다는 말이네?"

이주희가 자랑스러운 표정으로 바라보며 물었다.

"대전에서 나오면 영동보다 당선 가능성이 높겠지. 하지만 쉽게 먹는 밥이 체하는 법이잖여. 지금 생각해 봤는데 만약 출마하믄 영동에서 나오는 것이 좋을 거 가텨."

"나도 찬성!"

이주희가 덩달아 신이 난 얼굴로 주먹을 흔드는데 초인종이 울렸다.

"내가 받아 올 껴."

진규는 치킨과 맥주가 왔을 것이라는 생각에 얼른 일어서서 인터폰 앞으로 왔다. 치킨 대리점 유니폼을 입은 청년이 서 있는 것을 확인하고 문을 열어 줬다.

밤이 늦었지만 시간이 몇 시나 됐는지 짐작할 수 없었다. 술상이 널려 있는 방 안에는 후덥지근한 침묵이 감돌고 있었다. 이동하 건너편에 앉아 있는 국회의원 박상태가 소주병을 들었다. 스스로 잔을 채우는 소리에 이동하며 권희도가 고개를 들어서 박상태를 바라본다.

"오늘 같은 날은 백 병이라도 마실 수 있겠군."

박상태가 마치 목마른 끝에 물을 마시듯 홀짝 잔을 비워 버리고 소리나지 않게 잔을 내려놓는다. 이동하는 박상태가 젓가락을 들어서 버섯 볶음을 집는 광경을 바라보다 자신도 모르게 한숨을 내쉬고 상 위에 있는 담뱃갑을 끌어당겼다.

"양주로 마시는 것이 어때? 소주는 싱거워서 못 마시겠군."

박상태가 권희도를 바라보며 목마른 목소리로 중얼거리듯 말했다.

권희도는 말없이 일어나서 벽에 있는 인터폰의 수화기를 들었다. 여기 양주 큰 것으로 한 병 가져와. 아무거나…… 마치 영혼이 없는 것처럼 건조한 목소리로 주문을 하고 나서 상 앞에 앉았다.

"많은 돈도 아니잖아. 겨우 일억 원 때문에 의원직을 내놓으라는 것이 말이나 되는가? 내가 어떻게 의원이 된 줄 알아? 다섯 번 실패한 끝에 얻은 자리라구. 선거에서 다섯 번이나 떨어지면 뭐가 남았겠어. 그래도 내 기본 재산이 있고, 회사가 있으니까 버텨 왔던 거라고. 재산도 없고 회사도 없었으면 벌써 포기했거나 폐인이 되어 있었겠지……."

박상태가 답답하다는 얼굴로 넥타이를 풀었다. 두 번째 단추가 있는 부분까지 넥타이 묶인 부분을 끌어 내리고 소주병을 들었다. 소주잔에 따르니까 삼분의 일 정도밖에 차지 않는다. 그것을 입 안에 홀짝 털어 넣고 안주 대신 담배를 입에 물었다.

"술 가져왔습니다."

노크 소리와 함께 문이 조심스럽게 열렸다. 나비넥타이에 검은색 양복을 입은 종업원이 베리나인골드를 쟁반에 얹어서 들고 왔다.

"야, 이 새꺄! 양주 가져오라고 했잖아, 양주!"

박상태가 베리나인골드 병목을 들어서 종업원의 머리를 내려 갈길 것처럼 악을 썼다.

"의원님, 이것도 양주입니다."

종업원이 부드럽게 웃으며 말했다.

"너, 지금 나한테 교육시키냐? 이건 국산 술이잖아. 외국에서 수입한 양주를 가져오란 말야."

"죄송합니다. 다시 가져오겠습니다."

종업원은 허리를 숙여 보이고 양주를 쟁반에 얹어서 밖으로 나갔다.

"이 의원님, 양주라는 말이 서양에서 들어온 술이란 뜻 아닙니까?"

박상태가 분이 풀리지 않은 얼굴로 이동하를 바라봤다.

"베리나인골드도 외국에서 위스키 원액을 가져온 거 아뉴?"

이동하는 대답하기 전에 길게 한숨을 내쉬었다. 뚱뚱한 배가 출렁이는 것을 느끼며 조용한 목소리로 반문했다.

"그런가요?"

박상태는 기분 나쁘다는 얼굴로 절반 정도 피우던 담배를 빈 소주병 안에 집어넣었다.

"그건 이 의원님 말씀이 맞습니다. 우리나라에서는 아직 외국에서 만드는 양주 같은 술을 만들어 낼 수가 없습니다."

권희도는 술상 앞으로 바짝 붙어 앉았다. 젓가락을 들어서 광어회 한 점을 초장에 착착 묻혀서 입 안에 넣었다. 양손을 뻗어서 상을 붙잡고 목사가 단상에서 기도하는 것처럼 고개를 숙이고 무언가를 생각하다 뒤로 물러나 앉았다.

"죠니워커 십오 년산입니다."

종업원이 다시 들어왔다. 쟁반 위에 얹어 가지고 온 죠니워커를 두 손으로 들어서 박상태 눈앞에 확인시켰다.

"야, 이 새꺄! 내가 그것도 모르는 바보 멍청인 줄 알아?"

"죄송합니다, 의원님."

"알았으면 어서 꺼져."

박상태는 말과 다르게 주머니에서 지갑을 꺼냈다. 만 원짜리 몇 장을 종업원의 윗 포켓에 찔러 주었다.

"감사합니다, 의원님. 필요하신 것이 있으면 언제든 불러 주십시오."

박상태는 종업원이 허리를 깊숙이 숙여 인사해도 거들떠보지 않았다. 죠니워커 뚜껑을 열더니 소주잔을 들었다가 내려놓았다. 물컵을 들어서 안에 담긴 물을 국그릇에 쏟아 버렸다. 그곳에 술을 따랐다. 미처 입 안으로 들어가지 못한 술이 턱으로 흘러내리도록 벌컥벌컥 마셨다.

"나도 양주 맛 좀 볼까?"

권희도가 중얼거리며 죠니워커 병을 끌어당겼다. 박상태처럼 컵에 있는 물을 국그릇에 쏟아 버렸다. 술을 따르기 전에 이동하를 바라봤다.

이동하는 마음속으로 한숨을 내쉬며 컵 안에 있는 물을 마셔 버렸다. 그리고는 빈 컵을 권희도 앞에 내밀고, 다른 손으로는 담배를 소주잔에 눌러 껐다. 이동하는 술을 받아서 한 모금 마신 후에 술잔을 내려놓았다. 그는 박상태가 술을 마시고 난 빈 잔을 두 손으로 들어서 권희도 앞으로 내밀었다.

"이럴 때일수록 슬기롭게 행동해야 하네."

권희도가 박상태의 잔을 채워 주며 침통한 목소리로 말했다.

"저만큼 원칙을 지킨 정치인도 드물 겁니다……."

이동하는 박상태가 자조적인 목소리로 중얼거리는 말이 허무하게 허공을 울리는 것을 느끼며 술잔을 잡고 지그시 응시했다.

청천벽력 같은 소식을 들은 것은 오늘 낮이다. 국회에 있는 사무실에서 손님들을 만나고 있는데 당 사무총장이 급하게 찾는다는 전갈이 왔다. 손님을 보내 놓고 나서 사무총장실로 들어갔다.

"아무래도 수서사건에 우리 쪽 의원 몇 명이 고생을 좀 해야 할 것 같습니다."

사무총장이 의례적으로 차를 권하며 정치적인 현안을 물었다. 이런저런 이야기 끝에 곤혹스러운 표정으로 본론을 말했다.

"언제부터 이 나라 여당이 야당들 눈치를 살피기 시작했슈?"

이동하는 그렇지 않아도 수서사건 때문에 야당은 물론 재야 단체, 대학생들까지 거리로 쏟아져 나오기 시작하는 것을 보고 민자당에서도 희생양이 필요할 것이라는 점은 짐작했다. 사무총장이 자신을 불러서 그것을 언급하는 이유는 뻔했다. 자신을 희생양 리스트에 올려놓고 의사를 타진하고 있다는 생각에 벌컥 화를 냈다.

"신문 안 보셨습니까? 야당 놈들이 재야 단체며 시민운동 단체, 대학생과 편을 짜고 연일 떠들어 대고 있지 않습니까. 그런 데다 우리 쪽에서 실무를 담당했던 의원이 모두 불어 버리겠다고 떠들고 있는 상황 아닙니까. 이런 상황에서 우린 잘못이 없고, 야당 의원 몇 명이 배후에 숨어 있다고 발표하면 불에 기름을 끼얹은 꼴이 되어서 정권이 위태로울지도 모릅니다."

"사무총장이 하는 말을 이해했다고 쳐유. 그런데 왜 본 의원한테 상의하는 거유?"

"의원님한테만 말씀드리는 것은 아닙니다. 당정 회의를 통해 청와대에서 한 명, 국회에서는 우리 쪽 의원 세 명, 야당 쪽 의원 다섯 명을 기소하는 것으로 수사를 마무리 짓기로 했습니다."

사무총장은 막상 이동하 얼굴을 보니까 당신이 총대를 멜 수밖에 없다는 말을 할 수가 없었다.

"가만히 봉께, 실무를 담당했던 김하승 의원이 물귀신 작전을 쓰니까 나를 끌어들인 모양인데 나 이동하, 사무총장이 보는 것처럼 그렇게 쉬운 인간 아뉴."

"의원님이 그렇게 생각하신다면 저도 속에 있는 말을 털어놓겠습니다. 작년 우신건설 사건 때문에 의원님이 명단에 오른 것은 사실입니다. 개포지구에 아파트 한 채를 받으신 것은 한보건설에서 일억 원을 받는 것과는 질적으로 다릅니다. 자격이 안 되는 여관을 관광호텔로 허가해 준 것 아닙니까?"

사무총장은 이동하가 호락호락하지 않다는 것을 알고, 우신건설 사건을 다시 내사할 수 있다는 뜻을 밝혔다.

"이거 왜 이러시나. 우신건설 때문에 내가 알토란 같은 돈 일억을 헌금했잖유. 그람 그것으로 끝난 거 아뉴?"

"그때는 내가 사무총장을 할 때가 아닙니다. 의원님이 무슨 의도로 그 말씀을 하시는지 모르지만 나는 술 한잔 얻어 마신 것 없습니다."

"이거 하나만 물어봅시다. 의원님을 누가 사무총장으로 밀어줬슈? 내가 지금 당장 그분 사무실로 찾아가서 한마디 해야겠네."

"의원님, 지금 감정싸움 하자는 말이 아니잖습니까. 당을 위해서 이름 석 자만 빌려 주시면 됩니다. 의원직을 박탈당하는 것도 아닙니다. 고법으로 상고하시고, 대법으로 상고하실 수 있게 각본을 짜 놓겠습니다. 그동안 의원직을 유지하시고 계시면 됩니다. 물론 대법에서는 무죄로 풀

려날 수 있습니다."

"강기석 의원님을 찾아가서 사무총장이 시방 의원님을 엮으려고 음모를 꾸미고 있다고 말해야겠구먼."

이동하는 정치를 하면서 뼈저리게 느낀 것이 있다. 영원한 동지는 없다는 점이다. 원갑룡한테도 그렇게 공을 들였는데 결국 배신당했다. 사무총장의 말도 사탕발림에 불과하다고 믿었다. 일단 언론에 이름이 노출되면 백 프로 구속될 것이다. 구속돼서 창살 안에 들어가 있으면 국민들 시선 때문에 풀어 줄 수도 없다. 당에서는 국민들 눈을 의식하고 구명 운동 창구를 봉쇄해 버릴 것이다. 말 그대로 정치 인생 끝장이라는 생각에 사무총장의 말은 한 귀로 흘려버렸다. 오히려 역공을 하고 반응을 기다렸다.

"내가 무슨 음모를 꾸미고 있다는 겁니까?"

"강기석 의원님도 우신건설에서 아파트를 받았다는 걸 진짜 모르고 하는 말유? 강기석 의원님이 그까짓 일억 땜시 나하고 원갑룡이를 눈감아 줬다고 생각한다믄 정치를 배울라믄 한참 멀었구먼."

이동하는 사무총장의 보스인 강기석 역시 자신을 타깃으로 삼은 사실을 알고 있다고 판단했다. 나를 건들면 강기석을 물고 늘어지겠다는 뜻으로 말하고 나서 차갑게 웃으며 담배를 입에 물었다.

"증거가 있습니까?"

"증거?"

"증거가 없으면 의원님 이름 석 자를 언론에 흘리겠습니다. 내가 알기로 아파트는 강기석 의원님 명의가 아닙니다. 제삼자 명의로 알고 있습니다. 지금 그 아파트에 강기석 의원님이 전세로 살고 계시지만, 증거가 될 수는 없습니다."

사무총장은 이동하가 나름 배짱은 있다고 생각하지만 강기석을 이겨 내지는 못할 것이라고 생각하며 잘게 웃었다.

"오늘 오후에 기자회견을 열어야겠구먼. 그 자리에서 꼼짝달싹 못할 증거를 제시하지."

이동하는 당황하지 않았다. 아파트 이외에 언론에 제시할 만한 증거를 가지고 있지 않으면서도 차갑게 웃으며 일어섰다.

"자, 잠깐만 앉으십시오. 왜 이렇게 성질이 급하십니까? 아직도 아침 마다 운동을 하시는 모양이죠? 연세가 적지 않으실 텐데 몸이 새처럼 가벼워 보이십니다. 정치라는 것이 원래 협상 아닙니까. 적당한 선에서 협상하면 의원님도 좋고, 저도 명분이 서는 일 아니겠습니까?"

이동하는 사무총장이 당황한 얼굴로 손을 잡는 통에 못 이기는 척하 고 자리에 앉았다. 사무총장 앞에 있는 재떨이를 끌어당겨서 담배를 눌 러 껐다.

"내가 무슨 힘으로 이 나이에 국회의원을 하고 있는 지 알아유? 우린 의리 하나로 삽니다. 아무리 정치판이 형제도 몰라보는 개판이라고 하 지만 나는 초지일관유. 상대방이 칼을 빼 들지 않는 이상은 입이 자물통 유. 하지만 나는 의리를 지킬라고 하는데, 상대방이 칼을 빼 들믄 하이 에나처럼 물고 늘어지는 승질유. 내가 어떤 사람인지 알겠쥬?"

이동하는 겉으로는 대범하게 말했지만 속이 탔다. 식은 차를 한 모금 마시고 나서 다시 담배를 물고 사무총장을 지켜봤다.

"박상태 의원님 잘 아시죠? 두 분이 절친한 것으로 알고 있는데."

사무총장은 이동하에게 차선책으로 리스트에 올려놓은 박상태를 거론하고 눈치를 살폈다.

"잘 알고 있슈."

이동하는 박상태를 통해 알게 된 권희도에게 십억 원을 내고 전국구 당선권 자리를 얻었다. 그 후로 예전의 원갑룡과 박광호처럼 가깝게 지내는 사이다. 갑자기 박상태를 거론할 때는 그만한 이유가 있을 것이라는 생각에 마음속으로 바짝 긴장했다. 겉으로는 대수롭지 않다는 표정을 짓고 담배 연기를 날리며 창문 밖을 바라봤다.

"이번에 박상태 의원도 활동비를 좀 받았습니다. 그래서 드리는 말씀인데, 박상태 의원을 엮을 만한 정보 한 가지만 주십시오."

"정보라고 할 것까지는 읎고유……."

이동하는 일단 운을 떼 놓고 입을 다물었다. 박상태를 팔아먹으면 살수가 있다. 하지만 박상태는 국회의원이 되게 연결시켜 준 인물이다. 그리고 사무총장 앞에서 불과 몇 분 전에 의리 하나로 이 자리를 지켜왔다고 큰소리를 쳤다. 잠깐 인간적인 갈등이 일어섰지만 내가 살아야 아량도 베풀 수 있다고 판단했다.

"가랑비에 옷 젖는 것 아닙니까? 가벼운 것이라면 몇 가지만 말씀해 주십시오."

"글씨, 가벼운 것이라믄 가볍고 무거운 것이라믄 무거운 건데 말유. 박 의원이 교육의원회 소속이잖유. 금호동에 어떤 고등학교를 설립하는데 편의를 봐 주고 삼천만 원짜리 골프 회원권하고, 일본 여행 가서 현금으로 오천만 원을 받았다는 말을 본인에게 직접 듣기는 했지만……."

"그 정보가 정확한 것입니까?"

"사박 오 일 동안 나고야 갔다가 와서 나한테 나고야 특산품이람서,

새우로 맨든 센빼이 과자를 선물했슈. 면세점에서 산 것이 아니라믄 나고야에 갔다 온 것은 틀림읎슈."

"고맙습니다. 이 정보는 안기부나 검찰에서 직접 캐낸 정보로 알고 있겠습니다. 그리고 대단히 결례가 많았습니다."

사무총장은 더 이상 말을 들어 볼 필요가 없다는 얼굴로 벌떡 일어섰다. 엉거주춤 일어서는 이동하와 악수를 하고 문을 열어 주었다.

"나는 안직 볼일이 끝나지 않았슈. 명색이 내가 육선 의원 아뉴. 그런데도 상임 위원장 한번 못 해 보고 은퇴해야 할 거 같구먼유. 그래서 하는 말인데, 훈장이라도 하나 줘야 하는 거 아뉴? 국민훈장 동백장 말고 좀 괜찮은 거 말유."

이동하는 확인 사살이 필요하다는 생각에 문을 닫고 돌아섰다. 오백만 원짜리 수표 한 장이 들어 있는 봉투를 품 안에서 꺼냈다. 그것을 반으로 착 접어서 자연스럽게 사무총장의 양복 주머니에 넣었다.

"훈장은 한번 받지 않았습니까?"

"그건 유신헌법 때문에 받은 훈장이잖유. 최소한 국민훈장 무궁화장은 받아야겄슈. 물론 세상에 공짜가 읎다는 점은 잘 알고 있슈."

이동하는 기름기가 번들거리는 얼굴로 잘게 웃으며 사무총장의 등을 툭 쳤다. 이어서 아무 일도 없었다는 얼굴로 문을 열고 나갔다.

"에이! 빌어먹을 세상!"

이동하는 박상태가 술잔으로 벽을 내려치는 소리에 고개를 번쩍 들었다. 박상태는 울고 있었다. 충분히 이해할 수 있었다. 박상태는 너무 억울해서 울고 있을 것이다. 그렇다고 해서 박상태 편에 서 줄 수는 없었다. 박상태는 권력의 우산에서 벗어난 불쌍한 정치인일 뿐이기 때문이다. 자신 또한 언제 박상태 꼴이 되지 말라는 보장은 없다고 생각했다. 아프리카 초원에서 사자에 잡혀 먹히고 있는 동료를 바라보는 누 떼들은 슬퍼하지 않고 유유히 풀을 뜯어 먹는다. 이럴 때는 박상태야 울든 말든 술이나 마시는 것이 할 일이라고 생각했다.

"박 의원, 그런다고 뭐가 변하나? 호랑이 굴에 들어가더라도 정신만 차리면 살 수 있는 거 아닌가? 일단 현재로서는 당을 믿고 따르는 수밖에 없는 것 같네."

유리컵이 박살나면서 산산조각으로 바닥에 흩어졌다. 권희도가 벽에서 유리 파편과 함께 흘러내리는 노란색 액체를 바라보다가 조용히 말했다.

"의원님, 나도 이 바닥에서 수십 년 뒹굴었습니다. 내가 살기 위해서는 동지도 의리도 헌신짝처럼 버리는 곳이 이 바닥 아닙니까? 유권자들이야 더럽고 야비한 놈이라고 손가락질하든 말든 수단과 방법을 가리지 않고 살아남는 자만이 대우를 받는 곳이 바로 이 바닥이죠."

"박 의원님, 변호사비는 제가 댈께유. 유능한 변호사를 사믄 최소한도로 임기를 보장받을 수 있을 거유. 시방으로써는 그 방법뻬에 읎는 걸로 알고 있슈."

이동하는 박상태가 일단 재판정 앞에 서면 정치 인생은 끝이라고 생각했다. 박상태를 변호하려는 변호사도 없을 것이라 생각하면서도 동정어린 표정으로 말했다.

"권 의원님, 이 박상태, 정치 인생 끝나도 좋습니다. 하지만 내가 왜 찍혔는지는 알고 있어야 할 거 아닙니까. 이대로 감옥에 간다면 분통이 터져 제 명에 못 살고 죽을 거 같습니다. 도대체 어떤 놈이 절 찍은 겁니까? 당해도 알고 당해야 복수할 방법을 연구할 것 아닙니까?"

"박 의원님, 이미 깨진 장독유. 누가 일러바쳤는지가 머 중요해유. 당에서 이미 결정했다잖유. 그랑께 시방은 어떡하든 형을 짝게 받는 것이 중요한 거 아닌가유?"

이동하가 답답하다는 표정으로 물었다.

"길어야 육 개월일 겁니다. 다음 선거 안에 사면을 받을 것이고······."

권희도는 술을 좋아하는 박상태가 취중에 자기 입으로 누군가에게 떠벌렸을 것이라고 판단했다. 하지만 그렇게 말할 수는 없었다. 술잔을 천천히 비우고 나서 젓가락으로 불고기를 뒤적거리며 말했다.

구의원 탄생

손 의원, 축하하네.
돌아오는 스무엿샛날 선거는 해보나 마나여.
봉천동에서는 손 의원 한 명만 출마할 테니까
당선된 것이나 마찬가지여.
우리 손 의원의 당선을 미리 축하해 줍시다. 박수!

봄비라기에는 너무 차갑고, 늦겨울비라기에는 부드러운 빗줄기가 내갈기고 있었다. 채소 장사에서 비 오는 날은 공치는 날과 같다. 그렇다고 문을 닫을 수는 없다. 영업집에서는 비가 오든 말든 장사를 해야 하기 때문에 대파며 양파, 하우스에서 기른 쑥갓이며 상추를 사러 온다.

손기문과 종갑이, 콩새는 얼큰한 짬뽕으로 점심을 먹었다. 3월 초순이 지났지만 비가 오는 날이라서 날이 으스스하게 추워 난로를 피웠다. 난롯가에 앉아서 이런저런 잡담을 하고 있는데 전화벨이 울린다.

"배달 전화가?"

종갑이 게으른 몸짓으로 일어나서 전화기가 있는 책상 앞으로 갔다.

"형님, 동사무소 이 층에 있는 마을회관 있쥬."

"그려."

시장 안에서 분식 센터를 하는 여주인이 우산을 들고 가게 앞에서 멈춘다. 손기문은 파를 사러 왔을 것이라고 생각하며 실장갑을 꼈다.

"형님, 시방 거기로 오라는데유."

"누가?"

분식 센터 여주인이 대파 무더기 앞으로 갔다. 묶음이 크고 시들지 않은 대파를 찾아 뒤적거린다. 손기문이 대파를 싸 줄 파란색 비닐봉지를 챙겨 들고 관심 없는 목소리로 반문했다.

"장인어른이 빨리 오시래유."

"왜 오라고 하시지?"

손기문은 곁으로 다가온 종갑이에게 비닐봉지를 내밀고 우산을 찾았다. 얼른 우산이 보이지 않았다. 가게 밖을 바라본다. 모자를 쓰면 그냥 빗속을 걸을 만하다는 생각이 든다. 모자를 찾아서 쓰고 빗속으로 파고들었다.

마을 회관에는 동네 유지들 10여 명과 국회의원 오달식과 보좌관 조동재의 모습이 보였다.

"어여 이리 오게."

강찬복이 겨울 점퍼를 입고 의자에 앉아 있다가 일어서서 손기문에게 손짓했다.

"아이구, 영감님 나오셨네요……. 아저씨는 여기 어짠 일이세유? 여전히 건강하시네유."

손기문은 오달식에게 가기 전에 동네 어른들 한 명 한 명에게 먼저 허리 숙여 인사했다. 인사가 모두 끝난 후에야 오달식이 자신을 마땅치 않은 얼굴로 바라보고 있다는 것을 알고 어색하게 웃으며 허리를 숙여 보이고 강찬복 옆으로 갔다.

"무슨 일이 생겼슈?"

"별일 아녀. 여기 좀 앉아 있어 보게."

강찬복이 벽에 붙어 있는 접이식 의자를 가져와 펴고 자기 옆에 놓았다.

"에! 그러니까 삼십 년 만에 부활된 지방자치 시대를 맞이하여서 여러분이 선거로 뽑을 구의원의 역할은 많습니다. 지방화 시대의 초병 역할을 할 기초 의원인 구의원은 국회의원과 달라서 바로 여러분들이 살고 있는 동네에 같이 살고 있습니다. 따라서 지역의 실정을 가장 많이 알고 있는 사람을 구의원으로 뽑아야 합니다. 그렇지 않고 본업인 장사나 하면서 동네 일은 등한시하는 사람을 뽑으면 풀뿌리 민주주의가 정착되지 않습니다. 에! 본 의원은 비록 이 봉천동에 살고 있지 않지만, 여러분들의 소중한 한 표로 당선된 사람입니다……."

오달식이 장황하게 무슨 말인가 늘어놓고 있었지만 손기문은 알아들을 수가 없었다. 그는 오달식의 말을 한 귀로 흘려보내고 강찬복만 바라봤다.

"시방 바쁜가?"

"오늘 비가 오는 날이라서 장사가 좀 그러네유."

"그람 가만있어 봐. 쪼끔 있으면 알게 될 테니까 국회의원이 하는 말 좀 귀담아듣고 있게."

강찬복의 말에 손기문은 자세를 바로잡고 오달식을 응시했다.

"특히 봉천동 같은 경우는 재개발 붐을 타고 하루가 다르게 발전하고 있는 지역입니다. 여러분들도 잘 알고 계시는 것처럼 지난 일월부터 현대건설에서 분양하는 재개발 아파트 일천일백다섯 가구도 본 의원이 서둘러서 승인이 난 것입니다. 본 의원은 올 상반기에 삼백 가구 정도의 재개발 아파트를 추가로 짓는 사업을 추진하고 있습니다. 이처럼 하루가 다르게 발전하고 있는 봉천동에서 직접 발로 뛰고, 여러분들의 심부름꾼이 되어 줄 수 있는 구의원으로 제가 추천하고 싶은 후보는 정남기 씨입니다. 정남기 씨, 앞으로 나와 주시죠."

오달식의 말이 끝나자 구석에 앉아 있던 정남기가 잔기침을 하며 당당한 걸음으로 앞으로 나갔다.

"우선 본인 소개부터 해 주시기 바랍니다."

오달식이 흡족한 표정을 지으며 정남기에게 손짓했다.

"존경하는 어르신들, 안녕하십니까. 저는 봉천동에서 수십 년간 살면서 봉사 활동을 해 온 정남기라고 합니다……."

"무슨 봉사 활동을 했다는 거유?"

정남기의 말이 끝나기도 전에 강찬복이 물었다.

"에, 이런저런 봉사 활동을 약 십 년 전부터 꾸준히 해 오고 있습니다."

"이런저런 봉사 활동이라는 것도 있남?"

누군가 옆 사람에게 작은 목소리로 물었다.

"있으니까 했다고 했겠지."

"좀 구체적으로 말씀해 보시게. 예를 들어서 이발 봉사를 했다든지, 거리 청소를 했다든지, 아니면 워디 양로원 같은 데서 노인들 빨래를 해 줬다든지……."

"남자가 빨래를 하겄어? 청소를 해 주면 모를까?"

강찬복이 따져 묻는 말에 누군가 맞장구를 쳤다.

"에, 제가 알기로는 정남기 씨가 봉사 활동을 한 것은 너무나 많습니다. 그중에 본 의원이 감동하고 있는 점은 나이 많으신 분들을 친부모처럼 생각하는 마음입니다. 정남기 씨는 나이 많으신 분이 무거운 짐을 들고 가시는 것을 발견하면 아무리 바쁜 일이 있더라도, 하던 일을 미루고 그 짐을 꼭 집까지 들어다 주고 있습니다. 내 말이 맞습니까?"

오달식이 마치 판사가 증인에게 진술 내용을 확인하는 표정으로 물었다.

"아…… 네. 마, 맞습니다."

정남기가 회관 안이 덥지도 않은데 진땀을 흘리며 허리를 굽실거렸다.

"에, 이 자리에 앉아 계신 봉천동 유지 여러분들도 바쁘시고, 본 의원도 다른 약속이 있어서 지금 매우 바쁩니다. 그래서 드리는 말씀인데 내일, 그러니까 삼월 십삼일이 기초 의원 후보 등록 마감일입니다. 관악구에서는 모두 열세 명의 구의원을 선출하게 됩니다. 봉천동은 동네가 커서 다른 동과 합치지 않고 단독으로 한 명을 뽑게 되어 있습니다……."

"의원님, 내일이 후보 등록 마감일인데 이제 와서 바쁜 사람들을 모아 놓고, 이 사람이 좋응께 이 사람을 뽑아야 한다고 말씀하시면 어떡합니까? 시방까지 하시는 말씀을 들어 봉께, 구의원이 하는 일이 동네 반장이나 통장과 같은 급수가 아니구먼유. 봉천동 전체를 대표할 수 있는 의원인데 우리한테 생각할 시간을 줘야 하는 거 아닙니까?"

강찬복이 손을 번쩍 들고 일어서서 따져 묻는 목소리로 말했다.

"듣고 봉께 그렇구먼."

"우리가 가만히 있응게 가마떼기로 아는 모양이지?"

"내 말이 바로 그 말일세. 내일 후보 등록 마감인데 오늘 와서 갑자기 사람들을 모아 놓고 이기 뭐하는 짓여?"

"가만있어 봐. 가만히 봉께 내가 저이 얼굴을 좀 본 거 같구먼."

강찬복 옆에 앉아 있던 담배 가게 주인이 갑자기 고개를 갸웃거리며 정남기를 째려봤다.

"봉사 활동을 많이 했으니까……."

"맞아! 저이, 국회의원 선거 때마다 명함 돌리고 댕기는 사람이잖여. 어깨띠 두른 아줌마들 서넛 데리고 말여."

"이 사람, 눈 나쁘다더니 나보다 더 좋구먼. 맞구먼. 선거운동 하는 이구먼. 그것도 봉사 활동이기는 하지……."

강찬복의 말에 정남기는 귀밑까지 빨갛게 달아오른 얼굴로 어디를 바라봐야 좋을지 몰라서 좌우로 두리번거렸다.

"잠깐만! 잠깐만! 그럼 여러분들도 생각하고 있는 후보가 있습니까?"

오달식이 후보 등록 마감을 하루 앞두고 온 것은 이유가 있다. 주민들에게 생각할 여유를 주지 않고 정남기를 구의원으로 밀어붙이기 위해서이다. 국회의원 선거에서 노인들의 표는 가족 모두의 표이기도 하다. 집안의 가장인 노인이 밥상머리에 앉아서 오달식 같은 놈을 찍으면 나라가 망한다고 한마디만 하면 내년에 있을 선거에 지장이 있다. 일단 흥분하고 있는 노인들을 진정시키며 물었다.

"왜 없어. 여기 손기문 씨 있잖여."

강찬복으로부터 미리 지시를 받은 담배 가게 주인이 대뜸 손기문을 추천했다.

"저, 저는 구의원 같은 거 안 해유."

손기문은 깜짝 놀라 일어서서 뒷걸음치면서 손사래를 쳤다.

"그라고 봉께, 손 사장이 있었구먼, 그려. 손 사장 같은 사람이 구의원을 해야 봉천동이 발전하는 거여."

"두말하면 잔소리지. 선거할 필요도 읎이 무조건 손 사장이 최고여."

강찬복은 싱긋이 웃으며 턱만 문지르고 있었다. 뒤늦게 손기문이 와 있다는 것을 알아본 노인들이 당연하다는 얼굴로 여기저기서 추천을 했다.

"맞는 말일세. 난 솔직히 내 자식보다 손 사장이 더 낫다고 보네. 손 사장은 하루 열 번 봐도 정월 초하루여."

"맘만 착한가? 동네 청소는 또 얼마나 열심히 하는데."

"그람, 말만 앞세우는 무슨 무슨 단체하고는 본질이 다르지."

"더 이상 말이 필요 읎어. 아주 결정을 하자구. 의원님, 우리는 손기문 사장을 구의원으로 추천합니다."

노인들은 그동안 손기문에게 신세 진 것을 백분의 일이라도 갚으려면 말 인심이라도 써야 한다는 생각에 이구동성으로 나섰다.

"여러분들의 뜻은 잘 알겠습니다. 저도 손기문 씨가 원하신다면 정남기 씨보다 손기문 씨를 추천하고 싶습니다. 하지만 평양 감사도 저 싫으면 그만이라고, 당사자인 손기문 씨가 싫다고 하지 않습니까?"

오달식이 양손으로 노인들을 진정시키며 점잖게 말했다.

"아여, 손 사장 참말로 구의원으로 안 나갈 텨?"

"예, 저는 구의원 자격도 읎고, 구의원이 뭘 하는지도 몰라유. 알아야 면장을 한다는 말처럼 암것도 모르는 사람이 괜히 구의원이 돼서 동네 망신이나 시키면 워틱해유. 죄송합니다."

손기문은 뒷목을 긁으며 일어섰다. 얼굴이 빨개지는 것을 느끼며 노인들을 향해 허리를 숙여 보였다.

"아! 누구는 엄마 뱃속에서 나올 때부텀 글씨를 읽을 줄 알았남? 구의원을 장 뽑았던 것도 아니고, 이번이 츰이잖여. 손 사장만 츰이 아니고, 요번에 뽑히는 구의원들이 죄다 신참이란 말여. 그랑께, 알고 모르고는 상관할 필요가 없다고 보네."

"내 말이 바로 그 말여. 구 의원 자리가 머리를 쓰는 어려운 일이라면 선거로 뽑겠나? 공무원마냥 시험을 봐서 뽑지."

"손 사장, 내가 간곡하게 부탁하는데 말여. 자네 같은 사람이 구의원이 돼야 우리 봉천동이 발전할 수 있는 거여. 그랑께 좀 귀찮더라도 나이 많은 사람들의 부탁 좀 들어주게."

"아! 구의원보다 훨씬 높은 국회의원도 돈만 있으믄 아무나 나설 수 있는데 구의원이 머 어려운 일을 하겠어."

"에! 여러분들의 뜻은 저도 존중합니다. 하지만 아까도 말씀드렸던 것처럼 당사자인 손기문 씨가 한사코 거절하고 있는 실정 아닙니까? 후보 등록 마감일이 한 일주일만 남았어도 본 의원이 손기문 씨를 설득해서 후보로 내보내고 싶습니다. 하지만 당장 내일이 마감일입니다. 그러니까 봉천동 구의원 후보는 정남기 씨로 결정하겠습니다."

오달식은 노골적으로 자신을 비아냥거리는 말에 얼굴이 시뻘겋게 달아올랐다. 이런 판국에 정남기를 양보하면 개망신이라는 생각에 일방적으로 결정했다.

211

"저도 그것이 좋다고 생각해유. 어르신들께 대단히 죄송하게 생각해유. 하지만 제가 장사만 하고 있다믄 죽이 되든 밥이 되든 구의원을 한번 해 볼 수도 있슈. 하지만 봉천시장 상인회 회장도 맡고 있슈. 상인회 회장이 별거 아닌 거 같지만 만만치 않아유. 어르신들께서도 아시는 분은 알고 계시겠지만 상인회 회원 수가 삼백 명 가깝게 돼유. 그랑께 맨날 별일이 다 생겨유. 옛날처럼 월급쟁이 총무가 있는 것도 아니고, 무료 봉사를 하는 총무님하고 저하고 둘이 모든 일을 할라고 항께 많이 바쁘네유. 그랑께 어르신들이 정 원하시믄 요번 회장 임기가 끝나는 다음에는 한번 신중하게 생각해 볼게유. 요번에는 용서해 주셔유."

오달식의 말이 끝나고 정남기가 히죽 웃고 있을 때였다. 손기문이 일어서서 지역 유지들 앞으로 나가 넙죽 인사를 하고 말했다.

"그러니까. 그 뭡니까? 손기문 씨가 봉천동 상인회 회장님이란 말씀이십니까? 저는 도하수 씨로 알고 있는데요?"

오달식이 이건 또 무슨 개 풀 뜯어 먹는 소리냐는 얼굴로 물었다.

"그 사람 시방 감옥에 가 있슈."

손기문은 대수롭지 않다는 표정으로 대꾸하며 의자에 앉았다.

"감옥에 가 있다니?"

"그 사람이 십 년 넘게 회장을 했잖유. 회장질을 함서 상인들한테 회비로 거둔 몇억 원을 죄다 지멋대로 써 버렸슈. 그래도 인간이 불쌍해서 용서해 줬었잖유. 근데 술만 처먹으믄 딴 사람들 장사를 못 하게 깽판을 치길래, 공금 횡령죄하고 싸잡아서 보내 뻐렸슈. 한 삼 년 동안 고생 좀 할 뀨."

"아니, 손 사장이 봉천시장의 개망나니 도하수를 감옥에 보내 버렸단 말일씨?"

담배 가게가 속이 후련하다는 표정으로 물었다.

"저는 솔직히 죄는 밉지만 사람을 미워하믄 안 된다는 생각에 그냥 넘어갈라고 했슈. 그런데 상인들이 저런 놈은 콩밥을 꼭 먹어야 한다며 데모를 하는 통에 고소했드니, 대까닥 끌고 가데유."

"어이구, 십 년 묵은 체증이 내려가는 것 같구먼. 내가 시장에 인삼 사러 갔다가 그 자식한테 개망신 당한 걸 생각하면 시방도 잠이 안 온당께."

"손 사장은 천상 구의원감이구먼. 여러분, 여러분들 생각은 워뗘? 우리 손 사장이 반드시 구의원이 되어야 된다고 생각하시는 분이 있으면 손들어 봐요."

담배 가게가 신이 나서 자기 손부터 번쩍 들어 보이며 말했다.

"손기문 씨. 여기 서 있는 본 의원이 생각해 볼 때도 아무리 바쁘시더라도 구의원에 출마를 하셔야 할 것 같습니다. 구의원을 하면서 모르는 것이 있으면 항상 본 의원 사무실로 전화하던지, 직접 본 의원한테 전화하세요. 그러니까 행정적인 문제는 손톱만큼도 걱정하지 마시고 봉천동을 위해 열심히 일해 주십시오. 여기 앉아 계신 여러 어르신들을 대표해서 본 의원이 간곡히게 요청합니다."

오달식은 고집을 피워서 정남기를 선거에 내보내면 국회의원 선거 때 표 떨어지는 소리가 들려올 것 같았다. 유지들은 손기문을 꼭 내보내고 말 태세다. 손기문도 결국 선거에 나설 것이고, 정남기는 죽을 쑬 것 같았다. 정남기와 쌍으로 망신을 당하는 것보다는 현명하게 현실을 직시하는 것이 당선의 지름길이라고 판단했다. 내가 언제 정남기를 밀었나는 표정으로 손기문 앞으로 갔다. 손기문의 손을 잡고 목사가 신도에게 안수기도를 해 주는 목소리로 말했다.

"저는 솔직히 배운 것이 읎슈. 국민핵교도 졸업 못 했는데……."

"어허, 국회의원도 국민학교 안 나오신 분들 많습니다. 그건 조금도 문제가 되지 않습니다."

오달식은 기왕 손기문을 밀어줄 바에 확실하게 밀어주는 것이 표를 끌어모으는 방법이라고 판단했다. 꿰다 놓은 보릿자루처럼 서 있는 정남기의 얼굴이 벌겋게 달아오르든 말든 봄바람이 살랑거리는 목소리로 말했다.

"의원님까지 그렇게 부탁을 하시믄……."

손기문은 난처하다는 표정으로 강찬복을 바라봤다.

"여러분, 손 사장이 의원 후보에 나서겠답니다. 다 같이 박수!"

강찬복은 이때야말로 내가 나설 때라는 얼굴로 벌떡 일어서서 요란하게 박수를 쳤다. 유지들도 기다렸다는 얼굴로 손바닥이 아프도록 박수를 쳤다.

"그럼, 봉천동 후보는 손기문 씨인 걸로 알고 저는 이만 가 보겠습니다. 정남기 씨, 어서 나가지."

오달식은 봉천동에서 적지 않은 표를 긁어모으는 정남기의 표정이 붉으락푸르락하는 것을 보고 지체할 수 없었다. 정남기를 달래 줄 순서라는 생각에 서둘러 밖으로 나갔다.

"내가 볼 때 손 서방이 후보로 나서면 딴 사람들은 못 나올 걸세. 당선된 것이나 마찬가지여."

강찬복이 흥분을 감추지 못하는 얼굴로 손기문의 어깨를 껴안았다.

"그람, 손 사장이 구의원으로 나온다는데 누가 감히 도전장을 던지겠어. 여러분, 여러분들 생각은 어떠십니까?"

담배 가게도 덩달아 흥분한 얼굴로 손기문의 손을 잡아서 치켜들고 말했다.

"그걸 말이라고 하는 거여? 봉천동에서 어떤 놈인지 나오기만 해 봐라. 개망신당하고 말 테니까."

"손 의원, 축하하네. 돌아오는 스무엿샛날 선거는 해보나 마나여. 봉천동에서는 손 의원 한 명만 출마할 테니까 당선된 것이나 마찬가지여. 우리 손 의원의 당선을 미리 축하해 줍시다. 박수!"

담배 가게가 다시 박수를 유도했다. 손기문은 몸 둘 바를 몰라 하다가 강찬복이 떠미는 통에 앞으로 나갔다.

"고, 고맙습니다. 선거는 워티게 될지 모르겠지만 말유. 봉천동을 위해서 시방보다 더 열심히 일하겠다는 점은 약속 드릴 수 있슈."

손기문은 자신도 모르게 양손을 흔들어 답례하고 나서 빨개진 얼굴로 인사했다. 강찬복이 눈물을 글썽이며 손기문을 덥석 껴안고 얼굴에 쪽 소리가 나도록 입을 맞췄다.

사월 초파일이다.

작년 9월부터 공사를 시작한 들꽃양로원이 개원식을 하는 날이기도 하다. 들꽃양로원은 원통사 옆에 있는 텃밭을 밀어서 아담한 2층 건물로 지어졌다. 거동이 불편한 노인들을 위해서 침대가 있는 방도 있지만, 대부분은 내 집 같은 분위기를 주기 위해 온돌방으로 되어 있다. 노인들이 모여서 텔레비전을 보거나 잡담을 나눌 수 있는 휴게실도 만들었고, 운동을 할 수 있는 체력 단련실이며, 빨래를 할 수 있는 세탁실, 면회를 온 가족들이 하룻밤 묵을 수 있는 접견실에 식당과 취사실 그리고 사무실까지 갖춘 현대식 요양원이다.

들꽃양로원만이 가지고 있는 특징은 노인들을 무조건 보호하고 요양만 시키는 것이 아니라 노동 여건을 갖추어 놓았다는 점이다. 양로원 옆에는 산을 개간해서 만든 이천여 평의 밭이 있다. 그곳에서 노인들이 원하는 대로 농약을 치지 않은 콩이며 팥, 고추, 고구마나 심지어 인삼까지 가꿀 수 있도록 했다. 농산물을 판 수입금은 씨앗을 비롯한 농자재 값을 제외하고는 전액 생산자에게 돌려주기로 했다.

들꽃양로원에서 동네까지는 차량이 다닐 수 있을 정도로 길을 확장했다. 민초예는 길을 아스팔트로 포장하기를 원했지만, 일도는 사람은 흙에서 태어나 흙으로 간다며 마음의 구원을 얻으려고 절에 가는데 흙냄새를 맡으며 가야 한다고 해서 포장을 하지 않았다.

원통사로 올라가는 길 입구에는 높이 3미터의 자연석에 일도가 직접 한글로 원통사라고 쓴 글씨가 새겨져 있었다. 그 옆에는 작은 글씨로 '여기 오시는 모든 분들에게 들꽃 향기 짙은 안식을'이라는 짤막한 글을 새겨 넣었다.

정각 10시에는 원통사에서 사월 초파일 봉축식이 거행된다. 양로원 준공식은 이보다 한 시간 앞서 9시에 열기로 했다. 절 입구에서 원통사까지 가는 산길 바깥쪽에는 일 미터 간격으로 연등이 걸려 있다.

신도들은 면사무소에서 빌려 온 의자를 늘어놓고 연단을 앞에 갖다 놓았다. 전기를 연결시켜서 앰프도 준비했다. 연단 뒤에는 <경축 들꽃 양로원 개원식>이라는 현수막이 걸려 있다. 식장 옆에는 민초예가 내놓은 돼지고기며 막걸리, 떡이며 과일 등으로 동네잔치를 할 준비를 해 놓았다. 양로원에서 기거하는 노인들도 오랜만에 고기를 맛볼 수 있다는 기대감에 입맛을 다시며 의자에 앉았다.

준공식 시간이 가까워지자 행사에 참석할 인사들이 도착하기 시작했다. 공주 군수며, 공주교육장, 경찰서장 등 기관장들은 운전수가 모는 차를 타고 도착했다. 면장이며 노인회장, 구장, 새마을 지도자, 의용소방대장 등은 자전거를 타거나 슬슬 걸어서 왔다.

기관장이나 동네 유지가 아닌 사람이 자가용을 직접 몰고 나타났다. 일도는 자가용에서 내리는 진규를 발견하고 민초예를 가까이 불렀다. 진규가 다가오자 민초예에게 소개했다.

"인사드리게. 이분이 우리나라에서 제일 큰 사회복지재단인 석정사회복지재단 이사장님이시네."

"석정사회복지재단유?"

민초예는 희색 법복을 입은 차림으로 일도에게 반문했다.

"충일병원이라면 잘 아시겠네. 충일병원이 석정사회복지재단에서 운영하는 병원이라네."

"충일병원 잘 알쥬. 언진가 텔레비 뉴스에서 본 적이 있슈. 충일병원이 무슨 사회복지재단에 넘어갔다고 하드니, 선상님이 이사장님이셔유?"

"네, 박진규라고 해유. 스님께서 좋은 분을 만날 수 있으니 참석 좀 해 달라고 신신당부하시드니, 참말로 대단하시네유. 스님께서 그러시는데 양로원을 짓는 데 사십억 원을 내놓으셨다고 들었슈. 대전역 앞에 건물도 내놓으셨다고 들었습니다."

진규는 품 안에서 명함을 꺼내 민초예에게 내밀었다.

"저는 명함 같은 것이 없슈. 선화동에서 전주식당이라는 콩나물해장국 집을 하고 있슈."

민초예가 명함을 받아서 신기한 표정으로 앞뒤를 살펴보며 말했다.

"전주식당이라면 저도 몇 번 가 본 적 있습니다. 중앙시장에 군대 동기가 있는데, 그 친구가 소개를 해서 콩나물해장국을 먹어 봤슈. 참말로 끝내주게 맛있데유. 값도 싸고 말유."

"딴 손님들도 맛은 있다고 해유. 앞으로는 공짜로 드릴 팅께 그 근처 오시는 일이 있으믄 맨날 들려유."

민초예는 진규가 어디 사는지 알지 못했다. 하지만 말투가 비슷한 데다 우리나라에서 개인이 운영하는 사회복지재단치고는 제일 큰 곳을 책임지는 사람이라는 게 존경스러워서 친밀감이 갔다.

"허! 그러고 보니 두 분은 인연이 아주 깊구먼. 옛말이 옷깃만 스쳐도 인연이라고 하는데, 하물며 전주식당에서 해장국까지 사 드셨다면 보통 인연이 아닙니다. 그런데 전주 계시는 그 양반은 연락을 안 했나? 이필수 씬가 하는 그 양반 말일세."

일도가 진규를 바라보던 시선을 민초예에게 옮겼다.

"전화했더니 맘이야 참석하고 싶지만, 자기가 먹을 밥 한 그릇 보시하는 셈 치고 안 오신다고 하데유."

"허! 말 한마디 진국이네. 나중에라도 한번 오시라고 하게. 얼굴 한번 보고 싶구먼. 슬슬 시작해 볼까요?"

남자 신도들이 원통사로 올라가는 길 어귀에 오색 테이프를 걸쳐 놓았다. 기관장들에게 흰 장갑을 나누어 주고 있다. 여자 신도들은 한복을 차려입고, 양복 상의에 꽃다지를 꽂아 주고 다닌다. 일도가 웃는 얼굴로 진규에게 말했다.

"테이프 커팅을 하기 전에 대전 보살님이 한 말씀 하셔야지."

일도가 진규 옆에 서 있는 민초예에게 속삭였다.

"아이구, 큰일을 하신 스님이 말씀하셔야지, 지가 머 한 일이 있다고 한데유."

"이렇게 큰일을 하시면서 신문사나 방송국 같은 데는 연락 안 하셨 슈?"

진규가 기자들이 보이지 않는 것을 보고 일도에게 물었다.

"대전 보살님이 절대로 딴 데는 알리지 말라고 신신당부하셔서, 기관 장님들만 모시고 하기로 했습니다."

일도가 웃는 얼굴로 대답했다.

"지는 기관장님들도 필요 읎고, 그냥 동리 사람들하고 돼지나 한 마리 잡아서 축하하자고 했는데, 스님이 신문사나 방송국에는 알리지 않드래 도 기관장들한테는 꼭 알려야 난중에 일하기 편하다고 하셔서……."

민초예는 남자 신도 회장이 마이크 앞으로 가는 것을 보고 입을 다물 었다.

"아! 아! 마이크 시험 중입니다. 아! 아! 박 보살님, 내 말 잘 들려유?"

"아주 잘 들려유."

신도 회장이 묻는 말에 동네 노인들을 식장으로 안내하고 있던 박 보 살이 손을 번쩍 들어 보인다.

"에, 지금부터 들꽃양로원 개원식을 시작하겠습니다. 우선 식을 시작 하기 전에 들꽃양로원 원장님이자, 원통사 주지 스님께서 오늘 참석하 신 내빈들을 소개하겠습니다."

신도 회장의 말에 일도는 내빈들에게 합장을 해 보이고 앞으로 나갔다. 공주 군수부터 시작해서 월암리 이장까지 소개를 마친 후에 다시 합장을 해 보이고 의자에 앉았다. 이어서 공주 군수부터 축사를 시작했다. 마지막으로 면장의 축사가 끝나고 일도의 답사가 시작됐다.

"오늘 소승은 세상에 태어나기를 참 잘했다는 생각이 듭니다. 들꽃양로원을 개원했다는 보람도 보람이지만, 이 세상에 현존하고 있는 보살님을 알고 지낸다는 사실이 너무 영광스럽기 때문입니다. 이 들꽃양로원이 어떻게 탄생하게 되었는지 잘 아시는 분들도 계시겠지만, 이 자리를 빌려서 제가 다시 말씀을 드리겠습니다. 이 들꽃양로원은 여기 앞에 앉아 계시는 민초예 보살님이 사비 이십억 원을 들여서 개원하게 됐습니다. 더구나 대전역 근처에 있는 오 층짜리 빌딩을 양로원 앞으로 등기해 주셨습니다. 그래서 들꽃양로원은 외부의 도움 없이 빌딩에서 나오는 임대료 수입으로 운영할 수 있습니다. 자! 이쯤에서 보살님에게 박수를 한번 보내주시기 바랍니다."

일도의 말이 끝나자마자 사람들은 박수 치는 것을 잊어버리고 일제히 민초예를 바라봤다. 동네 사람들은 벌린 입을 다물지 못하고 서로를 바라봤다.

"이십억 원이믄 대관절 얼매여?"

"얼매나 부자길래 이십억 원을 내놨댜?"

"대전역 앞에 있는 오 층짜리 빌딩도 내놨다잖여."

"돈이 문제가 아녀. 그렇게 큰돈을 서슴없이 내놓을 수 있는 배짱은 대관절 얼매나 큰 거여."

"스님 말씀처름 살아 계신 보살님이 틀림읎구먼."

"보살의 맘이 아니고 사람의 맘으로는 돈 십만 원도 아깝지. 나도 당장 오늘부터 원통사를 댕겨야겠어."

"왜?"

"원통사에 댕김서 부자가 됐응게, 원통사에 양로원을 져 준 거잖어……."

"자! 자! 어서 박수 좀 주세요."

민초예는 여기저기서 수근거리는 말에 너무 부끄럽고 민망해서 고개를 들 수가 없었다. 귀밑까지 빨개지는 것을 느끼며 손가락만 만지작거렸다. 그런 모습을 빙그레 웃으며 바라보고 있던 일도가 다시 한번 박수를 유도했다. 그때서야 모든 사람들이 손바닥이 아프도록 박수를 치기 시작했다. 일도는 박수 소리가 가라앉기를 기다렸다가 다시 입을 열었다.

"저는 부처님을 믿는 소승이지만, 성경에서 나오는 '오른손이 하는 일을 왼손이 모르게 하라'는 구절을 좋아합니다. 우리 민초예 보살님은 부처님을 믿습니다만 성경의 이 말씀을 직접 실천하고 계십니다. 부처님께서는 중생들에게 자비를 베푸셨습니다. 자비라는 말은 남을 크게 사랑하고 가엾게 여기는 마음이라는 뜻입니다. 여기 앉아 계신 내빈 여러분들과 참석하신 모든 분들도 평소에 자비를 실천하고 계시는 것으로 믿고 있습니다. 그중에서도 민초예 보살님은 항상 자비로운 마음을 가지고 계십니다. 소승도 이십 대 젊은 나이에 출가해서 자비를 베푸는 삶을 살고자 노력했습니다. 민초예 보살님을 만나기 전에는 마음만 자비를 하고 있었지만 실천은 못 하고 있었습니다. 그러나 민초예 보살님을 만나고 나서는 정말로 사람들에게 자비를 베푸는 보살님이 있다는 것을 눈으로 보고 마음으로 느꼈습니다. 민초예 보살님은 모든 욕망을 초월해서 오직 자비를 베푸는 삶을 인생의 목적으로 생각하며 사는 분입니다. 자, 이쯤에서 또 한 번 박수를 쳐야 하지 않을까요?"

일도의 말이 끝나자마자 이번에는 구경꾼들도 빠짐없이 박수를 치기 시작했다.

"이럴 때는 일어나서 인사해야 하는 거유."

진규가 박수를 치면서 민초예에게 귓속말로 속삭였다.

"죄, 죄송해유. 박수를 받아야 할 사람은 지가 아니고, 스님하고 정 보살님인데 지가 박수를 받아서 죄송해유……"

민초예는 이 세상에 태어나서 처음으로 타인들로부터 박수를 받았다. 그것도 백여 명이 우레와 같은 박수를 보내자 살았는지, 죽었는지도 모르는 손기문의 얼굴이 떠올랐다.

자식을 버린 어머가 이렇게 박수를 받고 있다는 것이 말이나 되는 거여.

어린 손기문의 얼굴 뒤에 승철의 얼굴이 겹쳐지는 순간 눈물이 솟구쳤다. 뒤로 돌아서서 인사를 하면서 손바닥으로 얼굴을 가리고 의자에 앉았다. 오늘처럼 기쁜 날 울면 안 된다고 생각을 다져 먹어도 자꾸 눈물이 났다.

"우리 보살님이 너무 감격스러워서 눈물을 흘리시는 모양입니다. 소승도 눈물이 날 정도로 오늘 정말 기쁩니다. 동물은 고통스러울 때만 눈물이 나지만 만물의 영장인 사람은 기뻐도 눈물이 납니다. 그것이 동물과 인간의 차이점이기도 합니다만, 민초예 보살님께서 끝까지 자신의 공덕은 감추고 소승한테 공을 돌리는 것을 듣고 나니까 어깨가 더 무겁습니다. 앞에 앉아 계신 내빈 여러분을 비롯하여 월암리 분들에게 이 자리를 빌려서 약속 드립니다. 들꽃양로원을 대한민국에서, 아니 세계에서 가장 행복한 양로원으로 만들겠습니다. 그리고 원래 절 안에서는 고기를 먹으면 안 되기 때문에 동네에서 돼지를 잡았습니다. 돼지고기를 드실 분은 동네에서 드시고, 절밥을 드실 분은 절로 오시면 점심 공양을 대접해 드리겠습니다. 끝으로 참석해 주신 내빈 여러분들과 우리 양로원 식구들 그리고 동네 분들에게 진심으로 감사드립니다."

일도는 너무 감격스러워서 눈시울이 뜨거워졌다. 합장하는 것을 잊어버리고 손수건을 꺼내 눈물을 닦으면서 의자 앞으로 갔다. 의자에 앉아서 눈물을 흘리고 있는 민초예의 어깨를 토닥이며 그만 울어도 된다고 속삭였다.

개원식이 끝나고 모두들 원통사까지 걸어서 올라갔다. 일도의 소개로 양로원 시설을 두루 살피고 나서 곧바로 봉축식이 시작됐다. 불교를 믿지 않거나 일정이 바쁜 기관장들은 아래로 내려갔다. 진규는 불교를 믿지 않지만 특별하게 바쁜 일이 없어서 봉축식 행사에 참여하고 나서 일도, 민초예와 함께 방으로 들어갔다.

방에는 점심 공양이 이미 준비되어 있었다. 반찬은 고추장과 얼음을 띄운 콩나물국에 비빔밥이다. 고사리며 콩나물에, 말린 취나물, 말린 산뽕잎, 볶은 호박, 채를 썬 표고버섯을 보기 좋게 얹은 비빔밥은 먹음직스러웠다.

"절에서 밥을 먹어 보기는 처음이네유."

진규는 원래 반찬이며 밥을 가리는 성격이 아니다. 순갈로 고추장을 얹어서 쓱쓱 비비며 입맛을 다셨다.

"원래 절 음식이 맛은 없지만 깨끗하고 건강식입니다. 많이 드시죠."

일도는 부드럽게 웃으며 천천히 밥을 비비기 시작했다.

"그렇게 큰일을 하시는 분이 승질이 굉장히 존 거 같구먼유. 하긴 승질이 안 좋으시믄 그렇게 큰일도 못 하실 겨."

"저는 그냥 장인어른의 뜻에 따르는 심부름꾼에 불과하잖유. 사장님이야말로 정부에서 훈장이라도 줘야 할 만큼 엄청난 일을 하고 계신다고 봐유."

진규가 첫 숟갈을 뜨기 전에 민초예를 바라보며 진심이라는 표정으로 말했다.

"별말씀을 다 하시네유. 저는 옛날에 여기저기 땅을 좀 사 났었슈. 그 땅이 저 혼자 비싸져서, 그 땅을 팔아 내논 거뿐유. 하지만 충일병원은 쪼맨한 의원을 원장님께서 열심히 노력해서 키운 병원이라고 들었슈. 그런 병원을 사회에 내놓으실 때야 이사장님의 뜻이 있으싱께 가능했다고 봐유."

"소승도 대전 보살님하고 같은 생각입니다. 돈이라는 것이 살아 있을 때는 주인 곁을 떠나지 않을지 모르지만, 주인을 따라서 같이 죽는 것은 아니지요. 충일병원도 이사장님이 가만히 계시면 이사장님의 병원이 된다는 것을 대전 사람치고 모르는 사람이 없다고 봅니다. 그런 병원을 사회에 기꺼이 내놓으실 때야 원장님의 뜻도 작용했지만 이사장님의 뜻이 많이 작용했을 것이라고 믿습니다."

일도는 비빔밥을 척척 비벼서 한 수저 듬뿍 펐다. 밥을 먹기 전에 부드러운 표정으로 말을 하고 나서 입에 넣었다.

"그렇게 봐 주신다면 고맙습니다. 저도 밥을 은어먹었으니까 밥값을 해야겠네유. 앞으로 들꽃양로원에 계신 분들은 무조건 무료로 치료를 해 드리겠슈."

진규는 처음 먹어 보는 절밥이지만 생각 외로 맛있었다. 콩나물 국물을 떠먹어 가며 맛있게 먹다가 민초예를 바라보며 말했다.

"차, 참말유?"

민초예가 이런 경사스러운 일이 있냐는 얼굴로 일도를 바라보았다.

"내일이나 언지 만나서 협약서를 써 드리겠슈."

"이렇게 좋은 일이 있나. 소승은 놀라울 따름입니다. 그렇지 않아도 노인분들이라 각종 질병에 약하고 질환이 많을 것이라 예상하고 있었습니다. 병원 문제가 해결된다면, 노인분들에게 더 좋은 서비스를 해 드릴 수 있을 겁니다."

"협약서가 뭐래유?"

민초예가 일도에게 작은 목소리로 물었다.

"앞으로 충일병원에서 들꽃양로원 노인들의 모든 진료를 무료로 해 준다고 충일병원과 들꽃양로원 간 쌍방이 약속한다는 내용이네. 정말로 고맙습니다."

일도는 자신도 모르게 숟갈을 내려놓고 진규를 향해 합장을 해 보였다.

"이사장님이 우리 식구들 치료를 공짜로 해 주신다믄 저도 가만히 있을 수가 읎겄네유. 협약식인가 하는 그걸 언지 할 생각유?"

민초예가 콩나물국을 한 수저 떠먹고 나서 진규에게 물었다.

"제가 모리까지는 대전에서 있을 생각유. 모리 저녁에 서울로 올라갈 생각잉게, 그 안에 언제든 오시면 됩니다."

"스님, 우리도 석정사회복지재단에 다믄 얼마라도 기증해야 하지 않을까유?"

"서로 상부상조하는 뜻에서 협약식을 할 때 기부 증서를 주면 더없이 좋겠지……."

"그러지 않으셔도 됩니다. 저희는 재정 상태가 아직 좋아유. 들꽃양로원은 이제 시작이라서 여기저기 돈 들어갈 때가 많잖유."

"스님, 한 십억 원을 기증하믄 안 될까유? 마침 누가 땅을 쫌 산다고 해서 그 정도 돈은 기증할 수 있겠네유."

"십억 원이나유?"

일도는 마치 돈 만 원을 기증하겠다는 표정으로 말하는 민초예를 보고 놀라지 않았다. 진규가 밥을 긁어 먹다 말고 놀란 얼굴로 물었다.

"우리 식구들이 무료로 치료 받는 것을 생각해 보면 장기적으로 볼 때 큰돈은 아니라고 보네. 여유가 된다면 그 정도 돈을 기부하는 것도, 들꽃양로원으로서는 옳은 선택이라고 볼 수 있네."

"그람, 스님이 협약식을 하실 때 십억 원을 기증하겠다는 내용도 적어 넣으세유. 지가 땅이 팔리는 대로 입금할 모양잉께유."

"주시믄 고맙기는 하지만, 난중에 주셔도 상관없습니다. 우리한테 기증하는 것이 급한 게 아니고, 양로원에 투자하는 것이 급할 텐데……."

진규는 십억 원이라는 거금을 아무렇지도 않게 언급하는 민초예와 일도를 번갈아 보다 걱정된다는 표정으로 말했다.

"근데 원래 고향이 대전이세유?"

민초예가 고추장이 입술에 묻지 않을 만큼 얌전하게 퍼서 오물조물 씹어 삼키고 물었다.

“대전이 아뉴. 여기서 가차운 충북 영동이라는 데유.”

“영동유?”

영동은 원통사보다 가까운 지적에 있다. 언제든 마음만 먹으면 달려 갈 수 있지만 가고 싶다는 생각을 해 본 적은 없었다. 민초예는 까마득 하게 잊고 있었던 학산 집이 떠올라서 자신도 모르게 놀란 얼굴로 물었 다.

“왜유? 영동 아십니까?”

“자, 잘 알지는 못하지만……”

민초예는 승철의 얼굴이 떠올라서 말을 이어 갈 수가 없었다.

“영동은 엎드리면 코 닿을 곳 아닙니까? 영동이 고향이세요?”

“아닙니다. 영동에 가시면 학산면이라는 데가 있슈. 그 학산에 있는 모산에 시방도 조부모님하고, 부모님하고 형님 내외분이 살고 계십니 다.”

일도가 묻는 말에 진규가 자랑스럽게 대답했다.

“그, 그렇구면유. 그람 국민핵교는 하, 학산에서……”

“예, 학산에 국민학교가 있다는 걸 어떻게 아셔유?”

“그, 그냥……”

절밥은 남기지 않는 법이다. 민초예도 절에 와서 공양을 남긴 적이 없 었다. 하지만 승철이와 같은 학교를 다녔다는 말을 듣고 나니까 밥을 먹 을 수가 없었다.

관음사 마당에도 오후가 되니까 마당을 가득 채우던 신도들이 썰물처 럼 빠져나갔다. 신도 회원들만 남아서 설거지를 하거나 마당을 치우고,

227

천막을 걷어서 개는 등 부산하게 움직이고 있었다. 방문이 닫혀 있는 종무소 안에서는 대웅전이며 관음상 앞에 그리고 부처님 관불 의식을 할 때 마당에 내놓았던 불전함의 돈을 자루에 담아 와서 정리하고 있었다.

"얼추 봐도 작년보다는 많이 들어온 거 같은데……."

팔봉은 라면 박스에 수북하게 담겨 있는 지폐들을 만 원짜리는 만 원짜리대로, 천 원짜리는 천 원짜리대로 분류했다. 그는 한두 번 해 보는 것도 아니어서 손이 자동으로 척척 움직이는 것을 느끼며 김 보살을 바라봤다.

"제 생각에도 훨씬 많이 들어온 거 같아요"

"순금 부처님 시주금은 따로 받았지?"

순금으로 만든 부처님을 모시는 데 시주하면 만사형통이 된다는 소문을 내 삼억을 목표로 해서 일억 가까운 시주를 모았다. 팔봉은 오늘도 꽤 많은 돈이 들어왔을 것이라는 생각에 물었다.

"거의 팔백만 원 가깝게 들어왔어요 금액이 적은 걸로 봐서 신도분들보다 초파일이라고 절에 오신 분들이 시주한 돈이 더 많은 것 같아요 그리고 오늘 저녁에 신도회에서 회식을 하기로 했거든요 홍제동에 있는 무슨 갈빗집이라고 하든데, 왜 그런 데다 회식 장소를 정했는지 모르겠어요"

김 보살은 은근한 눈빛으로 팔봉을 바라본다. 팔봉은 해마다 불전함의 돈을 정리하고 나면 몇 만 원씩 수고비를 준다. 작년에도 아무한테도 말하지 말라며 내미는 오만 원을 받았다. 올해는 작년보다 시주가 더 많이 들어왔으니 칠팔만 원은 줄 것 같았다.

"스님들이 그런 데서 같이 앉아 있으면 보기는 안 좋지. 아무리 괴기를 안 잡수신다고 해도, 승복에 고기 냄새가 배면 드신 것이나 다름없잖여. 김 보살이 신도 회장한테 괴기 냄새 안 나는 데서 회식하자고 그러지 그랬어?"

"원래 회장님이 제 말을 듣나요? 원칙은 총무하고 상의를 해서 결정해야 하는데, 그런 일은 항상 부회장인 서 보살하고 상의하드라구요. 나는 급한 일이 있다고 회식에 빠질까 보다."

김 보살이 부지런하게 돈을 분류하면서 팔봉의 눈치를 살핀다.

"재무가 빠지면 되나? 회식 끝나면 계산도 하고 해야 하는데……."

팔봉이 김 보살의 꿍꿍이속을 알 수가 없어서 일단 제동을 걸어 봤다.

"저는 절 재무잖아요. 신도회 총무는 따로 있어요. 사무장님은 사월 초파일 행사 준비하시느라 너무 고생 많으셨잖아요. 제가 따로 대접해 드리고 싶은데……."

"사월 초파일 행사는 김 보살이 젤 핵심이잖여. 내 마음이야, 김 보살이 말을 안 해도 따루 만나서 내가 대접하고 싶지. 하지만 오늘 같은 날 내가 회식 장소에서 빠지면 안 되지. 간부들한테 수고했다고 술도 한잔 돌려야 하고, 일 차 끝나고 이 차는 사무장이 찐하게 한잔 사야 하잖여."

팔봉은 은근슬쩍 김 보살을 바라본다. 재색 법복을 입었어도 30대 중반이라서 젖가슴이며 엉덩이가 푸짐하다. 단둘이 만나자고 하는 낌새가 수상하다. 하지만 사무장이 신도들을 건드렸다가는 청운이 천 보살에게 당했던 짝이 나고 만다. 그렇다고 일언지하에 거절할 수가 없어서 일단 여운을 주는 말로 적당히 둘러댔다.

"그럼, 내일은 괜찮겠네요? 우리 집 양반은 내일부터 사박 오 일 동안 새마을 연수에 들어가거든요. 저녁에도 시간이 괜찮아요?"

김 보살이 차곡차곡 쌓아 올린 만 원짜리가 무너져서 천 원짜리와 섞였다. 그녀는 그것을 다시 분류하는 척하면서 팔봉의 손등을 슬쩍 건드렸다.

"새마을 연수라니? 남편이 동사무소에 근무하다가 구청으로 들어간 걸로 알고 있는데……."

"새마을운동을 하는 것이 아니고, 공무원들과 직장인들은 의무적으로 새마을 연수원에 들어가서 새마을 교육을 받거든요."

"아하, 난 또 공무원 그만두고 새마을운동을 하나 했지."

팔봉은 헛웃음을 지으면서도 바짝 긴장했다. 주워들은 말인데 종과득과(種瓜得瓜)라는 말이 있다. 뿌린 대로 거둔다는 말로 사랑을 심으면 사랑을 거둘 것이며, 미움을 심으면 미움을 거둔다는 말이다. 천 보살이 미인계로 청운을 후려잡아서 갈취한 돈이 무려 천오백만 원이다. 그 돈을 받아 내기 위해서 천 보살이 사용한 방법과 똑같은 방법으로 돈을 받아 냈다. 겉으로는 헛웃음을 지으면서 김 보살의 속셈을 알아차리려고 눈치를 살폈다.

"올 칠월이면 계장으로 승진하거든요. 승진 대상자들만 새마을 연수를 하는 거래요."

"계장으로 승진하믄 월급도 많이 늘겠구먼."

팔봉은 부지런히 돈을 분류하면서도 마음은 김 보살의 속셈을 엿보는데 팔려 있었다.

"월급이 늘면 뭐해요. 아이들이 그만큼 돈을 더 쓰는데. 지금 큰애가 국민학교 삼학년이고, 작은애가 일학년이에요. 근데 요즘 애들은 태권도는 필수고, 피아노 학원에 안 다니면 또래들한테 따돌림을 받는다지 뭐예요. 애들 아버지 월급 가지고는 애들 학원에 못 보내요 그래서 식당에 일을 나갈까 하는 생각도 하고 있어요."

김 보살은 팔봉이 들으라는 표정으로 한숨을 길게 내쉬고 돈뭉치를 어림짐작으로 백만 원씩 고무줄로 묶기 시작했다.

"식당보다는 내가 워디 편한 일자리를 한군데 알아봐 줄까?"

팔봉은 김 보살이 저하고 아무런 관련이 없는 자신한테 집안 이야기를 하는 점이 부담스러웠다. 집안 사정을 듣지 않았다면 몰라도, 어려운 사정을 알게 된 이상 취직자리를 알아봐 주는 수밖에 없었다. 다행히 신도들 중에 공장 사장도 있고, 백화점에 코너를 얻어 장사를 하는 사람도 있고, 공무원이며 무슨 회사원이며 일자리를 부탁할 만한 사람이 많다.

"이런저런 말씀도 드릴 겸, 사무장님이 저한테 항상 잘해 주시는데 그동안 식사도 대접 못 해 드렸잖아요 남편이 없으니까 저도 술도 많이는 못 마시지만 적당히 마실 수 있거든요 그래서 드리는 말씀인데 내일 시간 좀 내 주실 수 있죠?"

"난 어려운 사람이 부탁하믄 거절을 못 하는 것이 탈이랑께."

팔봉은 취직자리 부탁이라면 저녁 한 끼 먹으며 술 한잔 할 수 있다는 생각에 못 이기는 척 승낙했다.

"고마워요. 사무장님, 고기 좋아하세요? 아니면 해물을 좋아하세요?"

김 보살이 팔봉의 손을 두 손으로 덥석 잡고 얼굴을 붉히며 물었다.

"나, 나는 아무거나 먹는 편여."

김 보살은 나이가 젊어서 그런지 하루 종일 돈을 만졌는데도 손바닥에 촉촉하게 땀이 배어 있었다. 가늘고 긴 손가락으로 투박한 손을 한 손으로 받치고, 다른 손으로 덮는 순간 팔봉은 온몸이 더워지는 것을 느끼며 더듬거렸다.

"그러시면 해물탕 드실래요? 소주 안주는 해물탕이 좋잖아요"

"기, 김 보살 술 좋아하는 개벼?"

팔봉은 김 보살이 먼저 손을 떼지 않았다면 자신도 모르게 와락 껴안을 뻔했다. 김 보살이 손을 떼고 다시 돈을 분류하기 시작하는 모습을 보고 안도의 한숨을 내쉬었다.

"남편하고 가끔 한잔하지만 밖에서는 안 마시는 편이에요"

"좋은 습관이구먼. 가정이 있는 여자가 바깥에서 외간 남자하고 술 마시는 거, 참말로 안 좋은 거여."

"어머, 저는 사무장님을 외간 남자라고 생각해 본 적이 단 한 번도 없어요. 제가 존경하시는 사무장님이시잖아요."

김 보살은 배시시 웃는 얼굴로 말을 하면서 법복의 윗 단추 한 개를 열었다.

"나도 김 보살을 유부녀라고 생각해 본 적이 없구먼. 관음사 재무라고만 알고 있지."

팔봉은 자신도 모르게 김 보살을 바라봤다. 단추를 한 개만 열었을 뿐인데도 목이 뽀얗게 드러나는 모습이 색정적으로 보이는 순간 고개를 숙였다.

이래서 남녀칠세부동석이라는 말이 생겼나 보구먼.

김 보살을 와락 껴안았으면 거절하지는 않았을 것 같았다. 하지만 여기는 종무소 사무실이다. 문밖에는 신도들 30여 명이 득실거리고 있다. 어떻게 입술이나 맞추고 가슴이나 더듬을 수 있겠지만 그 이상은 진척할 수가 없다. 하지만 그 대가는 너무 크다. 어쩌면 돈이 필요하다며 몇

십만 원을 요구할지 모를 일이다. 사랑하지도 않는 유부녀하고 입술 한 번 부딪치고 가슴 한번 만져 본 죄로 몇십만 원을 지불한다는 것은 너무 비싸다.

천 보살한테도 까닥하면 청운과 함께 도매금으로 묶일 뻔했다. 그녀한테 돈을 받아 낼 목적으로 저녁에 만나자고 하니까 기다렸다는 얼굴로 횟집으로 달려왔다.

"어머, 술까지 주시고……."

조용한 방에서 광어회를 먹으면서 술을 권했더니 사양하지 않고 덥석덥석 받아 마셨다.

"사무장님은 왜 안 드세요?"

"우린 술이 약해서……."

의도적으로 천 보살에게만 술을 마시게 하면 수상쩍어 보일 것 같아서 두 잔 따라 주고 한 잔 마시다 보니 얼큰하게 취기가 돌았다.

"내가 술에 취했나? 천 보살이 왜 이렇게 이뻐 보이는 거여. 어디 손 좀 만져 보믄 안 될까?"

"사무장님은 술에 취해야 제가 예뻐 보이는 모양이네요?"

"아녀, 평소에도 이쁘지만 맘이 약해서 표현을 못 했을 뿐이지, 머. 솔직히 톡 까놓고 말해서 나는, 천 보살을 츰 보는 순간부터 반한 몸여. 하지만 워낙 쑥맥이라서 말 한마디 못했구먼."

"어머머, 이렇게 불쌍할 수가. 진작에 저한테 말씀하셨으면……."

천 보살이 금방이라도 팔봉을 보듬어 안고 쓰다듬어 줄 것 같은 표정으로 바라봤다.

"말하믄 뭐햐. 집에 여우 같은 마누라가 새파랗게 살아 있는데. 나는 마누라 앞에서 고양이 앞에 생쥐여. 마누라가 인상 쓰믄 밥도 지대로 못 먹는당께."

팔봉은 천 보살이 약발을 받기 시작하는 것을 보고 노골적으로 유혹했다.

"어쩌면 이렇게 순진하실까. 순진하기로 치자면 사춘기 소년 같네요. 모래내시장 앞에서 길을 막고 지나가는 유부남, 유부녀들에게 모두 물어보세요. 마누라한테 말하고 바람피우는 남자가 있는지."

"그거야, 남자 나름이겠지. 나 같은 촌뜨기하고 누가 바람을 피울라고 하겄어. 안 그려?"

"여기 사무장님 눈앞에 천 보살이 있잖아요."

"참말여? 내가 술에 취했다고 골려 먹는 거 아녀?"

"골려 먹는 건지 아닌지 시험 한번 해 볼래요?"

"여기서?"

"어쩜! 이렇게 순진할 수가……. 계산하고 밖으로 나가실래요?"

"그, 그려."

팔봉은 비틀거릴 정도로 취하지 않았다. 하지만 일부러 비틀거리며 카운터 앞으로 가서 계산했다.

"사무장님 모텔에 가 봤어요?"

팔봉이 비틀거리며 밖으로 나오자 천 보살이 얼른 부축했다.

"호텔이라는 말은 많이 들어 봤어도 모텔이라는 말은 츰 들어 보는 말이구먼."

팔봉은 은근슬쩍 손목시계를 봤다. 아홉 시가 넘은 시간이다. 팔뚝으로 전해져 오는 천 보살의 풍만한 젖가슴 감촉을 느끼며 취한 목소리로 말했다.

"정말 순진하시다. 요즘은 여관을 모텔이라고 부르잖아요. 우리 모텔 갈래요? 사무장님이 원하시면 갈 수 있어요."

"그 말은 내가 해야 되는 말 아녀?"

"이럴 때 이심전심이라고 해야 하나요? 좋아요. 사무장님이 그동안 저를 짝사랑한 보답을 해 드릴게요."

"그 대신 비밀여. 우, 우리찌리만 비밀이란 말여."

팔봉은 천 보살이 이끄는 대로 비틀거리며 모텔 안으로 들어갔다. 처음 들어와 보는 모텔인데 예전의 여인숙과 달리 목욕탕이 있다.

"어, 취하는구먼."

팔봉은 침대에 대자로 벌렁 누웠다.

"사무장님은 술에 약하신가 보다. 저 목욕하고 올게요."

천 보살은 마치 창녀처럼 거침없이 옷을 벗어 버리고 목욕탕 안으로 들어갔다. 팔봉은 수돗물 트는 소리를 들으며 벌떡 일어났다. 핸드백 안을 뒤졌다. 예상했던 것처럼 통장 몇 개가 나왔다. 그중에 거래가 빈번한 통장에는 입금자 명에 청운의 본명인 김병준이라는 이름이 많이 찍혀 있었다. 어느 때는 일주일에 한 번, 한 달에 서너 번씩 적게는 십십만 원에서 많게는 백만 원이 넘는 돈이 입금되어 있었다. 다른 통장에 입금되어 있는 잔액도 계주여서 그런지 작은 것은 몇백만 원, 많은 것은 천만 원이 넘는 금액이 입금되어 있었다. 대충 살펴보니까 동일인들이 정기적으로 입금한 것들이다.

어채피, 딱 한 번뿐인데 재미 좀 봐?

목욕탕 안에서는 천 보살이 어디를 씻는지 모르지만 푸다닥거리며 손바닥으로 살을 미는 소리가 들려온다. 청운처럼 봉을 잡았다는 생각이 들었는지 콧노래까지 부르고 있다. 그녀가 알몸으로 목욕탕으로 들어가기 전에 실눈을 뜨고 바라봤던 몸매가 떠올랐다. 온몸에 전율이 일어나는 것을 느끼는 순간 마음이 약해졌다.

아녀, 저 여자는 최소한 천만 원짜리여.

천 보살과 재미를 보고 나면 청운과 한통속이 되어 돈을 받을 수 없게 될 것이 뻔했다. 벌떡 일어나서 천 보살의 옷을 한꺼번에 뭉쳤다. 어디다 감출까 살펴보다가 옷장이 눈에 띄었다. 천 보살은 키가 작아서 까치발을 해도 옷장 위는 보이지 않을 것이라는 판단이 들었다. 얼른 그 위에 옷을 감추고 밖에서 안이 보일 수 있을 정도로 출입문을 비스듬하게 열어 놓았다.

"어머! 마, 말짱하네요?"

천 보살은 콧노래를 부르며 목욕탕에서 나왔다. 침대에 걸터앉아서 굳은 얼굴로 담배를 피우고 있는 팔봉을 보고 반가움 섞인 미소를 보냈다. 그것도 잠시, 출입문이 비스듬히 열려 있는 것을 보고 깜짝 놀라서 옷을 찾았다.

"옷은 형사들이 죄다 가져갔구먼."

"혀, 형사들이라니요?"

천 보살은 옷을 찾을 겨를도 없었다. 누가 자신의 알몸을 볼지 모른다는 생각에 출입문부터 닫았다. 이어서 침대로 뛰어 올라가서 이불로 몸을 감쌌다.

"대관절 얼매를 뜯어낸 거여?"

팔봉은 당황하지 않았다. 천천히 일어나서 천 보살의 핸드백을 열었다. 청운의 본명인 김병준의 이름이 많이 찍혀 있는 통장을 천 보살을 향해 던졌다.

"뜨, 뜯어내다니요. 뭘 뜯어냈다는 거예요?"

천 보살은 술이 확 깨는 것을 느끼며 통장을 펼쳤다. 김병준으로부터 돈을 송금 받은 통장이라는 것을 확인한 순간 가슴이 덜컹 내려앉는 것을 느꼈다.

"천 보살 안 되겠구먼. 콩밥 좀 먹어 봐야 정신을 차리겠구먼."

"내, 내가 왜 콩밥을 먹어요?"

"관음사 주지 스님을 유혹해서 돈 뜯어낸 죄면 콩밥을 먹어도 여러 해 먹게 될 거여. 그냥 콩밥만 먹으믄 재미가 없잖여. 이 모텔에 천 보살이 홀딱 벗고 남정네를 기다리고 있다고 소문 좀 내야겠구먼. 모래내시장 사람들한테 말여."

"이, 이건 협박죄라구요. 옷 안 주면 당장 경찰에 신고하겠어요."

"경찰에 신고햐. 내가 밖에 나가서 형사들한테 옷 갖고 들어오라고 할 모양잉께."

팔봉은 바쁠 것 없다는 얼굴로 일어섰다. 피우던 담배를 천천히 재떨이에 눌러 끄고 문 쪽으로 걸어갔다.

"자, 잘못했어요. 도, 돈 물어내면 되잖아요."

천 보살이 새파랗게 질린 얼굴로 침대에서 뛰어 내려와 바짓가랑이를 붙잡고 늘어졌다.

"나도 관음사 망신시키고 싶은 생각은 없는 사람여. 청운 스님한테 뜯어낸 이천만 원만 물어내."

팔봉은 천 보살에게 간 돈이 청운이 말한 금액보다 훨씬 많을 것으로 판단하고 생각나는 대로 금액을 올렸다.

"그, 그 사람이 이천만 원이래요?"

천 보살이 말도 안 된다는 표정으로 반문했다.

"주지 스님한테 그 사람이라니? 아주 부부 행세를 하는구먼. 입금한 금액을 죄다 적어 놨드만."

"이, 이 통장에 입금한 금액을 보면 알잖아요. 많아야 천오백만 원밖에 안 된다구요."

"관음사 사무장으로 마지막 아량을 베풀겠어. 돈 뜯어낸 남자가 죄다 몇 명이여. 내가 알기로는 열 명이 넘을 텐데? 형사들이 통장 들고 은행에 가서 조회해 보면 다 나오게 되어 있구먼. 그랑께 나한테 자수해서 광명 찾는 것이 좋을 껴. 나도 주지 스님 체면도 있고 해서 조용히 넘어갈 수 있단 말여."

팔봉은 천오백만 원이라는 말에 자신도 모르게 휘파람을 불 뻔했다. 대충 찍어서 말하고는 차갑게 웃었다.

"이, 일곱 명밖에 안 돼요. 통장을 확인시켜 줄 수도 있어요."

"좌우지간 기술 한번 좋구먼. 잘 은어먹고, 재미 잘 보고, 돈 잘 벌고……."

팔봉은 일곱 명밖에 안 된다는 말을 듣는 순간 소름이 쫙 끼치는 것을 느꼈다. 순간적으로 정욕을 참지 못했다면 자신이 여덟 번째 남자가 될 뻔했다는 생각이 퍼뜩 들었기 때문이다.

이튿날 은행 문이 열리기를 기다렸다가 천 보살한테 천오백만 원을 받았다. 그 돈의 30%인 사백오십만 원은 청운에게 주고 나머지 천오십만 원 돈으로 모산에 새 집을 지어 주려고 했다. 그러나 하 보살이 변쌍출도 없는데 무슨 큰 집이 필요하냐고 끝까지 사양하기에 남가좌동 집을 2층으로 올렸다.

팔봉은 유언 한마디 남기지 않고 잠을 자듯 운명한 변쌍출의 얼굴을 떠올리니까 저절로 한숨이 나왔다. 무슨 병에 걸린 것도 아니고 사고를 당한 것도 아니다. 지금까지 살아 있었으면 박태수네 집처럼 근사한 양옥집에 살면서 세상 부러울 것 없이 살고 있을 것이라는 생각이 들었기 때문이다.

"총 팔백오십칠만 오천 원이네요"

김 보살이 대충 묶어 놓은 돈뭉치를 풀었다. 정확히 백 장씩 헤아려 고무줄로 팽팽하게 묶은 돈을 비닐봉지에 담았다.

"수고했구먼. 생각 같아서는 많이 주고 싶지만, 부처님 돈을 함부로 건드렸다가는 동티가 나는 법여. 동티가 무슨 말인 줄 알지? 신령스러운 나무를 건들거나 바위를 깨트리면 급사하거나 심하게 다칠 수도 있단 말여. 그런 걸 동티라고 하능 겨."

팔봉은 생각 같아서는 10만원 정도 빼 주고 싶었다. 그러나 내년에는 더 많은 돈을 줘야 한다는 생각에 8만 원을 봉투에 넣어서 김 보살 앞으로 내밀었다.

"내일 워디서 만날까유?"

"가만있어 봐. 취직 문제라믄 나보다도 주지 스님이 더 존 데를 소개해 줄 수 있을 껴. 그렇게 주지 스님을 만나는 것이 워떨까?"

팔봉은 김 보살하고 둘이 만나서 술을 마시면 사고가 날 것 같았다.

그렇다고 무조건 거절할 수가 없어서 대타로 청운을 내밀었다.

"사무장님한테 대접을 해 드리고 싶은데……."

"그람, 내가 스님을 뫼시고 나가지. 그람 됐지?"

"스님은 술 못 드시잖아요"

김 보살이 실망한 목소리로 말했다.

"아녀, 술은 못 드시지만 곡차는 한 잔씩 하셔. 김 보살이 정 서운하믄 내가 스님 뫼시고 나갈게. 그람 됐지?"

"아녀유. 담에 사무장님 한가하실 때 연락주세요 그때 대접해 드릴께요"

김 보살이 보기에 청운은 허수아비에 불과하고 팔봉이 실권을 쥐고 있는 것 같았다. 청운을 만나 봐야 돈을 빌리지 못할 것이라는 생각에 기운 없는 목소리로 말하며 일어섰다.

국회의원 출마

사람 팔자 알 수 없다드니,
박태수 아들이 감히 국회의원에 출마를 햐?
아녀, 이건 뭐가 잘못돼도 잘못된 거여.
고 서방은 서울대 출신에 청와대에서 일했었고,
안전기획부에도 근무했잖여.

타작이 끝난 들판에서 바람이 불 때마다 마른 볏짚들이 허허롭게 날아다녔다. 해룡네집은 들판 가운데 있어서 바람이 불면 바람 소리가 술청 안으로 들어와 방을 통과해서 뒷문으로 빠져 나간다. 그래서 바람 소리가 유난히 클 때는 들판 한가운데 앉아 있는 것 같은 착각을 일으킬 때도 있다.

"농사는 젊은 사람들이 져야 되는데 말여. 맨 서울이나 대전, 부산으로 가서 딴 일을 할 생각만 하지 농사질 생각을 하지는 않잖여. 이러다 우리나라도 얼마 안 가서, 쌀도 딴 나라에서 사다 먹어야 하는 날이 올 껴."

순배 영감이 막걸리잔을 들어서 몇 모금 천천히 마시고 나서 내려놓았다. 손톱만 한 깍두기를 잘금잘금 씹으며 바람에 떨고 있는 문종이를 바라봤다.

"시방도 학산 골짜기 근처 동리에 있는 웬만한 다랭이논은 묵어서 논이 아니라 버드나무 밭유, 버드나무 밭."

장기팔이 박평래의 빈 잔을 채워 주며 순배 영감의 말을 거들었다.

"논이 묵으면 젤 먼저 뻗는 나무가 버드나무잖여. 왜 그런 줄 아남?"

순배 영감이 문풍지가 바르르 떨리는 그림자가 투영되는 문종이를 바라보다 박평래에게 시선을 돌렸다.

"그야, 버드나무 씨가 민들레꽃처럼 십 리, 이십 리까지 날아갈께 그런 거 아뉴?"

박평래가 당연하지 않느냐는 표정으로 대답했다.

"그래도 우리 동리는 젊은이들이 두 명이나 있잖유."

장기팔은 갑자기 죽은 시훈이가 생각났다. 술잔을 들고 마시려다가 도로 내려놓으며 한숨 섞인 목소리로 말했다.

"있으면 뭐햐. 장가를 가서 깐난아이들 우는 소리가 들려야 뿌리를 내리고 사는 거지. 안 그려?"

해룡네가 술청에서 무언가를 하고 물 묻은 손을 치마에 쓱쓱 문지르며 들어온다. 박평래가 해룡네를 슬쩍 바라보고 나서 장기팔에게 물었다.

"그건 기팔이 말이 맞어. 둘 다 안직 장가를 안 갔지만 객지로 나갈 생각은 읎는 거 가튜. 객지로 나갈 생각이람 내년 봄에 포도나무를 심겄다고 논에 복토를 하고, 지지대를 세우고 있겄어?"

"학산 사람들은 포도나무를 심어서 돈을 많이 번다고 하대. 돈을 얼매나 많이 버는지는 몰라도 객지에서 공장 댕기던 젊은이들도 동네마다 서너 명씩은 들어왔다고 하드만."

순배 영감이 하는 말을 가만히 듣고 있던 해룡네는 술상 앞으로 당겨 앉았다. 순배 영감 앞의 상에 흘려 있는 막걸리를 손바닥으로 닦아서 바지에 문질렀다.

"젊은이들이 고향으로 다시 들어온다는 말을 들어 봉께, 돈을 많이 벌기는 버는 모양이구먼."

순배 영감이 고개를 끄덕이며 혼잣말로 중얼거렸다.

"워녕 그래서 철재하고 광배가 진작부텀 포도밭을 꾸밀라고 소를 길렀구먼……."

박평래가 아무 생각 없이 말하다 장기팔의 표정이 굳어지는 것을 보고 슬그머니 입을 다물었다.

"시훈이도 안 죽었으믄 돈이야 워티게 되든 포도밭을 꾸몄을 거잖여. 그라고 보믄 죽은 사람만 불쌍…… 아야, 벌써 술이 취했나? 왜 여자 방딩이를 꼬집는댜?"

해룡네가 순배 영감의 빈 잔에 술을 따르며 말을 하고 있는데, 박평래가 상 밑으로 손을 뻗어 그녀의 엉덩이를 아프도록 꼬집었다. 해룡네가 주전자를 내려놓고 별일도 다 있다는 표정으로 노려봤다.

"해룡네가 여자여? 여자는 그런 말 쉽게 하는 것이 아녀."

장기팔은 울먹이는 목소리로 말하고 나서 술잔을 들었다.

"세상 오래 안 살아도 별소리를 다 듣는구먼. 내가 여잔지 남잔지 봬줄까?"

막걸리를 마시고 있는 장기팔의 목젖이 오르락내리락한다. 해룡네가 찬수가 입던 티셔츠 자락을 들어 올려 아랫배를 보여 주며 대들었다.

"한번 벗어 봐."

박평래가 한심하다는 표정으로 말했다.

"벗어 보라믄 못 벗을 거 가텨?"

해룡네가 콧방귀를 끼며 반문했다.

"아여, 말 좀 가려서 하라는 말이잖여. 꼭 찍어 먹어 봐야 똥인지 된장인지 알겄어?"

순배 영감이 답답하다는 표정으로 끼어들었다.

"내가 무슨 말을 했다고 죄다 날 못 잡아먹어서 안달인지 모르겄구먼유."

"아여, 주전자 뼜어. 술이나 한 되 갖고 와."

박평래가 주전자로 해룡네의 머리통을 갈겨 버릴 것처럼 흔들어 보였다.

"사람 스이가 사람 한 명 등신 맨드는 것은 식은 죽 먹기보담 쉽다는 말이 틀린 게 아니구먼."

해룡네가 주전자를 들고 나가면서 중얼거리는 말에 박평래며 순배 영감이 어이없다는 표정으로 소리 없이 웃었다.

"진규가 국회의원으로 출마한다는 소문이 있는데 진짜유?"

"암! 진짜고말고."

장기팔이 묻는 말에 박평래는 턱을 문지르며 점잖게 대답했다.

"내가 진규 어릴 때부터 그랬잖여. 진규 가는 앞으로 크게 될 인물이라고 말여."

"어느 핸가 구장네 방에서 구장을 교육시킨 적도 있잖아유. 투표는 비밀투표로 해야 한다고 말유."

순배 영감의 말에 장기팔이 부러운 표정으로 박평래를 바라보며 말했다.

"영동서 나온다고 그랬쥬?"

해룡네가 술 주전자를 들고 들어왔다. 장기팔이 주전자를 받으면서 물었다.

"암만, 대전에서 나오믄 당선은 차려 놓은 밥상이나 마찬가지라는 거여. 충일병원장 사위라는 점을 떠나서 말여, 텔레비에 자주 나옹께 아주 유명한 사람이라고 소문이 나서 얼매든지 당선은 자신있댜. 하지만 그 머여. 이왕 국회의원이 돼서 지역을 발전시킬 바에는 고향을 발전시키고 싶다는 거여."

"장하구먼, 장햐. 어뜬 사람은 고향에서 선거에 나서 봤자 떨어질 것이 뻔하니께, 물도 낯도 설은 땅에 가서 국회의원을 하는데……."

"어뜬 사람이라믄? 저 위에 면장댁 의원님을 말씀하시는 거유?"

순배 영감이 고개를 끄덕이며 하는 말에 해룡네가 은밀한 말이라도 하듯 작은 목소리로 말했다.

"학산 장에 가서 들은 야긴데, 의원님 맏사위도 영동에서 국회의원에 출마한다고 하든데, 그람 두 사람이 붙게 되는 거유?"

장기팔이 해룡네 말 따위는 들을 필요도 없다는 표정으로 박평래에게 물었다.

"그려, 청와대에 있다가 옛날 중앙정보부였던 그 머여?"

"요새는 안전기획부라고 하데."

박평래가 장기팔에게 묻는 말에 순배 영감이 대답했다.

"맞아유. 안전 그 무슨 부에 부장으로 근무하다가 국회의원에 출마할라고 퇴직했대유. 그래서 요새는 아주 영동 즈 어머 집에서 산다고 하대유."

"맏사위라믄 서울대학교 댕기다가 고시 공부를 했다던 그 사위를 말하는구면. 그 사위도 국회의원에 출마한다고 사람들한테 악수하고 돌아댕기는 걸 나도 봤슈. 학산 장날 봉께……."

"안전, 그 먼가 하는 데는 말 한마디로 하늘에 날아가는 새도 떨어트릴 수 있다는 곳 아뉴."

해룡네가 학산 장날 보니까 고현수가 신사복을 입고 인사를 하고 다니더라는 말을 하려고 할 때였다. 장기팔이 해룡네의 말을 무시해 버리고 박평래에게 물었다.

"츠, 척하면 삼천리라는 말 못 들어 봤남? 지가 국회의원에 출마할라고 퇴직했는지, 거기서 무슨 죄를 져서 쫓겨났는지 누가 봤남?"

"그나저나 태수 애비는 난감하겄어. 의원님을 봐서는 당연히 사위를 찍어야 하지만, 피는 물보다 진하다고 천상 진규를 찍어야 할 거 아녀."

박평래는 형님, 시방 그걸 말이라고 하는 거유라고 따지려다 해룡네가 무슨 헛소리를 할지 모른다는 생각에 가만히 있었다.

"그랑께 장인이 뺏긴 자리를 사위가 차지하겄다 이거구면. 국회의원에 출마할라믄 돈이 많이 들어간다는데, 의원님이 뒷돈을 대 주겄네. 안 그려?"

해룡네가 장기팔을 바라보며 말했다.

"해룡네는 뭘 좀 알고 말햐. 암만 의원님이 뒷돈을 대 준다고 해도 지 돈이 읎으믄 나올라고 하겄어? 사위도 돈이 많다는구면. 옛날에 서울 강남이라는 데 땅을 사 둔 것이 많댜. 그 땅값이 몇십 배씩이나 올라서 몇 백억 부자라는 거여."

"의원님도 강남에 삘딩이 두 채라고 하잖여. 땅도 많다는 거여. 삘딩 하고 땅하고 치면 몇천 억대 부자라는 거여. 내가 볼 때 그 사위가 무슨 정보를 줘서 의원님도 강남에 땅을 사 뒀을 껴. 안 그라면 강남에 땅값 이 오를 줄 워티게 알았어. 형님, 안 그려유?"

박평래에게 이동하는 더 이상 존경스러운 대상이 아니었다. 이동하는 이병호에게 지원을 받아서 국회의원이 됐다. 이병호도 이복만으로부터 물려받은 땅을 바탕으로 재산을 불린 것이다. 하지만 진규는 오직 똑똑 하고 영리한 머리를 바탕으로 당대에 출세한 것이니, 감히 이동하고 비교할 가치조차 없다는 생각에 은근한 목소리로 물었다.

"암만해도 먼가 알고 있었기 때문에 가차운 영동을 놔두고 그 먼 강 남에 땅을 사 놨겠지."

"그라고 보믄 모산에 있는 땅을 죄다 내놓은 것도 강남에 땅을 살라 고 그랬던 거 가튜. 형님은 그런 생각 안 들어유?"

박평래는 말을 해 놓고 보니까, 둥구나무에 있는 열 마지기 땅을 내놓 은 것도, 새마을운동으로 땅이 깎여 나갈 것을 염두에 둔 약은 수작일 것이라는 생각이 들었다.

"생각해 봉께 그렇구먼. 모산 땅 백 마지기 해 봤자, 을매나 가졌어. 강남이라는 데는 땅 한 평에 수십만 원씩 한다잖여."

"허! 여기 땅 한 마지기를 팔아도 강남에 있는 땅 한 평을 못 산다는 말 아뉴?"

순배 영감의 말에 장기팔이 기가 막힌다는 표정으로 탄식했다.

"가만히 생각해 봉께, 동리 사람들한테 땅을 내놓은 것도 다 이유가 있구먼. 모산 땅 백날 갖고 있어 봤자. 을매나 오르겄어. 하지만 강남 땅은 하루가 다르게 오른다잖유. 결국 머여? 모산 사람들을 갖고 놀았다는 말 아뉴?"

해룡네가 이동하 집 쪽을 흘겨보며 순배 영감에게 물었다.

"에그, 팔봉이 아부지는 이런저런 꼴 안 보니께 좋겄어……."

장기팔이 한숨 섞인 목소리로 말을 하고 나서 술잔을 들었다.

"나이 많은 사람 앞에서 못하는 말이 읎구먼. 저승이 암만 좋아도 이승보다 낫겄어?"

박평래는 갑자기 변쌍출이 보고 싶었다. 지금쯤 육신이 썩어 흙이 되어 버렸을 것이다. 육신은 썩어 문드러져도 귀신은 살아 있다는 말이 생각나서 순배 영감을 바라보며 다시 입을 열었다.

"형님, 사람이 죽으면 몸은 썩어 문드러져도 귀신은 살아 있다는 말이 참말유?"

"갑자기 쌍출이가 보고 싶응개비구먼."

"그걸 워티게 알았데유?"

박평래가 놀란 얼굴로 장기팔을 한번 바라보고 나서 다시 순배 영감에게 시선을 돌렸다.

"이심전심이라는 말이 있잖여. 아까 기팔이가 쌍출이 말을 항께, 나도 갑자기 그 사람이 보고 싶구먼."

순배 영감이 손바닥으로 허벅지를 문지르며 쓸쓸한 표정을 지었다.

"시방 상규 할아부지가 묻는 말은 귀신이 살아 있느냐는 말이잖유."

해룡네가 나도 귀신이 있는지 궁금하다는 표정으로 순배 영감에게 물었다.

"귀신은 구천을 떠도는 법여. 구천(九泉)이 워딘지 아나?"

"동리 이름유?"

해룡네가 반문하는 말에 장기팔과 박평래도 궁금하다는 얼굴로 순배 영감을 바라봤다.

"땅속 젤 깊은 데를 구천이라고 하는 거여. 반대로 하늘 젤 높은 데도 구천(九天)이라고 하지. 똑같은 구천이지만 땅속의 구천은 천 자를 샘 천(泉) 자를 쓰고, 하늘 구천은 하늘 천(天) 자를 쓰는 거여."

"그람, 옛날에 향숙이가 선굿을 하는 날 워티게 아들 형제 얼굴을 봤다는 거유?"

"해룡네 시방 술 췄 겨?"

박평래가 순배 영감의 눈치를 살피며 해룡네를 노려봤다.

"꼬막네가 장구 치고 꽹과리를 쳐서 땅속에 있는 귀신들을 불러 올렸잖여. 그랑께 향숙이 눈에 뵈인 거지."

박평래와 장기팔이 의아할 정도로 순배 영감은 아무렇지도 않다는 표정으로 말했다.

"그람 학산 꼬막네한테 가서, 해룡이 아부지를 불러 달라고 하믄 되남유?"

"꼬막네, 요새는 기력이 떨어져서 암것도 모른다고 하든데?"

박평래가 내가 언제 해룡네를 노려봤느냐는 얼굴로 솔깃한 표정을 지었다.

"그람 우리 대전에 있는 향숙이한테 가믄 시훈이도 볼 수 있남유?"

장기팔이 박평래 못지않게 관심이 간다는 얼굴로 조용히 물었다.

"어허! 이 사람들이 갑자기 왜 귀신 타령여. 그릏게 귀신이 보고 싶으면 땅속으로 들어가 둔너 있어 보믄 알 거 아녀. 귀신이 어디 학산이나 영동 사는 사람처름 언제고 보고 싶을 때 볼 수 있는 기 아녀. 정 보고 싶은 사람이 있으면 맨날 그 사람만 생각하믄 꿈속에서 볼 수 있는 법여."

"나는, 우리 해룡이 아부지를 보게 해 달라고 밤마다 기도해도 단 한 번도 꿈에 나타난 적이 읎슈."

해룡네는 박평래 앞에 있는 막걸리잔을 들어서 한 모금 마신 후에 내려놓으며 한숨을 내쉬었다.

"잘 있응께 안 나타나는 거여. 귀신도 한식구여. 해룡이 아부지가 해룡이랑 해룡네가 안 되길 원하지는 않을 거잖여. 해룡네가 만사 잘 풀려가고 있응께 꿈속에서도 안 나오는 거란 말여."

"그 말은 맞는 말이구먼유. 따지고 보믄 저 위에 이동하나 진규가 이 동리서 젤 잘나간다고 하지만 실상은 해룡네만큼 근심, 걱정 읎이 사는 집은 읎잖유. 게다가 손자가 서울대학교에 댕기면서 집에 돈도 부쳐 주는 효자 아뉴. 세상 부러울 것이 읎응께, 해룡이 아부지가 먼 걱정이 있어서 해룡네 꿈속에서 나오겄어. 안 그려, 형님?"

장기팔이 풀 죽은 표정으로 말하고 나서 박평래를 바라봤다.

"자네가 볼 때는 텔레비에 자주 나오는 진규나 의원님이 종일 해룡거리는 해룡이보담 못한 것처럼 뵈이는 거여?"

박평래가 겉으로는 내색을 못 하고 마음속으로 이런 개 같은 경우가 있느냐는 얼굴로 노려봤다.

"아따, 태수 애비는 손자가 국회의원에 출마한당께 사람이 변했나? 별

것도 아닌 걸 갖고 승질을 내고 그런다. 기팔이 이 사람 말은 진규나 의원님이 해룡이보담 못하다는 말이 아니잖어. 근심, 걱정도 모르는 바보, 등신, 천치니께 근심, 걱정도 읎을 거란 말이잖어. 내 말이 틀렸남?"

"지 말이 바로 그 말유."

장기팔이 박평래를 흘겨보다 홱 하니 고개를 돌린다.

"그랑께, 시방 그 머유? 우리 해룡이는 인간도 아니라는 거유? 우리 해룡이가 워디가 워뗘서?"

"형님 그만 일어나유."

박평래는 장기팔을 바라보면 꼴사납고, 해룡네를 바라보면 어이가 없어서 더 이상 앉아 있고 싶지 않았다. 반 정도 남아 있는 막걸리를 마저 마셔 버렸다. 깍두기를 우물우물 씹으며 손바닥으로 입을 닦았다.

"그나저나 내년 선거에서는 누굴 찍어야 하는 거여?"

순배 영감이 방문턱에 걸터앉아서 지팡이를 짚고 일어서며 혼잣말로 중얼거렸다.

"누굴 찍다뉴?"

앞장서서 술청을 나가던 박평래는 순배 영감이 중얼거리는 말에 걸음을 멈췄다. 술청 밖으로 보이는 하늘을 어이없다는 표정으로 잠깐 노려보다가 뒤로 돌아섰다. 순배 영감을 바라보며 지금 그걸 말이라고 하느냐는 얼굴로 바라봤다.

"아! 모산 사람들은 대통령 선거를 하든 국회의원 선거를 하든 통일주체국민회의 대의원 선거를 하든 노상 의원님이 시키는 대로 찍었잖여. 이번에는 사위를 찍으라고 할 것이 뻔하잖여."

"두말하믄 잔소리지……."

순배 영감이 하는 말에 장기팔이 고개를 끄덕거렸다.

"그래서 시방 형님은 그 사위 놈을 찍겠다는 거유?"

박평래가 금방이라도 삿대질을 할 것 같은 표정으로 바라봤다.

"나야, 당연히 진규를 찍어야지. 하지만 동리 사람들 죄다 내 맘 같지는 않을 거니까 하는 말 아녀."

"틀린 말이 아니구만유. 저도 진규하고 의원님 사위가 국회의원에 출마한다는 생각만 했지, 표를 찍어야 한다는 것은 시방 생각이 났네유."

장기팔이 순배 영감 옆에 멈춰서 박평래를 바라보며 말했다.

"잔치라도 해야 하나?"

박평래는 순배 영감과 장기팔의 말이 틀리지 않다는 생각에 할 말이 없었다. 이동하는 분명 황인술을 통해 막걸리잔을 돌릴 것이라는 생각이 들어서 난감하다는 얼굴로 돌아섰다.

이동하는 굳은 얼굴로 하중태를 응시했다. 하중태는 잘못이 없는데도 이동하의 시선을 견딜 수 없어서 고개를 숙였다. 이동하는 벌떡 일어서서 창문 앞으로 갔다. 창문 밖으로 국회의사당 마당이 보인다. 햇빛을 받아서 번쩍번쩍하는 검은색 승용차가 정문을 통과해서 주차장 쪽으로 빠르게 질주하고 있다.

사람 팔자 알 수 읎다드니, 박태수 아들이 감히 국회의원에 출마햐? 아녀, 이건 뭐가 잘못돼도 잘못된 거여. 고 서방은 서울대 출신에 청와대에서 일했었고, 안전기획부에도 근무했잖여. 그런데 진규가 제우 무슨 사회복지재단 이사장이라는 명함을 갖고 출마를 햐? 택도 읎지……

아무리 생각해 봐도 진규가 영동에서 국회의원에 출마하겠다는 생각은 계란으로 바위 치기나 다름없다는 생각을 버릴 수가 없었다. 천천히 등을 돌려서 하중태를 응시했다. 하중태는 진규가 당선 가능성이 있다고 예상했다.

"아여, 참말로 박진규라는 놈이 당선 가능성이 있단 말여?"

"저는 그렇게 생각합니다. 현재 출마 예상자는 민주자유당에 사위분이고, 민주당에는 배달민족연구소 소장에, 석정사회복지재단 이사장인 박진규, 통일국민당에는 서울에서 제약회사를 경영하고 있는 김종수, 신정치개혁당에는 서울에서 무역회사를 경영하고 있는 이종호입니다. 네 명 중에 공무원 출신은 사위분이 유일하지만, 전두환 대통령에 대한 이미지가 워낙 나빠서 청와대에 근무하고 옛날 중앙정보부에 근무……."

민주당은 지난 9월 10일 신민당의 김대중과 민주당의 이기택이 당 대 당 합당 형식으로 통합해서 만든 당이다.

"사람 돌겠구먼. 우리 사위가 전두환 정권 때 청와대에 근무했던 것은 사실여. 하지만 무슨 부정을 저지른 것이 아니잖여. 그라고 김종수나 이종호처럼 옥천이나 보은 사람이 아닌 영동 사람이잖여. 그란데도 박진규보다 인기가 읎다는 것이 말이나 되능 겨?"

"죄송하지만, 박진규는 방송에 자주 나와서 농민들의 권익을 위한 발언을 많이 한 것이……."

하중태는 진규의 인기가 높은 것이 자신의 죄라도 되는 것처럼 주눅든 목소리로 말하다 말꼬리를 흐렸다.

"좋아, 그람 돈으로 승부를 내믄 될 거 아녀. 나는 면 소재지 사람인데다 오래 해 먹어서 영동에서 인기가 읎다 처도, 고 서방은 영동 읍내 사람인 데다 영동고등학교를 나왔응께 동문들이 밀어줄 거 아녀. 그 점은 워티게 생각하는가?"

이동하는 요즘 살이 더 찌는 것 같았다. 잠시 서 있었는데도 다리가 아파서 소파에 앉으며 따지는 목소리로 물었다.

"제가 사위분께 톡 까놓고 물었습니다. 실탄은 어느 정도 사용할 생각이냐고 물었더니, 정확한 금액은 말 안 하고, 남들 쓸 만큼 쓰겠다고……."

"그 사람도 재산이 몇백억 원은 될 껴. 강남에 땅이 을매나 많다고……."

이동하는 고현수가 남들이 쓸 만큼 쓰겠다고 했다는 말을 듣고 나니까 조금 안심이 됐다. 은근히 고현수의 재산을 거론하며 어깨를 으쓱거렸다.

"저, 의원님. 그 박진규의 집안이 옛날부터 의원님 아버님한테 신세를 많이 지신 분이라고 말씀하지 않으셨습니까?"

하중태가 이동하의 눈치를 살피며 물었다.

"그걸 말이라고 하나? 그 진규 할애비가 박평래라는 늙은이여. 안직도 살아 있구먼. 아부지 말씀 한마디에 죽으라믄 죽는 시늉까지 한 사람이지. 따지고 보면 앞 또랑가에 과수원을 만든 것도 우리 집에서 이런저런 도움을 준 탓여. 당장 진규 애비되는 박태수가 내 방앗간에서 쌀가마니나 타서 집으로 부쳤응게 과수원을 맨들 생각을 했을 거 아녀."

"정말 많은 도움을 주셨군요. 논이나 밭에 곡물을 심는 것보다 과수나무를 심으면 수입이 몇십 배는 차이 난다는 것을 모르는 농민이 어디 있겠습니까? 하지만 목구멍이 포도청이라고 당장 먹고살 끼니가 없는데 과수나무를 심고 삼 년 동안 기다릴 수가 없으니까 못 심는 거 아닙니까?"

"그뿐인 줄 알아? 아부지 살아 계실 때 암소도 외상으로 팔 정도로 각별하게 신경을 써 주셨구먼."

"의원님 말씀을 듣고 보니까 아주 배은망덕한 사람이군요. 그 박평래라는 사람은 은혜를 원수로 갚겠다는 것 아닙니까?"

하중태는 영동에서 고현수가 유리해지려면 이동하를 설득해서 박진규 집안에 전화를 걸어, 출마를 포기시키는 방법밖에 없다고 판단했다. 이동하를 자극할 만한 말을 계속 하면서 같이 분노하는 척했다.

"하 보좌관 말을 듣고 봉께 참말로 그릏구먼"

"개구리 올챙이 시절 모른다는 말처럼 지금은 과수원도 하고 박진규 그 사람이 사회적으로 뜨니까 의원님댁을 무시하는 거 아닙니까? 가만히 생각해 보니까 아주 웃기는 집안이군요. 아! 의원님 집안 덕분에 부자가 됐으면 자식이나 손자가 출마를 한다고 해도 적극적으로 말려야 하는 것이 사람의 도리 아닙니까?"

"츠! 인제 먹고살 만해졌다 이거지. 먹고살 만해졌응께 나하고 한번 싸워 보자 이거 아닌가? 은근히 승질나는데?"

"저도 그렇게 생각합니다. 원래 영동은 의원님 지역구였지 않습니까. 그 지역구에 사위분이 출마하겠다고 발표했으면 양심이 있는 사람이라면 출마하겠다는 말을 감히 어떻게 하겠습니까? 개가 주인을 물어도 유분수지. 어떻게 감히 의원님 집안과 대결할 생각을 했는지……"

하중태는 이동하의 얼굴이 분노로 벌겋게 달아오르는 것을 보고 슬그머니 입을 다물었다.

"가만있어 보자. 그람 내가 박평래한테 한번 즌화를 해 볼까? 손자가

255

국회의원에 출마하면, 나하고 싸우자는 야기냐고 밀어붙여 봐?"

하중태가 묻는 말에 아무 생각 없이 대답만 하던 이동하가 눈꼬리를 추켜올리며 혼잣말로 중얼거렸다.

"제가 드리고 싶은 말씀이 바로 그겁니다. 제가 듣기로는 박진규 그 사람이 집안에서 효자라고 합니다. 할아버지가 결사적으로 반대하면 출마를 포기할 수도 있습니다. 그리고 박진규가 충남대학교에서 박사 학위를 땄지 않습니까. 그런 데다 대전에서는 충일병원 사위라면 알 만한 사람들은 다 알아줍니다. 게다가 석정사회복지재단 이사장 아닙니까? 대전에서는 출마한다고 선언만 해도 당선이 된 것이나 같습니다. 군이 영동에서 돈 들어 가며 선거운동을 할 필요가 없다는 겁니다. 그런데도 군이 영동에서 출마하겠다고 고집을 피운다면, 의원님하고 대결해 보겠다는 뜻으로밖에 해석할 수 없습니다."

"싸가지 읎는 것들, 원래 가난하고 무식하고 근본이 읎는 것들은 개돼지나 마찬가지라고 하드니, 꼭 그 짝이구먼. 내 이것들을 당장!"

이동하는 주먹을 쥐고 부르르 떨다가 수화기를 들었다. 막상 수화기를 들었지만 어떻게 박평래에게 전화를 해야 할지 생각이 나지 않았다.

"모산 박평래 집에 전화하려고 그러십니까?"

"근데, 그 배은망덕한 늙은이 집에 즌화가 있는지 읎는지 모르겠는데. 황인술이라는 구장 놈 집에는 즌화가 있기는 한데, 거기 와서 즌화를 받으라고 할 수는 읎는 노릇이잖여. 황인술 그놈이 원래 쥐새끼처럼 약은 놈이라서 말여. 박평래 그 인간하고 나하고 통화한 것을 알게 되면 무슨 즌화를 했냐고 꼬치꼬치 캐물을 거 아녀. 그람 박평래는 의원님이 진규가 영동에서 출마를 안 했으면 좋겠다는 말씀을 하시드라고 털어놓을 거잖여."

"그런 걱정은 안 하셔도 됩니다. 딴 사람한테 전화한 내용을 말하지 말라고 엄포를 놓으시면 입을 다물 겁니다. 딴 분도 아니고, 의원님이 직접 하시는 말씀인데 안 듣겠습니까? 아무리 배은망덕한 늙은이라도 말입니다."

하중태가 별걸 다 가지고 고민한다는 표정으로 빨리 전화를 하라고 부채질했다.

"그렇구먼. 그람 어여 구장 집에 즌화를 넣어 봐."

이동하는 수화기를 하중태에게 내밀고 인터폰 앞으로 갔다. 비서에게 시원한 물을 가져오라고 지시한 뒤 입 안에 가득 고여 오는 뜨거운 침을 삼켰다.

"전화 연결됐습니다. 그런데 구장은 집에 없고, 그 집사람이 전화를 받았습니다."

"그람 빨리 상규 할아부지한테 즌화 좀 받으러 오라고 전하라고 햐."

하중태가 광일네에게 박평래를 불러 달라고 하자, 광일네가 상규네 집 전화번호를 알려 줬다.

"그 집에도 전화가 있답니다. 제가 다시 전화를 걸겠습니다."

"츠, 모산 같은 촌구석에 살면서도 면 서기라고 즌화를 놓고 산다 이거구먼. 집구석에 즌화가 있으면 눈깔에 뵈이는 것이 읎다 이거지."

하중태가 교환을 불러서 전화번호를 알려 주는 동안 이동하는 비서가 가지고 온 물을 벌컥벌컥 마셨다. 비서가 놀란 얼굴로 바라보든 말든 이를 바득바득 갈면서 하중태가 전화를 연결하기만 기다렸다.

"마침 장본인이 집에 있습니다."

"아! 태수 아부지유? 나 이동하유."

이동하는 하중태가 건네주는 수화기를 낚아채서 흥분한 목소리로 말했다.

"의, 의원님 어인 일로 직접 즌화를 하, 하셨슈?"

박평래가 당황한 목소리로 더듬거리며 말했다.

"한 가지 물어볼 것이 있어서 즌화했슈. 진규가 국회의원에 출마한다고 하든데, 그 말이 사실유?"

"아! 그것 땜시 즌화하셨슈? 글쎄, 우리 진규는 국회의원 같은 거 출마 안 한다고 및 번이나 거절했대유. 그란데 민주당 사람이 자꾸 찾아와 설랑 박사님 같으신 분이 국회의원이 돼야 나라가 바로 선다고 하두 사정하는 통에 할 수 읎이 출마하기……."

박평래는 내가 언제 당황했느냐는 것처럼 웃는 목소리로 자랑하기 시작했다.

"자, 잠깐만유. 머! 국회의원 같은 거?"

이동하가 테이블을 꽉 쥐고 부르르 떨면서 화를 눌러 참는 목소리로 반문했다.

"진짜유. 벌써부터 나는 국회의원 같은 거는 절대로 안 한다고 그랬대유. 그란데도 민주당 사람이 시 번인가 네 번을 찾아와설랑 우리 총재님이 꼭 뫼시고 오라고 했담서……."

"시방 나한테 욕하는 거유?"

이동하가 이가 갈리는 목소리로 물었다.

"지, 지가 왜 의원님한테 욕을 한데유?"

"시방 국회의원 같은 거라고 안 했슈?"

"그, 그건 우리 진규가 한 말이지. 지가 의원님한테 드린 말씀이 절대로 아뉴. 지가 워티게 감히 의원님한테 그런 말씀을 드릴 수가 있슈. 천벌을 받을 일이쥬……."

박평래가 금방 파랗게 질린 목소리로 더듬거렸다.

"좋아유. 그런 진규가 한 말이라고 쳐유. 그람 우리 사위가 출마하는 거 알고 있슈? 모르고 있슈?"

"아, 알고 있는데 왜유?"

"아! 우리 사위가 국회의원에 출마한다는 걸 뻔히 알고 있으면서 진규가 출마를 하겠다믄. 그 머여. 시방 우리 집안과 한번 싸워 보자 이런 뜻 아뉴?"

"처, 천만의 말씀유. 뭔가 오해하시는 모냥인데, 사람의 탈을 쓰고 세상에 살면서 은혜를 모른다믄 개돼지만도 못해유. 우리 진규 생각도 지 생각하고 똑같을 뀨. 아니, 지가 감히 말씀을 디리는데 진규나 우리 태수는 물론이고 저까지 포함해서 의원님댁 은혜를 단 한 번도 잊어뻐려 본 적이 읎슈, 참말유. 그라고 딴 분도 아니고 의원님도 시방까지 저를 지켜봤잖유. 지는 돌아가신 면장님께서 죽으라믄 죽는 시늉까지 했던 사람이잖유. 참말유……."

박평래가 너무 답답해서 애원하는 목소리로 말했다.

"물론 나도 태수 아부지 승질을 모르는 거는 아뉴. 하지만 시방 진규가 대전에서 출마하면 백 프로 당선이 된 것이나 마찬가진데 말유. 굳이 영동에서 출마하겠다는 뜻은 우리 고 서방하고 한번 싸워 보자는 뜻 아뉴. 고 서방이 뉘유. 내 맏사위 아뉴. 쉽게 말해서 우리 집안 사람이라 이거유. 그래도 내가 시방 먼 뜻으로 하는 말인지 못 알아듣겠슈?"

이동하는 박평래의 말을 믿었다. 하지만 진규가 영동에서 출마를 포기하는 것이 중요하다. 은근한 목소리로 기분이 안 좋은 것처럼 말했다.

"당연하쥬. 우리 동리 사람치고 고현수, 그분이 의원님 사위라는 걸 모르는 사람은 읎슈. 아니, 모산뿐만 아니라 영동군 전체에서도 행세깨나 하는 사람들은 죄다 알고 있을 뀨. 요번에 의원님의 사위분이 국회의원으로 출마하신다고 말여유."

"아! 고현수가 내 사위라는 걸 알고 있으면서 진규가 왜 출마를 했냐 이거 아뉴."

이동하는 너무 답답해서 욕이 터져 나올 지경이다. 하지만 욕을 할 수 없어서 자신의 가슴이 아프도록 손바닥으로 두들기며 말했다.

"아, 아까 말씀디렸잖유. 진규는 국회의원 같은 거 하기 싫은데도 말유. 민주당 사람이 및 번이나 찾아오는 통에 하는 수 읎이 출마를 결심했다고 말유. 진짜유, 지 말을 못 믿으시겠다믄 진규한테 즌화를 디리라고 할 팅께, 진규한테 직접 물어보셔유."

"태수 아부지, 시방 내가 하는 말은 그기 아니잖유. 왜 진규가 영동에서 출마를 했냐 이거유. 대전에서 출마하믄 거뜬히 당선될 수도 있는데두, 굳이 영동에서 출마하겄다는 것은 우리 집안하고 싸우자는 수작 아녀유?"

"절대로 그런 것이 아뉴. 아! 인제 생각났슈. 진규가 영동에서 출마를 결심하게 된 것은 말유, 의원님 집안하고 싸우자는 수작은 절대 아뉴. 그건 지가 장담할 수 있슈. 이왕 국회의원질을 할 바에는, 고향에서 당선이 돼서 고향을 발전시키겠다는 생각이래유. 얼매나 기특한 생각인지 몰라유. 딴 사람 같았으믄 백이면 백 대전에서 출마하겠다고 했을 거유.

하지만 진규는 원래 보통 사람하고 달라서……."

"자, 잠깐만. 내 말 좀 들어 봐유."

이동하는 동문서답도 부족해서 국회의원질이라는 말에 너무 화가 나서 가슴이 터져 나가 버릴 것 같았다. 분노가 극도에 달하니까 혈압이 올라서 숨을 쉬기가 곤란했다. 뒷머리를 두들기며 엉뚱한 말만 늘어놓는 박평래의 말을 막았다.

"시방부텀 내가 말을 차근차근 할 팅게 잘 들어 봐유. 내 말은 진규가 어떤 의도로 영동에서 출마를 했든지 말유, 영동에서 출마하겠다는 것은 우리 집안하고 한번 싸워 보자는 의도로밖에 달리 볼 수 읎다, 이 말유. 그랑께 진규 할아부지가 진규를 모산으로 불러서 잘 타일러 보라 이거유. 니가 꼭 영동에서 출마해설랑 의원님 집안하고 분란을 일으켜야겠냐고 말유. 이만하믄 내가 무슨 뜻으로 하는 말인지 잘 알겠쥬?"

이동하는 화를 가라앉혀야 된다고 생각하며 눈을 꼭 감았다. 침을 꿀꺽 삼키고 나서 천천히 말했다.

"그랑께, 의원님이 하시고 싶은 말씀은 진규가 영동에서 출마하겠다는 것은 다르게 말해서 의원님 집안하고 싸우자는 수작과 다름읎다, 이 말씀이신가유?"

"맞아유, 바로 그거유. 인제 내가 무슨 말을 하는지 알아들으셨구먼."

이동하가 비로소 대화가 통하는 것 같아서 큰 소리로 웃으며 말했다.

"알았슈. 지가 이 통화 끝나고 바루 진규한테 즌화해 볼께유. 의원님이 그라시는디 너는 영동에서 출마하믄 절대로 안 된다는 말을 알아듣게끔 찬찬히 말해 볼께유."

박평래가 풀 죽은 목소리로 말했다.

"아니, 내가 은제 진규가 영동에서 출마하믄 절대로 안 된다고 그랬슈?"

이동하는 박평래가 노골적으로 진규에게 말했다가는 진규가 가만히 있지 않을 것이라는 생각이 퍼뜩 들었다. 박평래가 눈앞에 있는 것처럼 손을 내저으며 반문했다.

"그람, 출마해도 된다는 말씀이신가유?"

"출마를 하고 안 하고는 순전히 진규 자유유. 내가 시방 국회의원이라고 해도 대한민국 국민이 지 뜻대로 출마하겠다는데 말려서는 안 되고, 법적으로 제지할 권한도 읎슈. 막말로 전과자도 국회의원에 출마하는데, 진규처름 무슨 박사가 출마한다는 걸 워티게 말리겄슈."

"그람, 지가 오해한 건가유?"

박평래가 희망이 보인다는 목소리로 빠르게 물었다.

"당연하쥬. 오해고말고유."

"아이구, 그럼 그렇지. 지는 의원님이 진규가 출마해서는 안 된다는 뜻으로 말씀하신 줄 알고 깜짝 놀랐슈. 솔직히 진규 가가 어릴 때부텀 옳다고 생각하는 일에는 누가 뭐래도 소신을 굽히지 않는 아잖유. 그래서 솔직히 말씀을 디리자면 의원님이 출마하지 말라고 말씀하싱께, 일단 불러서 말은 해 보겠지만 딱 잘라서 말씀디린다믄 자신은 읎거든유. 참말로 고마워유. 진규한테 즌화해서 의원님도 지켜보고 계싱께. 열심히 선거운동을 해서 꼭 당선되어야 한다고 당부하겄슈."

"알았슈. 즌화 끊을께유."

이동하는 박평래와 계속 통화해 봤자 쇠귀에 경 읽기 식이 되어 버릴 것 같았다. 다시 화가 치밀어 오르는 것을 느끼며 전화를 끊었다.

"손자를 설득하겠답니까?"

하중태가 눈을 빛내며 은밀하게 물었다.

"션한 얼음물 좀 한 잔 더 가져오라고 햐."

이동하는 뒷골이 아파서 말을 하기가 싫었다. 뒷목을 손바닥으로 툭 툭 치면서 눈을 감고 소파에 몸을 기댔다.

개만도 못한 인간 같으니라구, 그 늙은이 알고 보니 아주 능구렁이 아 녀. 내가 그렇게 말을 했는데도 못 알아듣는 척하면서 계속 동문서답만 하고 있어? 허! 세상 참 좋아졌구먼……

땅을 부쳐 먹는 입장이라면 당장 땅을 내놓으라고 불호령이라도 할 수 있다. 하지만 곰곰이 생각해 보니까 지금은 사정이 다르다. 박평래가 동문서답을 하든 말든, 국회의원질을 해 먹는 놈이라고 욕을 하든 말든 뭐라고 할 권한이 없다고 생각하니까 화를 견딜 수가 없어서 호흡이 가 빠 오기 시작했다.

아녀! 내가 짐승만도 못한 것 땜시 내 명을 단축할 수는 읎지.

비서가 물을 가져왔다. 눈을 번쩍 뜨고 얼음물을 벌컥벌컥 마시며 화 를 가라앉히려고 눈을 껌벅거리며 천장을 바라봤다.

제37장

1
9
9
2
년

오컴의 면도날

그 권력자가 은행에 압력을 넣게 된 이유는 여러 가지로 추측할 수 있다.
관광호텔을 탐낸 제삼자의 농간일 수도 있고,
이동하가 자유당 위원장직을 차지하기 위해 꾸민 술수일 수도 있으며,
은행의 단순한 실수일 수도 있다.
그러나 오컴의 면도날 이론은 단순 명료하다.

국회의원 오달식은 상 위에 있는 소주잔을 잡고 손기문을 지그시 응시했다. 놈은 도대체 무엇을 믿고 청개구리처럼 날뛰는지 도통 이유를 알 수 없었다. 손기문은 태평스럽게 소주를 마시고 나서 상추 위에 깻잎 한 장을 얹는다. 그 위에 마늘과 청양고추 토막을 얹고 알맞게 익은 삼겹살 한 점을 올려놓는다. 쌈을 싸서 입 안에 넣고 우걱우걱 씹는다. 술잔도 들지 않고 사신의 눈치를 살피고 있는 다른 의원들하고는 정반대되는 모습이다.

저놈이 처음부터 끝까지 골치를 썩이는군…….

길게 한숨을 내쉬며 다른 구의원들을 찬찬히 바라본다. 관악구에는 국회의원이 갑과 을로 나뉘어 두 명이다. 그 밑의 구의원들은 갑구가 봉

천본동부터 시작해서 봉천 11동까지 11개 동과 남현동을 포함해서 12개 동에 인구가 많은 동에는 2명, 적은 동에는 1명씩 선출되어서 모두 18명이다. 을구는 신림본동을 시작으로 신림 11동까지 11명이다. 신림동은 자신의 관할이 아니기 때문에 제쳐 놓기로 하고 갑구 소속 구의원들은 22명이다. 하지만 을구 구의원들은 다른 의원이 관리하기 때문에 통일국민당으로 당적을 옮기든 말든 상관이 없다. 그러나 자신이 관리하는 갑구 의원들은 1명도 빠지지 않고 데리고 가야 국민당에서 중요한 자리를 차지할 수 있다. 애당초 정남기를 추천했더라면 이런 고민은 하지 않아도 됐을 것이다.

"손 의원, 웬만하면 맘을 고쳐먹지. 우린 죽으나 사나 같이 행동해야 되는 거 아냐?"

손기문의 건너편 자리에 앉아 있던, 봉천 2동 김 의원이 오달식을 의식하고 거칠게 물었다.

"김 의원은 나 죽으면 따라 죽을 거유?"

"아, 내가 왜 죽어?"

김 의원은 손기문보다 훨씬 덩치도 컸다. 맥주잔에 소주를 따라 마셔도 취기가 없어 보였다. 손기문이 비아냥거리는 말에 눈썹을 꿈틀거리며 노려봤다.

"앉은자리에서 궁둥이도 움직이지 않고 입에 발린 말을 하고 있구먼. 금방 죽으나 사나 같이 행동해야 한다고 말하지 않았남?"

손기문이 가소롭다는 얼굴로 김 의원을 슬쩍 쳐다보고 나서 옆자리에 앉아 있는 박경식 앞으로 술잔을 내밀었다. 박경식이 얼떨결에 술병을 들어서 손기문의 잔을 채웠다.

"젠장, 재건대장 하다가 구의원이 되니까 눈에 뵈는 것이 읎나……."

"아주 깨춤을 추고 있구면."

"거기 구석에서 내 말 하고 있는 사람들은 일절로 끝냐. 나는 톡 까놓고 말해서 국민학교도 안 나온 놈여. 무식해서 잘 모르지만 말여, 지방자치제도를 왜 실시하는 거여? 국회의원들이 동리마다 돌아댕기면서 지역 현안 문제를 풀어 줄 수가 없응께, 지방자치제도가 생긴 거잖여. 그라고 누가 우릴 구의원으로 맨들어 줬남? 지역 주민들이잖여. 그람 지역 주민들을 위해서 일해야 하는 것이 당연한 거 아녀."

구석 자리에 앉아 있는 의원 두 명이 주고받는 말에 손기문이 발끈한 표정으로 노려보며 빠르게 말했다.

"손 의원의 뜻을 모르는 건 아닙니다. 내가 지역 주민들을 위해 일하지 말라는 건 아니잖습니까? 통일국민당으로 옮겨서도 충분히 일할 수 있다는데 왜 자꾸 딴소리만 하는 겁니까?"

오달식이 마냥 구경만 할 수 없다는 얼굴로 끼어들어서 짜증난다는 표정으로 물었다.

"의원님, 의원님이 통일국민당으로 당을 옹기시든지, 민자당으로 옹기시든지 그건 의원님 소관잉께 누가 머라고 할 사람이 읎슈. 하지만 관악 갑구 유권자들한테 의견을 물어봤슈? 갑구 유권자들은 의원님이 민주당으로 출마했응께 표를 줬지, 통일국민당으로 가시라고 표를 준 것은 아니라고 생각해유."

손기문의 말에 잠자코 앉아 있던 의원들의 얼굴에 동요의 빛이 스쳐 지나갔다.

"그래서 손 의원은 아직 멀었다는 겁니다. 내가 통일국민당으로 당적을 옮긴다고 해서 지역 발전을 위해 노력하지 않는 건 아니잖소 오히려 더 좋은 조건으로 지역 발전을 위해 일하려고 당적을 옮기려는 것 아닙니까?"

오달식은 손기문의 말에 순간적으로 당황했으나 이내 평정을 되찾고 가소롭다는 표정으로 대답했다.

"현대 그룹의 정주영이 왜 통일국민당을 만들었슈?"

"그야……."

오달식은 손기문이 직설적으로 묻는 말에 갑자기 할 말이 없었다.

"대통령에 나올라고 만든 것 아뉴? 저는 기업 하는 사람이 기업만 하면 됐지, 대통령까지 해 먹겠다는 발상 그 자체가 안 좋아서 그쪽으로 가기 싫다는 거유."

지난 10일 오전에 정주영 전 현대그룹 명예회장이 주도하는 가칭 통일국민당이 창당되었다. 통일국민당은 현대그룹의 막강한 자금력을 앞세워서 파죽지세로 당세를 확장하고 있는 중이다. 손기문은 지난달 18일 조직책 신청 마감 이후 전·현직 의원 1백여 명이 국민당 입당을 타진하고 있다는 정보를 알고 있었다. 오달식 역시 정치인으로서의 철학보다는 현대그룹의 막대한 자금을 보고 국민당에 입당하려는 야심을 갖고 있다는 점이 마음에 들지 않아서 따지듯 물었다.

"손 의원, 너무 흥분하지만 말고 좀 더 넓게 생각할 수 없습니까? 새한당의 김동길 창당 준비위원장도 생각이 있어서 국민당과 합당을 결정한 것 아닙니까? 우리나라에서 김동길 교수라면 대학생치고 모르는 학생이 없습니다. 그렇게 유명하신 교수님이 손 의원보다 생각이 없어서 국민당과 합당을 결정한 것은 아니잖습니까? 다 누이 좋고 매부 좋자는 식으로 하는 것 아닙니까? 그러니 우리 모두 한 배를 타고 국민당에 입당합시다."

"저는 의원님의 뜻에 따를 수 없슈. 우리 기초 의원들은 분명히 정당 활동을 할 수 없다고 법에 나와 있습니다. 만약 제가 의원님을 따라서 국민당에 입당한다면, 그건 법에 위배되는 행동이라고 생각해유. 저는 구의원을 그만두면 그만뒀지, 법을 위반하면서까지 구의원에 연연하고 싶지 않구먼유. 여러 동지 의원들이 국민당에 모두 입당하고 저 혼자 민주당에 남는 한이 있더라도 제 길을 가겠슈."

손기문은 더 이상 앉아 있을 필요가 없다는 생각에 일어섰다. 재킷 지퍼를 끌어 올리고 오달식 앞에 가볍게 고개를 숙여 보인 뒤 돌아섰다.

"저도 손 의원하고 뜻을 같이하겠습니다."

손기문 옆자리에 앉아 있던 박경식이 얼른 일어섰다.

"정주영이가 현대 그룹 회장이면 회장이지, 이 나라 대통령까지 해 먹겠다는 게 말이나 됩니까? 저도 구의원을 그만두는 한이 있더라도 국민당에 입당하지 않겠습니다."

손기문은 바깥으로 나가려다 돌아섰다. 평소 뜻을 같이하는 이성환이 벌떡 일어서면서 말했다.

"다, 당신들 다음에는 너 이상 내 얼굴 볼 수 없을 거라고 생각하면 틀림없을걸."

오달식이 당황한 얼굴로 세 명을 번갈아 노려보았다.

"다음 달이믄 총선유. 삼월 선거에 의원님이 국민당 후보로 출마해서 당선된다는 보장도 읎잖유."

손기문이 턱 버티고 서서 차갑게 내뱉는 말에 술상 앞에 앉았던 의원들이 동요하기 시작했다.

"그라고 보니 다음 달에 선거잖아."

"우리가 없으면 누가 선거운동을 하지?"

"우리가 국민당 선거운동을 해야 한다는 거야?"

"난 국민당하고 친해지고 싶지 않구먼."

여기저기서 의원들이 옆자리 의원에게 속삭이면서 웅성거리기 시작했다.

"잠깐, 부자 싫다는 사람 봤습니까? 민주당에서 선거운동 하는 것보다 국민당에서 선거운동 하는 것이 더……. 이번 총선에 국민당에서 후보를 이백 명쯤 내기로 했습니다. 군소 정당 수준이 아니란 말입니다."

오달식은 마냥 앉아서 거드름을 피우고 있을 때가 아니라고 판단했다. 동요하는 구의원들을 달래기 위해 일어섰다. 거의 동시에 대여섯 명의 의원들이 우르르 따라 일어섰다.

"오달식 의원님, 그럼 저는 이만 물러가겠슈."

손기문은 당황하고 있는 오달식에게 적당히 술에 취한 목소리로 인사하고 나서 방문 밖으로 나갔다. 구두를 신고 있는데 일고여덟 명의 의원들이 앞다투어 밖으로 나왔다.

"우리, 워디 가서 한잔 더 해야 하는 거 아뉴?"

손기문은 재킷의 지퍼를 턱 밑에까지 채우고 식당 바깥으로 나갔다. 눈이 오려는지 하늘에 별 하나 보이지 않는다. 귀를 스쳐 가는 바람이 따갑다. 집으로 가기에는 딱 한 잔만 더 하고 싶은 생각이 간절했다. 머뭇거리고 있는데 박경식이 곁으로 와서 담배를 내밀었다.

"식당 같은 데 들어가서 한잔 더 하는 것보다 포장마차가 워뗘유?"

"삼겹살 배부르게 먹었으니까 포장마차에서 가락국수에 소주 한 잔 더 하면 딱 좋겠군."

"그럼, 포장마차로 갑시다."

"이 동네 대빵이 손 의원 아닙니까? 손 의원이 앞장서세요."

구의원들이 손기문 옆으로 몰려와서 한마디씩 했다. 누군가 손기문 앞으로 와서 웃는 얼굴로 어깨를 쳤다.

"그라고 봉께, 내 단골 포장마차가 있슈. 그리로 가유."

손기문은 영동고물상에서 일했던 꺽다리가 운영하는 실내 포장마차가 생각났다. 실내 포장마차라서 춥지도 않을 것이라는 생각에 앞장섰다.

꺽다리와 봉숙이가 운영하는 실내 포장마차에는 때마침 손님이 없었다. 가겟방 안에는 꺽다리와 봉숙이 사이에서 태어난 딸이 방바닥에 누워 숙제를 하고 있었다. 봉숙이 데려온 딸은 텔레비전을 보고 있었다. 손기문이 걸쭉한 목소리로 농담을 던지며 들어갔다.

"동생, 내가 이 정도로 매상을 올려 주면 형님 도리를 한 거 아녀?"

"아이구, 의원님 오셨네요. 우리 새미 아빠는 고물상에 갔는데……."

봉숙이는 포장마차 안으로 우르르 들어오는 8명의 구의원들을 보고 황송해서 어쩔 줄 모르는 표정으로 반겼다.

"동생이 없응께, 술값 들 들어가게 생겼구면. 여기 가락국수 한 그릇씩 주고 소주 좀 몇 병 줘유. 딴 안주는 머가 있슈?"

"안주는 많아요. 홍합에 산낙지도 있고, 꼼장어, 대합, 돼지갈비, 오징어 뭐든 주문만 하세요."

"가락국수 먹기 전에 산낙지하고 쇠주 한잔할까유?"

손기문이 뒤따라 들어온 의원들에게 물었다.

"산낙지에 꼼장어도 궁합이 맞잖여. 돈은 누가 내든 푸짐하게 갖고 와 보게."

이성환이 연탄난로 옆에 자리를 잡고 앉아서 군침을 삼켰다.

"너는 올게 및 살여? 시집갈 나이가 다 된 거 같은데?"

손기문이 오늘따라 부쩍 성숙해 보이는 다영이를 보고 물었다.

"아직 어려요. 이제 겨우 스물한 살인데……."

"그려, 그람 어머를 도와주는 것도 좋지만, 공부를 하거나 취직을 해서 돕는 것이 안 좋아?"

"저, 대학교 다녀요. 올해 삼학년 올라가요."

"그려, 너는 니 동생도 대학에 보낼라믄 공부 열심히 해서 좋은 데 취직해야겠다."

손기문은 기특하다는 표정으로 다영을 바라보던 시선을 거두고 박경식 옆자리에 앉았다.

다영이 안주가 나오기 전에 홍합을 한 대접씩 퍼서 테이블 중간중간에 놓았다. 박경식이 손기문의 잔을 채워 주며 말했다.

"아까 손 의원이 오달식에게 대드는 말을 듣고 나니까, 참말로 십 년 묵은 체증이 내려가는 것 같더군요."

"내 말이 바로 그 말입니다. 솔직히 우리가 주민들 심부름꾼이지, 오달식 심부름꾼은 아니잖습니까. 근데 관악구에 올 때마다 만사 제쳐 두고 지역구 사무실에서 대기하고 있지 않았습니까?"

"지역구 사무실에서 대기하는 건 참을 수 있어. 이건 뭐, 제 집 종을 부려 먹어도 그렇게 부려 먹지는 않았을 거여. 식당에 밥 먹으러 가면

구두까지 챙겨 줘야 한다는 게 말이나 되는 거여?"

"그래도 명색이 관악구 구의원인데 말여."

"내 말이 바로 그거라니께. 구청에 가면 위로는 구청장부텀 모든 직원들이 의원님, 의원님 하는데 말여, 뒷구녁에서는 중국집 뽀이 저리 가라 식으로 국회의원 심부름이나 한다는 게 말이나 되냐 이거여."

"중요한 것은 우리가 국회의원 심부름을 해도 좋다 이거유. 하지만 국회의원 심부름은 백날 해 봐야 아무런 소용이 없잖유. 그 시간에 동네에 돌아댕김서 연탄이 떨어져 냉방에 살고 있는 노인은 읎는지, 눈사태에 무너질 것 같은 뚝은 읎는지, 가로등에 다마 나간 데는 읎는지 살펴보는 것이 우리의 임무라 이거유. 내 말이 틀렸슈?"

구의원들은 모두 오달식의 구속으로부터 벗어났다는 홀가분함과 앞으로 어떻게 될지 모른다는 두려움에 가만히 있을 수가 없어서 한마디씩 했다. 그들이 하는 말을 가만히 듣고 있던 손기문이 술 한 잔을 달게 마시고 나서 모두 들으라는 목소리로 말했다.

"걱정할 거 없습니다. 우리가 다음 달에 민주당으로 출마할 국회의원 후보한테 표를 모아 주면, 다음 구의원 선거 때도 공천을 받을 수 있습니다. 손 의원, 안 그렇습니까?"

구석 자리에서 홍합 껍데기로 국물을 떠먹고 있던 의원이 손기문에게 물었다.

"솔직히 나는 다음 구의원 선거만 생각하고 있었지, 다음 달에 총선이 있다는 것은 까마득하게 모르고 있었습니다."

"나도 오달식한테 공천을 받으려면 국민당에 입당하는 수밖에 없다는 생각만 하고 있었지, 다음 달에 총선이 있었다는 것은 모르고 있었다구."

"손 의원은 처음부터 다음 달에 총선이 있다는 걸 알고 오달식에게
대든 거요?"

"아는 사람은 알겠지만, 오달식 의원은 츰부터 날 안 좋아했슈. 동네
유지분들이 저를 적극적으로 추천하지 않았으면 제가 이 빼찌를 달고
다니지도 않았을 거유. 그란데 구의원이 됐다고 해서 다음 선거 땜시 국
민당으로 가자면 따라가고, 등산 가자믄 등산 가고, 술 먹으러 가자믄
술 먹으러 따라댕길 수는 읎잖유."

손기문은 재킷 오른쪽 가슴에 꽂혀 있는 구의회 배지를 손으로 잡고
내보이면서 어깨를 으쓱거렸다.

"그렇다면 첨부터 정치적 성향이 달랐다는 거요?"

가락국수가 나왔다. 박경식이 젓가락을 양손으로 하나씩 들어서 양념
과 버무리며 물었다.

"민주당에 있을 때는 그냥 윗분이니까 모셨던 거유. 하지만 국민당으
로 간당께 더 이상 모실 이유가 읎는 거 아뉴?"

"손 의원은 그런 배짱이 도대체 어디서 나옵니까?"

손기문 건너편에 앉아 있는 의원이 대단하다는 표정으로 물었다.

"자리에 연연하지 않을께유. 제가 구의원이 되고 싶어서 된 것은 아
뉴. 하지만 동리 어르신들이 구의원을 시켜 줬응께, 구의원을 하는 동안
만큼은 열심히 해야 한다는 생각밖에 없슈. 가락국수가 참 맛있구먼. 이
거 뉘 솜씨여?"

"엄마가 국수 국물을 맛있게 만들잖아요."

손기문의 말에 단무지 접시를 나누어 주고 있던 다영이 웃으며 대답

했다.

"민자당에서는 지난 일월 하순에 지방의회 의원들로 구성된 지역발전위원회라는 것을 만들어서 조직적으로 선거운동을 하고 있다잖아."

박경식 의원이 국수를 먹으면서 혼잣말로 중얼거렸다.

"그거 불법 아닌가? 정당 소속인 시의원도 선거운동을 하려면 정식으로 선관위에 신고해야 하는 걸로 알고 있는데."

이성환이 자기 옆에 앉은 의원을 바라보며 고개를 갸웃거렸다.

"야당에서나 사전 선거로 국회의원 선거법에 걸리지만 민자당은 합법적여. 민자당 소속 시의원 백십 명은 지난 십사 일에 수유리에 있는 아카데미하우스에서 총선 필승 전략이라는 특별 연수를 받았다고 하든데 뭘."

박경식 의원이 젓가락으로 가락국수를 휘저으면서 손기문을 바라봤다.

"인천에 있는 어느 민자당 소속 의원은 갈빗집에 팔십 명을 모아 놓고, 술과 음식을 대접하다 걸렸다잖아. 명색이 국회의원인데 선거법 위반을 모르겄어? 선관위에 고발돼도 무마시킬 자신이 있응께 멀건 대낮에 술하고 갈비탕을 대접하는 거 아니겄어?"

사람은 환경의 동물이라고 했다. 손기문은 구의원이 되기 전에는 장사하는 데만 신경을 썼었다. 정치와는 거리가 멀었고, 시장 상인들이 원하는 민원을 해결해 주거나 상인회 일에 신경을 쓰는 것이 전부였다. 아무 생각 없이 말을 해 놓고 내가 언제부터 이렇게 정치에 관심이 많았지 하는 생각이 들어서 스스로 놀랐다.

"다음 후반기 구의회 의장으로 손 의원을 밀어야겠어."

박경식이 소주 한 잔을 달게 비운 뒤 두 손으로 가락국수 국물을 마시고 나서 말했다.

"손 의원이 구의회 의장이 되면 다음 십사 대 국회의원이 누가 될지 모르지만 골치 아프겠어."

"그래야 우리 봉천동이 발전하는 거여. 국회의원 뒤치다꺼리만 하다 보면 몇십 년이 가도 봉천동이 발전될 수가 없다구."

"구의장이 될라믄 박 의원이 딱이여. 나는 그런 자리에 앉아서 이런저런 행사에 댕김서 얼굴마담 할 능력이 읎구먼. 그랑께 애시당초 나를 의장으로 밀겠다는 생각은 안 해 줬으면 좋겠구먼…… 어이구, 우리 동생 마실 갔다 오시는구먼. 일루 와서 쇠주 한잔 햐."

손기문은 가락국수 국물을 맛있게 먹다가 포장마차 안으로 들어서는 꺽다리를 보고 반갑게 손을 흔들었다.

이동하가 영동에서 지역구 사무실로 활용하던 건물은 비어 있었다. 이동하는 고현수에게 비어 있는 사무실을 쓰라고 권했으나 고현수는 점잖게 사양했다. 그렇지 않아도 이동하의 사위라는 점이 신선하지 않을 수 있기 때문에 차별화를 꾀하고 있던 중이었다.

고현수의 사무실은 읍내 로터리 기성복 가게 2층에 있다. 2층 사무실에서 창문을 열고 건너편을 바라보면 사이렌인 오포대 옆에 있는 단층 건물이 진규의 선거 사무실이다. 오포는 과거 일제 강점기 시대와 자유당 시절에 정각 12시가 되면 한 번 울렸다. 그 밖에 어디 불이 났거나 장마 때 영동천에 물이 넘치는 일이 벌어지는 등 비상시에는 연달아 울렸으나 지금은 상징물로 남아 있을 뿐이다.

고현수는 창문 앞에서 길 건너편 아래로 내려다보이는 진규의 사무실을 응시하고 있었다. 사무실 문이 닫혀 있어서 그 안에 몇 명이 앉아 있는지, 무엇을 하고 있는지, 어떤 계획을 짜고 있는지 알 도리가 없었다. 독자적으로 여론조사를 해 보니까 영동은 물론이고, 옥천, 보은 삼 개 군을 통합해서 진규가 가장 높은 지지율을 유지하는 것으로 나타났다.

영동 읍내는 다른 읍 소재지와 다르게 감나무가 가로수로 서 있다. 금방이라도 뾰족한 삼각형의 잎새를 내밀 것처럼 푸릇한 물기를 머금고 있는 감나무 가지가 3월 초의 찬바람에 떨고 있었다.

한복에 두루마기를 입고 재색 중절모를 쓴 노인 두 명이 진규의 사무실 문을 열고 안으로 들어간다. 이어서 40대 초반으로 보이는 남자가 어깨띠를 두르고 싱글벙글 웃으며 나온다. 바깥바람이 찬데도 웃음을 멈추지 않는 것으로 보아, 안에서 재미있는 일이 있었거나 십여 일 앞으로 다가온 3월 24일 선거에서 자신 있다는 웃음일 것이다.

알 수 없어. 아무리 충일병원 사위라고 하지만 여긴 대전이 아니고 영동이잖아. 영동……

고현수는 팔짱을 낀 채 남모르게 한숨을 내쉬며 뒤로 돌아섰다. 사무실 벽에는 벽보가 다닥다닥 붙어 있었다. 창문턱에 기대어 회의용 탁자에 앉아 있는 사람들을 바라본다. 도의원과 군의원들이 서로 머리를 맞대고 무언가를 상의하고 있다. 그들 옆으로 전화 선거 운동원들의 사무실이 있다. 그곳에는 30대 초반으로 구성이 된 여자 5명이 자신들의 인맥을 이용하는 것은 물론이고, 전화번호부를 갖다 놓고 무작위로 전화를 걸어서 민자당 후보를 찍어 달라는 지지 전화를 하고 있을 것이다.

"최소한 박진규보다 십 포인트 이상 올리지 못하면 우린 선거운동을 하나 마나입니다.”

선거사무장으로 영입한 읍장 출신인 서규원이 심각한 얼굴로 군의원들을 바라보며 말했다.

“사람 돌겠구먼. 십 포인트를 따라잡으려면 영동, 옥천, 보은 통틀어서 최하 만 표를 갖고 와야 한다는 건데…….”

군의원인 이재현이 볼펜으로 무언가 빠르게 계산하고 나서 심각한 얼굴로 옆에 앉은 군의원 김태훈을 바라봤다.

“만 표!”

김태훈은 볼펜 누르는 부분을 이빨로 머금고 있다가 작은 목소리로 중얼거렸다.

“만 표는 대단한 표지만, 박진규의 표에서 오천 표를 갖고 오면 만 표를 갖고 오는 것과 같은 효과를 누릴 수 있는 것 아닙니까?”

고현수가 마냥 구경만 하고 있을 수 없다는 얼굴로 말하며 테이블 앞으로 갔다.

“문제는 영동 여론은 후보님하고 박진규가 막상막하인데 옥천하고 보은에서는 훨씬…….”

서규원이 차마 많이 뒤진다는 말을 못하고 우물쭈물하고 있는데 문이 열렸다. 어깨띠를 두른 여자 운동원 다섯 명과 장판술이 연이어 들어왔다.

“너무 추워서 컵라면이라도 한 개씩 끓여 먹을라고 들어왔슈.”

5명 중에 조장 격인 장판술이 실장갑 낀 손을 쓱쓱 비비며 말했다.

“컵라면 갖고 되겠습니까? 요 근처 중국집에 전화해서 얼큰한 짬뽕이라도 시켜 드셔야지.”

고현수의 말이 떨어지자마자 사무실 안을 책임지고 있는 홍보부장이 얼른 전화기 앞으로 가서 수화기를 들었다.

"추우신데 우선 몸 좀 녹이세요."

고현수는 운동원들을 석유난로 앞으로 불렀다. 그들이 황송하다는 표정으로 난롯가로 오는 것을 보고 다시 회의용 테이블 앞으로 갔다.

"다 먹자고 하는 일이니까 저 안에 전화 홍보 요원들한테도 물어보고, 여기 의원님들한테도 여쭤 봐서, 짬뽕이든 우동이든 짜장면이든 시키지."

고현수는 갑자기 맹렬한 식욕을 느꼈다. 생각해 보니 집에서 새벽에 우유 한 잔과 이백 원짜리 빵 하나를 먹었을 뿐이다. 그 후로 정신없이 유권자들과 악수를 하다가 점심시간에 맞춰 사무실에 들어왔다.

"후보님, 보은 사무장이 와 있습니다."

점심시간에는 보은 사무장에게 선거비용을 내주는 것으로 시작해서, 찾아온 사람들과 면담을 하다 보니 점심을 굶었다. 곧바로 영동에서 제법 큰 중앙교회에서 인사하러 오라는 연락이 와서 그곳으로 달려가 한 시간을 보낸 후에 다시 사무실로 와서 회의를 하고 있는 중이다.

중국음식점에서 사장이며 배달원 주방장까지 총동원해서 주문한 음식이 왔다. 고현수는 자기 사무실에서 서규원과 짬뽕 그릇 앞에 앉았다. 몇 젓가락 떠먹기도 전에 예전의 교육장이었던 사람이 갑자기 찾아왔다. 짬뽕 그릇을 부랴부랴 치우고 커피를 마시면서 선거 동향에 대해서 대화하다 보니 더 이상 먹고 싶지가 않았다.

"후보님, 조용히 드릴 말씀이 있습니다."

고현수는 저녁 시간에는 열리는 영동고등학교 총동문회에 참석하기로 했다. 거기에 참석하기 전에 중앙시장 상인들에게 선거 유세를 할 계획이 있다. 교육장 출신이 나간 후에 서규원이 사무실로 들어와서 은밀하게 말했다.

"중요한 것이 아니면 내일 아침 회의 때 말씀하시죠."

"선거에는 이 등이 필요 없다는 거 아시지 않습니까? 일단 일 등을 하셔야 다음에 안전하게 재선하실 수 있습니다. 그러기 위해서는 무조건 당선되셔야 합니다. 그래서 드리는 말씀인데 박진규하고 거래를 하시는 것이 어떻겠습니까?"

"거래를 하다니요?"

3월의 찬바람 속을 뚫고 다니려면 방한복을 입어야 한다. 고현수가 방한복을 걸치면서 물었다.

"일종의……"

서규원은 지금 상황으로는 어떡하든 박진규가 후보 사퇴를 하는 수밖에 없다는 말은 차마 할 수가 없었다. 괜히 손바닥을 쓱쓱 비비며 고현수가 먼저 입을 열기를 기다렸다.

"지금 사무장님이 무슨 말씀을 하시려는지 잘 압니다. 하지만 박진규는 절대로 거래를 할 사람이 아닙니다. 아니, 입장을 바꿔 놓고 제가 박진규 입장이라도 거래할 필요가 있겠습니까? 사무장님 같으시면 당선이 확실하게 예상되는데 돈 좀 받고 포기하시겠습니까?"

고현수는 서규원의 말에 화가 치밀어 올랐다. 겨우 이 정도 수준의 철학을 가지고 있는 사람이 사무장으로 앉아 있으니 표가 몰려들 이유가 없을 것이라는 생각이 들었다.

"그럼 흑색선전을 하는 수밖에 없습니다."

"흑색선전이라뇨?"

고현수는 흑색선전이 마음에 들지 않았다. 하지만 옛날 중앙정보부나 안전기획부에 근무할 때 자주 사용하던 방법이라는 생각에 슬그머니 의자에 앉았다.

"박진규가 대학교 다닐 때 학생운동을 하지 않았습니까? 박사 학위를 받고도 교수 임용이 안 된 것도 반민주적인 글을 많이 쓴 것 때문으로 알고 있습니다. 그 점을 이용하는 겁니다."

"민주당은 원래 야당 아닙니까? 박진규가 공천을 받은 것도 그 점 때문으로 알고 있는데, 오히려 박진규를 자랑하는 꼴이 되는 것 아닙니까, 흑색선전을 한다면……."

고현수는 기가 막힌 아이디어가 떠올랐다. 막상 말을 하려니까 망설여지면서 한숨이 나왔다.

"기가 막힌 방법이 있습니까?"

"일단 생각해 볼 테니 잠깐 시간 좀 주시죠. 그리고 중앙시장 상인회 회장한테 유세를 나가기로 약속이 돼 있잖습니까. 군의원님 중에 누굴 대신 좀 내보내시죠. 사무장님은 저하고 회의 좀 합시다."

박진규는 직접 커피를 한 잔 타서 들고 자기 사무실로 들어갔다. 의자에 앉아서 맹렬하게 불꽃을 피우고 있는 석유난로를 응시했다. 사무실 안에 산소가 줄어들었는지 머리가 지끈거렸다. 창문을 한 뼘 정도 열면서 건너편으로 보이는 박진규 사무실을 바라봤다.

국회의원 출마를 결심하고 영동으로 내려와서 박 여사에게 제일 먼저 말했다. 박 여사가 주름진 얼굴에 눈물을 뚝뚝 떨어뜨리며 숨죽여 울던 모습이 선명하게 떠올랐다.

"참말로 잘했구면. 그려, 어떤 일이 있드래도 꼭 당선돼서 니 아부지의 한을 풀어 줘야 한다. 대전에서 거의 완성되어 가는 관광호텔을 내비두고 이 세상을 하직할 때야…… 얼매나 억울했으면 이 세상을 하직했겄냐……. 느 아부지의 억울한 맘을 아무도 모른다. 살아 있는 사람 중에는 나만 알고 있구면. 애비야, 참말로 잘 결정했구면. 너는 분명히 당선될 수 있어. 암! 니가 국회의원이 안 되면 누가 되겠냐. 니가 국회의원에 당선돼야, 구천을 떠돌고 있는 느 아부지도 저승에서 편하게 눈을 감으실 거여. 나 또한 니가 국회의원이 되는 걸 봐야, 여생을 편하게 살 수 있을 거다. 참말로 잘 결정했구면. 애비야……."

"그려, 고 서방이 출마하믄 선거운동을 해 보나 마나 당선될 껴. 나도, 영동 내려가서 선거운동을 해 줄까? 그래도 영동에는 내 조직이 살아 있어. 그 조직에다 고 서방의 인적 자원을 더하믄 백전백승여. 고 서방은 서울대학교를 나왔응께 국회의원에 당선되믄 장관 자리를 줄지도 몰라. 나는 육선 의원이지만 워낙 배운 것이 읎어서 그 흔한 상임 위원장 자리도 차지하지 못했지만 고 서방은 나하고 등급이 달라. 삼선 정도만 해도 국회 부의장에, 사선이면 국회 의장이 될 수도 있어. 돈은 내가 얼매든지 대 줄 모양잉께, 출마해서 내 원을 풀어 주게. 참말로 장하구면, 고 서방!"

맑은 이슬처럼 눈물이 뚝뚝 떨어지고 있는 박 여사의 얼굴에 살찐 돼지처럼 턱이 세 개인 이동하의 얼굴이 떠올랐다. 이동하는 국회의원에 출마하겠다는 말을 듣는 순간 벌겋게 눈빛을 세웠다. 고무장갑을 낀 것처럼 통통한 손가락으로 손을 잡으며 감격의 눈물을 흘렸다.

"부장님의 아버님이 왜 갑자기 그렇게 되셨는지 아세요? 자유당 충북 도당 위원장인 최형근이라는 사람의 농간이에요. 제 말이 믿어지지 않으면 냉정하게 생각해 보세요. 아버님이 돌아가신 후에 이동하, 겨우 학산면 부면장 출신인 그 짐승만도 못한 인간이 자유당 영동군 위원장이 됐잖아요. 정치에 정 자도 모르는 인간이 최형근을 매수해서 아버님을 그 지경으로 몰아넣으신 거라구요."

이동하의 기름기가 번질거리는 얼굴에 흐르던 눈물이 사라지고 송미향의 독기 서린 얼굴이 떠올랐다. 송미향의 말을 듣는 순간, 이동하가 왜 자신을 사위로 받아들였는지에 대해서 의구심이 들었다. 이동하가 직접 주거래은행에 압력을 넣지 않았지만 원인 제공자임에는 틀림없다. 무엇보다 이동하 자신은 고병호가 왜 스스로 죽음을 택했는지 그 이유를 확실히 알고 있을 것이다. 그럼에도 그 자식을 사위로 받아들인 것에 대해서 생각하면 송미향의 밀고가 석연치 않았다.

결국 이동하에게 복수를 해야겠다는 결심을 서게 만든 것은 오컴의 면도날(Occam's Razor)이라는 말이 생각난 후였다. 오컴의 면도날은 중세의 수도승이자 철학자였던 윌리엄 오컴(William of Ockham)이 발표한 철학적 이론이다.

고병호가 스스로 목숨을 버릴 수밖에 없는 이유는 분명히 있을 것이다. 가장 분명한 이유는 당사자인 고병호밖에 모른다. 갑작스러운 부도로 인해 감당할 수 없는 부채를 껴안은 부담이 컸을 것이라 추측할 뿐이다. 그 부도는 고병호가 경영을 잘못했기 때문은 아니다. 은행에서 고의적으로 부도를 내게끔 만든 것이다. 이것은 통상적이 아니라 특수한 케이스라는 점으로, 특수한 케이스는 권력자만이 만들어 낼 수 있는 방법이다. 그 권력자의 압력을 받은 은행은 대출 연장을 해 주겠다고 안심을 시킨 후에 막상 만기일이 다가오자 연장 대신 부도를 선언했을 것이다. 그 권력자가 은행에 압력을 넣게 된 이유는 여러 가지로 추측할 수 있다. 관광호텔을 탐낸 제삼자의 농간일 수도 있고, 이동하가 자유당 위원장직을 차지하기 위해 꾸민 술수일 수도 있으며, 은행의 단순한 실수일 수도 있다. 그러나 오컴의 면도날 이론은 단순 명료하다. 영동군 지역구 위원장이던 고병호는 갑작스러운 부도를 맞고 죽음을 택했다. 그 자리를 이동하가 차지했다는 점은 어떠한 이유에서든 이동하가 고병호의 죽음과 연관된다고 볼 수밖에 없다.

그래, 선거에서는 누군가는 패배의 쓴잔을 마시게 되어 있고, 누군가는 축배의 잔을 들게 되어 있어. 패배의 쓴잔보다는 축배의 잔이 단 법이지……

고병호는 사무실 안의 공기가 한층 맑아졌다는 것을 느끼며 창문을 닫고 서규원을 불렀다.

"제가 생각해 봤는데 말입니다. 박진규를 빨갱이로 몰아붙이는 것이 어떻겠습니까? 밖에 있는 군의원들도 그 방법이 아주 좋을 것이라고 찬성하더군요."

서규원이 의자에 앉자마자 반짝이는 눈으로 고현수를 응시했다.

"민자당을 지지하는 유권자들은 우리가 민주당을 빨갱이라고 선전하지 않아도 어차피 빨갱이로 인식하고 있습니다."

고현수는 쓴웃음을 짓고 나서 긴장이 되는 것을 느끼며 가볍게 기침했다.

"그럼, 빨갱이로 모는 것보다 좋은 방법이 있습니까?"

서규원이 숨소리를 죽이고 반짝이는 눈빛으로 고현수를 바라봤다.

"이건 흑색선전이 절대 아닙니다. 하지만 사무장님께서 반드시 참고하시고 선거운동에 이용할 수 있는 사항입니다."

고현수는 서규원 모르게 한숨을 몰아쉬고 나서 다시 입을 열었다.

"사무장님 같으면 말입니다. 사무장님이 몇천억대 부잣집 딸한테 장가를 갔습니다. 근데 그 부잣집에는 자식이라고는 달랑 그 딸 하나밖에 없습니다."

"그런데 그 사위가 그 엄청난 재산으로 사회복지재단을 만들었다, 이 말씀을 하시려고 그러십니까?"

서규원이 대충 감이 잡힌다는 얼굴로 반문했다.

"그럴 수도 있고, 그렇지 않을 수도 있다고 보는 것이 정답이겠죠. 사무장님이 갑자기 몇천 억대 상속자의 남편이라면 인생을 어떻게 살고 싶으십니까?"

"그야……."

서규원은 너무 엄청난 금액이어서 선뜻 대답이 나오지 않았다.

"보통 사람 같으면 쉽게 대답이 나오지 않을 겁니다. 몇십억 원이 갑자기 생긴다면 불안해서 잠도 못 자겠죠. 그렇지 않습니까?"

"당연하죠. 당장 일억이 생긴다고 해도 몇 날 며칠은 잠을 이루지 못할 겁니다."

"돈이라는 것이 말입니다. 있으면 더 많이 갖고 싶다는 겁니다. 돈이 없을 때는 현금 십억만 있어도 은행에 넣고 한 달에 백만 원씩 빼내 쓰면서 평생 동안 편안하게 살겠다고 생각하는 사람들이 많을 겁니다. 이자가 한 푼도 늘지 않아도 팔십삼 년 동안 매월 타 먹을 수 있습니다. 사무장님 같은 나이에는 한 달에 삼백만 원씩 타서 써도 다 못 씁니다."

"야! 십억만 있어도 그런데…… 몇천억 원이면 대관절 얼마나 많은 돈입니까?"

서규원은 흑색선전이라는 말은 생각도 나지 않았다. 고현수의 말에 꿈을 꾸는 듯한 표정으로 바라보며 감탄사를 터트렸다.

"부자는 더 큰 부자가 되고 싶어 합니다. 십억이 있으면 백억을 갖고 싶고, 백억이 있으면 오백억대 부자가 되고 싶은 것이 보통 사람의 심리입니다. 재벌가 회장이 그래서 중소기업 사장보다 더 지독하게 돈을 벌려고 하는 겁니다."

"무슨 말씀이신지 이해가 갑니다. 제 친구 하나도 인삼 장사로 부자가 됐습니다. 처음 인삼 장사를 시작해서 돈 좀 벌기 시작할 때는 자주 술도 사더니 지금은 저한테 이익이 가지 않는 이상 공술 한 잔 안 삽니다. 대전 어디 삼 층짜리 건물에서 한 달에 나오는 임대료만 해도 몇백만 원이 넘는데도 더 지독한 짠돌이가 된 놈이 있습니다."

서규원은 고현수의 말이 맞다는 표정으로 고개를 끄덕거렸다.

"조사에 의하면 말입니다. 선친으로부터 재산을 물려받은 사람보다 자수성가한 사람들에게서 재산을 늘려야 한다는 강박관념이 더 심한 것으로 나타나고 있습니다."

"그거야 당연한 거 아니겠습니까? 선친이 부자였던 사람은 어릴 때부터 돈 귀한 줄 모르고 살았으니까 아무래도 재산을 늘려야 한다는 강박관념은 없겠죠."

"박진규는 어떻게 생각하십니까?"

고현수는 서규원이 입질을 하기 시작했다고 믿었다. 서규원이 생각할 틈을 주지 않고 갑자기 물었다.

"박진규도 딴 사람들하고 똑같이 더 부자가 되겠다는 생각을 할 겁니다. 그 집도 맨손으로 과수원을 만들어서 부자가 된 집안 아닙니까?"

"그런 박진규가 전 재산을 사회에 내놓았다는 점은 어떻게 생각하십니까?"

"글쎄요……."

"혹시 딴생각을 품고 있는 것은 아닐까요? 그렇지 않으면 몇천억대나 사회에 환원한 사람이 왜 굳이 국회의원에 출마하겠습니까? 평생 동안 편하게 살면 되는데……."

"맞습니다. 저뿐만 아니라 제 친구들도 모두 그러더군요. 몇천억 원이나 하는 충일병원으로 사회복지재단을 만든 놈이 뭐가 아쉬워서 국회의원에 출마하느냐구요. 알고 보니 국회의원에 출마하려고……."

"글쎄요 그 점에 대해서는 저도 생각해 보지 않았습니다. 일단 어떡하든 우리가 이겨야 되는 것 아니겠습니까? 선거가 얼마 남지 않았으니까 열심히 한번 뛰어 주십시오."

고현수는 자신의 입으로 핵심을 말하지 않았다. 서규원에게 암시만 주고 슬쩍 화제를 돌리고는 내 할 말은 다 했다는 표정으로 일어섰다.

"잠깐만 내 앞으로 모여 봐요. 전화 홍보 요원들도 전화 끊는 대로 이리 나와 보세요."

서규원이 밖으로 나가자마자 흥분한 얼굴로 말했다. 고현수는 바깥 사무실에서 하는 말이 잘 들릴 수 있도록 문을 꼭 닫지 않았다.

"우리가 이길 수 있는 방법을 알아냈습니다. 지금부터 내가 하는 말을 똑똑히 듣고 소문을 퍼뜨려야 합니다."

"후보님이 주신 아디디어입니까?"

서규원이 흥분한 목소리로 하는 말에 군의원 중 한 명이 덩달아 흥분한 목소리로 물었다.

"후보님이 주셨다기보다는 지금 우리끼리 한번 연구해 봅시다."

"뭘 연구해 보자는 말입니까?"

"박진규, 그놈이 몇천억짜리 충일병원으로 사회복지재단을 만들지 않았습니까? 그리고 남부 삼군에서 놈의 인기가 높은 것도 석정사회복지재단 이사장이라는 직함과 농민 운동을 했다는 점 때문 아닙니까?"

"그래서요?"

서규원이 흥분한 목소리로 빠르게 말하자 누군가 긴장한 목소리로 반문했다.

"내 생각에는 그놈이 국회의원에 출마하려고 사기를 치는 것 같습니다. 솔직히 말해서 등신이 아닌 이상 돈 싫다는 놈 봤습니까? 돈이라는 것은 많을수록 좋은 거 아닙니까? 그런데도 박진규는 수천억짜리 충일병원을 복지재단에 내놨습니다. 낫 놓고 기역 자도 모르는 무식한 놈도 아니고 박사까지 딴 놈이 제정신으로 그 많은 돈을 내놨겠습니까? 순전히 국회의원 자리를 노리고 연극을 하고 있을 수도 있다는 겁니다. 막말로 우리가 서류를 본 것도 아니고, 신문기자들이 서류를 보자고 할 수도 없는 거 아닙니까?"

"듣고 보니 그렇네? 막말로 지가 이사장잉게, 복지재단에 넣었던 병원을 도로 꺼내 가도 되는 거 아녀?"

"에이, 하늘이 엄마, 그건 법에 걸리는 거예요. 횡령죄라구요."

"석이 엄마는 하나만 알고 둘은 모르는 말여. 아, 박진규가 뉘여. 재단 이사장이잖여. 재산 다 빼돌려 놓고 재단 이사장이 입 다물고 있으면 누가 알겠어?"

"어머, 진짜 그러네? 그럼 박진규가 국회의원에 출마하기 위해서 거짓으로 사회복지법인을 만들었다고 홍보해야겠네요."

"그것보다는 박진규가 국회의원이 되면 석봉사회복지재단이 망할 거라고 떠드는 게 더 효과적이지 않을까?"

"역시 사무장님의 머리는 알아 줘야 한다니까. 자, 어서 빨리 전화기 앞으로 가서 여기저기 전화를 걸어요. 박진규가 국회의원이 되면 석봉사회복지재단이 망하지만, 우리 고현수 후보님이 당선되면 영동이나 옥천, 보은 삼군 중 한 곳에 대형 병원이 들어설 거라고 떠들란 말입니다."

고현수는 군의원 중 하나가 흥분한 얼굴로 떠드는 말을 끝으로 문을 꼭 닫았다. 바깥에서 떠드는 소리가 일시에 끊어지면서 침묵이 감돌았다. 저절로 회심의 미소가 얼굴에 번져 가는 것을 느끼며 선거 유세를 하러 나가기 위해 방한복을 걸쳤다.

건너갈 수 없는 강

나는 내가 아끼는 친구가 불행해지는 것을 원치 않아유.
적어도 내가 우미선 씨를 봤으면서 안 본 척할 수는 없겠네유.
승우 역시 내가 행복해지길 원할 것이라고 믿어유.
진정한 우정이란 바로 그런 것이니께유.
우미선 씨는 감히 가질 수가 없는 그런 우정 말여유.

머리에 내려앉는 봄볕이 따끔거릴 정도로 화창한 날씨다. 거리를 걷는 행인들의 옷차림은 바람에 날리도록 가벼웠다. 유모차를 끌고 가는 젊은 엄마는 선글라스를 쓰고 마냥 봄볕을 즐기려는 표정으로 천천히 걷고 있다.

구로 노동교실은 2층에 있었다. 창문에 선팅이 되어 있는 '구로노동교실'이라는 고딕체 글씨가 원래의 빨간색이 세월에 녹아들어서 주황색으로 변해 버렸다. 창틀에는 먼지가 끼어 있고, 유리창에는 세월의 흔적이 때로 묻어 있어서 언뜻 빈 사무실처럼 보이기도 했다.

우미선은 2층을 바라보던 시선을 거두고 선글라스를 벗었다. 어깨를 덮는 머리카락은 굵게 웨이브 져 있어서 걸을 때마다 말갈기처럼 출렁거렸다. 2층으로 올라가는 계단 양쪽 벽에는 노동연극이라든지 세미나, 축제 등을 알리는 낡은 포스터가 붙어 있었다. 시멘트 계단은 거무스름하게 때가 묻어 있었고 햇빛이 들지 않아서 시큼한 냄새 같은 것이 풍겼다.

"죄송하지만 박인숙이라는 분을 찾아왔는데요"

우미선은 잠겨 있지 않은 문을 노크도 하지 않고 불쑥 열고 들어갔다. 무슨 학원처럼 20여 개의 책상이 줄지어 있는 사무실 구석에 한 여자가 앉아 있었다. 그녀는 컴퓨터 앞에서 무언가 열심히 키보드를 치고 있는 여자가 박인숙일 것이라고 생각하며 미소를 지었다.

"제가 박인숙인데유?"

인숙은 오늘 저녁에 수업할 자료를 타이핑하고 있다가 의자에서 일어나 우미선을 바라봤다. 노동학교 근처에서 쉽게 볼 수 없는 피부를 가진 여자는 첫눈에 보기에도 아름다웠다. 청바지에 티셔츠를 받쳐 입고 지퍼를 채우지 않은 연한 하늘색 봄 재킷을 입고 있었다. 공장 근로자는 아닐 것이라고 생각하며 의자 밖으로 나갔다.

"저는 우미선이라고 해요. 우리 이야기 좀 할 수 있을까요?"

우미선은 초라한 창고처럼 보이는 사무실 안을 휘둘러보고 거침없이 박인숙 앞으로 갔다.

"무슨 이야기를……"

인숙은 우미선이 공장 근로자나 사무직 직원도 아닐 것이라고 판단했다. 무엇 때문인지는 모르지만 찾아온 손님이라는 생각에 커피포트의 스위치를 눌렀다.

"커피는 사양하겠어요. 용건만 묻고 금방 일어설 생각이에요"

"그래유?"

인숙은 억지로 커피를 대접할 필요는 없다는 생각에 커피포트를 껐다. 컴퓨터 앞으로 가서 노트와 볼펜을 들고 우미선 앞으로 가서 책상 앞에 앉았다.

"피차 바쁠 것 같으니까 용건부터 말하죠."

"무슨 용건인데유?"

인숙은 습관처럼 메모를 준비했다. 누군지 모르지만 꽤 건방지다는 생각이 들어서 기분이 안 좋았지만 내색하지 않았다.

"저부터 소개하는 것이 순서겠군요. 우신건설이라고 아시는지 모르겠어요."

"네, 잘 알고 있구먼유."

"그럼, 우신건설이 우리나라에서 아파트 건설 순위 이십 위 안에 든다는 것도 알고 계시겠군요."

우미선이 손가락 끝으로 책상을 가볍게 치며 박인숙을 깔보는 눈빛으로 바라봤다.

"제가 건설업자가 아니기 때문에 거기까지는 몰라유. 우신건설에서 하청업체인 새한건설에 결제를 제때 해 주지 않아서 거기 댕기던 직원 한 명이 아파트 건설 현장에서 밀린 월급을 달라고 투쟁했었다는 점은 잘 알고 있슈. 그 직원이 결국 새한건설을 관두고, 구로동에 있는 어떤 공장에 댕기고 있거든유."

인숙은 일부러 노트에다 '우신건설 회장 딸 우미선'이라고 쓰고, 화살표를 그어서 '새한건설, 밀린 월급……'이라고 적었다.

"지금 뭐하시는 거예요?"

우미선이 어이없다는 얼굴로 인숙이 메모한 내용을 노려봤다.

"시방 면담하고 있슈."

"어머머! 기가 막혀! 지금 제가 박인숙 씨한테 면담하러 온 줄 아세요? 저 이래 봬도 우신건설 우신국 회장님의 외동딸이라구요. 그런데 면담이라니, 제가 왜 박인숙 씨한테 면담을 해요? 내 참, 너무 어이없어서 말이 안 나오네……."

"면담하러 오신 것이 아니면 어서 용건을 말씀하세유. 아까, 피차 바쁘다고 한 말은 그쪽에서 하신 말 같은데……."

인숙이 오랜 경험으로 터득한 점은 대화를 할 때 흥분하기 시작하면 일단 패배를 인정하는 것과 같다는 점이다. 우미선이 새빨개진 얼굴로 차마 욕은 못 하고 연신 콧방귀를 끼든 말든 시종일관 부드럽게 말했다.

"좋아요. 용건만 간단하게 말하고 이 창고 같은 곳에서 빨리 벗어나야겠군요."

"혹시 제가 초대했남유?"

"초, 초대라니? 전 제 발로 여길 왔잖아요."

"오실 때도 마음대로 오셨으니, 갈 때도 마음대로 가셔도 좋다는 뜻으로 한 말유."

"이 여자 좀 봐. 나 이래 봬도 이대 영문과 나왔다구요. 그쪽처럼 지방 대학 나온 여자가 아니란 말이에요."

우미선은 너무 화가 나서 혀가 돌아가는 대로 쏘아붙였다.

"시방 면접 보세유? 졸업 학교를 들먹이시게?"

인숙은 우미선이 무엇 때문에 왔는지 모르지만 교양은 없는 여자라고 판단했다. 우미선이야 얼굴이 빨갛게 달아오르든 말든 처음과 같은 톤의 목소리로 반문했다.

"정말 대책 없는 여자군. 하긴 그러니까 애인이 감옥에 갔는지도 모르지……."

"우미선 씨라고 하셨쥬? 여기는 우미선 씨처럼 할 일 없어서 여기저기 돌아댕기는 사람하고 시간 보내는 데가 아녀유. 열심히 노력하고, 세상을 착하게 사는 노동자들의 쉼터유. 용건을 말하지 않는 것을 보니, 지나가다 그냥 들리신 모양 같구먼유. 피차 바쁘니까 이쯤에서 끝내쥬."

인숙은 강훈구를 들먹이는 말에 자칫 냉정을 잃어버릴 뻔했다. 침착하게 일어서서 노트를 들고 문 앞으로 갔다. 어서 나가라는 표정으로 문을 열고 우미선을 바라봤다.

"내 말 아직 안 끝났다구요. 아직 안 끝났으니까 얼른 문 닫고 여기 와서 앉으세요!"

우미선이 조롱당하는 기분을 떨쳐 버릴 수가 없어서 발악하는 목소리로 말했다.

"경찰을 부르겠어요. 지금 우미선 씨는 남의 사무실에 와서 업무를 방해하고 있는 거 아세요?"

"어, 업무 방해?"

"내가 경찰을 부르기 전에 할 말이 있으면 어서 하고 나가세요."

인숙이 서 있는 자리에서 한 발짝도 움직이지 않고 팔짱을 꼈다.

"좋아요. 이승우 검사님이라고 아시죠? 검사님 집에서 어릴 때부터 같이 공부했다는 소리를 들었어요."

우미선은 인숙의 기를 꺾을 속셈으로 조소가 섞인 미소를 지었다.

"아, 승우라믄 누구보다 제가 잘 알아유. 그쪽이 알고 있는 것처럼 중학교 졸업할 때까지 한집에 살았응께유. 근데, 승우한테 뭔 문제라도 생긴 거유?"

인숙이 문을 닫고 우미선 앞으로 천천히 걸어가며 물었다.

"나, 이승우 검사의 결혼 상대자예요. 이만하면 내가 왜 여길 왔는지 아시겠죠?"

"그 말을 할라고 나를 찾아온 거유? 우신건설 회장님 딸이면 강남에 사실 거잖유. 강남에서 구로동까지 온 이유가 그것 때문유?"

인숙은 어깨를 으쓱거리며 의자에 앉았다. 창문 쪽으로 시선을 돌렸다. 바깥에 햇볕이 좋은지 유리창이 환하다. 그 유리창에 중학생인 승우가 환하게 웃는 얼굴이 그려진다. 그러나 이내 지워져 버리고 절망하는 표정으로 자신을 바라보던 얼굴이 그려진다.

"박인숙 씨는 이 검사님을 어떻게 생각하세요?"

우미선은 뒤늦게 인숙이 같은 여자하고 싸우고 있을 때가 아니라는 생각이 들었다. 화를 눌러 참으며 냉정한 목소리로 물었다.

"어떻게 생각하다뉴?"

"설마 결혼 상대자로 생각하고 있는 것은 아니겠죠? 물론 올라가지 못할 나무를 쳐다봐야 소용없겠지만 말이에요."

"나는 결혼할 남자가 따로 있슈. 하지만 우미선 씨는 승우 신부감은 되지 못하겠네유."

"그런 얕은 술수가 나한테 먹혀들어 갈 거라고 생각하세요? 결혼 상대자가 따로 있다면서, 내가 이 검사님 신붓감이 되지 않는다고 말하는 게 말이나 돼요?"

우미선은 어이없다는 얼굴로 비웃으면서 팔짱을 끼고 인숙을 노려봤다.

"내가 딱 두 가지만 말할게유. 첫째로 나는 나하고 미래를 같이할 남자가 따로 있어유. 둘째로 나는 승우와 같이 자랐기 때문에 승우에 대해서 그 누구보다 잘 알아유. 우미선 씨는 승우의 신부가 될 수 없어유. 내가 승우한테 미선 씨하고 결혼하믄 안 된다는 말 한마디만 하믄 절대로 결혼할 수 없을 거유. 내 말이 옳은지 그른지는 본인이 직접 확인해 보면 알 거유."

"지금 그 말을 나한테 믿으라는 거예요?"

우미선은 언젠가 승우가 엉망으로 취했을 때가 떠올랐다. 기회가 왔다는 생각에 승우를 호텔로 유인하는 데까지는 성공했다.

"나, 나는 박인숙이라는 여자의 영혼에 저당 잡힌 몸입니다. 미안해요."

침대에 누워 있는 승우를 바라보며 옷을 벗었다. 알몸으로 달려드는 순간 승우가 정신을 차리고 벌떡 일어서서 뒷걸음쳤다.

"박인숙이라는 여자가 누구예요? 그 여자가 도대체 누군데, 저를 이렇게까지 비참하게 만드는 거예요? 여자가 남자 앞에서 옷을 벗었는데 버림받았을 때 얼마나 비참한지 아세요?"

"미안합니다. 다음에 사과드리겠습니다."

승우는 말을 섞으려고 하지도 않았다. 서둘러 양복 윗도리를 챙겨 들고 비틀거리며 문을 열고 나갔다.

"더 이상 할 말이 읎으면 그만 가 보세유."

박인숙은 일어서서 다시 문 앞으로 갔다. 그녀는 문을 열고 우미선을 바라봤다.

"왜 나는 이 검사와 안 된다는 건지, 물어봐도 될까요?"

우미선은 대학교 다닐 때부터 많은 남자들과 밤을 보냈었다. 모두가 자신을 공주처럼 떠받들던 남자들이었다. 승우는 그녀가 몸을 주겠다고 했는데도 박인숙을 거론하며 거들떠보지도 않았다. 인숙의 말대로 이승우의 영혼을 움켜쥐고 있는 것 같았다. 계속 인숙을 자극하면 이승우가 점점 멀어질 것이라는 생각에 기가 죽은 목소리로 물었다.

"승우는 사람을 존중할 줄 알아유. 우미선 씨처럼 억울하게 교도소에 갇혀 있는 남자의 명예를 더럽히지 않아유."

"그 말은 취소할게요. 너무 흥분한 끝에 나도 모르게 한 말이에요. 정식으로 사과드릴게요."

"사과는 받아들일게유."

인숙은 계속 문을 닫지 않고 우미선에게 나가라는 표정을 지었다.

"사과를 받아들였다면 이 검사님한테 전화 좀 넣어 줄 수 있어요? 그렇게만 해 주신다면 원하는 대로 보상해 주겠어요."

"뭘로 보상해 주겠다는 거유?"

"이 사무실을 아주 크고 깨끗한 곳으로 옮겨 주겠어요. 책상이며 저기 저 냉장고며 캐비닛 같은 것도 모두 최고급으로 바꿔 줄 수 있어요. 돈을 원한다면 돈도 얼마든지 줄 수 있어요. 그러니 이 검사님한테 전화 좀 해 주세요. 난 결혼할 남자가 있으니까 나를 포기하고 우미선 씨와 결혼해 달라고 말이에요."

"내 입으로 바로 이 자리에서 말했잖아유. 난 결혼할 남자가 있다고 말유. 우미선 씨가 직접 승우한테 말하세유."

"물론 나도 말할 거예요. 하지만 박인숙 씨가 직접 하는 게 더 효과적일 수 있잖아요."

우미선은 허름한 건물 2층에 있는 창고 같은 사무실에서 박인숙처럼
근본도 모르는 여자에게 사정하는 자신이 너무 미웠다. 하지만 승우와
결혼만 한다면 땅바닥으로 떨어진 자존심 같은 것은 얼마든지 보상받을
수 있다고 생각했다.

"나는 내가 아끼는 친구가 불행해지는 것을 원치 않아유. 적어도 내가
우미선 씨를 봤으면서 안 본 척할 수는 없겠네유. 승우 역시 내가 행복
해지길 원할 것이라고 믿어유. 진정한 우정이란 바로 그런 것이니게유.
우미선 씨는 감히 가질 수가 없는 그런 우정 말여유."

인숙은 우미선을 바라보지 않았다. 밑으로 내려가는 계단을 바라보면
서 우미선이 아닌 승우에게 속삭이는 목소리로 말했다.

"좋아요. 전화는 안 해도 괜찮아요. 하지만 적어도 내가 여기 왔었다
는 말은 하지 않겠죠?"

우미선은 운동권 학생이었던 인숙을 설득하는 것은 어렵다고 판단했
다. 의자에서 힘없이 일어서면서 인숙을 찾아온 것을 뼈저리게 후회했
다. 그냥 물러서기에는 너무 분해서 차가운 목소리로 물었다.

"그 점은 안심해도 돼유. 내 입으로 우미선 씨 같은 여자의 이름을 두
번 다시 부르고 싶지 않응께유."

인숙은 어깨를 으쓱거리고 나서 턱으로 계단 쪽을 가리켰다.

"나도 두 번 다시 박인숙 씨를 만나지 않았으면 좋겠네요."

우미선은 밖으로 나가자마자 인숙이보다 선수를 쳐서 승우에게 전화
해야겠다고 생각했다. 인숙은 다른 남자가 있다. 운동권에서 뼈가 굳어
서 그런지, 승우 같은 부르주아는 경멸하고 있다. 스스로도 승우와는 절

대로 결혼하지 않을 것이라고 장담했다, 라는 전화를 해야 승우의 마음이 돌아설 것 같았다.

새벽에 모산을 출발한 15인승 봉고차는 영동 마차다리 앞에서 잠깐 멈췄다. 포도 농사를 짓는 틈틈이 15인승 봉고차를 가지고 영업을 하는 학산의 최세창은 안개가 엷게 깔려 있는 이수천을 바라보다 시간을 확인했다. 6시 30분이다. 옥천 톨게이트에 도착하면 늦어도 7시면 도착할 것이다. 대전 톨게이트 근처에서 광성이를 태우고 곧장 서울로 달리면 된다.

"상규 형, 광일이 형이 옥천 가는 쪽에 서 있기로 한 겨?"

운전사 뒷좌석에 앉아 있는 철재가 상규에게 물었다.

"다리 끄트머리에 서 있으라고 했는데, 내가 내려 볼까?"

운전사 옆에 앉아 있던 상규는 문을 열고 내렸다. 읍내 쪽에도 안개가 자욱하게 끼어 있다. 광일의 집은 계산동이다.

"최 형, 시방 몇 시여?"

"여섯 시 삼십 분 지났구먼."

최세창은 상규가 묻는 말에 아직은 바쁠 게 없다는 목소리로 느긋하게 대답했다.

"이상하다. 여섯 시 삼십 분까지 와 있어야 한다고 했는데……."

"내가 얼른 집에 가 볼까?"

광배도 차에서 내려 상규 옆에서 마차다리 건너편을 바라봤다.

"가 보긴, 오겠지……."

상규는 차 안을 바라본다. 순배 영감과 박평래 그리고 장기팔이 중간

자리에 점잖게 앉아 있다. 주머니에서 담배를 꺼내 차 뒤로 가서 불을 붙였다.

"에이, 좌우지간 광일이 형은 늦장 피우는 데 머 있어. 무슨 모임에서 제시간에 올 때를 못 봤당께."

광배는 차에서 내리니까 갑자기 오줌이 마려웠다. 도롯가라서 오줌 갈길 때가 마땅치 않다. 도로에서 다리 밑으로 내려가는 계단이 보였다. 그쪽으로 슬슬 내려가면서 투덜거렸다.

"가만히 생각해 보믄 선거는 옛날이 좋았어. 지난 선거 때만 해도 막걸리잔이나 돌았잖여. 근데 요번 선거 때는 워티게 된 것이 쓴 막걸리 한 잔 읎었어."

"아이구, 요새는 부정선거법에 걸리믄 당선돼도 취소된대유. 그래서 선거운동도 운동이지만, 상대 후보가 워디 모셔서 밥을 사는지 선물을 돌리는지, 돈을 주는지 그런 걸 잡아낼라고 밤잠을 안 자면서 두 눈이 벌개지도록 돌아댕겼다고 하대유."

장기팔이 혼자 중얼거리는 말에 철재가 어림없다는 표정으로 말했다.

"시방은 겁나유. 부정선거 감시원이 비디오카메라나 녹음기, 일회용 카메라 같은 걸 들고 댕김서 현장을 그대로 촬영하기 땜시 걸렸다 하믄 끝장나유."

최세창이 길게 하품을 하고 나서 철재의 말에 토를 달았다.

"그람 우리 진규가 국회의원에 당선되믄 그 머셔, 충일병원의 재산을 빼돌린다는 둥, 국회의원에 당선되기 위해서 사회복지재단을 설립했다는 둥 하는 말도 안 되는 헛소문을 퍼뜨린 사람들은 내비 두는 겨?"

박평래가 아무 생각 없이 안개가 피어오르는 이수천을 바라보고 있다가 갑자기 흥분한 표정으로 말했다.

"대체 누가 그 말도 안 되는 소문을 퍼뜨렸댜."

"내 참, 그야 당연히 이동하 의원 사위 쪽에서 퍼뜨렸지 누가 퍼뜨렸 겠슈? 초전부터 진규 인기가 막 올라강께, 진규를 떨어뜨릴 요량으로 지어낸 말이잖유."

순배 영감이 혀를 차며 하는 말에 장기팔이 그걸 말이라고 하느냐는 표정으로 말했다.

"그런 걸 흑색선전이라고 하능 규. 말도 안 되는 소문을 퍼뜨려서 선거에서 떨어지게 할라는 헛소문 말유. 그래서 진규 형 쪽에서 고현수 선거 본부 사무장을 선거관리위원회에 고발했잖유. 읎는 말을 지어낸 죄로 말유."

장기팔 뒷자리에 앉아 있던 철재가 상체를 앞으로 기울여서 큰 소리로 말했다.

"그람, 그 사무장인가 하는 사람은 영창 가는 겨?"

박평래가 뒤로 돌아 앉으며 난감하다는 표정으로 철재에게 물었다. 만약 고현수의 사무장이 감옥에 가게 되면 이동하가 가만있지 않을 것이라는 생각이 들었다.

아녀, 세상에서 젤 나쁜 짓이 읎는 말로 남을 이간질시키는 거잖여. 더구나 국회의원 선거에서 떨어뜨릴라고 새빨간 그짓말을 하고 댕기는 것만큼 나쁜 짓은 읎을 껴. 그래서 의원님도 옛날에 유진표를 감옥에 보낸 거잖여.

걱정도 잠시뿐이다. 다시 생각해 보니까 이동하가 아무리 큰 빽을 가지고 있어도 진규에게 뭐라고 말할 처지는 못 될 것 같았다. 그래도 모른다는 생각에 마른침을 삼키며 철재를 바라봤다.

"이동하 의원 같았으면 백 번이믄 백 번 죄다 영창에 보냈을 규. 하지만 진규 형님은 우리 같은 사람하고 생각하는 것이 다르잖유. 선거 끝나고 나서 고소를 취하했다고 하드만유."

"허! 내가 이 나이 되도록 살면서 진규 같은 대인은 츰 보는구먼. 참말로 대인이구먼. 대인이여……."

순배 영감은 이동하 같았으면 어림도 없었을 것이라는 말은 밖으로 내뱉지 않고 감탄사를 터뜨렸다.

"형님, 대인이라는 말이 무슨 말유?"

"아따, 큰사람이라는 뜻이잖유. 저는 형님들보다 나이가 어리지만 말유. 이 나이가 되도록 살아오면서 눈으로 봐서는 안 될 것을 수십 번이나 보고, 귀로 들어서는 안 될 것을 수백 번이나 들었슈. 하지만 형님 손자처럼 마음이 넓은 사람이 이 세상에 살고 있다는 것을 듣고 보기는 머리카락 나고 츰이네유. 참말로, 위탁하믄 그룰게도 마음이 넓을까."

장기팔이 순배 영감 못지않게 감동했다는 얼굴로 말하며 박평래를 바라봤다.

"원래, 우리 진규가 어릴 때부터 보통은 넘었잖여. 당장 충일병원처럼 큰 병원을 기반 삼아서, 못사는 사람을 돕겠다는 생각도 보통 사람이 짜내는 생각은 아니잖여."

박평래는 내 손자지만, 나도 존경스럽다는 말은 낯 뜨거워 할 수 없어서 마른입만 쩝쩝 다셨다.

"슬슬 출발할 준비하지. 광일이 형 오고 있구먼."

상규가 운전석 옆 좌석에 올라타면서 말했다.

"죄송해유. 어지 회식이 있어서 늦잠을 잤더니 깜박했지 머유."

광일이 광배와 함께 차에 오르면서 술이 덜 깬 표정으로 말했다.

"안직 시간 충분해유. 슬슬 출발합니다……"

최세창이 빙글빙글 웃으면서 봉고차의 시동을 걸고 안개 속을 뚫고 달리기 시작했다.

"아여, 광일이는 영동에 살고 있응께 의원님 사위가 앞으로 워티게 살지 잘 알겄구먼. 요번에 출마할라고 안전기획분가 하는 데는 사표를 냈다잖여. 그람 직장이 읎는 거 아녀. 앞으로는 뭘 한댜?"

박평래가 뒷좌석에 앉은 광일에게 묻는 말에 장기팔과 순배 영감도 고개를 뒤로 돌렸다.

"영동으로 아주 이사를 내려온대유. 담 선거에서 끝장을 보겄다는 거쥬, 머. 지난번에 출마해서 거의 이억 원은 넘게 썼다고 하든데 본전 생각나서 포기하지는 않겠쥬. 돈이 읎는 것도 아니고 소문에 의하면 서울 강남에 있는 땅하고 건물만 해도 오백억 원이 넘는다고 하든데."

"부잣집에 부자 난다고 하드니, 의원님한테 강남에 이십 층짜리 뻴딩이 두 채나 있다는데 사위도 그 정도 재산이 있는 건 당연하겄지."

"츠, 암만 사위라고 해도 이동하 의원 승질에 사위한테 몇백억 원 재산을 물려줄 사람은 아니잖유. 무슨 꼼수를 써서 돈을 모았겄지."

장기팔은 괜히 배가 아파서 박평래의 말에 자신도 모르게 콧방귀를 뀠다. 이내 박평래의 표정을 슬쩍 살핀다. 다른 때 같았으면 뭐라고 한마디 쏘아붙일 박평래가 안개 쌓인 도로만 바라보고 있다.

"영동에 내려와서 뭘 한댜?"

광배가 광일을 바라보며 물었다.

"글씨, 그것까지는 안직 몰라. 하지만 의원님은 건설회사도 있고, 정미소도 있응게 둘 중 한 곳에 취직하든지 위티게 하든지 하겠지."

광일이 별 관심이 없다는 표정으로 말했다.

"건설회사는 의원님 큰아들이 하고 있는 걸로 알고 있는데?"

"한동리에 사시면서 안직 몰랐슈?"

장기팔이 묻는 말에 광일이가 반문했다.

"뭘?"

장기팔 대신 박평래가 물었다.

"승철이 갸, 영동 뜬 지 오래돼유. 제가 알기루는 한 십 년은 넘었을 뀨."

"워녕 그래서 얼굴 안 본 지가 한참 됐구먼. 설이나 추석 같은 날도 가만히 보믄 승철이 안 뵈이는 것 같드라구. 근데, 머가 부족하고 답답해서 집을 나갔을까. 서울 같은 데서 사업을 한다믄 명절 때는 내려올 거 아녀. 명절에도 안 뵈이는 걸 봉게 집을 나갔나 벼."

박평래는 앞을 향해 앉았다. 옛말로 근본은 속일 수가 없다더니 승철이 들례의 피를 받아서 제 복을 차고 집을 나갔을 것이라는 생각이 들어 슬그머니 웃음이 나왔다.

"광성이는 대전 톨게이트 앞에 서 있기로 했슈. 거기서 태워 가믄 돼유."

봉고차가 옥천에 도착할 무렵 안개가 걷혔다. 상규가 최세창이 옥천 톨게이트 방향으로 트는 모습을 바라보며 말했다.

"어채피 바깥으로 나갔다가 다시 들어와야 햐. 톨게이트 안쪽으로 못 들어가게 하거든."

"서울 팔봉이 형님하고, 경훈이랑 철용이는 여의도로 오기로 한 겨?"

최세창이 하는 말을 듣고 있던 광일이가 광배에게 물었다.

"금순이 누나도 온댜. 나도 포도밭 일이 안 바쁘면 매형하고 누나 따라 봉천동에 가서 하룻밤 자고 오고 싶은데, 요새 포도 순치는 때라서……."

"순이야 하루 이틀 늦게 치면 어뗘. 우리 봉천동에 가서 하룻밤 자고 올까?"

"느덜은 안직 농사꾼이 될라믄 멀었구먼. 농사라는 것이 하루 이틀 늦게 쳐도 괜찮다는 생각을 하면 안 되는 거여. 날씨라는 것이 사람 맘대로 되는 거 봤남? 당장 날 우박이 내릴지도 모르고, 일주일 내내 비가 올지도 모를 일여. 그래서 농사도 때가 있는 법이라능 겨."

"딴거는 몰라도 농사짓는 법은 으런들 말을 새겨들어야 햐. 요새 경운기로 밭을 가니, 무슨 비닐하우스에 농사를 짓니 머니 해도 농사는 기본이 있는 벱여. 기본을 지키지 못하믄 암만 좋은 방법이 있어도 농사짓기 심들어."

박평래가 하는 말을 가만히 듣고 있던 순배 영감이 점잖게 말했다. 광배와 철재는 머쓱한 표정으로 서로를 바라보다 창문 밖으로 시선을 돌렸다.

"오늘따라 팔봉이 애비가 보고 싶구먼. 팔봉이 애비가 서울 간다면 여간 좋아졌슈?"

"그려, 만약 그 사람이 살아 있다믄 팔봉이한테 즌화해서 술이며 밥을 사라고……."

박평래가 묻는 말에 순배 영감은 말을 잇지 못했다. 가슴이 아려 와서 크음 하고 잔기침을 하고 입을 다물었다.

"그람, 즘심은 그 머셔, 국회의사당 안에 있는 식당에서 먹기로 한 거여?"

장기팔이 분위기를 바꿔 볼 생각으로 상규의 등을 손가락으로 쿡 찔렀다.

"예, 그 안에 한식도 있고, 무슨 설렁탕이며 육개장도 있고 양식도 있대유. 근데 술은 안 판다고 하대유."

상규는 총무계장은 물론이고 면장도 국회의사당에서 밥을 먹는 영광을 누려 보지 못했을 것이라는 생각에 가볍게 휘파람을 불었다.

"시방 술이 문제여? 우리가 진규 아니면 어느 세월에 국회의사당 안에 들어가 보겠어. 이동하 의원이 그렇게 오랫동안 국회의원을 했어도 언지 한번 우리를 국회의사당으로 부른 적이 있나? 선거 때마다 찍어 달라고 부탁하기만 바빴지. 선거 끝나고 당선되믄, 언제 내가 당신들하고 말을 섞었나 하고 거리를 뒀잖여."

"츠, 국회의원 뺴찌를 옷에 달았다고 해서 죄다 똑같은 국회의원은 아뉴. 및 번이나 말했지만 진규가 왜 영동에서 출마했슈? 내가 입이 닳도록 말했지만 말유. 대전에서 출마하면 당선 되는 건 식은 죽 먹기나 마찬가지라고 하대유. 그란데도 진규는 참말로 고향을 발전시키고 싶대유. 그래서 영동에서 출마하기로 한 거유. 상규야, 내 말이 틀렸냐?"

박평래가 묻는 말에 상규는 대답하지 않았다. 싱긋이 웃는 얼굴로 어깨를 으쓱거리며 '대전 10km'라는 이정표를 바라봤다.

"아침도 부실하게 드셨을 건데 인절미 좀 드릴까유?"

대전 톨게이트 입구에서 기다리고 있는 광성이를 태운 봉고차는 다시

고속도로로 들어가서 서울로 달리기 시작했다. 상규가 순배 영감을 바라보며 물었다.

"어짠 인절미여?"

장기팔이 그렇지 않아도 출출했다는 얼굴로 입맛을 다셨다.

"엄마가 오늘 서울 올라가고 내려올 때 먹으라고 인절미랑 돼지괴기 쌂은 거랑, 짐치랑 몇 가지 싸 줬슈. 광배야, 거기 빡스 안에 일회용 접시하고 젓가락 있응게 노와 드려."

"좌우지간 상규네는 뭐라고 하고 싶어도 뭐라고 할 건더기가 없어. 어짜픈 하나부텀 열까지 똑소리가 나도록 행동하는지 모르겠어. 가다가 휴게실에 내려서 쉴 때 우동 한 그릇씩 먹을까 했는데, 언지 인절미까지 맨들었댜?"

순배 영감이 혀로 마른 입술을 핥으며 점잖게 말했다.

"제 말이 바로 그 말유. 우리 집사람처름 팽팽 노는 양반도 아니고, 허구한 날 과수원에서 밭매랴, 거름 주랴, 몸이 서너 개라도 바쁘게 일하면서도 형님한테 여간 잘해유? 새마을훈장이 아니라 효부상도 줘야 해유."

광배가 접시에 담은 인절미 접시를 장기팔 어깨 너머로 넘겨줬다. 장기팔은 먹음직스러워 보이는 인절미 접시를 한 손으로 들고 젓가락을 순배 영감에게 내밀었다.

"근데 말여, 현대건설을 하던 정주영 회장이라는 사람이 국민당인가 머를 맨들었잖여."

순배 영감이 인절미를 맛있게 오물오물 씹어서 힘겹게 삼켰다. 박평래가 일회용 컵에 따라 주는 물을 한 모금 마시고 나서 입술에 묻은 콩

고물을 닦았다.

"돈 많은 사람이 뭘 못 만들어유. 텔레비서 노상 못생겨서 죄송하다며 사람 웃기는 이주일도 국민당으로 출마해 구리신가 하는 데 당선돼서 국회의원이 됐잖유."

장기팔은 인절미를 한입 베어 물고 살핀다. 쌀알이 보이는 것으로 봐서 양산이나 학산에 있는 떡 방앗간에서 만든 것이 아니다. 집에서 찹쌀을 쪄 가지고 떡메로 쳐서 만든 것이다. 방앗간에서 만든 인절미보다 입에 착착 달라붙는 게 맛있다.

"정주영인가 하는 그 사람이 지난 사월에 아파트도 반값에 지을 수 있다고 큰소리쳤다며?"

"참말유?"

장기팔이 듣던 중 반가운 소리라는 표정으로 순배 영감에게 물었다.

"뉴스에 나왔슈. 아파트를 반값에 공급할 수 있다고 말유."

"건설부에서도 아파트 공급 가격을 삼십 프로 인하할 수 있다고 발표했잖유. 정주영 말이 영 틀린 건 아니라는 거쥬."

광일이 상규가 하는 말을 거들었다.

"정주영이라는 사람은 원래 건설을 하든 사람잉께 틀린 말은 안 하겄지. 그람 우리 경훈이도 아파트에 들어가 살라고 해야겄구면. 요새 거기 땅값이 올라서 고물상 땅이 평당 오십만 원이 넘는다고 하데유."

"몇 평이나 되는데?"

장기팔이 자랑삼아 하는 말에 박평래가 물었다.

"철용이 형 말이 삼백 평쯤 된다고 하데유."

"허! 일억 오천만 원이란 말이구먼. 역시 사람은 돈을 벌라믄 서울로 가서 살아야 혀. 촌에서는 삼백 평이라고 해 봤자 땅으로 치면 한 마지기 반 아녀. 경훈이 땅 한 평만 팔아도 우리 동리 밭 한 마지기는 사겠구먼……."

박평래는 사르르 졸음이 밀려오는 것을 느끼며 눈을 감았다. 어느 가을날의 둥구나무가 떠오르는가 싶더니 잠이 쏟아지기 시작한다.

"변소 가고 싶으신 분 계시믄 천안휴게소에서 한 이십 분 쉬었다 갈 모양잉께 볼일들 보셔유."

최세창이 룸미러를 바라보며 말했다. 차 안에 있는 사람들은 '벌써, 천안이여?', '아따 빠르구먼. 고속도로가 그냥 고속도론가?'라고 한마디씩 하며 창문 밖을 두리번거린다.

삼겹살 파티

코에 걸면 코걸이, 귀에 걸면 귀걸이라더니 딱 그 짝이구먼.
그람 당장 낼이라도 장가를 가요.
그래야 나도 여자를 찾아보든지 할 거 아뉴.
솔직히 형님이 앞에 딱 버티고 있응께,
맘에 드는 여자가 있어도 그 머여, 꼬셔 볼 엄두를 못 내잖유.

송산건설 사장실에는 묘한 침묵이 감돌고 있었다. 반백의 이동하는 소파에 등을 기대고 깊은 생각에 잠긴 표정으로 벽에 걸려 있는 백 호짜리 산수화를 바라보고 있다. 영동에서 전국적으로 이름나 있는 화가의 작품을 선물로 받은 것이다. 가격이 얼마나 하는지 모르지만 누가 보더라도 잘 그린 작품이라는 생각이 들 정도로 풍경이 아름답다.

고현수는 이동하가 입을 열기를 기다리며 신문을 보는 척했다. 연예면에는 지난해에 전국적인 열풍을 일으켰던 <여명의 눈동자>의 제작에서 방송까지, 숨은 이야기를 특집으로 방송한다는 기사가 나와 있다.

'40억 원의 국내 드라마 최고 제작비와 2만여 명의 인력이 투입됐고 배경음악까지도 화제가 되었던 <여명의 눈동자>의 제작 과정을 담은 다큐멘터리……. 89년 기획 단계부터 첫 촬영을 앞두고 지낸 고사 장면, 중국·필리핀에서의 해외 촬영 현장 그리고 국내 곳곳의 촬영 당시 모습을 담았다…….'

고현수는 이동하를 슬쩍 바라본다. 이동하는 무얼 생각하는지 산수화를 지그시 바라보며 미동도 않고 있다. 숨을 쉴 때마다 올챙이 같은 배가 들쑥날쑥하는 것으로 봐서 살아 있다는 것을 느낄 지경이다.

신문을 넘기니까 『뉴스메이커』라는 잡지의 전면 광고가 고현수의 시선을 사로잡는다.

<거함 現代호 침몰 시나리오>라는 고딕체 글씨 사이에 정주영의 사진이 들어 있다. <비전향 장기수·이인모 전격 인터뷰>, <故박순천·황신덕 말 못 할 사연>, <유랑 작가 황석영의 뉴욕 생활> 등의 헤드라인 기사 밑에 <이명박의 고백, 나도 이제는 말할 수 있다>라는 제목이 눈에 띈다.

중간에 <고문 기술자 이근안의 발자국>이라는 제목에서 잠깐 시선이 머물렀으나 신문을 넘겼다. 사회 면에는 수배 중인 오대양 사건의 핵심 인물인 송재화 여인이 법정에 출두해 증언한다는 기사가 나와 있다. 그 위에는 요즘 대학가에서 한참 이슈인 '인공기' 학생을 검거한 데 대한 항의의 뜻에서 목포대생 5백여 명이 무안경찰서와 청계 지서에 각각 화염병 2백여 개를 던지며 30여 분간 기습 시위를 벌였다는 기사가 있다.

아직도 데모는 여전하군…….

안기부에 근무하고 있었다면 대학생들이 파출소를 습격했다는 기사에 시선이 고정되어 있을 것이다. 하지만 과거다. 과거는 흘러갔고 지금은·낙선한 국회의원 후보로 어떡하면 다음 15대 총선에서 당선될 수 있을지 치밀하게 패배를 분석하고, 승리할 수 있는 작전을 짜는 게 중요하다.

"그랑께, 고 서방 말은 송산건설 월급쟁이 사장으로는 만족하지 않는다는 말 아녀?"

이동하는 아무리 생각해 보고, 다시 더듬어 보고, 원점으로 돌아가서 생각해 봐도 사위는 사위고 사업은 사업이라는 생각을 버릴 수 없었다. 고현수가 송산건설을 인수하겠다는 그 저의를 확실하게 알아야겠다는 생각에 무겁게 입을 열었다.

"장인어른, 제가 송산건설을 인수해도 장인어른은 이 회사의 회장님이십니다. 겉으로는 변한 것이 하나도 없습니다. 오히려 장인어른은 사업에서 손을 떼시고 여생을 편안하게 보내실 수 있습니다.

고현수는 <은행 금융감독원은 이른 시일 내에 現代 가지급금을 모두 회수한다>는 내용을 읽다가 자세를 바로잡았다. 신문을 얌전하게 접어 테이블 가운데 놓고 이동하를 바라봤다.

"내가 암만 머리가 나빠도 거기까지는 이해할 수 있구면. 하지만 요새는 의학이 발달돼서 내가 몇 살까지 더 살지는 모르는 거 아녀. 옛날처럼 은퇴했다고 집에서 부채질하면서 세월을 보내는 거야말로, 황천길에 직행 표를 끊는 것이나 마찬가지여. 남자는 자고로 바깥에서 일을 해야 건강을 유지할 수 있는 법이잖여."

"저도 그 점은 장인어른과 생각이 같습니다. 하지만 제가 알기로는 건설회사라는 것이 물건을 찍어 내서 파는 제조업과는 생리가 다르지 않습니까? 계속 로비를 해야 하고, 끊임없이 움직여야 살아남을 수 있습니다. 저는 그런 점 때문에 스트레스를 받아서 건강에 위협이 되는 것보다는 그저 편안하게 결재만 해 주시며…….”

“좋아, 그 점도 이해한다고 쳐. 그럼 송산건설이라는 이름은 왜 바꾸라고 하는 겨? 이름이 바뀐 회사에 내가 출근하면 말여, 누가 보드래도 월급쟁이 회장으로 알 거 아녀. 그라고 송산이라는 이름이 보통 이름인가? 자네 처 할아부지 호여. 내가 이만큼이나 재산을 불릴 수 있고, 육선 국회의원으로 정치에서 물러나며 무궁화 훈장을 받을 수 있었던 것도 자네 처 할아부지 덕택여. 그래서 나는 송산건설이라는 이름을 붙일 때부터 먼 생각을 했는지 아나? 내가 죽더래도 송산건설은 자식이 물려받고, 또 그 밑의 손자가 물려받으면서 길이길이 남도록 바랬단 말여……….”

이동하는 문득 이병호가 임종하던 순간이 떠올랐다. 이병호는 죽는 그 순간 ‘내 돈!’이라는 짤막한 유언을 남기고 눈을 감았다. 그 유지를 이어받은 것은 아니지만, 어쨌든 이병호가 국회의원을 만들어 줘서 재산을 모을 수 있었다. 그렇게 어이없이 눈을 감을 줄 알았다면 좀 더 효도해 드렸어야 했다는 생각이 들면서 눈물이 앞을 가렸다.

“장인어른 죄송합니다. 저는 단순히 다음에 제가 출마하려면 무엇이든 새로 시작해야 한다는 뜻에서 송산이라는 이름을 다른 이름으로 바꾸려고 했습니다. 장인어른 말씀을 듣고 나니까 저도 눈물이 납니다. 어떤 시련과 어려움이 있더라도 송산이라는 이름은 지켜나가겠습니다.”

고현수는 작전을 바꿨다. 일단 법적으로 등기 이전을 한 후에 상호를 바꿔도 늦지 않다고 생각하면서 슬픈 목소리로 말했다.

“그려, 바로 그거란 말일씨. 솔직히 자네 앞에서 하는 말이지만 말여!”

이동하는 고현수의 눈에서 눈물이 얼핏 비치는 것을 보는 순간 송산 건설에 대한 애착이 한꺼번에 하얗게 날아가는 것을 느꼈다. 가슴 저 밑에서 묵직한 슬픔 같은 것이 치밀어 오는 것을 느끼며 고현수의 손을 덥석 잡았다.

"가격은 정식으로 감정사를 불러서 책정한 것보다 후하게 쳐 드리겠습니다. 그리고 제 앞으로 회사를 등기 이전한 기념으로 모산에 있는 할아버님 송덕비 옆에 주목으로 기념식수를 하겠습니다. 주목은 살아서 천 년, 죽어서 천 년을 간다는 나무입니다."

고현수는 이동하가 이병호에 대해서만큼은 한없이 관대해진다는 사실을 처음 알았다. 이동하가 정신을 차릴 틈을 주지 않고 곧바로 가격 산정 방법을 제시하면서 달콤한 말로 비위를 맞췄다.

"역시 배운 사람은 머가 달라도 달라. 송산건설을 천년만년 이어지게 한다는 뜻에서 주목이라는 나무를 심겠다는 뜻이구면."

"항상 느끼는 점이지만 송덕비 옆에 봄부터 가을까지 필 수 있는 꽃나무도 심겠습니다. 사업이 잘되면 송산장학회를 만들어서 사회에 환원도 하겠습니다."

고현수는 송덕비 근처에 화단을 조성해도 돈 십만 원이면 충분하다고 생각했다.

"그렇지 않아도 군청에 송산장학회가 등록되어 있구면. 내가 여기서 국회의원을 할 때 해마다 장학 기금을 몇백만 원씩 출연했지만, 이제 출연 안 한 지가 십 년은 돼 가는 것 같구면. 생각난 김에 송산장학회도 자네가 책음져 주게."

"그 점은 걱정 안 하셔도 됩니다. 지금보다 최소한 열 배 이상으로 키울 자신이 있습니다."

"그려, 사실 승철이 그놈이 자네가 할 일을 하는 것이 순서지만 말여. 난 승철이 그놈을 내 맘에서 보내 버렸단 말일씨. 자네가 승철이 대신 송산건설이 천년만년 전해지도록 노력해 주게. 그리고 감정사를 불러서 감정할 필요가 뭐 있겄나. 더구나 장인이 사위한테 물려주는 건데……"

이동하는 이왕 고현수에게 회사를 팔아 버리기로 결정한 바에는 복잡한 절차를 거치고 싶지 않았다. 그래야 나중에도 고현수에게 인사를 받을 것이라는 생각에 선심을 쓰는 목소리로 말했다.

"장인어른의 뜻은 감사하게 받아들이겠습니다. 하지만 밑에 직원들도 있지 않습니까. 그냥 적당히 인수 받는 것보다는 감정 기관에서 적정한 가격에 인수하시면 직원들도 자긍심이 있을 것 아니겠습니까?"

고현수는 대외적으로 합당한 가격에 인수해야 나중에 이동하와 거리를 둘 수 있다는 생각에 적당히 핑계를 댔다.

"고 서방 말을 듣고 보니 그런 면도 있겄구먼. 그건 자네 좋은 대로 햐. 인제부터는 자네가 이 회사 쥔잉께."

"고맙습니다, 장인어른. 장인어른의 숭고한 뜻을 깊이 살려서 돌아가신 할아버님의 유지를 대대손손 이어가겠습니다. 당장 내일 대전에 있는 감정원에 연락해서 적당한 가격을 산정하겠습니다."

고현수는 일어서서 정중하게 허리를 숙여 인사했다. 이것으로 일차적인 목적은 달성됐다는 생각이 들었다. 기분이 좋아야 하는데 이상하게 서글픈 느낌이 들었다. 어디 가서 술이나 왕창 마시고 싶은 충동이 일어날 정도로 기분이 축축해졌으나 겉으로 내색은 하지 않았다.

"송산건설을 버팀목 삼아서 다음 선거에는 반드시 박진규 놈을 쓰러

뜨리게. 나도 머슴 놈의 새끼가 국회의원이라고 으스대고 댕기는 꼴은 진짜로 보기 싫응께."

이동하는 지난 3월 국회의원 선거를 생각하면 너무 화가 나다 못해 머리가 지끈거릴 정도였다. 서규원이 생각해 낸 흑색선전은 누가 보더라도 천재적인 발상이다. 표 차이가 만 표 정도 떨어질 것으로 예상했으나 흑색선전이 효과를 보기 시작하면서 거의 근접하도록 차이를 좁혔다. 만약 선거기간이 닷새 정도만 더 길었다면 박진규가 텔레비전에 나와서 초선 의원 주제에 국회에 참신한 새바람을 불어넣겠다는 싸가지 없는 발언을 할 기회는 없었을 것이다. 15대 총선에서는 고현수가 분명히 당선될 것이라고 생각하면서도 이가 갈리는 목소리로 말했다.

"지난번 선거는 너무 안이하게 생각했던 것 같습니다. 치밀하게 작전을 짰더라면 충분히 승산이 있었습니다."

"그려, 앞으로 사 년이 남았지만 절대로 긴 시간은 아니라는 점을 명심해야 할 껴. 앞으로 사 년 동안 박진규 그 싸가지 없는 놈은 이 지역에 뿌리를 내릴라고 온갖 궁상을 다 떨 껴. 그놈한테 두 번씩이나 패배를 당하지 않을라믄 영동도 영동이지만, 옥천이나 보은 쪽에 사람을 많이 심어 놔야 한단 말여. 내가 선거를 해 봉께 말여, 영동은 막말로 돈만 뿌리면 표를 긁어모을 수 있어. 하지만 옥천하고 보은은 돈 갖고 안되아. 돈과 조직, 두 가지를 갖고 있어야 안심할 수 있단 말여. 내 말 무슨 말인지 잘 알아들었겠지?"

이동하는 마치 자신이 선거운동을 하는 것 같은 얼굴로 주먹을 흔들어 가면서 일장 연설을 했다.

"저한테 기가 막힌 생각이 있습니다. 영동과 옥천, 보은 삼 개 군을 상대로 한 지역신문을 창간할 생각입니다. 송산건설을 모체로 해서 지역신문을 만들면 여러 가지로 장점이 있습니다. 우선 각 지역에 지부를 두고 지역 기자들을 채용할 생각입니다. 그리고 각 면에 교통비 정도만 지급하는 주재기자를 두면 삼 개 군을 거미줄처럼 엮을 수 있습니다."

"햐! 참말로 기가 막힌 생각이구먼. 그 머여, 지역신문을 맨들면 군청이며 경찰서 같은 데서도 함부로 못 할 거 아녀. 이거야말로 일거양득이구먼. 지역 지부장들한테 시켜서 그 머여, 커, 커미션을 줄 팅게 건설회사 일감을 따오라고 하면 얼매든지 따 올 거 아녀. 딴 사람도 아니고 지역신문 지부장이 군청에 찾아가서 요새 신문사 사정이 어려우니 돈을 달라는 것도 아니고, 우리 신문사를 먹여 살리는 송산건설 일거리 좀 밀어 줘라, 하믄 안 줄 공무원이 워딨어. 만약 일거리를 안 주면 그 머여, 잘못한 점을 신문에 대문짝만 하게 실으면 되능 겨."

이동하는 자신이 신문사를 운영하는 것처럼 신이 나서 뚱뚱한 체구를 들썩거리며 말했다.

"장인어른 아이디어는 기가 막힙니다. 하지만 자칫 잘못하면 다음 선거 때 약점으로 잡힐 수 있습니다. 저는 그저 신문사를 앞세워서 탄탄한 조직을 만들고 싶습니다. 지난 선거를 통해서 당선은 후보자의 역량이 오십 프로라면 조직의 역할이 오십 프로라는 것을 뼈저리도록 느꼈습니다."

고현수는 이동하가 덩치만큼이나 검은돈을 가리지 않고 먹어 치우고 있다는 사실을 알고 있었다. 그러나 지역신문사를 설립하겠다는 정보 하나만 가지고도 거침없이 먹성을 발휘하는 것을 보고 깜짝 놀랐다. 하지만 내색하지 않고 슬쩍 화제를 돌렸다.

"조직을 잘 관리할라믄 유능한 보좌관이 있어야 하능 거. 하중태 보좌관이 시방 별다른 직업이 읎는 걸로 알고 있는데 한번 연락해 보지 그랴."

"저도 그렇지 않아도 지난번 선거 때 사무장이 나이가 좀 많아서 하중태 씨를 생각해 봤습니다. 하지만 제가 정보부 출신이기 때문에 정보부 출신하고 같이 일하면 안 좋은 말이 나올 것 같아서 생각을 바꿔 먹었습니다. 제 생각에는 나이가 삼십 대 중반에서 사십 대 초반 정도 되는 사람이 적당할 것 같습니다."

"자네는 안직 멀었어. 서울 같은 데 가 보면 알겠지만 선거로 밥 먹는 사람은 평생 선거로 먹고살잖아. 그기 무슨 뜻여, 국회의원과 선거 브로커는 악어와 악어새여. 표를 긁어모을라면 하중태 같은 사람이 반드시 필요한 법여. 그랑께 내 말대로 한번 써 봐."

"알겠습니다. 그럼 한번 만나 보겠습니다."

고현수는 하중태를 끌어들이면 이동하의 이미지를 덮어쓰는 게 아닐까 하는 생각을 버리기로 했다. 단순히 표만 긁어모으면 된다는 생각에 정중하게 대답했다.

"하여튼 내가 뒤에서 턱 버티고 있응께 열심히 해 봐. 담 선거에는 워떤 일이 있어도 당선돼야 한다는 점 명심하고."

이동하는 한참 떠들었더니 배가 출출했다. 켄터키 프라이드치킨이 갑자기 먹고 싶었다.

나이가 들면 입맛이 떨어진다고 하드니…… 요즘 정치를 안 하니까, 뭐가 이렇게 시도 때도 읎이 먹고 싶은지 모르겄구먼.

고현수가 나가는 즉시 치킨을 먹어야겠다고 생각하니까 갑자기 배에서 꼬르륵거리는 소리가 났다.

고현수는 송산건설을 나가서 곧장 부동산 사무실로 갔다. 중앙복덕방에서 중앙부동산이라고 이름만 바꾼 부동산 소개소 안에서는 고스톱 판이 벌어지고 있었다.

"이게 뉘여. 저 모르겠슈? 지난번 선거 때 후보님 사무실로 맨날 출근했잖유."

부동산 사장 김영달은 고현수를 보고 깜짝 놀랐다. 손에 들고 있던 화투를 옆에서 구경하고 있는 사람에게 넘기고 일어섰다.

"아, 네, 맞습니다. 건물을 지을 땅을 좀 사려고 왔습니다."

"아이구, 마침 아주 적당한 땅이 하나 나왔슈."

김영달은 테이블 위에 펼쳐져 있는 군용 담요를 뭉쳤다. 오랜만에 쓰리 고를 막 부르려던 자전거포 사장이 우거지상을 쓰든 말든, 노름꾼들을 밖으로 내보냈다. 그는 군용 담요로 소파를 쓱쓱 문지르고 고현수에게 앉으라고 권했다.

"진짜 다 이긴 선거를 졌슈. 가재도 게 편이고, 팔은 안으로 굽는다고 박진규 같은 학산 촌놈이 국회의원이 되믄 안 되잖유. 저는 솔직히 후보님이 꼭 될 줄 알고 밤잠 안 자가면서 선거운동 했당께유. 이동하 의원님한테 물어보시믄 이 김영달이 어떤 놈이라는 걸 잘 알고 계실 거유. 고생 끝에 낙이 온다고 저는 진짜로 후보님이 당선된 줄 알고, 아까 고스톱 같이 치던 친구들하고 축하 술까지 마셨당께유. 가만있어 보자, 그라고 봉께 손님한테 커피 한잔 대접 안 했구먼. 요 옆에 정 다방이라고 있는데, 커피 맛이 끝내주거든유. 커피 한잔 시킬까유?"

김영달이 일어서서 책상 위에 있는 수화기를 들었다. 정 다방 전화번호를 빠르게 누르며 말했다.

"아닙니다. 커피 마셨습니다. 선거 때는 정말 고마웠습니다. 다음 십오 대 선거 때 다시 출마할 생각입니다. 그때도 밀어주시면 반드시 보답하겠습니다."

고현수는 김영달의 말이 입에 발린 소리라는 점을 알고 있었다. 그러나 돈이 들어가는 것도 아니다. 다음 선거를 위해서는 김영달 같이 입에 발린 소리를 하는 인간형도 필요하다는 생각에 악수를 청했다.

"영동에 아주 뿌리를 내린다는 소문을 들었슈. 아니지, 원래 모친이 영동 계시잖유. 영동에 뿌리를 내리는 것이 아니라, 고향에 내려오신 거네유. 그것 땜시 땅을 사서 건물을 올릴라고 그러셔유?"

김영달이 수화기를 내려놓고 부동산 소개 목록이 적혀 있는 노트를 펼치면서 물었다.

"맞습니다. 귀향을 한 것이 아니고 고향을 멋지게 발전시켜 볼 생각으로 내려왔습니다."

"축하드려유. 그란데 집이 아니고 건물이라면?"

"송산건설을 인수했습니다. 삼 층짜리 사옥을 지을 생각입니다."

고현수는 자신이 건물을 짓는다는 사실을 소문내는 것이 입지를 굳히는 데 유리할 것 같아서 웃으며 말했다.

"송산건설은 장인이신 이동하 의원님 회사로 알고 있는데유. 그걸 인수하다니 무슨 말씀이셔유?"

김영달이 의아한 표정으로 물었다.

"저는 사위 아닙니까? 한두 푼 하는 회사도 아니고 몇 억은 넘게 가는 회사 아닙니까. 자식이 둘이나 되는데 사위한테 회사를 물려주겠습니까?

제가 직접 감정원에 감정 의뢰를 해서 정상적인 돈을 지불하고 인수하기로 했습니다."

고현수는 이동하와 확실한 금을 긋기 위해서 김영달이 소문을 내기를 기대하며 말했다.

"이동하 의원님이 보통은 넘는다고 하더니 대단하구먼. 제가 드릴 말씀은 아니지만 말유, 인제 집에서 편히 쉴 나이 아뉴. 회사는 사위한테 물려주고 슬슬 유람이나 댕겨야 할 나이에 돈 욕심은 대단하시구먼. 내가 알기루는 서울 강남인가 하는 데 이십 층짜리 삘딩이 두 채나 된다고 하든데……."

김영달이 고현수의 비위를 맞추기 위해서 혼잣말로 중얼거리며 말했다.

"근데 건설회사가 얼매나 크길래 삼 층짜리로 지을라고 하는 겁니까?"

"대로변에 있는 건물이니까 일 층은 상가로 임대를 주고, 이 층만 송산건설 사무실로 사용할 생각입니다. 삼 층에는 영동과 옥천, 보은 삼 개 군에 배포하는 지역신문사를 창간할 생각입니다.

"지역신문사를 창간하신다면? 신문기자가 필요하겠네유?"

김영달이 듣던 중 반가운 말이라는 얼굴로 은근하게 물었다.

"그야 당연히 필요하죠."

"제 자식이 신문방송학과를 나왔는데, 신문사에 취직을 못 해서 출판사에 근무하고 있거든유. 후보님이 거두어 주신다믄 당장 내려오라고 할게유."

김영달은 이게 웬 횡재냐는 얼굴로 마른침을 꿀꺽 삼키고 나서 손바닥을 비볐다.

"일단 이력서를 제출해 보시죠. 가능하면 채용하겠습니다."

고현수는 국회의원에 출마하려면 어떠한 일이든지 거절하지 않는 습관을 길러야 된다고 생각했다. 신문사도 창간하지 않았는데 기자를 채용한다는 말이 어불성설이긴 하지만 여운을 남기며 웃었다.

고물상에 있는 퀀셋 막사가 철거된 자리는 휑하니 비어 있었다. 철판은 고물로 판매하려고 용접기로 운반하기 좋은 크기로 조각내서 쌓아 놓았다. 철용은 철판 위에 양반다리를 하고 앉아서 감회가 서린 표정으로 퀀셋이 있던 자리를 바라봤다.

"뭘 생각하는 거여?"

경훈이 빈 음료수 박스에 걸터앉아서 공터를 바라보고 있다가 철용을 올려다봤다.

"이상하게 눈물이 나려고 하네……."

"자식……."

경훈은 철용의 말에 시훈의 얼굴이 불쑥 떠올라서 피식 웃으며 시선을 돌렸다. 시훈이 살아 있다면 철재와 광성이처럼 포도 농사를 짓고 있을 것이다. 왕십리에서 사기당한 건에 이어서, 지구본으로만 찾아볼 수 있는 독일까지 가서 광부 노릇을 했다. 영동에서 겨우 자리를 잡는가 싶더니 통일주체국민회의 대의원에 출마해서 다시 나락으로 주저앉았다. 사북에 가서는 데모 주동자로 몰려 죽다 살아났다. 겨우 마음을 잡고 재기의 꿈으로 소를 길렀으나 소 값 파동으로 마지막 희망까지 빼앗겨 버렸다.

나라도 살기 힘들었을 껴. 하지만 죽기는 왜 죽어, 등신처럼······.

시훈이 죽지 않고 살아 있어도 또 어떤 고난을 겪고 있을지 모를 일이다. 하지만 겨우 차비만 가지고 상경한 동생이 드디어 집을 짓게 되었다는 사실을 알고 같이 기뻐해 주었을 것이다. 그 빈자리가 가을바람처럼 허허로워서 눈물이 날 것 같았다.

"사장님, 저 자리가 비어 있응게 서운해유?"

짱구가 옷의 먼지를 털고 나서 빈 음료수 박스를 들고 와서 경훈이 옆에 앉았다.

"서운하긴, 너무 좋아서 눈물이 날라고 하는구면."

경훈은 손에 잡히는 대로 작은 돌멩이 한 개를 들어서 생각 없이 던져 버리며 마르게 웃었다.

"저는 기분이 짠하네유. 저 퀸셋 막사가 그래도 고물상을 시작할 때 우리한테 큰 버팀목이 되어 줬잖유."

"그래서 역사는 흐른다고 하는 거여. 짝눈은 워디 간 겨?"

"아까 철공소에서 절단기를 빌려 왔잖유. 우리 꺼는 너무 짝아서 말유. 그거 갖다 주러 갔슈."

"꺽다리는?"

철용이 철판 더미 위에서 가볍게 뛰어내리며 물었다.

"같이 갔슈."

"딴 데 가서 먹는 것도 좋지만, 오늘은 여기서 삼겹살 파티라도 해야겄다. 어뗘?"

경훈이 혼잣말로 말하다가 철용에게 시선을 돌렸다.

"형수님하고 정민이 엄마한테 상추하고 깻잎 좀 씻어 오라고 해야겄네."

"제수씨야 오겠지만, 영철이 엄마는 오겠냐……."

오숙자는 얼마 전에 두 동생들의 원통한 죽음에 대한 보상금으로 이억 팔천만 원을 받았다는 소식을 듣고 나서 다시 바깥출입을 안 하고 있다. 철용은 자신도 모르게 한숨을 쉬며 일어났다.

"여덟 시에 시작할 모양잉께, 그때까지 고물상으로 모이라고 햐. 아, 손 의원님도 오시라고 햐. 모처럼 한잔하게."

경훈은 철용의 어깨를 툭 쳐 주고 짱구와 함께 집으로 갔다. 아래층은 짱구와 짝눈이 사용하고 2층은 경훈의 가족이 사용한다.

2층에는 불이 켜져 있지 않았다. 경훈은 문 앞에서 조용히 노크를 했다. 거실 불이 켜지면서 발소리가 들려온다. 문이 열리고 햇빛을 보지 않아서 얼굴이 파리한 오숙자가 희미하게 웃으며 뒤로 물러선다.

"영철이는?"

경훈은 집에 들어서자마자 영철의 방문을 열었다. 벽에는 서태지와 아이들 사진이 여러 장 붙어 있다. 털모자에 목도리를 한 것하며, 헐렁한 반바지도 아닌 칠부바지를 입은 세 명의 가수 사진은 아무리 봐도 요상하기만 하다. 하지만 영철은 시간만 있으면 서태지와 아이들 노래에 빠져 있다.

"학원에 갔어요"

"오늘 고물상에서 삼겹살 파티를 하기로 했구먼."

경훈은 퀀셋을 철거하느라 뭉쳐 있던 피곤이 살아나는 것을 느끼며 소파에 앉았다.

"정민이 엄마는 온대요?"

오숙자가 냉장고 문을 열고 찬 보리차 한 컵을 따라 내밀었다.

"상추하고 깻잎 좀 씻어 오라고 했구먼. 당신도 밥 좀 해 가자고 나가지."

경훈은 그렇지 않아도 목이 마르던 참이었다. 보리차를 단숨에 마셔 버리고 부드럽게 말했다.

"그냥 집에 있을래요."

"삼겹살 좋아하잖아. 아직 바깥 날씨가 추운 건 아녀. 직원들하고 삼겹살 꿔 먹으면서 그동안 고생했던 야기도 좀 하믄 재미있을 거 아녀. 오랜만에 술도 한잔 하고……."

"영철이 학원 갔다가 오면 간식거리 챙겨 줘야 하는데……."

"영철이는 이제 어린아가 아니잖아. 혼자 챙겨 먹을 수 있구먼. 자꾸 집에만 있으믄 몸도 안 좋아져. 바깥바람도 쐬고 그랴. 당신이 바깥에 나가면 짱구하고 짝눈이며 꺽다리가 얼매나 좋아하는지 알잖여."

"미안해요……. 나도 바깥에 나가고 싶어요. 나도 인간인데…… 같이 어울리고 싶지 않겠어요? 하지만 누가 자꾸 쫓아오는 거 같아서…… 너무 무서워."

오숙자는 더 이상 참을 수 없어서 손바닥으로 얼굴을 가리고 눈물을 흘렸다.

"알았구먼. 알았응께, 약 먹고 집에서 텔레비나 보고 있어. 내가 삼겹살 꿔서 정민이 엄마 편에 보내 줄게."

경훈은 늘 그랬던 것처럼 오숙자가 눈물을 흘리는 모습을 보면 할 말이 없었다. 스스로 목숨을 끊은 시훈을 생각하면 슬프기도 하지만 화가 치밀어 오른다. 오숙자의 남동생들은 벌건 대낮에 피를 흘리며 죽어 갔다. 한 명도 아닌 두 동생이 눈앞에서 처참하게, 그것도 금품을 노린 강도나 살인자가 아닌, 나라를 지키는 군인들이 휘두르는 개머리판에 맞아 개처럼 죽임을 당했으니 그 충격은 상상을 못 할 것 같았다. 경훈은 혼란스러운 마음과 분노가 겹쳐서 가슴을 짓눌렀으나 겉으로는 내색하지 않고 오숙자를 가볍게 껴안고 부드럽게 속삭였다.

처서(處暑)가 지난 후라서 8시가 되니까 금방 어두워졌다. 반으로 자란 드럼통에 번개탄을 얹었다. 그 위에 각목이며 판자 조각을 올려서 숯을 만들고 철망을 얹었다. 드럼통 옆에는 음료수 박스를 엎어서 테이블을 만들었다.

"여! 내가 딱 맞게 왔구먼."

손기문이 어둠 속에서 껄껄 웃으며 고물상 안으로 들어왔다. 그의 양손에는 소주며 맥주, 음료수가 들어 있는 비닐봉지가 들려 있었다.

"그냥 오라니까, 머 이런 걸 사 왔어."

경훈이 반갑게 맞으며 손기문이 내미는 비닐봉지를 받았다.

"의원님 월급도 안 나온다며, 맨날 이렇게 돈을 써도 되능 겨?"

철용이 짝눈을 시켜서 빈 박스 한 개를 가져오라고 했다.

"제수씨는 왜 안 뵈여?"

손기문이 금순은 보이는데 오숙자가 보이지 않는 것을 보고 경훈에게 물었다.

"워딜 좀 갔구먼."

경훈이 소주병 뚜껑을 따며 쓰게 웃었다.

"몸이 또 안 좋으시구먼. 어디 기도원 같은 곳에 가서서 마음을 좀 다스리면 좋아지실 건데……."

손기문도 오숙자의 증세를 알고 있었다. 벌겋게 타고 있는 숯불을 바라보며 안됐다는 표정을 지었다.

"기도원에 몇 번이나 갔다 왔잖여. 거길 가라고 해도, 가 있을 때는 괜찮지만 나오면 또 마찬가지랴. 집에서 이겨 내야 한다면서 바깥출입은 안 하고 있응께……."

"봉천 오 동 구의원 부인도 제수씨하고 증세가 비슷했었댜. 근데 교회를 댕김서 시방은 옛날 보다 더 명랑해졌다고 하데. 제수씨도 교회에 한번 나가 보라고 하믄 어뗘?"

손기문이 경훈에게 술을 따라 주며 말했다.

"바깥출입도 못 하는 사람이 교회를 워티게 간댜?"

경훈이 우울한 표정으로 말했다.

"같이 댕기믄 되잖여. 형이 손잡고 같이 교회 가자고 하믄 형수도 맘이 놓잉께 따라나설 거 같은데?"

철용이 연민 어린 시선으로 경훈을 바라보며 말했다.

"하긴, 나하고 같이 댕기자고 하믄 따라나설지도 모르겠구먼. 맨날 누가 자기를 죽일라고 쫓아온다고 항께, 내가 손잡고 가믄 안심할 거 아녀?"

"에이, 나라가 워티게 돌아가는지 모르겠구먼. 아! 잘못이 있으면 재판을 받게 하는 것이 민주주의 아녀? 멀쩡한 학생들을 총으로 쏴 죽이는 것이 민주주의인가?"

"생각하면 뭐햐. 악만 받치지……. 츰에는 암것도 몰라서 심들었지만 시방은 할 만하지?"

경훈은 종교를 가져야 된다고 생각해 본 적이 없었다. 하지만 오숙자를 위해서라면 교회 문을 두들겨 보는 것도 좋을 것 같다고 생각하며 슬쩍 화제를 바꿨다.

"뭘?"

"그 머여, 요새는 구청장하고 국장급들을 의회로 불러 놓고 막 머라고 한다면서?"

철용이 싱긋 웃는 얼굴로 손기문을 바라봤다.

"나만 무식한 것이 아녀. 무식한 사람들이 많응께 무식도 통하는 데라서 시방은 괜찮어. 학산 미장원에서 봉천동 사무소 앞으로 나가는 데까지 아스팔트가 다 깨져서 비만 오믄 우습지도 않잖여. 아스팔트 깨진 사이로 흙탕물이 배어 나와 철푸덕거림서 바지를 다 버렸잖여."

"시방은 다 포장했잖여."

철용이 자기 앞으로 오는 연기를 피해 눈살을 찌푸리고 손기문을 바라봤다.

"그거, 내가 힘써서 포장한 거여."

"참말유?"

경훈과 철용은 놀라서 말이 안 나왔다. 짱구가 일회용 컵에 소주를 가득 따라 마시다 말고 물었다.

"그려, 내가 요번에 도시계획국장한테 특별히 부탁해서 포장을 했구면. 내년 초에는 봉천동 중앙시장 통로도 새로 싹 깔기로 했당께."

손기문이 자랑스럽게 말하며 경훈이 따라 주는 술을 받았다.

"야, 대단하구면. 난 솔직히 형님이 구의원 됐다고 했을 때 은근히 걱정했구면. 거긴 다 배운 사람들이 득실거리는 데 아녀. 그런 데서 형님이 배겨 낼 수 있을까, 하는 생각이 들어서 첫날에는 잠이 다 안 오드라구."

"나는 더했구먼. 동네 으른들이 등을 떠미는 통에 구의원 선거에 나가서 무투표로 당선됐잖어. 거기까지는 좋았는데 말여, 막상 선거관리위원회에서 당선증을 받고 낭께, 내가 시방 사서 고생하는 건 아닌지, 괜히 애먼 짓을 하는 건 아닌지 걱정이 돼서 말여. 시장에서 채소 장사나 함서 얌전히 사는 게 내 팔잔데, 구의원 한다고 깝작대다가 개망신을 당하는 건 아닌가, 하고 별생각이 다 들드랑께. 하지만 막상 발등에 불이 떨어징께, 다 하게 되드라구. 내 평생 책도 안 읽던 놈이 책도 읽게 되고, 시간이 있을 때마다 신문도 보게 되고, 구청에서 공문이 오면 이기 무슨 내용인지 혼자 국어사전도 뒤져 봄서 별짓을 다 한당께."

"그려, 사람이 하는 일인데 막상 닥치믄 못 할 일이 머가 있어. 자! 한 잔햐."

경훈은 시훈이도 통일주체국민회의 대의원이 돼서 처음에는 손기문 못지않게 고생했을 것이라는 생각에 술이 달기만 했다.

"집은 언지부터 짓능 겨?"

손기문이 휑한 공터를 바라보며 감회가 서린 표정으로 경훈을 바라봤다.

"내일부터 시작해야지……."

"장 사장 돈 많이 벌었구먼. 삼 층으로 짓는다며?"

"여기, 짱구하고 짝눈도 집 짓는 데 돈을 보탰구먼. 여자를 만나면 살림을 내 줄 생각으로 삼 층으로 짓는 겨. 일 층은 가게고 이 층부터 삼 층은 네 가구가 살 수 있도록 설계했구먼."

"짱구, 너는 안직 여자가 읎능 겨? 이 형님이 소개해 줄까? 시장에서 반찬 가게를 하는 아줌만데 말여, 엄 씨여. 엄미영이라고 하드만.”

“의원님, 저 안직 총각유. 총각이 아줌마한테 장가갈 수 있남유? 근데
몇 살유?”

“아줌마한테 장가 안 간다는 놈이 나이는 왜 묻는 겨?”

경훈이 삼겹살을 뒤집다 말고 짱구를 바라봤다.

“우리 짝눈이부터 보낼라고 그라쥬.”

짱구가 옆에 앉아 있는 짝눈을 눈짓으로 가리킨다.

“에이, 한 살이라도 나이가 많은 형님이 먼저 가야지. 내가 워티게 먼
저 간데유.”

짝눈이 소주 몇 잔에 벌겋게 달아오른 얼굴로 웃으며 짱구를 바라봤
다.

“내 생각에는 짝눈이보다 서너 살 어린 거 가텨. 근데 시장에서는 아
줌마로 소문났지만, 사실은 시집을 안 간 미스여. 즈 오빠가 이혼하고
딸을 키우다가 병으로 죽은 모양여. 그 딸을 자기 앞으로 입양해서 데리
고 산댜. 시방 국민학교 이학년인가, 삼학년인데 그 아줌마는 평생 시집
안 가고 그 조카, 아니지 입양을 했응께 딸이지. 그 딸만 봄서 산다고 하
데.”

“평생 시집을 안 간담서, 워티게 중매를 서 준데유?”

짱구가 관심 있다는 얼굴로 물었다.

“내가 볼 때 짱구 너하고 딱 맞아 보잉께 하는 말여. 딴 사람은 몰라
도 내가 소개하면 마음이 바뀔 껴. 나를 오빠라고 부름서 잘 따르거든.”

“시집도 안 간 아가씨가 나 같은 노총각한테 올라나?”

짱구는 갑자기 가슴이 두근거려서 술잔을 들 수가 없었다.

"어려? 언지는 동생부텀 장가를 보낸다고 하드니 그새 맘이 변했슈?"

짝눈이 어이없다는 얼굴로 물었다.

"나도 다 생각이 있구먼. 일단 이 형님이 먼저 장가를 가 보고 나서 장가를 가는 것이 좋은지, 혼자 사는 것이 좋은지 너한테 말해 줄라고 그러는 거 아니냐?"

"코에 걸면 코걸이, 귀에 걸면 귀걸이라더니 딱 그 짝이구먼. 그람 당장 낼이라도 장가를 가요. 그래야 나도 여자를 찾아보든지 할 거 아뉴. 솔직히 형님이 앞에 딱 버티고 있응께, 맘에 드는 여자가 있어도 그 머여, 꼬셔 볼 엄두를 못 내잖유."

"맘에 드는 여자가 있기는 있고?"

"아따, 내가 눈이 짝짝이라고, 여자 보는 눈도 읎는 줄 아슈?"

"누군데?"

철용이 웃으며 물었다.

"근데 승질이 좀 드러워유. 아니, 드럽다기보다는 속에 있는 말을 못 참고 내뱉는 승질이라 싸울 때가 많아유."

"뜸 들이는 걸 봉께, 우리도 알고 있는 여자 같구먼."

짱구가 뱅글뱅글 웃으며 짝눈을 바라봤다.

"좌우지간 형님 눈치는 귀신같다니께……"

"큰길 우체국 옆에 있는 삼성슈퍼 안에서 생선 파는 여자 있잖유. 김화자라고 서른 몇 살 먹은 여자."

짝눈이 얼굴을 붉히며 뜸을 들이고 있는데 꺽다리가 먼저 말했다.

"아니, 꺽다리 너는 알고 있었단 말여?"

"죄송합니다. 짝눈 저놈이 김화자를 좋아하기는 하지만, 승질이 너무 급한 여자라서 결혼은 한참 생각해 봐야 한다며 비밀로 해 달라는 통에……"

"그람 인제 맘을 굳혔단 말여?"

꺽다리가 뒤통수를 긁으며 하는 말에 짱구가 물었다.

"근데, 짝눈 니가 슈퍼 가서 생선 살 일도 읎는데, 워티게 알았댜?"

"아, 그 여자가 일 끝나고 친구들하고 우리 포장마차에 가끔 와유. 그래서 승질이 화끈하다는 것도 알고 있지. 지가 워티게 남의 여자 승질을 알겠슈. 좌우지간 그짓말이라곤 털끝맨큼도 안 하고, 남이 틀린 말을 하믄 너 죽고 나 살자고 대드는 여자유."

짝눈은 실실 웃고만 있었다. 꺽다리가 경훈과 철용을 번갈아 보며 손짓을 섞어 말했다.

"그럼, 두 분이 합동결혼식을 하면 되겠네. 정민이 아부지, 정민이 아부지가 서둘러서 두 분 합동결혼식 좀 추진해 봐. 집도 짓고 있응께 딱 금상첨화구먼."

꺽다리가 하는 말을 가만히 듣고 있던 금순이 손뼉을 치며 말했다.

"그려, 내가 주례는 구청장님한테 서 달라고 할 모양잉께, 한번 추진해 봐."

"떡 줄 놈은 생각도 안 하는데 시방 미역국부터 멕이는 거유?"

손기문이 껄껄 웃으며 하는 말에 짱구가 은근히 기대된다는 목소리로 물었다.

"우리 오늘 같은 날은 노래방에 가서 스트레스 팍팍 풀어야 되는 거 아녀?"

철용이 드럼통에서 뻗어 나오는 불빛에 시뻘겋게 달아오른 얼굴로 말했다.

"좋지, 내가 오늘 노래방비 낼게."

손기문이 쭉 소리가 나도록 술잔을 비우고 나서 흥겨운 목소리로 말했다. 작년부터 들불처럼 번져 나가는 노래방은 전국에 6천여 개가 성업 중이다. 노래방은 노래방 반주기에 맞춰서 노래를 부르는 방이다. 오백 원짜리 동전을 반주기에 집어넣고 부르고 싶은 노래를 선택하면, 반주와 함께 모니터에 영상과 가사가 나온다. 가사를 외우지 못하는 사람도 노래를 부를 수 있다는 장점 때문에 보통 한 시간 이상은 기다려야 순서가 다가오기 일쑤다.

초원복집

전라도는 우리나라 아녀? 경상도도 우리나라잖여.
쪼맨한 나라에서 편을 갈라서 어쩌자는 거여.
김영삼이가 대통령이 되믄 경상도 대통령이 되는 거고
김대중이 되믄 전라도 대통령이 되는 거여?
그람 김종필이가 되믄 충청도 대통령이 되는 거네.

　　겨울이 되면서 새마을회관은 동네 노인들의 사랑방으로 변했다. 한쪽
에서는 나이가 많은 여자들이 10원짜리 민화투를 치고 있다. 순배 영감
이며 박평래, 장기팔은 눕거나 벽에 기대 세상 돌아가는 이야기나 옛날
이야기를 하며 잘금잘금 시간을 잘라먹었다.
　　"오늘 즘신 당번은 뉘여?"
　　장기팔이 벽에 걸려 있는 디지털시계를 본다. 날짜와 요일이 있는 사
각형 시계가 10시 30분을 알리고 있다. 올해 농사가 끝나고부터 점심은
새마을 부녀회 주관으로 공동 취사를 하기로 했다. 집집마다 쌀을 두 말
씩 내고, 반찬 값은 새마을 부녀회에서 부담하기로 했다.
　　"누가 당번이든 한 끼 때우믄 되지. 뭘 기달려?"

벽에 기대 다리를 길게 뻗고 있는 박평래는 하품을 길게 했다.

"이왕이믄 다홍치마라고 봉산댁이나 태수 처가 당번이믄 더 맛있게 한 끼를 때울 수 있잖유."

"에이그, 안 먹고 사는 방법은 읎나?"

천장을 보고 누워 있던 순배 영감이 박평래를 향해 모로 누우며 물었다.

"왜 읎슈? 아주 존 방법이 있지."

"어떤 방법여?"

박평래가 웃으며 하는 말에 순배 영감이 맥없이 물었다.

"산에 나무하러 가서서 안 오시믄 돼유. 평생 안 먹고 사는 데가 거기 벡에 더 있슈?"

박평래는 말을 하고 나서 짐짓 시치미를 떼고 턱을 슬슬 문지른다.

"팔봉이 애비는 저승에서 뭐 하고 있을까?"

"그 형님이야, 평생을 팔봉이 걱정함서 사셨잖유. 거기서도 팔봉이 걱정하고 계실 규."

장기팔은 말하고 나서 마음속으로 길게 한숨을 내쉰다. 경훈이는 고물상 터에 3층짜리 집을 지어 살고 있다. 1층에는 칸을 2칸으로 나눠서 세를 주고 2층하고 3층에는 4가구가 살 수 있다. 시훈이가 살아 있었다면 경훈이 성격에 한 채를 내주었을 것이다. 형제가 이웃에서 오순도순 살면 이 험한 세상에 무서운 것도 없고, 못 할 것도 없을 것 같았다.

"두말하면 잔소리지, 모산 사람들 중에서 서울에 젤 먼저 집을 산 사람이 팔봉이라고 얼매나 자랑했었는데……."

박평래는 문이 열리는 소리에 말을 끊으며 시선을 돌렸다. 밖이 얼마

나 추운지 모르지만 황인술과 윤길동이 얼굴이며 손바닥을 쓱쓱 문지르
며 들어온다.

"밖에 많이 추워?"

"어휴, 말도 마유. 오줌 눙게 금방 얼어 버리드랑께유."

황인술은 얼굴을 연신 문지르며 장기팔 옆에 앉았다.

"즘심 먹으러 온 거여?"

장기팔이 윤길동에게 물었다.

"방에 둔너 있응게 자꾸 헛생각만 나고, 라디오에서는 계속 초원복집
사건만 떠들어 대서 일찌감치 나왔슈. 슬슬 걸어 나옹게 구장님이 앞에
가시고 있잖유."

윤길동은 황인술 옆에 양반다리를 하고 앉아서 두 손을 가랑이 사이
에 넣었다. 보일러라 윗목, 아랫목 가릴 것 없이 따뜻하다.

"초원복집이라니? 복집이라믄 복국을 끓여 주는 데를 말하는 거 아녀?
복집에 어쨌는데 라디오에서 계속 떠들어 대고 있능 겨?"

장기팔은 다시 시계를 본다. 10분밖에 지나지 않았다. 슬슬 점심 당번
이 올 때라고 생각하며 새끼손가락으로 귀를 후비기 시작했다.

"참말로 모르고 하는 말유?"

황인술이 하품하다 말고 장기팔을 바라봤다.

"내가 할 일 읎어서 심심풀이 삼아 묻는 말 가텨?"

장기팔은 새끼손가락 손톱에 낀 귀지를 혹 하고 불어 버린다.

"부산 어디에 초원복집이라는 식당이 있대유. 그 복집에서 지난 열하
룻날 부산 시내 기관장들이 모여서 김영삼이를 대통령으로 만들자는 회
의를 했대유."

"기관장들이믄 공무원들을 말하는 거여?"

황인술의 말에 박평래가 물었다.

"기관장이믄 말 그대로 무슨 기관에 있는 장들을 말하는 거잖여. 학산으로 치믄 조합장이네, 의용소방대장이네, 그른 사람들도 다 기관장으로 치잖여. 근데 그 사람들은 공인들이라 선거운동을 하믄 안 되는 거 아녀?"

순배 영감이 일어나 앉아서 길게 기지개를 하고 황인술을 바라봤다.

"기관장들도 보통 기관장이 아뉴. 법무부 장관에, 부산 시장, 부산경찰서장, 안기부 지부장에다 기무 부대 대장, 교육감, 검찰청 지검장, 상공회의소장, 그런 사람들이 모여서 어떤 일이 있드래도 김영삼 후보를 당선시키기 위해서는 우리가 단결해야 한다고 모의한 모양유."

윤길동이 행여 다른 사람이 들으면 안 된다는 것처럼 고개를 숙이고 작은 목소리로 속삭였다.

"허어! 나라의 법을 지켜야 법무무 장관이며, 부산경찰서장이며 검찰청 지검장이 모여서 선거운동을 했단 말여? 그람 이번 선거는 해 보나 마나겄네."

박평래는 진규의 얼굴이 떠올랐다. 진규는 민주당 후보로 나선 김대중의 선거운동을 하느라 눈코 뜰 새 없이 바쁘다. 법무부 장관이며 경찰서장이 김영삼 후보를 밀면 선거는 해 보나 마나라는 생각에 방바닥을 치며 한탄했다.

"진규 땜시 그래유?"

"진규라니?"

황인술이 걱정스럽게 묻는 말에 박평래가 발끈했다.

"그, 그람 머라고 불러유? 박 의원님이라고 불러야 하나?"

"그, 그게 원칙 같은데……."

황인술이 황당하다는 목소리로 묻는 말에 윤길동이 말꼬리를 흐리며 박평래의 눈치를 살폈다.

"응당, 박 의원이라고 불러야지. 암만 나이가 어리드래도 국회의원 아녀?"

"근데유. 저도 박 의원님이라고 불렀슈. 그랑께 박 의원님이, '그냥 진규라고 불러유. 저는 그기 편해유.'라고 말하드라구유."

황인술이 억울하다는 표정으로 말했다.

"옛날 중국에 어떤 국사(國師)가 어떤 지방으로 출장을 갔다능 겨. 왕을 보좌하는 국사가 출장을 가는 길잉께 시종이며 경호원들 수백 명이 수행했을 거 아녀. 목적지로 가는 길에 지덜 고향이 뵈이드랴. 고향을 떠날 때는 무일푼으로 떠났지만 왕을 보좌하는 국사가 됐응께 미꾸라지가 용이 된 거나 마찬가지잖여. 그래서 자랑할 생각으로 가마에서 내렸댜. 동리에 들어가는 길에 또랑이 있댜. 또랑에 징검다리가 있었다드만. 막 또랑을 건너갈라고 하는데, 또랑 건너편에 동리 으런 둘이 앉아 있댜. 그중에 한 명이 그 국사를 바라보면서, 저거 칠갑이 아들놈 개똥이 아녀라고 하드랴. 그랑께 딴 사람이 하는 말이, 개똥이가 출세했다고 하드니 출세를 하긴 했는 모양이구먼, 그라드랴. 그 말을 들은 국사가 아, 내가 비록 나라의 국사일망정 동리에서는 개똥이구나. 내가 동리에 들어갔다가는 개망신을 당하겠구나, 라고 말하면서 뒤도 안 돌아보고 떠났다능 겨."

"그랑께, 우리 진규가 밖에서는 국회의원일망정, 모산에서는 진규란 말유?"

순배 영감이 하는 말을 가만히 듣고 있던 박평래가 풀 죽은 목소리로 물었다.

"진규도 그 야기를 알고 있구먼. 그랑께 구장한테 의원님이라고 부르지 말고 그냥 옛날처름 진규라고 부르는 것이 편하다고 했구먼."

"저는 그래도 태수 아부지가 의원님이라고 부르라믄 시방부텀이라도 의원님이라고 부를 뀨. 그게 편항게."

황인술이 눈을 껌벅거리며 박평래를 바라봤다.

"아냐, 형님 말씀이 옳아. 어릴 때부터 진규야, 진규야 부르던 것이 입에 뱄을 거 아녀. 인제 와서 국회의원이 됐다고 나이도 어린아한테 의원님, 의원님 하는 것도 남사스럽구먼."

"옛날에 우리 시훈이한테도 볼 때마다 시훈이라고 불렀잖여."

박평래가 풀 죽은 목소리로 하는 말에 장기팔이 길게 한숨을 내쉬고 덧붙였다.

"초원복집에 모인 사람들이 전라도 사람들은 죄다 김대중을 찍을 꺼니까, 경상도 사람들은 전라도 사람을 대통령으로 안 맨들라믄 무조건 김영삼을 찍어야 한다고 떠들었대유. 그 말이 퍼지고 나서 경상도는 굉장하대유. 한 사람도 빠짐없이 선거를 해서 김영삼이를 대통령으로 맨들어야 한다고 말유."

"그 사람들이 제정신으로 그런 말을 한 겨? 그 사람들 말대로라믄 충청도 사람은 누굴 찍어야 하는 거여?"

박평래가 황인술에게 물었다.

"전라도는 우리나라 아녀? 경상도도 우리나라잖여. 쪼맨한 나라에서 편을 갈라서 어쩌자는 거여. 김영삼이가 대통령이 되믄 경상도 대통령이 되는 거고, 김대중이 되믄 전라도 대통령이 되는 거여? 그람 김종필이가 되믄 충청도 대통령이 되는 거네?"

순배 영감이 어이없다는 표정으로 말하고 나서 어깨를 주무르기 시작했다.

"형님 말을 들어 봉께, 도마다 대통령을 따로 뽑는 수뻑에 읎네유."

"제주도하고 경기도며 강원도는 대통령이 읎네유? 진규더러 그쪽으로 가서 대통령이나 하라고 할까?"

문이 열리고 봉산댁과 떼보 엄마가 소쿠리를 하나씩 들고 들어온다. 장기팔이 마른입을 다시며 잘게 웃었다.

"세상 말세구먼. 말세여……"

"봉산댁이 즘심때 겅거니는 뭘 맨들라고 하나?"

순배 영감이 혀를 차든 말든 장기팔이 봉산댁을 바라보며 중얼거렸다.

"주는 대로 먹지, 입맛대로 먹을라믄 집에 가서 날망댁한테 해 달라."

"요새 당최 입맛이 읎어서 그려유. 그라고 봉산댁은 손맛 좋기로 소문났잖유."

"정 궁금하믄 가서 물어봐."

"에이, 체면이 있지……"

장기팔은 박평래가 하는 말에 마른입을 다시며 고개를 돌렸다. 문이 열리면서 코가 빨갛게 언 김춘섭과 지팡이를 든 박태수가 들어온다.

"오늘 즘심은 머여?"

김춘섭이 언 코를 주물럭거리며 봉산댁 앞으로 가서 물었다.

"누른국시유, 날도 춥고 항께 얼큰하게 끓일라구유. 배고파유?"

"아녀, 술안주감이 있으면 탁배기나 한잔 할까 해서 물었구먼."

김춘섭은 혼잣말로 중얼거리며 남자들이 있는 곳으로 갔다.

"사둔, 술 한잔 생각나는개벼?"

황인술이 입맛을 다시며 김춘섭에게 물었다.

"어째, 출출하네유. 아침을 부실하게 먹어서 그런가?"

"그람 한잔하러 갈까?"

"요새 구장 재미 보나 벼. 멀쩡한 즘심 내비 두고 해룡네로 사 먹으러 갈라고 하는 걸 봉께."

"태수 아부지도 한잔하실라믄 같이 가유."

"아녀. 이따 형님하고 같이 가서 한잔하지, 머."

박평래는 황인술이 묻는 말에 별 뜻 없이 물었다는 듯 부드럽게 대꾸했다.

"그람, 지가 해룡네 편에 두어 되 보내 드릴 팅게, 즘심 잡수면서 한잔해유."

박태수가 먼저 일어선 김춘섭의 손을 잡고 일어서면서 말했다.

"그라든지……."

박평래는 김춘섭의 손에 의지하고 일어서는 박태수를 보고 차마 못 보겠다는 얼굴로 시선을 돌렸다.

둥구나무 밑의 너럭바위며 바닥에는 낙엽이 수북하게 쌓여 있었다.

"둥구나무거리에 사는 죄로 아침에 깨끗이 쓸었는데도 벌써 이 모양이구먼."

김춘섭이 낙엽을 발로 툭 차며 중얼거렸다.

"어, 춥다."

황인술은 양쪽 손바닥으로 귀를 감쌌다.

"근데, 저 위 의원님이 건설회사를 지난번에 국회의원 선거에서 떨어진 사위한테 돈 받고 넘겼담서?"

윤길동이 허연 입김을 토해 내며 지팡이를 짚고 걷는 박태수에게 시선을 돌렸다.

"그랬다네유."

박태수는 선거 때 진규가 당선되면 충일병원의 재산을 모조리 빼돌릴 것이라는 소문이 돌 던 때가 생각나서 쓰게 웃었다.

"서울에 이십 층짜리 삘딩이 두 채나 있다는 사람이, 죽을 때는 억울해서 워티게 눈을 감을라고 회사를 사위한테 돈 받고 판댜?"

"아, 자식이 둘씩이나 있고, 사위가 하나뿐에 읎는 것도 아니잖여. 시방도 둘이나 있고, 나중에 또 하나 생기믄 사위가 시 명잉께, 공짜로 줄 수는 읎는 거 아녀."

"내 말은 돈을 받고 건설회사를 파는 장인이나 그걸 돈 주고 사는 사위나 돈독이 올랐다 이거유. 장인은 사위가 국회의원 선거에서 떨어져 할 일이 읎응께 그냥 넘겨 줘도 되잖유. 사위도 서울에 건물이며 땅이 솔찮게 있다잖유. 평생 돈 걱정 읎이 먹고살 만큼 돈이 있으면 그냥 회사나 운영하면서 다음 선거를 기다리면 되는 거 아뉴?"

윤길동이 황인술을 바라보며 물었다.

"원래 돈 있는 사람들이 더 짠 겨."

황인술은 말할 가치도 없다는 얼굴로 귀를 감싸고 있던 손을 비비며 해룡네 술청 안으로 들어갔다.

"그람, 그 사위가 담 선거 때 또 나온다는 거유?"

김춘섭이 황인술 뒤를 따라서 술청 안으로 들어서며 물었다.

"영동 안 나가 봤남? 로타리에서 경찰서 가는 쪽에 삼 층짜리 건물을 짓고 있잖여. 시방은 다 졌을 껴. 그기 그 사위가 짓는 건물이라잖여."

황인술은 해룡네가 방에서 무얼 하고 있는지 알아볼 필요가 없다는 얼굴로 무조건 방문을 열었다. 해룡네가 옆으로 누워서 라디오를 듣고 있다가 느릿하게 일어나 앉는다.

"신문사도 한다고 하데유."

박태수는 지팡이를 벽에 세워 두었다. 신발을 벗고 김춘섭의 도움을 받아서 가겟방 안으로 올라섰다.

"신문사를 해서 돈 선거를 하겠다는 수작 아뉴?"

"그기 왜 돈 선거여?"

박태수가 재차 하는 말에 황인술이 아랫목을 차지하고 앉아서 물었다. 단칸방인 데다 연탄구멍을 열어 놨는지 방이 후끈후끈하다. 하지만 바람이 불 때마다 문풍지가 요란하게 몸을 흔드는 소리 때문에 천장 쪽은 온기가 없다.

"눈 감고 아웅 하는 식이지, 머. 구장님이 생각해 봐유. 그 신문을 누가 돈 주고 보겠슈? 시방 있는 영동뉴스처럼 광고만 받고 공짜로 뿌릴 거잖유. 내가 알기루는 영동하고 옥천, 보은 세 군데를 대상으로 신문을 만든다고 벌써 등록까지 했대유. 그람 기자를 한 곳에 한 사람씩 써도 세 명은 써야 하고, 신문을 돌리는 사람하며 직원이 한둘 필요하겠슈?

"신문사를 운영할라믄 돈이 한두 푼 들어가는 것도 아니고, 한두 달 드는 것도 아니잖유. 그래서 그 신문사를 운영할라고 송산종합건설을 샀다는 겨."

윤길동이 황인술에게 따지듯이 묻는 말에 박태수가 강 건너 불구경하는 표정으로 말했다.

"태수 말을 들어 봉께 무슨 맘을 먹고 신문사를 운영할라고 하는지 감이 잡히는구먼. 영동이야, 원래 지 바닥잉께 학교 동창들이며 아는 사람들이 많을 거지만 옥천이나 보은은 객지잖아. 맨날 신문에 지 얼굴을 박아서 돌리믄 사 년 동안 홍보가 되는 거 아녀. 그뿐이겄어? 신문사를 운영한다는 명분으로 이런저런 모임을 맨들어 두믄 나중에 선거 때는 죄다 조직이 될 거잖여. 야, 서울대학교 출신에 중앙정보부며 청와대에서 근무해서 그런지 머리가 아주 고차원적으로 돌아가네. 해룡네는 언지까지 거기 앉아 있을 거여?"

황인술이 말을 장황하게 늘어놓다가 연신 하품만 하고 있는 해룡네의 엉덩이를 발끝으로 건드렸다.

"내 맘대로, 돼지고기 넣고 김치찌개 끓여 낼까?"

해룡네가 마른입을 쩝쩝 다시며 황인술을 흘겨 봤다.

"그것도 나쁠 거 읎지. 청양고추 듬뿍 썰어 놓고 얼큰하게 끓여 내 봐. 우신 막걸리부텀 따뜻하게 데워서 한 되 갖고 오고."

"새마을회관에서 술 인심은 내가 내고, 오늘 술은 태수가 사능 겨?"

황인술이 기름기가 동동 뜨는 얼큰한 김치찌개를 생각만 해도 입맛이 돈다는 얼굴로 물었다.

"아무나 사믄 되쥬, 머."

"하긴 국회의원 아버님이 이까짓 김치찌개에 탁배기 좀 산다고 해서 주머니에 돈 마르겄어?"

황인술은 부러운 표정으로 박태수를 바라본다. 자다 일어나 문득 생각해 봐도, 박태수는 산소를 잘 썼거나 무슨 비방(秘方)을 쓴 게 틀림없다. 그렇지 않으면 이렇듯 하루가 다르게 승승장구할 수가 없다. 국민학교를 나와서 돈이 없어 중학교 교복도 입어 보지 못한 진규가 국회의원이 된 것을 봐도 박태수네만 알고 있는 무슨 비책(秘策)이 있는 게 분명하다는 생각이 들면, 자신은 한없이 초라하게 느껴졌다. 상대적으로 박태수네 집안은 번쩍번쩍 빛이 나서 밤을 꼴딱 새울 때도 있었다.

"집사람이 워디 가서 술 은어 마시지 말라고 하데유. 열이면 열, 백이면 백, 내 주머닛돈으로 계산하라고 아주 신신당부했슈. 그랑께 워짜겠슈? 실권을 쥐고 있는 마누라가 명령하는 대로 들어줄 수벡에 읎잖유."

박태수가 입술에 묻은 술을 손등으로 쓱 닦아 내며 자랑스럽게 말했다.

"시방 술맛 떨어지게 누구 약 올리는 거여?"

김춘섭이 라디오 채널을 이리저리 돌리다가 꺼 버렸다. 자신도 모르게 한숨을 내쉬며 지금쯤 퍼질러 누워 낮잠을 자다가 점심 먹으러 새마을회관에 가 있을 철용네의 얼굴을 떠올렸다. 이날 이때까지 친구들하고 술 한잔 마시라고 주머니에 돈 십 원 찔러 넣어 준 적이 없는 여자다.

— 14권에 계속 —

대하장편소설 금강 제13권

초판 1쇄 발행 2014년 11월 28일

지 은 이 한만수

펴 낸 이 최종숙
펴 낸 곳 글누림출판사

책임편집 이태곤
편   집 문선희 오정대 권분옥 이소희 박선주
디 자 인 안혜진 이홍주
마 케 팅 박태훈 안현진
관   리 구본준

주   소 서울시 서초구 동광로46길 6-6(반포4동 577-25) 문창빌딩 2층(우137-807)
전   화 02-3409-2055(대표), 2058(영업), 2060(편집)
팩   스 02-3409-2059
전자메일 nurim3888@hanmail.net
홈페이지 www.geulnurim.co.kr
등록번호 제303-2005-000038호(2005.10.5)

정   가 13,000원
ISBN 978-89-6327-250-4 04810
      978-89-6327-237-5(전15권)

표지 디자인 · 디자인밥 **출력/인쇄** · 성환C&P **제책** · 동신제책사 **용지** · 에스에이치페이퍼

＊이 도서의 국립중앙도서관 출판예정서목록(CIP)은 서지정보유통지원시스템 홈페이지(http://seoji.nl.go.kr)와
   국가자료공동목록시스템(http://www.nl.go.kr/kolisnet)에서 이용하실 수 있습니다.(CIP제어번호: CIP2014032579)